ZHONGGUO XIANDANGDAI WENXUE
JINGPIN DAODU

中国现当代文学精品导读（第二版）

第三卷

本卷主编　蔡　翔

上海大学出版社
·上海·

图书在版编目(CIP)数据

中国现当代文学精品导读. 第三卷/蔡翔主编.—2版.—上海：上海大学出版社,2020.12(2021.8重印)
ISBN 978-7-5671-4146-9

Ⅰ.①中… Ⅱ.①蔡… Ⅲ.①中国文学-现代文学-文学欣赏②中国文学-当代文学-文学欣赏 Ⅳ.①I206.6

中国版本图书馆 CIP 数据核字(2020)第 258368 号

责任编辑　王　聪　江振新
封面设计　柯国富
技术编辑　金　鑫　钱宇坤

中国现当代文学精品导读　第三卷
（第二版）

本卷主编　蔡　翔

上海大学出版社出版发行
（上海市上大路 99 号　邮政编码 200444）
（http://www.shupress.cn　发行热线 021-66135112）
出版人　戴骏豪

*

南京展望文化发展有限公司排版
江苏凤凰数码印务有限公司印刷　各地新华书店经销
开本 767mm×960mm　1/16　印张 16.25　字数 266 千
2020 年 12 月第 1 版　2021 年 8 月第 2 次印刷
ISBN 978-7-5671-4146-9/I·620　定价 40.00 元

版权所有　侵权必究
如发现本书有印装质量问题请与印刷厂质量科联系
联系电话：025-57718474

《中国现当代文学精品导读》编委会

主　任　李友梅

委　员　王晓明　蔡　翔　王光东
　　　　王鸿生　袁　进

目录

Contents

杨沫《青春之歌》导读 ············· 孙国亮　1
　　青春之歌（节选） ············· 杨　沫　4
王蒙《组织部新来的青年人》导读 ····· 李海霞　21
　　组织部新来的青年人 ············ 王　蒙　24
宗璞《红豆》导读 ················ 金洁明　53
　　红豆 ······················ 宗　璞　56
陆文夫《小巷深处》导读 ············ 吕永林　80
　　小巷深处 ··················· 陆文夫　84
李準《李双双小传》导读 ············ 吕永林　97
　　李双双小传 ················· 李　準　100
茹志鹃《静静的产院》导读 ··········· 林　凌　124
　　静静的产院 ················· 茹志鹃　127
柳青《创业史》导读 ·············· 郑　杨　143
　　创业史（节选） ··············· 柳　青　146
梁斌《红旗谱》导读 ·············· 李海霞　159
　　红旗谱（节选） ··············· 梁　斌　162

曲波《林海雪原》导读 ·· 王葱葱 185

 林海雪原（节选）·· 曲　波 188

周立波《暴风骤雨》导读 ·· 余　亮 216

 暴风骤雨（节选）·· 周立波 219

杨沫《青春之歌》导读

作家简介

杨沫(1914—1995),女,原名杨成业,笔名小慧。湖南湘阴人。1934年发表处女作《热南山地居民生活素描》。1942年后,陆续担任《黎明报》《晋察冀日报》和《人民日报》的编辑和副刊主编。1950年发表中篇小说《苇塘纪事》,并开始《青春之歌》的创作。1958年1月出版代表作《青春之歌》。1959年9月,由作者改编的同名电影文学剧本,被认为是国庆10周年的"国产新片展览月"中最优秀的影片之一。"文革"后发表了《东方欲晓》《自白——我的日记》,以及《青春之歌》的姊妹篇《芳菲之歌》。

创作背景

1950年,杨沫开始了《青春之歌》的创作,初稿完成后,1952—1956年间进行了几次重大的修改,至1957年7月脱稿,1958年1月小说问世。1959年《中国青年》《文艺报》曾就这部作品展开了广泛的讨论。1959年10月,作者对作品作了一些修改,主要是增加了描写林道静在农村从事革命活动和北大学生运动的章节。修改本于1960年3月出版。小说的写作和修改纵贯整个20世纪50年代,其间经历了中国文坛的"百花时代",特别是"双百"方针的出台,推出了一批突破题材"禁区"、表现人性和人情的爱情题材小说,涌现出了以"三红一创"为代表的革命历史题材长篇小说的创作高潮。其中关于"社会主义现实主义"的大讨论,以及文艺界"反右"斗争的"扩大化"和"左"倾思想的泛滥,都对《青春之歌》的诞生产生了深刻影响。

作品评点

《青春之歌》是我国当代文学史上第一部描写学生运动、反映女性知识分子成长道路和革命历程的"红色经典",其中,女性的自我实现和民族国家的拯救之间呈现的契合与规训逻辑,典型地体现了革命政治话语的符码和解码规则,这既成就了小说在"十七年文学"中的显赫地位,也为当代文学批评者留下了诟病的话柄。然而,正如弗·杰姆逊所言:"第三世界的文本,甚至那些看起来好像是关于个人和力比多趋力的文本,总是以民族寓言的形式来投射一种政治","讲述关于一个人和个人经验的故事最终包含了关于集体本身经验的艰难叙述"(杰姆逊《跨过资本时代的第三世界文学》)。此论断在中国乃至世界文学范围内,大抵是成立的。因此,在20世纪50年代的文学生产机制和话语语境中,作家在一定程度上向主流意识形态有意无意地趋奉和批评家按图索骥的机械图解都是可以理解的。

事实上,作为"十七年"革命经典中唯一的一部女性自传体长篇小说,杨沫的《青春之歌》虽以革命历史为题材,却不以厚重的历史感取胜,而重在讲述一个女知识青年"爱情+革命"的故事。通过描写知识分子情感生活的演变,既配合和图解了革命历史的演绎和构建过程,又写出了爱情本身的丰富性、复杂性和现实性,是对长期以来简单的"革命+恋爱"小说模式的反拨;与同时期的长篇革命历史题材小说相比,初版的《青春之歌》因为林道静"缺乏政治上敏锐的眼力",反而使得小说内容摆脱了严肃沉闷的阶级斗争窠臼;而作者满怀"小资产阶级情调"的爱情生活描写,与《红旗谱》中春兰与运涛、江涛与严萍,《创业史》中改霞与梁生宝,《艳阳天》中焦淑红与萧长春,《林海雪原》中白茹与少剑波,《东方》中杨雪与郭祥,《红日》中黎菁与沈振新、姚月琴与梁波之间简单粗疏的符号式男女搭配相比,显得细腻、温婉和人性化。在那个反对"小资产阶级情调"而"小资产阶级情调"又确实顽固存在着的年代里,真正体现人性真实情感的爱情故事,其吸引力是可想而知的。因此,《青春之歌》在当时中国社会形成了巨大冲击波,并一度成为中国当代文学史上最畅销的小说;特别是它在知识阶层获得了广泛的认同,正昭示出作品开启了一扇通向集体无意识的隐秘之门。

《青春之歌》叙事的起点明显地延续了"五四"一代女作家所开创的路径:

反叛、出走、追求自由恋爱。丁玲、庐隐、凌叔华、白薇等女作家,塑造了不惮于"为开拓一条争取爱情自由的血路"而出走或殉情的莎菲、露沙、隽华们,建构起了"爱情至上"的神话:爱情自由了,关乎"人的问题"似乎都会迎刃而解,即便是描写严酷的革命斗争也都穿了"恋爱"的外衣,沐浴着爱的阳光和滋养。正如鲁迅先生所言:"你要是爱谁,便没命地去爱他,你要是谁也不爱,也可以没命地去自己死掉。"恋爱自由成为叛逆女性追求自我解放的目标。但在20世纪50年代,杨沫笔下的林道静,追求自由恋爱已经不再纯粹是主人公出走的动力与目的,因此也不会成为叙事的终点。因为此时的阶级矛盾、民族革命已经成为林道静与家庭决裂的根本内因,阶级压迫逼死了母亲,并在她的童年生活中打上悲惨的烙印。所以,林道静走出家庭跨入社会,从反抗包办婚姻迅速转向阶级斗争,乃至承担民族革命的重任,义无反顾地超越了"五四"时期的"娜拉模式"与"子君模式"。这与"五四"文学追求婚姻自由和个人解放的女性相较,本身就拓宽了小说叙述与阐释的视野和意义。因此,时过境迁,在政治意识形态话语体系崩裂的罅缝中,我们是完全可以收获更为广阔自由,也更加符合人性真实的阐释空间的。

毋庸置疑,小说《青春之歌》是林道静用自己的女性青春演绎的一曲革命赞歌。虽然,革命的赞歌将女性独特的生存体验和性别境遇笼罩在民族国家的公共叙事中;但是,也正是这曲赞歌赋予了女性以时代的语汇讲述民族国家和自己的机会,规避了女人的性别身份,为女性赢得进入历史的权利。近年来的文学研究,都已经注意到女主人公复合的主体被一步步"规化"为单一的平面的自我,个人主体的成长和自我认同,被个人对民族、国家、阶级身份的认同所覆盖。小说甚至排除了主人公获得其他身份的种种可能性——与余永泽决裂,卢嘉川被捕,江华下落不明——借此来使林道静只能成长为党的女儿,民族的女儿,而不是一个妻子、母亲和女人;只能在革命生活的天地中拼搏,而不能回归家庭生活的温暖。《青春之歌》中时刻隐含着这样的观点:在爱情和革命面前,女主人公们只有选择革命,才有美好的青春和未来,否则,下场凄惨。比如原本有进步倾向的白莉苹为实现自己的明星梦,嫁给了影片公司的经理,变得戏弄人生、玩世不恭;进步学生陈蔚如做了银行副理的太太,贪图安逸,最终被抛弃自杀;北大"花王"李槐英虽同情革命,但不愿投身革命,便惨遭日寇踩躏;等等。

由此看来,女性身处规训和规划的强大系统中。但在构建显在的宏大革命话语的过程中,却也潜在地泄露出个性话语和性别话语的浅吟低唱,女性的性别主体在小说中至少体现了一种"另类"主体的镜像。著名诗人歌德曾说:"哪个少男不善钟情,哪个少女不善怀春。"青春少女林道静绝对是一个"情种",她的"青春之歌",除了生硬的、外部的革命之歌,还有更为符合人性本真的恋爱和爱情之歌,正是伴随她成长的三次恋情,帮助她奏响了生命和革命相互交融的"青春之歌";余永泽、卢嘉川、江华三个男性先后出现在林道静的生活和生命体验中,传达了林道静对爱情的感知。文本中对女性心理的细致描绘,流动着优雅与伤感,明丽而又清新。林道静不是天生的革命者,而是一个有血有肉、有情有义、有思想有抱负的真实女性。与余永泽情投意不合的短暂同居,却不乏幸福的体验;对卢嘉川的暗恋符合少女的英雄崇拜情结;她追随卢嘉川,不只是因为卢嘉川是一个进步革命的符号,而是在外貌、志向、追求上他都较余永泽更胜一筹;离开生活在一起的余永泽,又是那么犹豫踌躇,这一切显得合情合理;与江华的牵手,在革命过程中显得顺其自然,水到渠成。在这种意义上说,《青春之歌》将个人的生命体验与时代建构的主题颇为有机地结合起来,成为"十七年"文学中文学性和革命性兼备的优秀之作。事实上,知识分子曲折坎坷的成长历练,应该充满着个体身份和性别身份与阶级身份和民族身份这几种不同质地的身份归属以及主导意识形态的纠缠和操控,它们彼此反扑,界限也在叙述中一再变得暧昧与模糊,尽管我们的文学创作实践几乎总是让前者在突兀和荒诞中屈服于后者。

(孙国亮)

青春之歌(节选)

杨 沫

第 十 二 章

黎明前,道静回到自己冷清的小屋里。疲倦、想睡,但是倒在床上却怎么也睡不着。除夕的鞭炮搅扰着她,这一夜的生活,象突然的暴风雨袭击着她。她一个个想着这些又生疏又亲切的面影,卢嘉川、罗大方、许宁、崔秀玉、白莉苹……都是多么可爱的人呵,他们都有一颗热烈的心,这心是在寻找祖国的出路,是在引人去过真正的生活。……想着这一夜的情景,想着和卢嘉川的许多谈话,她紧抱双臂,望着发白的窗纸忍不住独自微笑了。

二踢脚和小挂鞭响的正欢,白莉苹的小洋炉子也正旺,时间到了夜间两点钟,可是这屋子里的年轻人还有的在高谈,有的在玩耍,许宁和小崔跑到院子里放起鞭炮;罗大方和白莉苹坐在床边小声谈着、争论着,他似乎在劝说白莉苹什么,白莉苹哭了。罗大方的样子也很烦闷。后来他独自靠在床边不再说话,白莉苹就找许宁他们玩去了。听说罗大方原是白莉苹的爱人,不知怎的,他们当中似乎发生了不愉快的事情,因此两个人都显得怪别扭。

道静和卢嘉川两个人一直同坐在一个角落里谈着话。从短短的几个钟点的观察中,道静竟特别喜欢起她这个新朋友了。他诚恳、机敏、活泼、热情。他对于国家大事的卓见更是道静从来没有听见过的。他们坐在一块,他对她谈话一直都是自然而亲切。他问她的家庭情况,问她的出身经历,还问了一些她想不到的思想和见解。她呢,她忽然丢掉了过去的矜持和沉默,一下子,好象对待老朋友一样把什么都倾心告诉了他。尤其使她感觉惊异的是:他的每一句问话或者每一句简单的解释,全给她的心灵开了一个窍门,全能使她对事情的真相了解得更清楚。于是她就不知疲倦地和他谈起来。

"卢兄,(她跟许宁一样地这样称呼他)你可以告诉我吗?红军和共产党是怎么回事?他们真是为人民为国家的吗?怎么有人骂他们——土匪?"

卢嘉川坐在阴影里,面上浮着一丝调皮的微笑。他慢慢回过头来,睁着亮亮的大眼睛看着她,说:

"偷东西的人最喜欢骂别人是贼;三妻四妾的道德家,最会攻击女人不守贞操;中国的统治者自己杀害了几十万青年,却说别人是杀人放火的强盗和土匪……这些你不明白吗?"

道静笑了。这个人多么富有风趣呀!她和他谈话就更加大胆和自由了。

"卢兄,"道静又发问道:"你刚才说青年人要斗争、要反抗才有出路,可是,我还有点不大相信。"

卢嘉川稍稍惊异地睁大了眼睛:"怎么,你以为要当顺民才有出路么?"

道静低着头,摆弄着一条素白麻纱手绢。好象有些难过,她低声说:"你不知道,……我斗争过,我也反抗过,可是,我并没有找到出路。"

卢嘉川突然挥着手笑起来了。他笑得那么爽朗、诚恳,象对熟朋友一般地更加亲切和随便。

"原来如此!来,小林,我来给你打个比方。……"他看看一屋子喝酒畅谈的青年人都在一边说着、吃着,就用手比划着对道静说起来。"小林,这么说吧,一个木字是独木,两个木就成了你那个林,三个木变成巨大的森林时,那么,狂风再也吹不倒它们。你一个人孤身奋斗,当然只会碰钉子。可是当你投身到集体的斗争中,当你把个人的命运和广大群众的命运联结在一起的时候,那么,你,你就再也不是小林,而是——而是那巨大的森林啦。"

林道静忍不住地笑了起来:"卢兄,你说话真有意思。过去,我是只想自己该有一个高尚的灵魂,别的事我真很少去想。今夜里,听了你们那些谈话,我忽然觉得自己好象……"

"好象什么?"

"好象个糊涂虫!"林道静天真地迸出了这句话,自己也不禁为在一个刚刚认识的男子面前竟放肆地说出这种话而吃惊了。

卢嘉川还是随便地笑道:

"大概,这是你在象牙之塔里住得太久的原故。小林,在这个狂风暴雨的时代,你应当赶快从个人的小圈子走出来,看看这广大的世界——这世界是多么悲惨,可是又是多么美好……你赶快走出来看看吧!"

多么热情地关心别人,多么活泼洒脱,多么富于打开人的心灵的机智的谈话呵……道静越往下回忆,心头就越发快活而开朗。

"小林,你很纯洁、很直爽。"后来他又那么诚恳地赞扬了她。"你想知道许多各方面的事,那很好。我们今晚一下谈不清,我过一两天给你送些书来——你没有读过社会科学方面的书吧?可以读一读。还有苏联的文学著作也很好,你喜欢文艺,该读读《铁流》、《毁灭》,还有高尔基的《母亲》。"

第一次听到有人鼓励自己读书,道静感激地望着那张英俊的脸。

他们谈得正高兴,白莉苹忽然插进嘴来:

"老卢,小林真是个诚实、有头脑的好孩子,可是咱们必须替她扔掉那块绊脚石。一朵鲜花插在牛粪上,真把她糟蹋啦。"

道静闹了个大红脸。她向白莉苹瞟了一眼,她真不喜欢有人在这个时候提到余永泽。

道静和白莉苹在深夜寒冷的马路上送着卢嘉川和罗大方。白莉苹和罗大方在一边谈着,道静和卢嘉川也边走边说:

"真糟糕!卢兄,我对于革命救国的道理真是一窍不通。明天,请你一定把书给我送来吧。"

"好的，一定送来。再见！"卢嘉川的两只手热烈地握着白莉苹和道静的手。多么奇怪，道静竟有点不愿和他们分别了。

"这是些多么聪明能干的人啊！……"清晨的麻雀在窗外树上吱吱叫着，道静想到这儿微笑了。但是这时她也想起了余永泽。他放了寒假独自回家过年去了，和父母团聚去了。因为余敬唐的原故，她不愿意回去，因此一个人留在公寓里，这才参加了这群流浪者的年夜。想到他，一种沉痛的感觉突然攫住了她的心。

"和他们一比……呵，我多么不幸！"她叹息着，使劲用棉被蒙住了头。

和白莉苹、林道静分别以后，卢嘉川、罗大方二人一边在深夜的马路上走着，一边谈起话。

"老罗，你今天为什么这么沉闷？是和小白闹了别扭吗？"机灵的卢嘉川回过头来向罗大方一笑，同时好象抚慰似的把手臂搭在他宽阔的肩膀上。

"就是这么回事！"罗大方激动地说道，"这女人变坏了！我看错了人。……不爱我了没关系，可是她不该去追许宁。小崔和许宁好了好几年，蛮好的一对，可是这个不要脸的，她，她乱搞一气！老卢你信不信？一个人政治上一后退，生活上也必然会腐化堕落。小白原来是热情的、有进取心的，我确实很爱她。可是，如今书也不读了，什么集会也不参加了，只想演戏、当明星、讲恋爱……象我这样的，她当然不会再喜欢。"

卢嘉川默默地点点头，向冷清的马路上望望，然后对罗大方轻声说："同志，我相信你是能够忍受过来的。爱情——只不过是爱情嘛……"他意味深长地瞅着罗大方，嘴角又浮上他那调皮的微笑。

罗大方伸手给了他一拳。一边走，一边嘟噜着：

"对！我明白你的意思。可是奇怪，你是不大接近女人的，怎么对那个林道静却这么热情——一谈几个钟头。你不知道她有了白莉苹说的'绊脚石'吗？她那个对象我认识，真是个胡博士的忠实信徒。我争取过他，可不容易。"

"别瞎扯！"卢嘉川严肃地驳斥着罗大方。"她的情形我早从我姐夫那里知道一些。对这样有斗争性有正义感的女孩子我们应当帮助，应当拉她一把，而不应该叫她沉沦下去。她在北戴河时，为了'九一八'事变，痛心地和我姐夫争论，她说中国是不会亡国的。她那种神态和正直的精神确实使我很喜欢。但是，干吗扯到私人问题上？难道……你这张嘴巴，别瞎扯了！"

罗大方笑着说："玩笑！玩笑！我了解你。为了咱们的事业，你从来是不考虑自己的。别瞧你成天价和女孩子们打交道，但是却好象个清教徒，我可办不到。为小白——唉！不提她了。"

"我不是清教徒。"卢嘉川沉思着。"不过，目前的形势确实使自己顾不到这些。老罗，那个女孩子——你说的林道静，我看她有一种又倔强又纯朴的美。有反抗精神。我们应当培养她，使她找到正确的道路。你认为怎么样？"

罗大方回身看了他一眼笑笑说：

"对，应当把她引到革命的路上来。"

夜，虽然是年夜，拂晓之前，街上也已经行人稀少，只有昏暗的街灯，稀稀落落地照着马路上偶尔走过的行人。卢嘉川在和罗大方分手之前，他们又谈了些工作问题。卢嘉川从南京示威回来之后，北大早已不能存身，党已经调他离开学校，专门做秘密的学生工作。这时，他嘱咐着罗大方：

"你要尽可能利用你父亲的关系，在北大存身下去。想想，反动者的压迫越来越紧，我们许多人都不能再公开活动，所以你和徐辉要尽可能迷惑敌人，必要时才能给敌人突然的袭击。告诉你，李孟瑜在唐山煤矿上，他做起工人工作来啦。"

"真的吗？"罗大方站住脚，高兴地瞪着眼睛瞅着卢嘉川。"老卢，我可也想去。在知识分子当中工作真是麻烦。"

"别说了，再见！"卢嘉川远远瞧见有人迎面走来，他轻轻推了罗大方一下，就和他分了手。接着，一边摇摆着身子，一边高声唱起来：

　　八月十五月光明——薛大哥在月下……

他摇摆着，唱着，消失在马路旁边的小胡同里。

余永泽在开学前，从家里回到北平来。他进门的第一眼，看见屋子里的床铺、书架、花盆、古董、锅灶全是老样儿一点没变，可是他的道静忽然变了！过去沉默寡言、常常忧郁不安的她，现在竟然坐在门边哼哼唧唧地唱着，好象一个活泼的小女孩。尤其使他吃惊的是她那双眼睛——过去它虽然美丽，但却呆滞无神，愁闷得象块乌云；现在呢，闪烁着欢乐的光彩，明亮得象秋天的湖水，里面还仿佛荡漾着迷人的幸福的光辉。

"看眼睛知道在恋爱的青年人。"余永泽想起《安娜·卡列尼娜》里面的一句话,灾祸的预感突然攫住了他。他不安地悄悄地看了她一会儿,趁着她出去买菜的当儿,他急急地在箱子里、抽屉里、书架上,甚至字纸篓里翻腾起来。当他别无所获,只看到几本左倾书籍放在桌上和床头时,他神经质地翻着眼珠,轻轻呻吟道:

"一定,一定有人在引诱她了。"

道静看见余永泽回来,高高兴兴地替他把饭预备好。他吃着的时候,她挨在他身边向他叙谈起她新认识的朋友、她思想上的变化和这些日子她心情上的愉快来。她想他是自己的爱人,什么事都不该隐瞒他。谁知余永泽听着听着忽然变了颜色。他放下饭碗,皱紧眉头说:

"静,想不到你变的这么快……"沉了半晌才接着说,"我,我要求你别这样——这是危险的! 一顶红帽子往你头上一戴,要杀头的呀!"

一句话把道静招恼了。八字还没一撇,什么事也没做,不过认识几个新朋友,看了几本新书,就怕杀头! 她鄙夷地盯着余永泽那困惑的眼色,半天才压住自己的恼火,激动地出乎自己意外地讲了她自己从没讲过的话:

"永泽,你干吗这么神经过敏呀? 你也不满意腐朽的旧社会,你也知道日本人已经践踏了祖国的土地,为什么咱们就不该前进一步,做一点有益大众、有益国家的事呢?"

"我想,我想……"余永泽喃喃着,"静,我想,这不是我们能够为力的事。有政府,有军队,我们这些白面书生赤手空拳顶什么事呢? 喊喊空口号谁不会。你知道我也参加过学生爱国运动,可这是过去的事了。现在——现在我想还是埋头读点书好。我们成家了,还是走稳当点的路吧……"

"你真糊涂!"道静气愤地打断他的话,喊道。"你才是喊空口号呢! 原来你就是这么个胆小鬼呀!"

余永泽用小眼睛瞪着道静,愣愣地半晌无言。忽然他脸色发白,双唇抽搐,把头埋在桌上猛烈地抽泣起来。他哭得这样伤心,比道静还伤心。他的痛苦,与其说是因为受了侮辱,还不如说是深深的嫉妒。

"……她、她变的残酷,这样的残酷,一定变心了。爱、爱上别人了。……"他一边流着泪,一边思量着。他认为,天下只有爱情才能使女人有所改变的。

吵过嘴,道静和余永泽虽然彼此有好几天都不大说话,可是她的心里还是很高兴的。她做饭洗衣也轻声哼着唱着,快乐的黑眉毛扬得高高的。完了事,就抱着书本贪婪地读着。一点钟、两点钟过去了,动也不动、头也不抬,那种专注的神情，好象早已忘掉了余永泽的存在和这间蜗居的滞闷。她的精神飞扬到广阔的世界里去了。可是余永泽呢，他这几天可没心思去上课，成天憋在小屋里窥伺着道静的动静。他暗打主意一定要探出她的秘密来。可是看她的神情那么坦率、自然，并无另有所欢的迹象，他又有点茫然了。

晚上，道静伏在桌上静静地读着列宁的《国家与革命》，做着笔记，加着圈点，疲乏的时候，她就拿起高尔基的《母亲》。她时时被那里面澎湃着的对于未来幸福世界的无限热情激荡着、震撼着，她感到了从未有过的快乐与满足。可是余永泽呢？他局促在小屋里，百无聊赖，只好拾起他最近一年正在钻研的"国故"来。他抱出书本，挨在道静身边寻章摘句地读起来。一大叠线装书，排满了不大的三屉桌，读着读着，慢慢，他也把全神贯注进去了。这时，他的心灵被牵回到遥远古代的浩瀚中，和许多古人、版本纠结在一起。当他疲倦了，休息一下，稍稍清醒过来的时候——"自立一家说"，——学者，——名流，——创造优裕的生活条件……许多幻想立刻涌上心来鼓舞着他，使他又深深埋下了头。

道静呢，她不管许多理论书籍能不能消化，也不知如何去与实际结合，只是被奔腾的革命热情鼓舞着，渴望从书本上看到新的世界，找到她寻觅已久的真理。因此她也不知疲倦地读着。就这样，一今一古、一新一旧的两个青年人，每天晚上都各读各的直到深夜。自从大年初一卢嘉川给道静送来她从没读过的新书以后，她的思想认识就迅速地变化着；她的感受和情绪通过这些书籍也在迅速地变化着。多少年以后，她还清楚地记得卢嘉川给她阅读的第一本书名字叫《怎样研究新兴社会科学》。在大年初一的深夜里，她躺在被窝里，忍住寒冷——煤球炉子早熄灭了，透风的墙壁刮进了凛冽的寒风。但她兴奋地读着、读着，读了一整夜，直到把这本小册子一气读完。

卢嘉川给她的仅仅是四本用马克思列宁主义理论写成的一般社会科学的书籍，道静一个人藏在屋子里专心致志地读了五天。可是想不到这五天对于她的一生却起了巨大的作用——从这里，她看出了人类社会的发展前途；从这里，她看见了真理的光芒和她个人所应走的道路；从这里，她明白了"朱门酒肉臭，路有冻死骨"的原因，明白了她妈因为什么而死去。……于是，她常常感受的那种绝望的看不见光明的悲观情绪突然消逝了；于是，在她心里开始升腾起一种渴望前进的、澎湃的革命热情。……

书看完了，她盼望卢嘉川再来借书给她看，可是他没有来。她向白莉苹、许宁那里借到许多政治、经济、哲学、文学的书。有许多书她是看不懂的,象《反杜林论》、《哲学之贫困》,她看着简直莫名其妙。可是青年人热烈的求知欲望和好高骛远的劲头,管它懂不懂,她还是如饥如渴地读下去。当时余永泽还没回来,她一个人是寂寞的,因此她一天甚至读十五六个钟头。一边吃着饭一边也要读。钱少了,她每天只能买点棒子面蒸几个窝头吃。懒得弄菜,窝头不大好吃,可是因为捧着书本全神贯注在这上面,一个窝头不知不觉就吃完了。自从发明了这种"佐食法",她对于书本一会儿也不愿离开。

"许宁,请你告诉我:形而上学和形式论理学是一个东西吗?"

"辩证法三原则什么地方都能够应用,那你说,否定之否定应当怎么解释呢?……"

"苏联为什么还不实行共产主义社会?中国要到了共产主义社会,那将是个什么样子呀?"

"…………"

许宁常去找白莉苹,顺便也常看看她。每次见到他,道静都要提出许多似懂不懂的问题。弄得许宁常常摇头摆手地笑道:

"啊呀,小姐!你快要变成大腹便便的书虫子了!人怎么能一下子消化掉这么多的东西呀?我这半瓶子醋,可回答不了你。"话是这样说,可是谈起理论,许宁还是一套套地向道静谈得津津有味、头头是道。道静深深为她新认识的朋友们感到骄傲和幸福。于是她那似乎黯淡下去的青春的生命复活了,她快活的心情,使她常常不自觉地哼着、唱着,好象有多少精力施展不出来似的成天忙碌着。这心情是余永泽所不能了解的,因此,他发生了怀疑,他陷在莫名其妙的嫉妒的痛苦中。

第 十 三 章

道静正在院子里生火,准备做饭。一抬头卢嘉川走进来了。她立时扔下手里的煤球和簸箕,不管木柴正在熊熊燃烧着,慌忙地要领老卢进屋去。

"怎么?你还不放煤球?劈柴就要过劲啦。"卢嘉川含笑站在炉子边,拿起簸箕就把煤球添到炉口里。接着小小的炉子冒起了浓浓的黑烟。道静心里更加慌促——她正为叫卢嘉川看见自己做这些琐细的家务劳动而感到羞怯,加上他竟这么熟练地替她一做,她就更加觉得忐忑不安了。

"卢兄,这么久不见你……"她讪讪地说:"到屋里坐吧。你近来好吧?噢,你知道我多盼望……"道静兴奋地站在屋地上,东一句西一句简直语无伦次。卢嘉川呢,他却安详地和道静握握手,搬把椅子坐在门边,看着道静微微一笑,说:

"小林,这些日子生活得怎样?忙一点,好久不来看你了。"

道静竭力使自己镇静下来。一种油然而生的尊敬与一种隐秘的相见的喜悦,使得她的眼睛明亮起来,她靠在桌子边,还带着刚才的羞怯、不安,小声说:"卢兄,这些天,我读了好多书,明白了好多事,我的精神变了。……"她红着脸不知怎样来表达自己的心情。沉默了一下,看见卢嘉川并没有注意到她的慌乱和激动,于是她才完全镇静下来,开始向他报告起她所读的书,这些书所给与她的影响,以及她心情上的变化来。她越说越高兴,渐渐全部消失了刚才的慌乱和不安,神采飞扬地歪着脑袋,说:"卢兄,多么奇怪呀!怎么这么快我就变成了另外一个人——我好象年轻多啦。"

"你现在并不老,怎么能够再年轻?"卢嘉川眯着眼睛看着道静。顽皮的微笑又浮在他的嘴角。

"不,不是这样。"道静的神气非常庄严认真。"卢兄,你不知道,我虽然只有二十岁,可是我……我过去的生活使我早就象个老太婆了。我看什么都没意思,对什么都失望,甚至悲观到想过自杀。……可是自从过年那天夜里认识了你们,你教我读了许多书,我就忽然变啦。……"她正说到这儿,一扭头,发现余永泽不知在什么时候已经站到屋子当中。看见他的小眼睛愠怒地睨视着卢嘉川,道静的话嘎地停住了。还没容她开口,余永泽转过头来对道静皱着眉头说:

"火炉早着荒了,你怎么还不做饭去?高谈阔论能当饭吃吗?"又没等道静开口,他一个箭步冲了出去,屋门在他身后砰地关上了。

道静坐在凳子上,突然象霜打了的庄稼软软地衰萎下来。有一阵子,她红涨着脸激愤得说不出一句话。这时,倒是卢嘉川老练、沉着,他对砰然关上的房门望望,又对道静痛苦的神情默然看了一下,然后站起身走近道静的身边:

"这位余兄我见过。既然他急着要吃饭,小林,你该早点给他做饭才对。我们的谈话不要影响他。你把炉子搬进来,你一边做饭,我们一边谈好不好?"

"好!"道静正怕卢嘉川生气走掉,一见他还是留下来,她高兴得立时搬进炉子,坐上饭锅。渐渐地,气忿变成了沉重的悲哀,她低下头看着地说:"卢兄,替我想个办法吧!这生活实在太沉闷了。憋得出不来气。……"她抬起头来,眼睛忽然放射着一种异常热烈的光。"你介绍我参加红军,或者参加共产党,行吗?我想我是能够革命的!要不,去东北义勇军也行。"

"啖,"卢嘉川对这突如其来的请求似乎感到有些惊异:这年轻女孩子把参加革命想得多么简单容易呀!他望着她,沉了一下问道:"为什么呢?为什么想去当红军?"

"'宁为玉碎,不为瓦全!'我不愿意我的一生就这么平庸地、毫无意味地白白过去。从小时候,我抱定过志愿,——我要不虚此生。黑暗的社会不叫我痛快的活,就宁可去死!"她红涨着脸,闪烁着乌黑的眼睛说下去。"可是,自从看了你们给我的那些革命的书,明白了真理,我就决心为真理去死。我觉得人活着应当象那些英雄,象那些视死如归的人。卢兄,叫我到火热的战场上去吧,我再不能这样生活下去了!"

卢嘉川坐在椅子上,用手轻轻拍着桌子,好象在替道静滔滔的言语打着拍子。他摇着头,刚刚可以觉察到的调皮的微笑又浮现在他活泼的眼色中。

"小林,咱们先讨论个问题。——你该把饭锅搅一搅,不然要糊了。你过去和家庭斗争,不满意黑暗的社会,现在又想很快去革命、上战场,究竟都是为了什么呢?"

道静突然被窘住了。她咬着嘴唇沉思着,忘了搅锅,大米饭真的有了煳味。卢嘉川站起身把锅搅了搅端到火炉的一边烤着,她还沉在思索中一点不知道。半响,她才迷惘地看着卢嘉川呐呐地说:

"我,我没很好地考虑过这个。……但是我相信我不是为自己。——我讨厌那种自私自利的人。"

"但是,你这些想法和作法,恐怕还是为了你个人吧?"

道静蓦地站起身来:"你说我是个人主义者?"

"不,不是这个意思。"卢嘉川的神气变得很严峻,他的眼睛炯炯地盯着道静。"我问你,你过去东奔西跑,看不上这、瞧不起那,痛苦沉闷,是为了谁?为劳苦大众呢,还是为你自己?现在你又要去当红军,参加共产党做英雄……你想想,你的动机是为了拯救人民于水火呢?还是为满足你的幻想——英雄式的幻想,为逃避你现在平凡的生活?"

道静愣住了。过了一会,她又忍不住笑了。卢嘉川的话多么犀利地道破了她心中的秘密呵!她不由得害羞起来,歪着脑袋半天才说:

"卢兄,你说得很对。过去我只想当个好人——不欺侮人,也不受人欺侮。

也许这就叫做'独善其身'？确实,我很少想到为旁人。但是我有一点儿还不明白:我常常省下自己的零用,给洋车夫、给乞丐,我喜欢帮助穷人。你能说这也是为个人？"

"我想,"卢嘉川点点头说,"对一个人行为的评价——包括他一切的努力和奋斗,不仅要看他的动机,更应当看他的结果。看他是在推动现社会前进呢,还是在给这个腐烂的社会贴金,或者在挽留这个腐烂的社会。……"轻轻的、意味深长的微笑,浮在卢嘉川的眼角,他机警地向门外瞥视一下,又看了看那个倒霉的饭锅,继续说下去:"小林,你救济几个洋车夫或者几个乞丐,能叫千百个洋车夫和乞丐都有饭吃吗？这个除了能够满足你个人的'好人'欲望之外,对整个社会对全体劳动人民又有什么好处呢？……说到参加红军上疆场,这愿望是好的,可是也得看实际情况。革命工作是多种多样的,有火热的白刃战,也有不为人注意的平凡的斗争。"他又转动一下发着煳味的饭锅,向道静瞥了一眼。"象你做的这些做饭洗衣的琐碎事情,如果它是对人民对革命有利的、必须的,需要我们去做时,不一定非要上战场才算是革命。……小林,怎么样？非要当个战死疆场的英雄不行吗？"

卢嘉川说着笑了。林道静也跟着笑了。她的情绪随着他的话象小船随着波浪一样忽高忽低。当她觉察到卢嘉川是用一种真诚坦率的友谊在向她劝告时,她那由于面子、自尊而引起的不快就很快地消逝了。当她看到他爽朗地笑起来、并且露着关切的神情向她点头的时候,她心里忽然感到一阵从未有过的欣喜。

"卢兄,真感谢你！"她绯红的脸上浮跃着欢喜的笑容,美丽的眼睛睁得又大又亮。

"怎么,中午了,饭熟了吗？"余永泽狸猫一样又偷偷地跳进来了。这回他把礼帽向床上一扔,一屁股坐在床上,瞪着道静不动了。

道静的脸霎地变得灰白。她愣愣地望着余永泽,张不得口——她实在不愿当着卢嘉川的面去和他吵嘴。

卢嘉川是个机灵人,他一看这两个人的情况不对,便赶快拿起帽子,先向余永泽微笑地点点头,又向道静含着同样镇定的笑容说:

"我们今天的谈话很不错。……现在,你们吃饭吧,我该走了。"他又向余永泽点点头,便走向房门外。道静默默地跟在后面送他出来,直送到他走出大门,道静才咬着嘴唇什么话也没讲就回来了。当她一回身却发现余永泽也跟在她身后,瘦脸拉得长长的,象个丧门神。

这天夜晚,道静晚饭没吃就睡下了。她心里被许多复杂的情绪、思路搅扰得很惶乱。时间很久了,她躺在枕上还没睡着。睁眼望望,昏昏的灯光下,余永泽正坐在桌旁低头发着闷。这时,她的眼睛忽然盈满了泪水。

"这,这就是那个我曾经热爱过的、倾心过的人吗?……"她赶快把头蒙起来,生怕他听见她伤心的痛哭。

余永泽坐在桌旁思索着。他早就知道林道静接近卢嘉川,今天,他俩那种亲密纵谈的情况,更加使他明白了道静变化的原因。他竭力克制自己,他想:男子汉大丈夫不应该为一个女人来苦恼自己。可是,当他眼前闪过了卢嘉川那奕奕的神采、那潇洒不羁的风姿,同时闪过了道静望着卢嘉川时那闪烁着的快活的热情的大眼睛,他又忍不住被痛苦和忿恨攫住了。他激动地坐在椅子上想得很久,也想得很多。但是他毫无办法。道静这女人是倔强的,是有自己独立不倚的思想的,你用道理说服不了她,用眼泪也不能打动她,施加威力更是不行。……怎么办呢,聪明的余永泽最后想出了一个奇妙的主意,——给卢嘉川写封信。劝告他,警告他,如果他懂得作人的道德的话。

信是这样写的:

卢公足下:

　　余与足下俱系北大同学,而令戚又系余之同乡,彼此素无仇隙。乃不意足下竟借口宣传某种学说,而使余妻道静被蛊惑、被役使。彼张口革命,闭口斗争,余幸福家庭惨遭破坏。而足下幸矣,乐矣,悠悠然、飘飘然逞其所欲矣!……人,应当懂得做人的道德,人也应当不以危言耸听去破坏别人的幸福,否则殊有背人之良知德性也。余谨以此数言奉劝足下,是耶非耶?幸三思之。尚望明鉴。

　　　　　　　　　　　　　　　　　　余永泽　一九三三年三月

信写好了,他心里好象出了一口闷气,舒畅一些。把信封好,站起身来伸了个懒腰,走到床前。这时他看见道静睡着了。她熟睡的面孔好象大理石的浮雕一样,恬静、温柔,短短的松软的黑发覆披在白净的丰腴的脸庞上,显出一种端庄纯净的美。……后来他又看出她的嘴角含着浅浅的笑意,脸上却挂着晶莹的泪珠。"她哭啦?……"这个念头一闪,他立刻被一种怜悯似的感情把满腔气恼全部勾销了。他忽然感到她不是一般的女人,她是一个有着崇高理想的女人。而他应当理解她,原谅她。……他站在床前望了她一会儿,心里想:"她是善良的,诚实的,她不会欺骗人,不会爱别人的,我干吗庸人自扰呢?……"想到这里,仿佛豁然开朗似的,余永泽的心情舒展了。他伏下身来在道静脸上轻轻吻了一下,然后回过身把那封刚写好不久的信,一狠心,投入到将熄的火炉里。看见炉口冒起一阵火光,他好象做了一件了不得的事业,立刻豪壮地举起胳膊,连连伸出去打了几拳,然后几个哈欠一打,他赶快脱衣睡下去。

第 十 四 章

许宁来找白莉苹,白莉苹不在,他就到道静的屋子里,站在当屋地上问道静:

"小白哪儿去啦?她怎么又不在家?"

道静看着许宁漂亮面孔上的沮丧神情,微笑着说:

"我怎么会知道?她就是总不在家嘛。"

许宁原来和崔秀玉很不错,后来崔秀玉到东北去了,白莉苹这富有魅力的女人就把他迷惑住。这些天来他们俩常在一起。不过白莉苹一向交际很多,许宁来找她有时找不到,他就来向道静打听。

许宁坐在凳子上,惘然地问道静:"小林,你说,白莉苹是怎么回事?"

道静没有回答他,却问他:

"小崔有信吗?她真的去参加了义勇军?"

许宁突然满面涨红。平日这欢腾的爱笑爱闹的小伙子变得期期艾艾地说不上话来。他翻着眼皮对墙上一张贝多芬的画像望了一会儿,然后回过头来含着一种无可奈何的苦笑,说:

"小林,你别误会,我爱小崔和爱小白是不一样的。要不是因为我妈妈、因为快要毕业,我就和她一同到东北参加义勇军去了。……小白这家伙我知道……"

"你知道就好了。"道静不会说那些俏皮锋利的话,她不满意许宁这种对待爱情的态度,但是她只能诚恳地直率地对他说:"许宁,别忘了小崔。你看,那姑娘够多好。"

"是的,小林。说实在的,我心里常常想着她。而且一想到她,还,还有些痛苦……"许宁被道静这种纯挚的友好的态度感动了,他望着她,象对一个知心的朋友说起他心里的事："本来我对小白没什么,可是她——真有办法……,我们有些工作又需要经常在一起,所以……别说她了,我会克制自己的。"他默然想了一会儿站起身来就要走。

"许宁,问你,"道静拦住他,"你见了老卢老罗他们吗?怎么……"

"嘿,你不提差点儿忘了。老卢叫我告诉你:明天是'三一八'惨案纪念日,北平学生要举行扩大纪念会,还可能游行示威,你愿意参加吗?"

"游行做什么?"

"反对国民党的不抵抗主义,反对日本帝国主义加紧进攻中国,反对帝国主义和他们的走狗,拥护社会主义的苏联。"

"参加!"道静毫不迟疑地说道,"你也去吗?老卢呢?"

"他吗,当然去!"许宁一改刚才的神情,做了一个滑稽的鬼脸,冲着道静一挥拳头。"我——当然去啦。还有,小林,你要尽量多发动你的朋友们也参加。老卢说应当广泛地发动群众。我走了,明天见!上午八点在北大操场集合。你可要去呀!"

许宁已经走远了。道静还一个人站在门槛上望着他的背影微笑着。她从来还没有参加过任何游行集会,这多人群聚在一起将是个什么情景呢?……她被一种新奇的神秘似的感觉兴奋得许久都不能安静下来。

余永泽腋下挟着一叠子书回家来了,道静忘情地拉着他:"泽,明天我要去参加'三一八'纪念游行,你也同去吧。"

"什么?你要干什么去?"余永泽惊愕地瞪着道静。

"'三一八'纪念游行,你又不愿意呀?"

余永泽懒洋洋地放下书本,半天才开口说话,声调那么凄凉:

"静,听我一次话,不要去吧。听说外面常捕人。……救国的事还可说,可是'三一八'算个什么纪念日?万一……静,安静一点!天有不测风云,谁知道哪一块云彩下雨……"他注视着道静,脸上又露出了那种乞求似的哀愁。

"不行!谁都象你这样胆小,掉下个树叶也怕砸死你!"道静对余永泽别的规劝或罗嗦还都比较能够忍耐,唯独关于革命方面的事,她简直点火就着,是最不能容忍的。"算啦,我还打算叫你跟我一起去呢,闹半天,你还想拉我的后腿。算啦,谁也别管谁!"刚一说完她就跑出去了。

她找到她的好朋友王晓燕。老卢叫尽量多发动人,她很希望自己能多找几个人一块儿去。可是晓燕问她:"游行干什么事呀?"

"反对日本帝国主义的侵略,反对国民党的不抵抗主义,反对帝国主义的走狗,拥护社会主义的苏联……"

晓燕沉默着,好半天没出声。道静站在她面前心神不安地看着她,好象等候判决似的。终于晓燕郑重地摇头说道:

"小林,别怪我。爸爸对我说过:青年人还是多研究些问题,少谈些主义……看你们还没游行,先就来了一大套'主义'。……我不懂这些,真的什么也不懂。"

道静蹙着眉头,她的面孔微微涨红,心里又懊丧又焦躁。"燕,你说的这些不都是胡适的学说吗?什么时候你也学会了这些东西?"

晓燕睁大眼睛,那里面闪烁着一种稚气而自信的光芒,她不好意思地怯怯地说:"小林,别问我这些。我相信爸爸的话,他很有修养。……我劝你也别太相信那些左倾的人的话了,读书是最要紧的。什么社会主义苏联,和我们有什么关系呢?"

晓燕虽然是不赞成她的,但是她的态度温存、心地善良,她只是不相信,不象余永泽那样的自私和胆怯。因此道静站在地上只深深感到了失望的颓丧,而没有象对余永泽那样的气恼。再说,对爱人可以任性地发发脾气,对待朋友可怎么能够拉下脸来呢。

两个朋友相对无言地怔了一阵子,道静只好怏怏地跑回家来。

夜里,余永泽和她在床上闲谈着。他用娓娓动听的低声讲起古今中外一些大作家大艺术家的爱情故事。那些人怎样生活在美的大自然中,怎样为爱情牺牲一切……他抚弄着她的头发说着说着,突然带着无限柔情低声问她:

"静,还记得吗?我们在北戴河海边的许多往事。有一次夜里,我和你一块儿坐在沙滩上,一同静静的听着海浪的声音。月亮底下,大海闪着银光,我望着你的眼睛——你的眼睛真象海水一样又深、又亮、又美呀!唉,真美极啦。望着它,我的心就象醉了一样。静,那时,我真想拥抱你、亲你……我永远不会忘掉那一晚。永远不会忘掉我们在北戴河的生活。人要永远生活在那种美妙的诗的境界中该多好呵!"他闭上眼,沉醉在往事的回忆中。过了一会,他睁开眼睛,露着沉痛的神色。"可是看看现实——滚滚尘寰,你争我夺,到处是火药气味,多么令人痛心……"他又闭起眼睛,带着朦胧的梦呓的意味抱住道静的脖子轻轻叹息。

听着余永泽的叙说,那美丽无边的大海,大海上的明月和银波,真的在道静面前荡漾起来了。她用力握住了他的手,深情地看着他:"是,泽,那真是美呀!"但是当听他说到最后,说到了现实充满着火药气味等话的时候,她才警觉起来,慢慢抽回了自己的手,小声说:"泽,别总叫我为难好不好?你应当了解我。……当然,我忘不了北戴河,我们在那儿初次认识。"她的心里交错着许多复杂的情绪,她既爱将来,又不能忘掉过去。在她的心灵深处,未来和过去是两个相反的互不相容的极端,但却同时在她心里存在着、混淆着。

"亲爱的,我一点儿也不反对你正义的行动。"余永泽轻轻抚摸着她的头发说。"人生活得要有意义我知道。可是你太年轻,对复杂的魑魅魍魉的社会太缺少阅历,所以我不放心你。在北戴河如果不是我们相遇,那还不知要闯出什么祸来。你知道么?光在我们北大就有什么托派、国家主义派、无政府主义派,国民党的一些什么派还不算在内。真正的你所信仰的那个共产党是很少的。听说清党以后早就没有什么了。真正的革命在哪儿呢?你接近的那些人可靠吗?——知道他们不是挂羊头卖狗肉吗?静,我不是顽固不化的人,可是你总不了解我,认为我自私保守。……我心里真难过!"他悲伤地长吁了一口气,说不下去了。

小屋里春寒未退,深夜是寒冷的。而且窗外刮着北方粗烈的风沙,震得窗纸发出沙沙的响声。道静挨着余永泽瘦削的肩膀,她陡然觉得心里一阵发冷。

"挂羊头卖狗肉?……卢嘉川、罗大方、许宁……这些人可能吗?不!不!"她竭力拂去余永泽给她心上投来的暗影。"不,不要信他的!不要信他的!"她在心里呼喊着、挣扎着,眼睛忍不住潮湿了。

"泽,你不要破坏我的信仰好不好?"过了一会,她振作起来,决然地说。"你折磨得我够瞧了,我相信他们,我一定相信他们!如果我错了,我自己负责;如果因为这个我变坏了或死了,我谁也不怨!"

"那不行!"余永泽只穿着衬衣,猛地坐了起来,他的小眼睛里闪着一种困兽似的绝望的光焰。"你是我的!你的生命和我的生命早已凝结在一起。我们要死一起死,要活一起活;可是我们不能分裂!不能离开!我不能叫你盲人瞎马地去乱闯!静,明天的游行你是绝对不能参加的。明白不?这是我第一次干涉你的行动,可是我必须干涉!"

"我不叫你干涉!"道静也霍地坐起身来面冲着墙喊道。"我现在才明白你讲了大半夜的目的只有两个字——这就是'干涉'!你为什么干涉?我是去放火抢劫?还是去找情人谈情?你说得美妙动人、天花乱坠,闹了半天只是拐弯抹角地迷惑人、动摇人……你简直是要我的命！"

　　他们争吵着，闹得公寓里的邻居都不能安睡。有的人就高声咳嗽起来，他们才渐渐安静下去。

　　这一夜林道静整夜没有睡着。天色刚亮，她望望身旁熟睡着的余永泽，就悄悄爬起了床。好象小偷一般蹑手蹑脚地脸也没洗就溜出门去——她怕吵醒他，他要真的再拦她，闹得四邻皆知是很危险的。

　　她到北大女生宿舍王晓燕那儿洗了洗脸，又动员她去参加，她还是不去，她就一个人到北大红楼后面去了。

上海文艺出版社 1978 年版

王蒙《组织部新来的青年人》导读

 **作家简介**

　　王蒙(1934—),出生于北京,祖籍河北南皮。1948年加入中国共产党。解放后曾任青年团北京市东四区委副书记。1957年被打成"右派",1979年获得平反。曾任《人民文学》主编、中华人民共和国文化部部长和中国作家协会副主席等职。代表作品有《组织部新来的青年人》《春之声》(短篇小说)、《蝴蝶》(中篇小说)、《活动变人形》(长篇小说)以及"季节"系列长篇小说(《恋爱的季节》《失恋的季节》《踌躇的季节》《狂欢的季节》)等。他的作品多次获得全国优秀短、中篇小说奖。2015年,王蒙凭借其作品《这边风景》获得茅盾文学奖。2018年,王蒙被授予改革开放40周年特别贡献奖。2019年,国家主席习近平签署主席令,授予王蒙"人民艺术家"国家荣誉称号。

 创作背景

　　《组织部新来的青年人》发表于1956年9月8日出版的9月号的《人民文学》。1956年,在中国历史上是不平凡的一年。这一年的前一年发生了震惊中国知识界的"胡风事件",全国范围内展开了肃清暗藏的反革命分子运动。但1956年1月,中共中央召开了关于知识分子问题的会议,周恩来作了著名的《关于知识分子问题的报告》(胡乔木起草),这个报告的中心思想是解放知识分子,要提高他们的生活待遇和政治待遇,中央认定:"革命需要知识分子,建设尤其需要知识分子。"这一年苏共二十大刚刚开过,"百花齐放,百家争鸣"的口号也提出来了,用费孝通先生的一句名言概括这一时期就是:"知识分子的早春天气。"但随后就发生了"反右"运动。在"胡风事件"和"反右"运动之间,恰好有一个短暂的"知识分子的早春天气"。在这个"早春天气"中,知识分子被鼓励"写真实""干预生活",时年仅22岁的王蒙就是在这样的时代感召之下向党和人民讲述了一个"知识分子的困惑"。

小说发表之后引起社会极大的反响。参加讨论的稿件多达1300多份,《文艺学习》曾经连续4期组织专题讨论。一开始的讨论主要围绕作品是否客观公正地反映了党的组织生活、如何看待作品反映出的问题以及如何评估"写黑暗面"的作品所产生的社会效果等方面,客观地说,虽然难免带有庸俗政治观念的时代弊病,但还能够集中在文学艺术的框架之下展开。随后,批判不断升级,政治力量介入到讨论中来,这股刚刚涌动的文学激流便如早春的天气一般悚然消逝。作家和另一些有着相类似倾向的作家、评论家——刘绍棠、邵燕祥、从维熙、邓友梅等——都因此相继被打成"右派"。

"文革"结束后,这部小说被收入《重放的鲜花》一书,再次引起社会关注。时代风云的更迭并没有泯灭这部政治色彩浓重的作品的艺术魅力,人们从不同的角度重新认识和阐发作品的意义,其中不乏许多意外深刻的发现。这一方面说明了艺术作品本身的丰富和复杂,另一方面似乎也揭示出某些时代命题其实是人类长久以来的困境。

作品评点

小说的主人公,22岁的小学教员林震因工作成绩突出,被调到党委组织部工作,具体负责联系工厂的党建工作。围绕这一主线,作品利用林震初出茅庐的单纯、热情、幼稚揭露组织部工作的拖沓疲靡、官僚和机械。而代表这种官僚习气的,正是副部长刘世吾。这一老一少在作品中有许多精彩的较量:两人初次见面,林震"象小学生第一次见老师一样",而刘世吾却"纯熟地驾驭"着谈话的内容和节奏;及至"王清泉"案件处理完毕,两人畅饮抒怀,林震已经开始用"深深的尊敬和爱戴的眼光"看待刘世吾了;而当林震在区委常委会议上直接批评刘世吾以后,刘世吾不仅有理有据地反驳了批评,而且还约他"一起散步",这使林震的斗争颇有些找不到靶子的荒诞。

显然,与林震相比,作者对官僚刘世吾的刻画更为深刻和生动。原因也许是,刘世吾毕竟是一个新中国的官员。作者不愿将笔墨停留在漫画式的素描上,以造成简单的批判和嘲讽。相反,作者赋予这个人物许多近乎完美的事迹,比如:他喜欢读文学作品,并且显然比林震读得多;他是真正的老革命,为革命挨过枪子儿;他做事雷厉风行、富有实效,并且(至少在表面上)能够听取批评意见,对人事关系洞若观火;甚至,对自身的官僚习气,刘世吾也有清晰但无奈的认识……几乎在各个方面,刘世吾都远远胜过林震。而对于林震,作者有意将其描写为一个"学生气"的、正处在青春期的懵懂少年。不论对工作、对爱情、对人事,他都空有一番憧憬和想象,以至于当时(1956年)就有人指出,让这样一个"愣头青"单枪匹马地对付老谋深算的官僚主义,力量太嫌单薄了。

这种将林震与刘世吾置于矛盾斗争两端的看法,构成了小说阐释的主流。近年来评论家从心理层面将这种斗争主题向内转,认为"揭露和批判官僚主义"只是这部小说的外部倾向性描写,"但它更是一篇以个人体验和感受为出发点,通过个人的理想激情与现实环境的冲突,表现叙述人心路历程的成长小说"(陈思和《中国当代文学史教程》)。这样,斗争的战场更多地转向了人物心理内部。斗争不再是唇枪舌剑、是非对错的原则较量,而更多地变成了幼稚与老迈、激情与惰性、理想与现实等中性层面上的"普遍"问题。

以"新来者"的眼光打量一个陈旧僵化的机体,这种模式似乎滥觞于《红楼梦》。与林黛玉初入贾府的谨小慎微、感时伤怀相比,林震同样战战兢兢、不知所措,但不论是谁,一旦进入,就不再是一个可以进行直接斗争的"局外人"。或者说,"新来者"的当务之急,不是发现问题、解决问题,而是适应环境、改造自己。机警如黛玉者,可以在一问一答中隐才藏己,而幼稚的林震,也不得不承认刘世吾的"领导艺术"每每让人"消食化气"叹为观止。不同的是,这个新中国的青年干部,对党的工作有一种"神圣的"想象。这种想象,也许来自平日的党政学习,也许来自文学作品,总之,他不是一个简单的青年,可以任由新环境吞噬自己的青春。他一方面汲取这个环境所提供的一切养分——他可以从另一个更为反面的官僚韩常新那里了解工厂概况,更可以从另一个隐藏的批判者赵慧文那里寻找到志同道合的友情——另一方面,他也努力在现实中总结判断,积累经验,他认为"人要在斗争中使自己变正确,而不能等到正确了才去斗争"。

林震的想象究竟能支撑多久?林震的斗争究竟所凭何据?看来,不论外部研究还是内部分析,都无法中肯地分析这个特殊的"新来者"身上所具有的锋芒和能量。这其中有一个微妙的原因,那就是不论林震还是刘世吾,不论年轻人还是老革命,不论小学校还是组织部,一切都是"新中国"的舞台上的"新人新事新风尚",新中国的一切,都需要新的探索和新的建设:新中国的老人,"经验要丰富,但心要单纯";新中国的青年,"要更积极,更热情,但是一定要更坚强"。这种对青春建功立业、对热情单纯的革命理想的鼓舞欢唱都带有鲜明的"新中国"印记。对此,作品中有这样一段关于"早春"的描述:"……四月,东风悄悄地刮起,不再被人喜爱的火炉蜷缩在阴暗的储藏室,只有各房间熏黑了的屋顶还存留着严冬的痕迹。……区委会的生活却丝毫不受季节的影响,继续以那种紧张的节奏和复杂的色彩流转着。当林震从院里的垂柳上摘下一颗多汁的嫩芽时,他稍微有点怅惘,因为春天来得那么快,而他,却没作出什么有意义的事情来迎接这个美妙的季节。"——正是这种"春天来了",但又"没作出什么有意义的事情"来的怅惘和不安,激励着新中国各条战线的青年向着心中那或许真的是幼稚的理想义无反顾地迈进。从这个意义上说,即使不是直接的政治图解,王蒙的倾向性还是很明显的。与其说他将斗争的匕首,不如说他将理想的大旗放在了青年身上。这种放置,使得任何正确的人生哲学和领导艺术都相形见绌,更使得新中国的勃勃生机在远隔了多少世代之后仍能鼓舞人心。

(李海霞)

组织部新来的青年人①

王 蒙

一

三月,天空中纷洒着似雨似雪的东西。三轮车在区委会门口停住,一个年青人跳下来。车夫看了看门口挂着的大牌子,客气地对乘客说:"您到这儿来,我不收钱。"传达室的工人,复员荣军老吕微跛着脚走出,问明了那年青人的来历后,连忙帮他搬下微湿的行李,又去把组织部的秘书赵慧文叫出来。赵慧文

---

① 收入《王蒙小说报告文学选》(北京出版社1981年版)时,篇名由作者改定为"组织部来了个年轻人"。

紧握着林震的两只手,说:"我们等你好久了。"林震在小学教师支部的时候,就与赵慧文认识。她的苍白而美丽的脸上,两只大眼睛闪着友善亲切的光亮,只是下眼皮上有着因疲倦而现出来的青色。她带林震到男宿舍,把行李放好,解开,把湿了的毡子晾上,再铺被褥。在她料理这些事情的时候,常常撩一撩自己的头发,正像那些能干而漂亮的女同志们一样。

她说:"我们等了你好久!半年前就要调你来,区人民委员会文教科死也不同意,后来区委书记直接找区长要人,又和教育局人事室吵了一回,这才把你调了来。"

"可我前天才知道,"林震说,"听说调我到区委会,真不知怎么好。咱们区委会净干什么呀?"

"什么都干。"

"组织部呢?"

"组织部就作组织工作。"

"工作忙不忙?"

"有时候忙,有时候不忙。"

赵慧文端详着林震的床铺,摇摇头,大姐姐似的不以为然地说:"小伙子,真不讲卫生!瞧那枕头布,已经由白变黑;被头呢,吸饱了你脖子上的油;还有床单,那么多折子,简直成了泡泡纱……"

林震觉得,他一走进区委会的门,他的新的生活刚一开始,就碰到了一个很亲切的人。

他带着一种节日的兴奋心情跑着到组织部第一副部长的办公室去报到。副部长有一个古怪的名字:刘世吾。在林震心跳着敲门的时候,他正仰着脸衔着烟考虑组织部的工作规划。他热情而得体地接待林震,让林震坐在沙发上,自己坐在办公桌边,推一推玻璃板上叠得高高的文件,从容地问:

"怎么样?"他的左眼微皱,右手弹着烟灰。

"支部书记通知我后天搬来,我在学校已经没事,今天就来了。叫我到组织部工作,我怕干不了,我是个新党员,过去作小学教师,小学教师的工作与党的组织工作有些不同……"

林震说着他早已准备好的话,说得很不自然,正像小学生第一次见老师一样。于是他感到这间屋子很热。三月中旬,冬天就要过去,屋里还生着火,玻璃上的霜花溶解成一条条的污道子。他的额头沁出了汗珠,他想掏出手绢擦擦,在衣袋里摸索了半天没有找到。

刘世吾机械地点着头,看也不看地从那一大叠文件中抽出一个牛皮纸袋,打开纸袋,拿出林震的党员登记表,锐利的眼光迅速掠过,宽阔的前额上出现了密密的皱纹,闭了一下眼,手扶着椅子背站起来,披着的棉袄从肩头滑落了,然后用熟练的毫不费力的声调说:

"好,对,好极了,组织部正缺干部,你来得好。不,我们的工作并不难作,学习学习就会作的,就么回事。而且你原来在下边工作的……相当不错嘛,是不是不错?"

林震觉得这种称赞似乎有某种嘲笑意味,他惶恐地摇头:"我工作作得并不好……"

刘世吾的不太整洁的脸上现出隐约的笑容,他的眼光聪敏地闪动着,继续说:"当然也可能有困难,可能。这是个了不起的工作。中央的一位同志说过,组织工作是给党管家的,如果家管不好,党就没有力量。"然后他不等问就加以解释:"管什么家呢?发展党和巩固党,壮大党的组织和增强党组织的战斗力,把党的生活建立在集体领导、批评和自我批评、与密切联系群众的基础上。这样作好了,党组织就是坚强的,活泼的,有战斗力的,就足以团结和指引群众,完成和更好地完成社会主义建设与社会主义改造的各项任务……"

他每说一句话,都干咳一下,但说到那些惯用语的时候,快得像说一个字。譬如他说:"把党的生活建立在……上",听起来就像:"把生活建在登登登上",他纯熟地驾驭那些林震觉得是相当深奥的概念,像拨弄算盘子一样的灵活。林震集中最大的注意力,仍然不能把他讲的话全部把握住。

接着,刘世吾给他分配了工作。

当林震推门要走的时候,刘世吾又叫住他,用另一种全然不同的随意神情问:

"怎么样,小林,有对象了没有?"

"没……"林震的脸刷地红了。

"大小伙子还红脸?"刘世吾大笑了,"才二十二岁,不忙。"他又问:"口袋里装着什么书?"

林震拿出书,说出书名:《拖拉机站站长与总农艺师》。

刘世吾拿过书去,从中间打开看了几行,问:"这是他们团中央推荐给你们青年看的吧?"

林震点头。

"借我看看。"

"您有时间看小说吗?"林震看着副部长桌上的大叠材料,惊异了。

刘世吾用手托了托书,试了试分量,微皱着左眼说:"怎么样?这么一薄本有半个夜车就开完啦。四本《静静的顿河》我只看了一个星期,就那么回事。"

当林震走向组织部大办公室的时候,天已经放晴,残留的几片云现出了亮晶晶的边缘。太阳照亮了区委会的大院子。人们都在忙碌:一个穿军服的同志挟着皮包匆匆走过,传达室的老吕提着两个大铁壶给会议室送茶水,可以听见一个女同志顽强地对着电话机子说:"不行,最迟明天早上! 不行……"还可以听见忽快忽慢的"哐哧、哐哧"声——是一只生疏的手使用着打字机,"她也和我一样,是新调来的吧?"林震不知凭什么理由,猜打字员一定是个女的。他在走廊上站了一站,望着耀眼的区委会的院子,高兴自己新生活的开始。

二

组织部的干部算上林震一共二十四个人,其中三个人临时调到肃反办公室去了,一个人半日工作准备考大学,一个人请产假。能按时工作的只剩下十九个人。四个人作干部工作,十五个人按工厂、机关、学校分工管理建党工作,林震被分配与工厂支部联系组织发展党的工作。

组织部部长由区委副书记李宗秦兼任,他并不常过问组织部的事,实际工作是由第一副部长刘世吾掌握。另一个副部长负责干部工作。具体指导林震工作的是工厂建党组组长韩常新。

韩常新的风度与刘世吾迥然不同。他二十七岁,穿蓝色海军呢制服,干净得抖都抖不下土。他有高大的身材,配着英武的只因为粉刺太多而略有瑕疵的脸。他拍着林震的肩膀,用嘹亮的嗓音讲解工作,不时发出豪放的笑声,使林震想:"他比领导干部还像领导干部。"特别是第二天韩常新与一个支部的组织委员的谈话,加强了他给林震的这种印象。

"为什么你们只谈了半小时?我在电话里告诉你,至少要用两小时讨论'发展计划'!"

那个组织委员说:"这个月生产任务太忙……"

韩常新打断了他的话,富有教训意味地说:"生产任务忙就不认真研究发展工作了?这是把中心工作与经常工作对立起来,也是党不管党的一种表现……"

　　林震弄不明白什么叫"中心工作与经常工作对立起来"和"党不管党",他熟悉的是另外一类名词:"课堂五环节"与"直观教具"。他很钦佩韩常新的这种气魄与能力——迅速地提高到原则上分析问题和指示别人。

　　他转过头,看见正伏在桌上复写材料的赵慧文,她皱着眉怀疑地看一看韩常新,然后扶正头上的假琥珀发卡,用微带忧郁的目光看向窗外。

　　晚上,有的干部去参加街道上基层组织生活,有的休息了,赵慧文仍然赶着复写"税务分局培养、提拔干部的经验",累了一天,手腕酸痛,不时在写的中间撂下笔,摇摇手,往手上吹口气。林震自告奋勇来帮忙,她拒绝了,说:"你抄,我不放心。"于是林震帮她把抄过的美浓纸叠整齐,站在她身旁,起一点精神支援作用。她一边抄,一边时时抬头看林震,林震问:"干吗老看我?"赵慧文咬了一下复写笔,调皮地笑了笑。

三

　　林震是一九五三年秋天由师范学校毕业的,当时是候补党员,被分配到这个区的中心小学当教员。作了教师的他,仍然保持中学生的生活习惯:清晨练哑铃,夜晚记日记,每个大节日——五一、七一……以前到处征求人们对他的意见。曾经有人预言,过不了三个月他就会被那些生活不规律的成年人"同化"。但,不久以后,许多教师夸奖他也羡慕他了,说:"这孩子无忧无虑,无牵无挂,除了工作,就是工作……"

　　他也没有辜负这种羡慕,一九五四年寒假,由于教学上的成绩,他受到了教育局的奖励。

　　人们也许以为,这位年青的教师就会这样平稳地、满足而快乐地度过自己的青年时代。但是不,孩子般单纯的林震,也有自己的心事。

　　一年以后,他更经常焦灼地鞭策自己。是因为社会主义高潮的推动,全国青年社会主义积极分子会议的召开,还是因为年龄的增长?

　　他已经二十二岁了,记得在初中一年级时作过一篇文,题目是"当我××岁的时候",他写成"当我二十二岁的时候,我要……"现在二十二岁,他的生命史上好像还是白纸,没有功勋,没有创造,没有冒险,也没有爱情——连给某个姑娘写一封信的事都没有做过。他努力工作,但是他作的少、慢,和青年积极分子们比较,和生活的飞奔比较,难道能安慰自己吗?他订规划,学这学那,作这作那,他要一日千里!

这时,接到调动工作的通知,"当我二十二岁的时候,我成了党工作者……"也许真正的生活在这里开始了?他抑制住对于小学教育工作和孩子们的依恋,燃烧起对新的工作的渴望。支部书记和他谈话的那个晚上,他想了一夜。

就这样,林震口袋里装着《拖拉机站站长与总农艺师》,兴高采烈地登上区委会的石阶,对于党工作者(他是根据电影里全能的党委书记的形象来猜测他们的)的生活,充满了神圣的憧憬。但是,等他接触到那些忙碌而自信的领导同志,看到来往的文件和同时举行的会议,听到那些尖锐争吵与高深的分析,他眨眨那有些特别的淡褐色眼珠的眼睛,心里有点怯……

到区委会的第四天,林震去通华麻袋厂了解第一季度发展党员工作的情况,去以前,他看了有关的文件和名叫《怎样进行调查研究》的小册子,再三地请教了韩常新,他密密麻麻地写了一篇提纲,然后飞快地骑着新领到的自行车,向麻袋厂驶去。

工厂门口的警卫同志听说他是委员会的干部,没要他签名,信任地请他进去了。穿过一个大空场,走过一片放麻的露天仓库与机器隆隆响的厂房,他心神不安地去敲厂长兼支部书记王清泉办公室的门,得到了里面"进来"的回答后,他慢慢地走进去,怕走快了显得没有经验,他看见一个阔脸、粗脖子、身材矮小的男人正与一个头发上抹了许多油的驼背的男人下棋。小个子的同志抬起头,右手玩着棋子,问清了林震找谁以后,不耐烦地挥一挥手:"你去西跨院党支部办公室找魏鹤鸣,他是组织委员。"然后低下头继续下棋。

林震找着了红脸的魏鹤鸣,开始按提纲发问了:"一九五六年第一季度,你们发展了几个人?"

"一个半。"魏鹤鸣粗声粗气地说。

"什么叫'半'?"

"有一个通过了,区委拖了两个多月还没有批下来。"

林震掏出笔记本记了下来。又问:

"发展工作是怎么样进行的,有什么经验?"

"进行过程和向来一样——和党章的规定一样。"

林震看了看对方,为什么他说出的话像搁了一个星期的窝窝头一样干巴?魏鹤鸣托着腮,眼睛看着别处,心里也像在想别的事。

林震又问："发展工作的成绩怎么样？"

魏鹤鸣答："刚才说过了，就是那些。"他好像应付似的希望快点谈完。

林震不知道应该再问什么了，预备了一下午的提纲，和人家只谈上五分钟就用完了。他很窘。

这时门被一只有力的手推开了。那个小个子的同志进来，匆匆忙忙地问魏鹤鸣："来信的事你知道吗？"

魏鹤鸣无精打采地点了点头。

小个子的同志来回踱着步子，然后劈开腿站在房中央："你们要想办法！质量问题去年就提出来了，为什么还等着合同单位给纺织工业部写信？在社会主义高潮当中我们的生产迟迟不能提高，这是耻辱！"

魏鹤鸣冷冷地看着小个子的脸，用颤抖的声音问："您说谁？"

"我说你们大家！"小个子手一挥，把林震也包括在里面了。

魏鹤鸣因为抑制着的愤怒的爆发而显得可怕，他的红脸更红了，他站起来问："那么您呢？您不负责任？"

"我当然负责。"小个子的同志却平静了，"对于上级，我负责，他们怎么处分我，我也接受。对于我，你得负责，谁让你做生产科长呢？你得小心……"说完，他威胁地看了魏鹤鸣一眼，走了。

魏鹤鸣坐下，把棉袄的扣子全解开了，喘着气。林震问："他是谁？"魏鹤鸣讽刺地说："你不认识？他就是厂长王清泉。"

于是魏鹤鸣向林震详细地谈起了王清泉的情况。王清泉原来在中央某部工作，因为在男女关系上犯错误受了处分，一九五一年调到这个厂子作副厂长，一九五三年厂长他调，他就被提拔作厂长。他一向是吃饱了转一转，躲在办公室批批文件、下下棋，然后每月在工会大会、党支部大会、团总支大会上讲话批评工人群众竞赛没搞好，对质量不关心，有经济主义思想……魏鹤鸣没说完，王清泉又推门进来了。他看着左腕上的表，下令说："今天中午十二点十分，你通知党、团、工会和行政各科室的负责人到厂长室开会。"然后把门乓地一带，走了。

魏鹤鸣嘟哝着："你看他怎么样？"

林震说："你别光发牢骚，你批评他，也可以向上级反映，上级决不允许有这样的厂长。"

魏鹤鸣笑了，问林震："老林同志，你是新来的吧？"

"老林"同志脸红了。

魏鹤鸣说："批评不动！他根本不参加党的会议，你上哪儿批评去？偶尔参加一次，你提意见，他说：'提意见是好的，不过应该掌握分寸，也应该看时间、场合。现在，我们不应该因为个人意见侵占党支部讨论国家任务的宝贵时间。'好，不占用宝贵时间，我找他个别提，于是我们俩吵成了现在这个样子。"

"向上级反映呢？"

"一九五四年我给纺织工业部和区委写了信，部里一位张同志与你们那儿的老韩同志下来检查了一回。检查结果是：'官僚主义较严重，但主要是作风问题，任务基本上完成了，只是完成任务的方法有缺点。'然后找王清泉'批评'了一下，又找我鼓励了一下开展自下而上的批评的精神，就完事了。此后，王厂长有一个来月对工作比较认真，不久他得了肾病，病好以后他说自己是'因劳致疾'，就又成了这个样子。"

"你再反映呀！"

"哼，后来与韩常新也不知说过多少次，老韩也不答理，反倒向我进行教育说，应该尊重领导，加强团结。也许我不该这样想，但我觉得也许要等到王厂长贪污了人民币或者强奸了妇女，上级才会重视起来！"

林震出了厂子再骑上自行车的时候，车轮旋转的速度就慢多了。他深深地把眉头皱起来。他发现他的工作的第一步就有重重的困难，但他也受到一种刺激甚至是激励——这正是发挥战斗精神的时候啊！他想着想着，直到因为车子溜进了急行线而受到交通民警的申斥。

四

吃完午饭，林震迫不及待地找韩常新汇报情况。韩常新有些疲倦地靠着沙发背，高大的身体显得笨重，从身上掏出火柴匣，拿起一根火柴剔牙。

林震杂乱地叙述他去麻袋厂的见闻，韩常新脚尖打着地不住地说："是的，我知道。"然后他拍一拍林震的肩膀，愉快地说："情况没了解上来不要紧，第一次下去嘛。下次就好了。"

林震说："可是我了解了关于王清泉的情况。"他把笔记本打开。

韩常新把他的笔记本合上，告诉他："对，这个情况我早知道。前年区委让我处理过这个事情，我严厉地批评过他，指出他的缺点和危险性，我们谈了至少有三四个钟头……"

"可是并没有效果呀,魏鹤鸣说他只好一个月……"林震插嘴说。

"一个月也是效果,而且决不止一个月。魏鹤鸣那个人思想上有问题,见人就告厂长的状……"

"他告的状是不是真的?"

"很难说不真,也很难说全真。当然这个问题是应该解决的,我和区委副书记李宗秦同志谈过。"

"副书记的意见是什么?"

"副书记同意我的意见,王清泉的问题是应该解决也是可能解决的……不过,你不要一下子就陷到这里边去。"

"我?"

"是的。你第一次去一个工厂,全面情况也不了解,你的任务又不是去解决王清泉的问题,而且,直爽地说,解决他的问题也需要更有经验的干部;何况我们并不是没有管过这件事……你要是一下子陷到这个里头,三个月也出不来,第一季度的建党总结还了解不了解? 上级正催我们交汇报呢!"

林震说不出话。

韩常新又拍拍林震的肩膀:"不要急躁嘛,咱们区三千个党员,百十几个支部,你一来就什么问题都摸还行?"他打了个哈欠,有倦意的脸上的粉刺涨红了:"啊——哈,该睡午觉了。"

"那,发展工作怎么再去了解?"林震没有办法地问。

韩常新又去拍林震的肩膀,林震不由得躲开了。韩常新有把握地说:"明天咱们俩一齐去,我帮你去了解,好不好?"然后他拉着林震一同到宿舍去。

第二天,林震很有兴趣观察韩常新如何了解情况。三年前,林震在北京师范上学的时候,出去作过见习教师,老教师在前面讲,林震和学生一起听;学了不少东西。这次,他也抱着见习的态度,打开笔记本,准备把韩常新的工作过程详细记录下来。

韩常新问魏鹤鸣:"发展了几个党员?"

"一个半。"

"不是一个半,是两个,我是检查你们的发展情况,不是检查区委批没批。"韩常新纠正他,又问:"这两个人本季度生产计划完成的怎么样?"

"很好,他们一个超额百分之七,一个超额百分之四,厂里黑板报还表扬……"

谈起生产情况，魏鹤鸣似乎起劲了些，但是韩常新打断了他的话："他们有些什么缺点？"

魏鹤鸣想了半天，空空洞洞地说了些缺点。

韩常新叫他给所举的缺点提一些例子。

提完例子，韩常新再问他党的积极分子完成本季度生产任务的情况，他特别感兴趣的是一些数字和具体事例，至于这些先进的工人克服困难、钻研创造的过程，他听都不要听。

回来以后，韩常新用流利的行书示范地写了一个"麻袋厂发展工作简况"，内容是这样的：

"……本季度（一九五六年一月——三月）麻袋厂支部基本上贯彻了积极慎重发展新党员的方针，在建党工作上取得了一定的成绩，新通过的党员朱××与范××受到了共产党员的光荣称号的鼓舞，增强了主人翁的观念，在第一季度繁重的生产任务中各超额百分之七，百分之四。广大积极分子，围绕在支部周围，受到了朱××与范××模范事例的教育，并为争取入党的决心所推动，发挥了劳动的积极性与创造性，良好地完成或者超额完成了第一季度的生产任务……（下面是一系列数字与具体事例）这说明：一、建党工作不仅与生产工作不会发生矛盾，而且大大推动了生产，任何借口生产忙而忽视建党工作的作法是错误的。二、……但同时必须指出，麻袋厂支部的建党工作，也仍然存在着一定的缺点……例如……"

林震把写着"简况"的片艳纸捧在手里看了又看，他有一刹那甚至于怀疑自己去没去过麻袋厂，还是上次与韩常新同去时自己睡着了，为什么许多情况他根本不记得呢？他迷惑地问韩常新：

"这，这是根据什么写的？"

"根据那天魏鹤鸣的汇报呀。"

"他们在生产上取得的成绩是因为建党工作么？"林震口吃起来。

韩常新抖一抖裤角，说："当然。"

"不吧？上次魏鹤鸣并没有这样讲。他们的生产提高了，也可能是由于开展竞赛，也许由于青年团建立了监督岗，未必是建党工作的成绩……"

"当然，我不否认。各种因素是统一起来的，不能形而上学地割裂地分析这是甲项工作的成绩，那是乙项工作的成绩。"

"那，譬如我们写第一季度的捕鼠工作总结，是不是也可以用这些数字和事例呢?"

韩常新沉着地笑了,他笑林震不懂"行",他说:"那可以灵活掌握……"

林震又抓住几个小问题问:

"你怎么知道他们的生产任务是繁重的呢?"

"难道现在会有一个工厂任务很轻闲吗?"

林震目瞪口呆了。

五

区委会的工作是紧张而严肃的,在区委书记办公室,连日开会到深夜。从汉语拼音到预防大脑炎,从劳动保护到政治经济学讲座,无一不经过区委会的讨论。林震有一次去收发室取报纸,看见一份厚厚的材料,第一页上写着"区人民委员会党组关于调整公私合营工商业的分布、管理、经营方法及贯彻市委关于公私合营工商业工人工资问题的报告的请示"。他怀着敬畏的心情看着这份厚得像一本书的材料和它的长题目。有时,又觉得区委干部们的精神状态是随意而松懈的,他们在办公时间聊天,看报纸,大胆地拿林震认为最严肃的题目开玩笑,例如,青年监督岗开展工作,韩常新半嘲笑地说:"吓,小青年们脑门子热起来啦……"林震参加的组织部一次部务会议也很有意思,讨论市委布置的一个临时任务,大家抽着烟,说着笑话,打着岔,开了两个钟头,拖拖沓沓,没有什么结果。这时,皱着眉思索了好久的刘世吾提出了一个方案,马上热烈地展开了讨论,很多人发表了使林震惊佩的精彩意见。林震觉得,这最后的三十多分钟的讨论要比以前的两个钟头有效十倍。某些时候,譬如说夜里,各屋亮着灯:第一会议室,出席座谈会的胖胖的工商业者愉快地与统战部长交换意见;第二会议室,各单位的学习辅导员们为"价值"与"价格"的关系争得面红耳赤;组织部坐着等待入党谈话的激动的年青人,而市委的某个严厉的书记出其不意地出现在书记办公室,找区委正副书记汇报贯彻工资改革的情况……这时,人声嘈杂,人影交错,电话铃声断断续续,林震仿佛从中听到了本区生活的脉搏的跳动,而区委会这座不新的、平凡的院落,也变得辉煌壮观起来。

在一切印象中,最突出和新鲜的印象是关于刘世吾的:刘世吾工作极多,常常同一个时间好几个电话催他去开会,但他还是一会儿就看完了《拖拉机站站长与总农艺师》,把书转借给了韩常新;而且,他已经把前一个月公布的拼音文字草案学会了,开始在开会时用拼音文字作记录了。某些传阅文件刘世吾拿过来看看题目和结尾就签上名送走,也有的不到三千字的指示他看上一下午,密密麻麻地划上各种符号。刘世吾有时一面听韩常新汇报情况,一面漫不经心地查阅其他的材料,听着听着却突然指出:"上次你汇报的情况不是这样!"韩常新不自然地笑着,刘世吾的眼睛捉摸不定地闪着光;但刘世吾并不深入追究,仍然查他的材料,于是韩常新恢复了常态,有声有色地汇报下去。

赵慧文与韩常新的关系也被林震看出了一些疑窦:韩常新对一切人都是拍着肩膀,称呼着"老王""小李",亲热而随便。独独对赵慧文,却是一种礼貌的"公事公办"的态度。这样说话:"赵慧文同志,党刊第一百〇四期放在哪里?"而赵慧文也用警戒的神情对待他。

奇怪得很,林震说不清他的这个新环境是好是坏。他还是像在小学时一样,每天照样很早就起来玩哑铃,还是照常地给人以"单纯"的甚至"天真"的印象。但是,他的内心活动却比在小学的时候多得多。他必须学会判断一切事情和一切人。

……四月,东风悄悄地刮起,不再被人喜爱的火炉蜷缩在阴暗的贮藏室,只有各房间熏黑了的屋顶还存留着严冬的痕迹。往年,这个时候,林震就会带着活泼的孩子们去卧佛寺或者西山八大处踏青,在早开的桃李与混浊的溪水中寻找春天的消息……区委会的生活却丝毫不受季节的影响,继续以那种紧张的节奏和复杂的色彩流转着。当林震从院里的垂柳上摘下一颗多汁的嫩芽时,他稍微有点怅惘,因为春天来得那么快,而他,却没作出什么有意义的事情来迎接这个美妙的季节……

晚上九点钟,林震走进了刘世吾办公室的门。赵慧文正在这里,她穿着紫黑色的毛衣,脸儿在灯光下显得越发苍白。听到有人进来,她迅速地转过头来,林震仍然看见了她略略突出的颧骨上的泪迹。他回身要走,低着头吸烟的刘世吾作手势止住他:"坐在这儿吧,我们就谈完了。"

林震坐在一角,远远地隔着灯光看报,刘世吾用烟卷在空中划着圆圈,诚恳地说:

"相信我的话吧,没错。年青人都这样,最初互相美化,慢慢发现了缺点,就觉得都很平凡。不要作不切实际的要求,没有遗弃,没有虐待,没有发现他政治上、品质上的问题,怎么能说生活不下去呢?才四年嘛。你的许多想法是从苏联电影里学来的,实际上,就那么回事……"

赵慧文没说话,她撩一撩头发,临走的时候,对林震惨然地一笑。

刘世吾走到林震旁边,问:"怎么样?"他丢下烟蒂,又掏出一支来点上火,紧接着贪婪地吸了几口,缓缓地吐着白烟,告诉林震:"赵慧文跟她爱人又闹翻了……"接着,他开开窗户,一阵风吹掉了办公桌上的几张纸,传来了前院里散会以后人们的笑声、招呼声和自行车铃响。

刘世吾把只抽了几口的烟扔出去,伸了个懒腰,扶着窗户,低声说:"真的是春天了呢!"

"我想谈谈来区委工作的情况,我有一些问题不知道怎么解决。"林震用一种坚决的神气说,同时把落在地上的纸页拾起来。

"对,很好。"刘世吾仍然靠着窗户框子。

林震从去麻袋厂说起:"……我走到厂长室,正看见王清泉同志……"

"下棋呢还是打扑克?"刘世吾微笑着问。

"您怎么知道?"林震惊骇了。

"他老兄什么时候干什么我都算得出来,"刘世吾慢慢地说,"这个老兄棋瘾很大,有一次在咱这儿开了半截会,他出去上厕所,半天不回来,我出去一找,原来他看见老吕和区委书记的儿子下棋,他在旁边'支'上'招儿'了。"

林震不顾对方老是不在意地打断他的话,坚持着把自己所知道的情况说了一遍。

刘世吾关上窗户,拉一把椅子坐下,用两个手扶着膝头支持着身体,轻轻地摆动着头:

"魏鹤鸣是个直性子,他一来就和王清泉吵得面红耳赤……你知道,王清泉也是个特殊人物,不太简单。抗日胜利以后,王清泉被派到国民党军队里工作,他作过国民党军的副团长,是个刮刮叫的情报人员。一九四七年以后他与我们的联系中断,直到解放以后才接上线。他是去瓦解敌人的,但是他自己也染上国民党军官的一些习气,改不过来,其实是个英勇的老同志。"

"这样……"

"是啊。"刘世吾严肃地点点头,接着说,"当然,这不能为他辩护,党是派他去战胜敌人而不是与敌人同流合污,所以他的错误是不可原谅的。"

"怎么去解决呢?魏鹤鸣说,这个问题已经拖了好久。他到处写过信……"

"是啊。"刘世吾又干咳了一会,作着手势说:"现在下边支部里各类问题很多,你如果一一的用手工业的方法去解决,那是事倍功半的。而且,上级布置的任务追着屁股,完成这些任务已经感到很吃力。作为领导,必须掌握一种把个别问题与一般问题结合起来,把上级分配的任务与基层存在的问题结合起来的艺术。再者,王清泉工作不努力是事实,但还没有发展到消极怠工的地步;作风有些生硬,也不是什么违法乱纪;显然,这不是组织处理问题而是经常教育的问题。从各方面看,解决这个问题的时机目前还不成熟。"

林震沉默着,他判断不清究竟哪样对;是娜斯嘉的"对坏事决不容忍"对呢,还是刘世吾的"条件成熟论"对。他一想起王清泉那样的厂长就觉得难受,但是,他驳不倒刘世吾的"领导艺术"。刘世吾又告诉他:"其实,有类似毛病的干部也不只一个……"这更加使得林震睁大了眼睛,觉得这跟他在小学时所听的党课的内容不是一个味儿。

后来,林震又把看到的韩常新如何了解情况与写简报的事说了说,他说,他觉得这样整理简报不太真实。

刘世吾大笑起来,说:"老韩……这家伙……。真高明……"笑完了,又长出一口气,告诉林震:"对,我把你的意见告诉他。"

林震犹豫着,刘世吾问:"还有别的意见么?"

于是林震勇敢地提出:"我不知道为什么,来了区委会以后发现了许多许多缺点,过去我想象的党的领导机关不是这样……"

刘世吾把茶杯一放:"当然,想象总是好的,实际呢,就那么回事。问题不在有没有缺点,而在什么是主导的。我们区委的工作,包括组织部的工作,成绩是基本的呢还是缺点是基本的?显然成绩是基本的,缺点是前进中的缺点。我们伟大的事业,正是由这些有缺点的组织和党员完成着的。"

走出办公室以后,林震有一种奇怪的感觉:和刘世吾谈话似乎可以消食化气,而他自己的那些肯定的判断,明确的意见,却变得模糊不清了。他更加惶惑了。

六

不久,在党小组会上,林震受到了一次严厉的批评。

事情是这样:有一次,林震去麻袋厂,魏鹤鸣说,由于季度生产质量指标没有达到,王厂长狠狠地训了一回工人,工人意见很大,魏鹤鸣打算找些人开个座谈会,搜集意见,准备向上反映。林震很同意这种作法,以为这样也许能促进"条件的成熟"。过了三天,王清泉气急败坏地到区委会找副书记李宗秦,说魏鹤鸣在林震支持下搞小集团进行反领导的活动,还说参加魏鹤鸣主持的座谈会的工人都有历史问题……最后说自己请求辞职。李宗秦批评了他的一些缺点,同意制止魏鹤鸣再开座谈会,"至于林震,"他对王清泉说,"我们会给以应有的教育的。"

批评会上,韩常新分析道:"林震同志没有和领导上商量,擅自同意魏鹤鸣召集座谈会,这首先是一种无组织无纪律行为……"

林震不服气,他说:"没有请示领导,是我的错。但是我不明白为什么我们不但不去主动了解群众的意见,反而制止基层这样作!"

"谁说我们不了解?"韩常新翘起一只腿,"我们对麻袋厂的情况统统掌握……"

"掌握了而不去解决,这正是最痛心的! 党章上规定着,我们党员应该向一切违反党的利益的现象作斗争……"林震的脸变青了。

富有经验的刘世吾开始发言了,他向来就专门能在一定的关头起扭转局面的作用。

"林震同志的工作热情不错,但是他刚来一个月就给组织部的干部讲党章,未免仓促了些。林震以为自己是支持自下而上的批评,是作一件漂亮事,他的动机当然是好的喽;不过,自下而上的批评必须有领导地去开展,譬如这回事,请林震同志想一想:第一,魏鹤鸣是不是对王清泉有个人成见呢? 很难说没有。那么魏鹤鸣那样积极地去召集座谈会,可不可能有什么个人目的呢? 我看不一定完全不可能。第二,参加会的人是不是有一些历史复杂别有用心的分子呢? 这也应该考虑到。第三,开这样一个会,会不会在群众里造成一种王清泉快要挨整了的印象因而天下大乱了呢? 等等。至于林震同志的思想情况,我愿意直爽地提出一个推测:年青人容易把生活理想化,他以为生活应该怎样,便要求生活怎样,作一个党工作者,要多考虑的却是客观现实,是生活可能怎样。年青人也容易过高估计自己,抱负甚多,一到新的工作岗位就想对缺点斗争一番,充当个娜斯嘉式的英雄。这是一种可贵的,可爱的想法,也是一种虚妄……"

林震像被打中了一拳似的颤了一下,他紧咬住下嘴唇忍住了心里的气愤和痛苦。

他鼓起勇气再问:"那么王清泉……"刘世吾把头一扬:"我明天找他谈话,

有原则性的并不仅是你一个人。"

七

星期六晚上,韩常新举行婚礼。林震走进礼堂,他不喜欢那迷漫的呛人的烟气,还有地上杂乱的糖果皮与空中杂乱的哄笑;没等婚礼开始他就退了出来。

组织部的办公室黑着,他拉开灯,看见自己桌上的信,是小学的同事们写来的,其中还夹着孩子们用小手签了名的信:

"林老师:您身体好吗?我们特别特别想您,女同学都哭了,后来就不哭了,后来我们作算术,题目特别特别难,我们费了半天劲,中于算出来了……"

看着信,林震不禁独自笑起来了,他拿起笔把"中于"改成"终于",准备在回信时告诉他们下次要避免别字。他仿佛看见了系蝴蝶结的李琳琳,爱画水彩画的刘小毛和常常把铅笔头含在嘴里的孟飞……他猛把头从信纸上抬起来,所看见的却是电话、吸墨纸和玻璃板。他所熟悉的孩子的世界已经离他而去了,现在是到了一个有些陌生的环境里来了……他想起前天党小组会上人们对他的批评。难道自己真的错了?真的是莽撞和幼稚,再加几分年青人的廉价的勇气?也许真的应该切实估量一下自己,把分内的事作好,过两年,等到自己"成熟"了以后再干预一切吧?

礼堂里传来爆发的掌声和笑声。

一只柔软的手落在肩上,他吃惊地回过头来,灯光显得刺眼,赵慧文没有声响地站在他的身边,女同志走路都有这种不声不响的本事。

赵慧文问:"怎么不去玩?"

"我懒得去。你呢?"

"我该回家了,"赵慧文说,"到我家坐坐好吗?省得一个人在这儿想心事。"

"我没有心事,"林震分辩着,但他接受了赵慧文的好意。

赵慧文住在离区委会不远的一个小院落里。

孩子睡在浅蓝色的小床里,幸福地含着指头。赵慧文吻了儿子,拉林震到自己房间里来。

"他父亲不回来吗?"林震小心地问。

赵慧文摇摇头。

这间卧室好像是布置得很仓促,墙壁因为空无一物而显得过分洁白,盆架孤单地缩在一角,窗台上的花瓶傻气地张着口;只有床头小桌上的收音机,好像还能扰乱这卧室的安静。

林震坐在藤椅上,赵慧文靠墙站着。林震指着花瓶说:"应该插枝花,"又指着墙壁说:"为什么不买几张画挂上?"

赵慧文说:"经常也不在,就没有管它。"然后她指着收音机问:"听不听?星期六晚上,总有好的音乐。"

收音机亮了,一种梦幻的柔美的旋律从远处飘来,慢慢变得热情激荡。提琴奏出的诗一样的主题立即揪住了林震的心。他托着腮,屏住了气。他的青春,他的追求,他的碰壁,似乎都能与这乐曲相通。

赵慧文背着手靠在墙上,不顾衣服蹭上了石灰粉,等这段乐曲过去,她用和音乐一样的声音说:"这是柴可夫斯基的意大利随想曲,让人想到南国,想到海,……我在文工团的时候常听它,慢慢觉得,这调子不是别人演奏出的,而是从我心里钻出来的……"

"在文工团?"

"参加军事干部学校以后被分配去的,在朝鲜,我用我的蹩脚的嗓子给战士唱过歌,我是个哑嗓子的歌手。"

林震像第一次见面似的又重新打量赵慧文。

"怎么?不像了吧?"这时电台改放"剧场实况"了,赵慧文把收音机关了。

"你是文工团的,为什么很少唱歌?"林震问。

她不回答,走到床边,坐下。她说:"我们谈谈吧,小林,告诉我,你对咱们区委的印象怎么样?"

"不知道,我是说,还不明确。"

"你对韩常新和刘世吾有点意见吧,是不?"

"也许。"

"当初我也这样,从部队转业到这里,和部队的严格准确比较,许多东西我看不惯。我给他们提了好多意见,和韩常新激动地吵过一回,但是他们笑我幼稚,笑我工作没作好意见倒一大堆,慢慢地我发现,和区委的这些缺点作斗争是我力不胜任的……"

"为什么力不胜任?"林震象刺痛了似地跳起来,他的眉毛拧在一起了。

"这是我的错,"赵慧文抓起一个枕头,放在腿上,"那时我觉得自己水平太低,自己也很不完美,却想纠正那些水平比自己高得多的同志,实在不量力。而且,刘世吾、韩常新还有别人,他们确实把有些工作作得很好。他们的缺点散布在咱们工作的成绩里边,就像灰尘散布在美好的空气中,你嗅得出来,但抓不住,这正是难办的地方。"

"对!"林震把右拳头打在左手掌上。

赵慧文也有些激动了,她把枕头抛开,话说得更慢,她说:"我作的是事务工作,领导同志也不大过问,加上个人生活上的许多牵扯,我沉默了,于是,上班抄抄写写,下班给孩子洗尿布,买奶粉。我觉得我老得很快,参加军干校时候那种热情和幻想,不知道哪里去了。"她沉默着,一个一个地捏着自己那白白的好看的手指,接着说:"两个月以前,北京市进入社会主义高潮,工人、店员,还有资本家,放着鞭炮,打着锣鼓到区委会报喜,工人、店员把入党申请书直接送到组织部,大街上一天一变,整个区委会彻夜通明,吃饭的时候,宣传部、财经部的同志滔滔不绝地讲着社会主义高潮中的各种气象;可我们组织部呢?工作改进很少!打电话催催发展数字,按前年的格式添几条新例子写写总结……最近,大家检查保守思想,组织部也检查,拖拖沓沓开了三次会,然后写个材料完事。……哎,我说乱了,社会主义高潮中,每一声鞭炮都刺着我,当我复写批准新党员通知的时候,我的手激动得发抖,可是我们的工作就这样依然故我地下去吗?"她喘了一口气,来回踱着,然后接着说:"我在党小组会上谈自己的想法,韩常新满足地问:'难道我们发展数字的完成比例不是各区最高的?难道市委组织部没要我们写过经验?'然后他进行分析,说我情绪不够乐观,是因为不安心事务工作……"

"开始的时候,韩常新给人一个了不起的印象,但是实际一接触……"林震又说起那次写汇报的事。

赵慧文同意地点头:"这一二年,虽然我没提什么意见,但我无时无刻不在观察。生活里的一切,有表面也有内容,作到金玉其外,并不是难事。譬如韩常新,充领导他会拉长了声音训人;写汇报他会强拉硬扯生动的例子;分析问题,他会用几个无所不包的概念;于是,俨然成了个少壮有为的干部,他漂浮在生活上边,悠然得意。"

"那么刘世吾呢?"林震问,"他决不像韩常新那样浅薄,但是他的那些独到的见解,精辟的分析,好像包含着一种可怕的冷漠,看到他容忍王清泉这样的厂长,我无法理解,而当我想向他表示什么意见的时候,他的议论却使人越绕越糊涂,除了跟着他走,似乎没有别的路……"

"刘世吾有一句口头语:就那么回事。他看透了一切,以为一切就那么回事。按他自己的说法,他知道什么是'是',什么是'非',还知道'是'一定战胜'非',又知道'是'不是一下子战胜'非',他什么都知道,什么都见过——党的工作给人的经验本来很多;于是他不再操心,不再爱也不再恨。他取笑缺陷,仅仅是取笑;欣赏成绩,仅仅是欣赏。他满有把握地应付一切,再也不需要虔诚地学习什么,除了拼音文字之类的具体知识。一旦他认为条件成熟需要干一气,他一把把事情抓在手里,教育这个,处理那个,俨然是一切人的上司。凭他的经验和智慧,他当然可以作好一些事,于是他更加自信。"赵慧文毫不容情地说着。这些话曾经在多少个不眠的夜晚萦绕在她的心头……

"我们的区委副书记兼部长呢?他不管么?"

赵慧文更加兴奋了,她说:"李宗秦身体不好,他想去作理论研究工作,嫌区的工作过于具体。他作组织部长只是挂名,把一切事情推给刘世吾。这也是一种相当普遍的不正常的现象,有一批老党员,因为病、因为文化水平低,或者因为是首长爱人,他们挂着厂长、校长和书记的名,却由副厂长、教导主任、秘书或者某个干事作实际工作。"

"我们的正书记——周润祥同志呢?"

"周润祥同志工作太多,他忙着肃反,私营企业的改造……各种带有突击性的任务,我们组织部的工作呢,一般说永远成不了带突击性的中心任务,所以他管的也不多。"

"那……怎么办呢?"林震直到现在,才开始明白了事情的复杂性,一个缺点,仿佛粘在从上到下的一系列的缘故上。

"是啊。"赵慧文沉思地用手指弹着自己的腿,好像在弹一架钢琴,然后她向着远处笑了,她说:"谢谢你……"

"谢我?"林震以为自己听错了。

"是的,见到你,我好像又年轻了。你常常把眼睛盯在一个地方不动,老是在想,像个爱幻想的孩子。你又挺容易兴奋起来,动不动就红脸。可是,你又天不怕地不怕,敢于和一切坏现象作斗争,于是我有一种婆婆妈妈的预感:你……一场风波要起来了。"

林震又真的脸红了。他根本没想到这些,他正为自己的无能而十分羞耻。他嘟哝着说:"但愿是真正的风波而不是瞎胡闹。"然后他问,"你想了这么多,分析得这么清楚,为什么只是憋在心里呢?"

"我老觉得没有把握,"赵慧文把手放在自己的胸前:"我看了想,想了又看,我有时候想得一夜都睡不好,我问自己:'你的工作是事务性的,你能理解这些吗?'"

"你怎么会这样想?我觉得你刚才说的对极了!你应该把你刚才说的对区委书记谈,或者写成材料给'人民日报'……"

"瞧,你又来了。"赵慧文露出润湿的牙齿笑了。

"怎么叫又来了?"林震不高兴地站起来,使劲搔着头皮,"我也想过多少次,我觉得,人要在斗争中使自己变正确,而不能等到正确了才去作斗争!"

赵慧文突然推门出去了,把林震一个人留在这空旷的屋子里。他嗅见了肥皂的香气。马上,赵慧文回来了,端着一个长柄的小锅,她跳着进来,像一个梳着三只辫子的小姑娘。她打开锅盖,戏剧性地向林震说:

"来,我们吃荸荠,煮熟了的荸荠,我没有找到别的好吃的。"

"我从小就喜欢吃熟荸荠,"林震愉快地把锅接过来,他挑了一个大的没剥皮就咬了一口,然后他皱着眉吐了出来,"这是个坏的,又酸又臭。"赵慧文大笑了。林震气愤地把捏烂了的酸荸荠扔到地上。

临走的时候,夜已经深了,纯净的天空上布满了畏怯的小星星。有一个老头儿吆喝:"炸丸子开锅!"推车走过。林震站在门外,赵慧文站在门里,她的眼睛在黑暗中闪光,她说:"下次来的时候,墙上就有画了。"

林震会心地笑着:"而且希望你把丢下的歌儿唱起来!"他摇了一下她的手。

林震用力地呼吸着春夜的清香之气,一股温暖的泉水在心头涌了上来。

八

韩常新最近被任命为组织部副部长。新婚和被提拔,使他愈益精神焕发和朝气勃勃。他每天刮一次脸,在参观了服装展览会以后又作了一套凡尔丁料子的衣服。不过,最近他亲自出马下去检查工作少了,主要是在办公室听汇报,改文件和找人谈话。刘世吾仍然那么忙……

一天,晚饭以后,韩常新把《拖拉机站站长与总农艺师》还给林震,他用手弹一弹那本书,点点头说:"很有意思,也很荒唐。当个作家倒不坏,编得天花乱坠。赶明儿我得了风湿性关节炎或者犯错误受了处分,就也写小说去。"

林震接过书,赶快拉开抽屉,把它压在最底下。

刘世吾坐在另一边的沙发上正出神地研究一盘象棋残局,听了韩常新的话,刻薄地说:"老韩将来得关节炎或者受处分倒不见得不可能,至于小说,我们可以放心,至少在这个行星上不会看到您的大作。"他说的时候一点不像开玩笑,以至韩常新尴尬地转过头,装没听见。

这时刘世吾又把林震叫过去,坐在他旁边,问:"最近看什么书了?有没有好的借我看看?"

林震说没有。

刘世吾挪动着身体,斜躺在沙发上,两手托在脑后,半闭着眼,缓慢地说:"最近在《译文》上看了《被开垦的处女地》第二部的片段,人家写得真好,活得很……"

"您常看小说?"林震真不大相信。

"我愿意荣幸地表示,我和你一样地爱读书:小说、诗歌,包括童话。解放以前,我最喜欢屠格涅夫,小学五年级,我已经读《贵族之家》,我为伦蒙那个德国老头儿流泪,我也喜欢叶琳娜;英沙罗夫写得却并不好……可他的书有一种清新的、委婉多情的调子。"他忽地站起来,走近林震,扶着沙发背,弯着腰继续说,"现在也爱看,看的时候很入迷,看完了又觉得没什么,你知道,"他紧挨林震坐下,又半闭起眼睛,"当我读一本好小说的时候,我梦想一种单纯的、美妙的、透明的生活。我想去作水手,或者穿上白衣服研究红血球,或者作一个花匠,专门培植十样锦……"他笑了,从来没这样笑过,不是用机智,而是用心。"可还是得作什么组织部长。"他摊开了手。

"为什么您把现在的工作看得和小说那么不一样呢?党的工作不单纯,不美妙,也不透明么?"林震友好而关切地问。

刘世吾接连摇头,咳嗽了一会,又站起来,靠到远一点的地方,嘲笑地说:"党工作者不适合看小说。……譬如,"他用手在空中一划,"拿发展党员来说,小说可以写:'在壮丽的事业里,多少名新战士参加了无产阶级的先锋行列,万岁!'而我们呢,组织部呢,却正在发愁:第一,某支部组织委员工作马大哈,谈不清新党员的历史情况。第二,组织部压了百十几个等着批准的新党员,没时间审查。第三,新党员需经常委会批准,常委委员一听开会批准党员就请假。第四,公安局长参加常委会批准党员的时候老是打瞌睡……"

"您不对!"林震大声说,他像本人受了侮辱一样地难以忍耐,"真奇怪！……"他说不下去了。

刘世吾笑了笑，叫韩常新："来，看看报上登的这个象棋残局，该先挪车呢还是先跳马？"

九

魏鹤鸣告诉林震，他要求回到车间作工人，他说："这个支部委员和生产科长我干不了。"林震费尽唇舌，劝他把那次座谈会搜集的意见写给党报，并且质问他："你退缩了，你不信任党和国家了，是吗？"后来魏鹤鸣和几个意见较多的工人写了一封长信，偷偷地寄给报纸，连魏鹤鸣本人都对自己有些怀疑："也许这又是'小集团活动'？那就处罚我吧！"他是带着有罪的心情把大信封扔进邮箱的。

五月中旬，《北京日报》以显明的标题登出揭发王清泉官僚主义作风的群众来信。署名"麻袋厂一群工人"的信，愤怒地要求领导上处理这一问题。《北京日报》编者也在按语中指出："……有关领导部门应迅速作认真的检查……"

赵慧文首先发现了，她叫林震来看。林震兴奋得手发抖，看了半天连不成句子，他想："好！终于揭出来了！时机总算成熟了吧？"

他把报纸拿给刘世吾看，刘世吾仔细地看了几遍，然后抖一抖报纸，客观地说："好，开刀了！"

这时，区委书记周润祥走进来，他问："王清泉的情况你们了解不？"

刘世吾不慌不忙地说："麻袋厂支部的一些不健康的情况那是确实存在的。过去，我们就了解过，最近我亲自找王清泉谈过话，同时小林同志也去了解过。"他转身向林震："小林，你谈谈王清泉的情况吧。"

有人敲门。魏鹤鸣紧张地撞进来，他的脸由红色变成了青色，他说，王厂长在看到《北京日报》以后非常生气，现在正追查写信的人。

……经过党报的揭发与区委书记的过问，刘世吾以出乎林震意料之外的雷厉风行的精神处理了麻袋厂的问题。刘世吾一下决心，就可以把工作作得很出色。他把其他工作交代给别人，连日与林震一起下到麻袋厂去。他深入车间，详细调查了王清泉工作的一切情况，征询工人群众的一切意见。然后，与各有关部门进行了联系，只用了一个多星期的时间，就对王清泉作了处理，——党内和行政都予以撤职处分。

处理王清泉的大会一直开到深夜，开完会，外面下起雨，雨忽大忽小，久久地不停息。风吹到人脸上有些凉。刘世吾与林震到附近的一个小铺子去吃馄饨。

这是新近公私合营的小铺子,整理得干净而且舒适。由于下雨,顾客不多。他们避开热气腾腾的馄饨锅,在墙角的小桌旁坐下来。

他们要了馄饨,刘世吾还要了白酒,他呷了一口酒,掐着手指,有些感触地说:"我这是第六次参加处理犯错误的负责干部的问题了,头几次,我的心很沉重。"由于在大会上激昂地讲过话,他的嗓音有些嘶哑,"党工作者是医生,他要给人治病,他自己却是并不轻松的。"他用无名指轻轻敲着桌子。

林震同意地点头。

刘世吾忽然问:"今天是几号?"

"五月二十,"林震告诉他。

"五月二十,对了。九年前的今天,青年军二〇八师打坏了我的腿。"

"打坏了腿?"林震对刘世吾的过去历史还不了解。

刘世吾不说话,雨一阵大起来,他听着那哗啦哗啦的单调的响声,嗅着潮湿的土气。一个被雨淋透的小孩子跑进来避雨,小孩的头发在往下滴水。

刘世吾招呼店员:"切一盘肘子。"然后告诉林震:"一九四七年,我在北大作自治会主席。参加五·二〇游行的时候,二〇八师的流氓打坏了我的腿。"他挽起裤子,可以看到一道弧形的疤痕,然后他站起来:"看,我的左腿是不是比右腿短一点?"

林震第一次以深深的尊敬和爱戴的眼光看着他。

喝了几口酒,刘世吾的脸微微发红,他坐下,把肉片夹给林震,然后斜着头说:"那时候……我是多么热情,多么年青啊!我真恨不得……"

"现在就不年青,不热情了么?"林震试探着问。他想了解一下这个人,想逗得他多说几句。

"当然不,"刘世吾玩着空酒杯,"可是我真忙啊!忙得什么都习惯了,疲倦了。解放以来从来没睡够过八小时觉。我处理这个人和那个人,却没有时间处理处理自己。"他托起腮,用最质朴的人对人的态度看着林震,"是啊,一个布尔什维克,经验要丰富,但是心要单纯。……再来一两!"刘世吾举起酒杯,向店员招手。

这时林震已经开始被他深刻而真诚的抒发所感动了。刘世吾接着闷闷地说:"据说,炊事员的职业病是缺少良好食欲,饭菜是他们做的,他们整天和饭菜打交道。我们，党的工作者，我们创造了新生活，结果，生活反倒不能激动我们。……"

林震的嘴动了动，刘世吾摆摆手，表示希望不要现在就和他辩论。他不说话，独自托着腮发愣。

"雨小多了，这场雨对麦子不错，"过了半天，刘世吾叹了口气，忽然又说："你这个干部好，比韩常新强。"

林震在慌乱中赶紧喝汤。

刘世吾盯着他，亲切地笑着，问他："赵慧文最近怎么样？"

"她情绪挺好。"林震随口说。他拿起筷子去夹熟肉，看见了他熟悉的刘世吾的闪烁的目光。

刘世吾把椅子拉近他，缓缓地说："原谅我的直爽，但是我有责任告诉你……"

"什么？"林震停止了夹肉。

"据我看，赵慧文对你的感情有些不……"

林震颤抖着手放下了筷子。

离开馄饨铺，雨已经停了，星光从黑云下面迅速地露出来，风更凉了，积水潺潺地从马路两边的泄水池流下去。林震迷惘地跑回宿舍，好像喝了酒的不是刘世吾，倒是他。同宿舍的同志都睡得很甜，粗短的和细长的鼾声此起彼伏。林震坐在床上，摸着湿了的裤角，难过，难过，说不清为什么要难过。眼前浮现了赵慧文的苍白而美丽的脸。……他还是个毛小伙子，他什么也没经历过，什么都不懂。难过，难过，……他走近窗子，把脸紧贴在外面沾满了水珠的冰冷的玻璃上。

十

区委常委开会讨论麻袋厂的问题。

林震列席参加。他坐在一角，心跳，紧张，手心里出了汗。他的衣袋里装着好几千字的发言提纲，准备在常委会上从麻袋厂事件扯出组织部工作中的问题。他觉得麻袋厂问题的揭发和解决，造成了最好的机会，可以促请领导从根本上考虑一下组织部的工作。时候到了！

刘世吾正在条理分明地汇报情况。书记周润祥显出沉思的神色，用左拳托着士兵式的粗壮而宽大的脸，右腕子压着一张纸，时而在上面写几个字。李宗秦用食指在空中写划着。韩常新也参加了会,他专心地把自己的鞋带解开又系上。

林震几次想说话,但是心跳得使他喘不上气。第一次参加常委会,就作这种大胆的发言,未免过于莽撞吧?不怕,不怕!他鼓励自己。他想起八岁那年在青岛学跳水,他也一边听着心跳,一边生气地对自己说:"不怕,不怕!"

区委常委批准了刘世吾对于麻袋厂问题提出的处理意见,马上就要进行下面一项议程了,林震霍地举起了手。

"有意见吗?不举手就可以发言的。"周书记笑着说。

林震站起来,碰响了椅子,掏出笔记本看着提纲,他不敢看大家。

他说:"王清泉个人是作了处理了,但是如何保证不再有第二、第三个王清泉出现呢?我们应该检查一下区委组织工作中的缺点:第一,我们只抓了建党,对于巩固党没给以应有的注意,使基层的党内斗争处于自流状态。第二,我们明知有问题却拖延着不去解决,王清泉来厂子整整五年,问题一直存在而且愈发展愈严重。……具体的说,我认为韩常新同志与刘世吾同志有责任……"

会场起了轻微的骚动,有人咳嗽,有人放下了烟卷,有人打开笔记本,有人挪了一下椅子。

韩常新耸了一下肩,用舌头舐了一下扭动着的牙床,讽刺地说:"往往听到一种事后诸葛亮的意见:'为什么不早一点处理呢?'当然是愈早愈好喽……高饶事件发生了,有人问为什么不早一点,贝利亚,也有人问为什么不早一点。再者,组织部并不能保证第二、三个王清泉不会出现,林震同志也未尝能保证这一点。……"

林震抬起头,用激怒的目光看韩常新。韩常新却只是冷冷地笑。林震压抑着自己,他说:"老韩同志知道缺点的存在是规律,但他不知道克服缺点前进更是规律。老韩同志和刘部长,就是抱住了头一个规律,因而对各种严重的缺点采取了容忍乃至于麻木的态度!"说完,他用手抹了抹头上的汗,他也不知道自己怎么敢说得这样尖锐,但是终究说出来了,他有一种如释重负的感觉。

李宗秦在空中划着的食指停住了。周润祥转头看看林震又看看大家,他的沉重的身躯使木椅发出了吱吱声。他向刘世吾示意:"你的意见?"

刘世吾点点头:"小林同志的意见是对的,他的精神也给了我一些启发……"然后他悠闲地蹭到桌子边去倒茶水,用手抚摸着茶碗沉思地说:"不过具体到麻袋厂事件,倒难说了。组织部门巩固党的工作抓的不够,是的,我们干部太少,建党还抓不过来。麻袋厂王清泉的处理,应该说还是及时而有效的。在宣布处理的工人大会上,工人的情绪空前高涨,有些落后的工人也表示更认识到了党的大公无私,有一个老工人在台上一边讲话一边落泪,他们口口声声说着感谢党,感谢区委……"

林震小声说:"是的,正因为这样,我才觉得我们工作中的麻木、拖延、不负责任,是对群众犯罪。"他提高了声音,"党是人民的、阶级的心脏,我们不允许心脏上有灰尘,就不允许党的机关有缺点!"

李宗秦把两手交叉起来放在膝头,他缓缓地说,像是一边说一边思索着如何造句:"我认为林震、韩常新、刘世吾同志的主要争论有两个症结,一个是规律性与能动性的问题,……一个是……"

林震以不知从哪儿来的勇气对李宗秦说:"我希望不要只作冷静而全面的分析……"他没有说下去,他怕自己掉下眼泪来。

"为什么?"周润祥问林震,他严厉地说:"冷静而全面的分析比急躁而片面的冲动好得多。同志,你太容易激动了,背诵着抒情诗去作组织工作是不相宜的!"然后他对大家说:"讨论下一项议程吧。"

散会后,林震气恼得没有吃下饭,区委书记的态度他没想到。他不满甚至有点失望。韩常新与刘世吾找他一齐出去散步,就像根本没理会他对他们的不满意,这使林震更意识到自己和他们力量的悬殊。他苦笑着想:"你还以为常委会上发一席言就可以起好大的作用呢!"他打开抽屉,拿起那本被韩常新嘲笑过的苏联小说,翻开第一篇,上面写着:"按娜斯嘉的方式生活!"他自言自语:"真难啊!"

十 一

第二天下班以后,赵慧文告诉林震:"到我家吃饭去吧,我自己包饺子。"他想推辞,赵慧文已经走了。

林震犹豫了好久,终于在食堂吃了饭再到赵慧文家去。赵慧文的饺子刚刚煮熟。她第一次穿上暗红色的旗袍,系着围裙,手上沾满面粉,像一个殷勤的主妇似地对林震说:"新下来的豆角做的馅子……"

林震嗫嚅地说:"我吃过了。"

赵慧文不信,跑出去给他拿来了筷子,林震再三表示确实吃过,赵慧文不满意地一个人吃起来。林震不安地坐在一旁,一会儿看看这,一会儿看看那,一会儿搓搓手,一会儿晃一晃身体。那种说不出来的温暖和难过的感觉又一齐涌上了他的心头。他的心在痛,好像失掉了什么。他简直不敢看赵慧文那张被红衣裳映红了的美丽的脸儿。

"小林,有什么事么?"赵慧文停止了吃饺子。

"没……有。"

"告诉我吧。"赵慧文目不转睛地看着他。

"昨天在常委会上我把意见都提了,区委书记睬都不睬……"

赵慧文咬着筷子端想了想,她坚决地说:"不会的,周润祥同志也许只是不轻易发表意见……"

"也许,"林震半信半疑地说,他低下头,不敢正面接触赵慧文关切的目光。

赵慧文吃了几个饺子,又问:"还有呢?"

林震的心跳起来了。他抬起来,看见了赵慧文那同情他和鼓励他的眼睛,他轻轻地叫:"赵慧文同志……"

赵慧文放下筷子,靠在椅子背上,有些吃惊了。

"我很想知道,你是否幸福。"林震用一种粗重的完全像大人一样的声音说,"我看见过你的眼泪,在刘世吾的办公室,那时候春天刚来……后来忘记了。我自己马马虎虎地过日子,也不会关心人。你幸福吗?"

赵慧文略略疑惑地看着他,摇头,"有时候我也忘记……"然后点头,"会的,会幸福的。你为什么问它呢?"她安详地笑着。

林震把刘世吾对他讲的告诉了她:"……请原谅我,把刘世吾同志随便讲的一些话告诉了你,那完全是瞎说……我很愿意和你一起说话或者听交响乐,你好极了,那是自然而然的,……也许这里边有什么不好的、不合适的东西,马马虎虎的我忽然多虑了,我恐怕我扰乱谁。"林震抱歉地结束了。

赵慧文安详地笑着,接着皱起了眉尖儿,又抬起了细瘦的胳臂,用力擦了一下前额,然后她甩了一下头,好像甩掉什么不愉快的心事似地转过身去了。

她慢慢地走到墙壁上新挂的油画前边,默默地看画。那幅画的题目是《春》,太阳在春天初次出现,母亲和孩子到街头去……

一会,她又转过身来,迅速地坐在床上,一只手扶着床栏杆,异常平静地说:"你说了些什么呀?真是!我不会作那些不经过考虑的事。我有丈夫,有孩子,我还没和你谈过我的丈夫,"她不用常说的"爱人",而强调地说着"丈夫","我们在五二年结的婚,我才十九,真不该结婚那么早。他从部队里转业,在中央一个部里作科长,他慢慢地染上了一种'油条'劲儿,争地位,争待遇,和别人不团结。我们之间呢,好像也只剩下了星期六晚上回来和星期一走。他的理论是:或者是崇高的爱情,或者什么都没有。我们争吵了……但我仍然等待着……他最近出差去上海,等回来,我要和他好好谈一谈。可你说了些什么呢?"她又一次问,"小林,你是我所尊敬的顶好的朋友,但你还是个孩子——这个称呼也许不对,对不起。我们都希望过一种真正的生活,我们希望组织部成为真正的党的工作机构,我觉着你像是我的弟弟,你盼望我振作起来,是吧?生活是应该有互相支援和友谊的温暖,我从来就害怕冷淡。就是这些了,还有什么呢?还能有什么呢?"

林震惶恐地说:"我不该受刘世吾话的影响……"

"不,"赵慧文摇头,"刘世吾同志是聪明人,他的警告也许并不是完全没有必要,然后……"她深深地吐一口气:"那就好了。"

她收拾起碗筷,出去了。

林震茫然地站起,来回踱着步子,他想着,想着,好像有许多话要说,慢慢地,又没有了。他要说什么呢?本来什么都没有发生。生活有时候带来某种情绪的波流,使人激动也使人困扰,然后波流流过去,没有一点痕迹……真的没有痕迹吗?它留下对于相逢者的纯洁和美好的记忆,虽然淡淡,却难忘……

赵慧文又进来了,她领着两岁的儿子,还提着一个书包。小孩已经与林震见过几次面,亲热地叫林震"夫夫"——他说不清"叔叔"。

林震用强健的手臂把他举了起来。空旷的屋子里顿时充满了孩子的笑闹声。

赵慧文打开书包,拿出一叠纸,翻着,说:"今天晚上,我要让你看几样东西。我已经把三年来看到的组织部工作中的一些问题和自己的意见写了一个草稿。这个……"她不好意思地摸了一下一张橡皮纸:"大概这是可笑的,我给自己规定了一个竞赛的办法。让今天的自己和昨天的自己竞赛。我划了表,如果我的工作有了失误——写入党批准通知的时候抄错了名字或者统计错了新党员人数,我就在表上划一个黑叉子,如果一天没有错,就画一个小红旗。连续一个月都是红旗,我就买一条漂亮的头巾或者别的什么奖励自己……也许,这像幼儿园的作法吧?你笑吗?"

林震入神地听着,他严肃地说:"决不,我尊敬你对你自己的……"

临走的时候,夜已经深了,林震站在门外,赵慧文站在门里,她的眼睛在黑暗中闪着光,她说:"今天的夜色非常好,你同意吗?你嗅见槐花的香气了没有?平凡的小白花,它比牡丹清雅,比桃李浓馥,你嗅不见?真是!再见。明天一早就见面了,我们各自投身在伟大而麻烦的工作里边。然后晚上来找我吧,我们听美丽的意大利随想曲。听完歌,我给你煮荸荠,然后我们把荸荠皮扔得满地都是……"

……林震靠着组织部门前的大柱子好久好久地呆立着,望着夜的天空。初夏的南风吹拂着他——他来时是残冬,现在已经是初夏了。他在区委会度过了第一个春天。

一阵莫名其妙的情绪涌上了他的心头,仿佛是失掉了什么宝贵的东西,仿佛是由于想起了自己几个月来工作得太少而进步也太慢……不,他仿佛是第一次尝到了爱情的痛苦的滋味。

在这以前,他并没有想到自己会对赵慧文发生什么特别的感情,他不过是把她当做一位朋友,一位大姐;不过是,偶然想起她对他的友谊时,心里有一股温暖的、然而又有些难过的和惭愧的味儿。他一直并没有好好地去想一想为什么会有这样的心情。但正因为有这样的心情,再加上刘世吾的点破,他才更加不安,好像是担心会有什么不幸的事情要发生,因此他才有了刚才那样一段坦率的表白。却没有想到,当赵慧文也作了同样坦率的表白以后,当她仍然把他当做亲密的朋友,当她说出人与人之间需要热情,当她宣布了自己今后力求进步的计划以后,她的一举一动,她的心灵,反而显得更加可爱了,一股真正的爱情的滋味反而从他的内心深处涌出来了!……不,她是有丈夫的人,不会爱他,他也不应该爱她。……人,是多么复杂啊!一切一切事情,决不会像刘世吾所说的:"就那么回事。"不,决不是就那么回事。正因为不是就那么回事,所以人应该用正直的感情严肃认真地去对待一切。正因为这样,所以看见了不合理的事情,不能容忍的事情,就不要容忍,就要一次两次三次地斗争到底,一直到事情改变了为止。所以决不要灰心丧气……至于爱情呢,既是……,那就咬咬牙,把这热情悄悄地压在自己心里吧!

"我要更积极,更热情,但是一定要更坚强……"最后,林震低声对自己说了这么两句,挺起胸脯来深深地吸了一口夜的凉气。

隔着窗子,他看见绿色的台灯和夜间办公的区委书记的高大侧影,他坚决地、迫不及待地敲响领导同志办公室的门。

原载《人民文学》1956 年第 9 期

宗璞《红豆》导读

 **作家简介**

宗璞(1928—),女,原名冯钟璞,著名哲学家冯友兰之女。原籍河南唐河。1928年7月生于北京。1946年考入天津南开大学外文系,后转入清华大学外文系,1951年毕业。曾任《文艺报》《世界文学》等刊物编辑。1981年调到外国文学研究所英美文学研究室。1962年加入中国作家协会。主要作品有小说《红豆》《鲁鲁》《三生石》,童话《寻月记》《花的话》《鳝鱼的故事》,散文《西湖漫笔》《奔落的雪原》《花朝节的纪念》《三松堂漫记》等。2019年,其长篇小说《东藏记》入选"新中国70年70部长篇小说典藏"。

 创作背景

1956年"双百方针"的提出为当时的中国文坛迎来了宝贵的"百花时代",这一时期出现了一批触摸爱情萌动、开辟个人情感空间的小说,这对当时主流意识形态话语关照下的一体化文学是大胆的挑战,宗璞的《红豆》便是其中一篇。小说写于1956年12月,并于1957年在《人民文学》"革新特号"7月号上刊载出来。文艺界"反右"斗争开始后,该文和李国文的《改选》、丰村的《美丽》一起遭到了批判。《人民日报》《中国青年报》《文艺月报》等先后登载了批判《红豆》的文章,这种争论和批评一直延续到1958年7月。在这一片批判声中,《红豆》销声匿迹了。1979年上海文艺出版社出版了《重放的鲜花》一书,消失尘埋了二十多年的《红豆》才又在这本书中回到我们的视野中。

作品评点

有诗曰:"红豆生南国,春来发几枝。劝君多采撷,此物最相思。""红豆"是贯穿《红豆》这部作品全篇的线索,经由这条物的线索,它唤起了主人公昔日的情感记忆……

在阔别母校六年后,江玫作为党委会新来的干部再次住进了曾经住了四年的西楼宿舍,熟悉的建筑,宽大的楼梯,六年前的传达室老头,宿舍窗外的阿木林,阿木林后面的小湖,昔日的点点滴滴在眼前景致的召唤下变得清晰起来。"江玫四面看看,眼光落到墙上嵌着的一个耶稣苦像上。……好像是有一个看不见的拳头,重重地打了江玫一下。"那些残破的记忆碎片,因耶稣苦像在视域中的出现而迅速变得完整起来。"江玫站起身来,伸手想去摸那十字架,却又像怕触到使人疼痛的伤口似的,伸出手又缩回手,怔了一会儿,后来才用力一揿耶稣的右手,那十字架好像一扇门一样打开了。……江玫知道这里面有多少欢乐和悲哀。她拿起这两粒红豆,往事像一层烟雾从心上升起,泪水遮住了眼睛——""红豆"在江玫"伸手又缩手"的犹疑中,在她"泪眼蒙蒙"的心痛与不忍中出场。"红豆"将被尘封六年的历史推到了台前,抑或可以说把江玫和读者的心绪拉回到了过去。

江玫与齐虹第一次相遇是在一个有"两排粉妆玉琢的短松墙之间"的小路上,俩人虽匆匆而过,但彼此都留下了深刻的印象。"江玫拿起书来,但她觉得那清秀象牙色的脸,不时在她眼前晃动。"齐虹感觉江玫就像太阳"谁能不看见你! 你像太阳一样发着光,谁能不看见你!"就这样,他们开始了第一次的散步,"就这样,他们散步,散步……他们曾迷失在荷花清远的微香里,也曾迷失在桂花浓酽的甜香里。"他们谈着贝多芬和萧邦,谈着苏东坡和李商隐,谈着济慈和勃良宁,在苏东坡"十年生死两茫茫"的慨叹中,他们体味着生命的可贵和命运的无常,他们一天天拉近着彼此间的距离。在春天的颐和园里,在花团锦簇,充满着生命气息的玉带桥旁,他们沉醉于爱情中,像所有热恋中的少男少女一样,他们感到无比的甜蜜。"'我是你的。'江玫觉得世界上什么都不存在了。她靠在齐虹胸前,觉得这样撼人的幸福渗透了他们。在她灵魂深处汹涌起伏着潮水似的柔情,把她和齐虹一起溶化。""一定要永远和你在一起,就像你头上的那两粒红豆,永远在一起,就像你那长长的双眉和你那双会笑的眼睛,永远在一起。"不考虑家庭,不考虑出身,只有你我,此刻,纯而又纯的爱情似乎并没有打上那个时代特有的烙印。二次出场的"红豆"还原了它原初的含义,是他们爱情的象征,是纷繁复杂的时代中艰难生长的爱情的表征。

但如果就此判定这篇小说的主题是爱情,似乎还稍显武断。当年在对《红豆》的批判中,许多人认为作品并不是写一个恋爱故事,而是企图通过江玫和齐虹的恋爱事件,表现青年知识分子怎样经历着曲折痛苦的道路走向革命,但是作者并没有把这个主题充分表现出来。宗璞自己也说:"当初确实是想写一个小资产阶级的知识分子怎样在斗争中成长。"革命抑或爱情,在当年评论者眼中小说的主题只有非此即彼的可能,但今天我们读来,强烈感觉到的是作者介于两者间犹疑和摇摆的矛盾。

这突出地表现在对齐虹形象的塑造上。作为一个旧社会银行家的大少爷,齐虹身上带有纨绔子弟的癖性,但作者避开了这些,"他有着一张清秀的象牙色的脸,轮廓分明,长长的眼睛,有一种迷惘的做梦的神气"。他以阳光、俊朗、帅气的形象出现在我们眼前,让雪地中漫步的江玫和幕后的读者为之怦然心动,他爱诗、爱音乐、爱大自然,他能熟练地朗诵莎士比亚的诗句,他能弹一手好钢琴,他能够领略和欣赏贝多芬和萧邦的音乐,他能在时空的流转中体悟人生的哲理。宗璞对一个资产阶级家庭出身的青年流露出抑制不住的偏爱,正是这样的描写和刻画,将这篇小说与那个时代绝大多数的作品区别开来。但我们也能在作品中随处感受到主流话语对这依稀显露的个人叙事的冲撞。在齐虹与江玫的浓情蜜意时,他突然说:"我恨人类!只除了你!"以及借用萧素之口说出的:"齐虹憎恨人,他认为无论什么人彼此都是互相利用。他有的是疯狂的占有的爱,事实上他爱的还是自己。"还有传达室老赵的"评语":"你们这位齐先生别是用公鸡血喂大的吧?他要死了,准得下冰冻地狱把人镇凉了才行,要不然连阎王殿都给烧啦!"如此这般的齐虹,与先前外表英俊、气质高雅的齐虹判若两人。齐虹的"残暴、野蛮、憎恨人类、仇视革命"是主流话语对他性格的强加,在与宗璞个人化的灵动的笔调的碰撞中显得是那么的不和谐、生硬和无力,也彰显出了个人叙事在那个年代中生存的艰难。小说中描写齐虹与江玫的冲突有三次,但从中表现出的不是他的"凶残",而是对爱情的深情和痴迷:当江玫伤心哭泣时,他极其体贴地抚着她的肩说:"我太任性,我只是说不出地要和你在一起",并发誓"我再也不惹你生气了,再也不——再也不——";当和江玫争吵时,他"脸上那种漠不关心神气消失了,换上的是提心吊胆地急躁和忧愁";当与江玫分手时,"他的脸因为痛苦而变了形,他的眼睛红肿,嘴唇出血,脸上充满了烦躁和不安。"一个热恋中大男孩的真实情态,一个为情所困的男青年的苦闷在主流话语的冲撞中隐隐展现,正是这些,拨动着读者的心弦。

政治大环境是故事展开的底色,也是"红豆"植根的"土壤",江玫在其中完成着身份的蜕变:离校六年的江玫是以党委会新来干部的身份返回母校,并展开回忆的;六年前在好友萧素的帮助下,江玫由一个只懂琴棋书画、唯爱情至上的小姐,成长为一个渴望新生活、渴望新秩序的进步女青年;由一个对政治漠不关心的女生,成长为走在北京学生"反对美国扶植日本"的大游行前列,带头举标语、喊口号的革命者,"走过天安门的时候,江玫望着那宏伟的建筑,心里升起一种怜悯而又惭愧的心情。……江玫觉得那剥落的红墙也在盼望着:新的社会快点来,让中华民族站起来,让天安门也站起来!"伴随着江玫政治立场的变化,她与齐虹的爱情也转向了尴尬的境地,"每况愈下":"他们的爱情就建筑在这些并不存在的童话,终究要萎谢的花朵,要散的云,会缺的月上面";"他们的爱情正像鸦片烟一样,使人不幸,而又断绝不了";"我们的爱情还没有能让我们舍弃自己的一生"。曾经的海誓山盟终究抵挡不住革命的豪情壮志,个人化的叙事在主流话语的裹挟中,步履维艰。江玫最后那一句"我不后悔",表面上看是对集体话语的臣服,而背后揭示的却是"失去了故园的记忆和对乐土的希望",映衬和加深了个体话语悲剧的蕴含。

在那个年代,具有精神上超越追求的知识分子虽然承受着依附处境下心理压抑的巨大痛苦,但在政治环境略显松动时,他们还是会不失时机地彰显个性的话语和独特的体验。这篇"百花时代"的爱情小说便是在爱情与政治话语的裂缝中,发出了找回失落的人性的微弱呼声,它通过对私人情感空间的开创,对当时的社会话语形成突围姿态,尽管这种尝试最终仍以失败告终,但它们毕竟以自己的存在为当时的文坛留下了一抹彩色的记忆。

(金洁明)

红　豆

宗　璞

天气阴沉沉的,雪花成团地飞舞着。本来是荒凉的冬天的世界,铺满了洁白柔软的雪,仿佛显得丰富了,温暖了。江玫手里提着一只小箱子,在 X 大学的校园中一条弯曲的小道上走着。路旁的假山,还在老地方。紫藤萝架也还是若隐若现地躲在假山背后。还有那被同学戏称为阿木林的枫树林子,这时每株树上都积满了白雪,真是"忽如一夜春风来,千树万树梨花开"了。雪花迎面扑来,江玫觉得又清爽又轻快。她想起 6 年以前,自己走着这条路,离开学校,走上革命的工作岗位时的情景,她那薄薄的嘴唇边,浮出一个微笑。脚下不觉愈走愈快,那以前住过 4 年的西楼,也愈走愈近了。

江玫走进了西楼的大门,放下了手中的箱子,把头上紫红色的围巾解下来,抖着上面的雪花。楼里一点声音也没有,静悄悄地。江玫知道这楼已作了单身女教职员宿舍,比从前是学生宿舍时,自然不同。只见那间门房,从前是工友老赵住的地方,门前挂着一个牌子,写着"传达室"三个字。

"有人么?"江玫环顾着这熟悉的建筑,还是那宽大的楼梯,还是那阴暗的甬道,吊着一盏大灯。只是墙边布告牌上贴着"今晚团员大会"的布告,又是工会基层选举的通知,用红纸写着,显得喜气洋洋的。

"谁呀?"一个苍老的声音从传达室里发出来。传达室门开了,一个穿着整洁的干部服的老头儿,站在门口。

"老赵!"江玫叫了一声,又高兴又惊奇,跑过去一把抱住了他。"你还在这儿!"

"是江玫!"老赵几乎不相信自己昏花的老眼,揉了揉眼睛,仔细看着江玫。"是江玫!打前儿个总务处就通知我,说党委会新来了个干部,叫给预备一间房,还说这干部还是咱们学校的学生呢,我可再也没想到是你!你离开学校 6 年啦,可一点没变样,真怪,现时的年轻人,怎么再也长不老哇!走!领你上你屋里去,可真凑巧,那就是你当学生时住的那间房!"

老赵絮絮叨叨领着江玫上楼。江玫抚着楼梯栏杆,好像又接触到了 6 年以前的大学生生活。

这间房间还是老样子,只是少了一张床,有了些别的家具。窗外可以看到阿木林,还有阿木林后面的小湖,在那里,夏天时,是要长满荷花的。江玫四面看着,眼光落到墙上嵌着的一个耶稣苦像上。那十字架的颜色,显然深了许多。

好像是有一个看不见的拳头,重重地打了江玫一下。江玫觉得一阵头昏,问老赵:"这个东西怎么还在这儿?"

"本来说要取下来，破除迷信，好些房间都取下来了。后来又说是艺术品让留着，有几间屋子就留下了。"

"为什么要留下？为什么要留下这一间的？"江玫怔怔地看着那十字架，一歪身坐在还没有铺好的床上。

"那也是凑巧呗！"老赵把桌上的一块破抹布捡在手里。"这屋子我都给收拾好啦，你归置归置，休息休息。我给你张罗点开水去。"

老赵走了。江玫站起身来，伸手想去摸那十字架，却又像怕触到使人疼痛的伤口似的，伸出手又缩回手，怔了一会儿，后来才用力一揿耶稣的右手，那十字架好像一扇门一样打开了。墙上露出一个小洞。江玫踮起脚尖往里看，原来被冷风吹得绯红的脸色刷的一下变得惨白。她低声自语："还在！"遂用两个手指，箝出了一个小小的有象牙托子的黑丝绒盒子。

江玫坐在床边，用发颤的手揭开了盒盖。盒中露出来血点儿似的两粒红豆，镶在一个银丝编成的指环上，没有耀眼的光芒，但是色泽十分匀净而且鲜亮。时间没有给它们留下一点痕迹——。

江玫知道这里面有多少欢乐和悲哀。她拿起这两粒红豆，往事像一层烟雾从心上升起，泪水遮住了眼睛——。

那已经是 8 年以前的事了。那时江玫刚 20 岁，上大学二年级。那正是 1948 年，那动荡的翻天覆地的一年，那激动，兴奋，流了不少眼泪，决定了人生的道路的一年。

在这一年以前，江玫的生活像是山岩间平静的小溪流，一年到头潺潺地流着，从来也没有波浪。她生长于小康之家，父亲做过大学教授，后来做了几年官。在江玫 5 岁时，有一天，他到办公室去，就再没有回来过。江玫只记得自己被送到舅母家去住了一个月，回家时，看见母亲如画的脸庞消瘦了，眼睛显得惊人的大，看去至少老了 10 年。据说父亲是患了急性肠炎去世了。以后，江玫上了小学上中学，上了中学上大学。在中学时，有一些密友常常整夜叽叽喳喳地谈着知心话。上大学后，因为大家都是上课来，下课走，不参加什么活动的人简直连同班同学也不认识，只认识自己的同屋。江玫白天上课弹琴，晚上坐图书馆看参考书，礼拜六就回家。母亲从摆着夹竹桃的台阶上走下来迎接她，生活就像那粉红色的夹竹桃一样与世隔绝。

1948 年春天，新年刚过去，新的学期开始了。那也是这样一个下雪天，浓密的雪花安安静静地下着。江玫从练琴室里走出来，哼着刚弹过的调子。那雪花使她感到非常新鲜,她那年青的心充满了欢快。她走在两排粉妆玉琢的短松墙之间,简直想去弹动那雪白的树枝,让整个世界都跳起舞来。她伸出了右手,自己马上觉得不好意思,连忙缩了回来,掠了掠鬓发,按了按母亲从箱子底下找出来的一个旧式发夹,发夹是黑白两色发亮的小珠串成的,还托着两粒红豆,她的新同屋萧素说好看,硬给她戴在头上的。

在这寂静的道路上,一个青年人正急速地向练琴室走来。他身材修长,穿着灰绸长袍,罩着蓝布长衫,半低着头,眼睛看着自己前面三尺的地方,世界对于他,仿佛并不存在。也许是江玫身上活泼的气氛,脸上鲜亮的颜色搅乱了他,他抬起头来看了她一眼。江玫看见他有着一张清秀的象牙色的脸,轮廓分明,长长的眼睛,有一种迷惘的做梦的神气。江玫想,这人虽然抬起头来,但是一定并没有看见我。不知为什么,这个念头,使她觉得很遗憾。

晚上,江玫躺在床上,久久不能入睡。许多片断在她脑中闪过。她想着母亲,那和她相依为命的老母亲,这一生欢乐是多么少。好像有什么隐秘的悲哀在过早地染白她那一头丰盛的头发。她非常嫌恶那些做官的和有钱的人,江玫也从她那里承袭了一种清高的气息。那与世隔绝的清高,江玫想想,忽然好笑了起来。

江玫自己知道,觉得那种清高好笑是因为想到萧素的缘故。萧素是江玫这一学期的新同屋。同屋不久,可是两人已经成为很要好的朋友。萧素说江玫像是从另一个世界来的,清高这个词儿也是萧素说的,她还说:"当然,这也有好处也有不好处。"这些,江玫并不完全了解。只不知为什么,乱七八糟的一些片断都在脑海中浮现出来。

这屋子多么空!萧素还不回来。江玫很想看见她那白中透红的胖胖的面孔,她总是给人安慰、知识和力量。学物理的人总是聪明的,而且她已经四年级了,江玫想。但是在萧素身上,好像还不只是学物理和上到大学四年级,她还有着更丰富的东西,江玫还想不出是什么。

正乱想着,萧素推门进来了。

"哦!小鸟儿!还没有睡!"小鸟儿是萧素给江玫起的绰号。

"睡不着。直希望你快点回来。"

"为什么睡不着?"萧素带回来一个大萝卜,切了一片给江玫。

"等着吃萝卜,——还等着你给讲点什么。"江玫望着萧素坦白率真的脸,又想起了母亲。上礼拜她带萧素回家去,母亲真喜欢萧素,要江玫多听萧姐姐的话。

"我会讲什么？你是幼儿园？要听故事？呶，给你本小书看看。"江玫接过那本小书，书面上写着"方生未死之间"。

两人静静地读起书来了。这本书很快就把江玫带进了一个新的天地。它描写着中国人民受的苦难，在血和泪中，大家在为一种新的生活——真正的丰衣足食，真正的自由——奋斗，这种生活，是大家所需要的。

"大家？——"江玫把书抱在胸前，沉思起来。江玫的 20 年的日子，可以说全是在那粉红色的夹竹桃后面度过的。但她和母亲一样，憎恶权势，憎恶金钱。母亲有时会流着泪说："大家都该过好日子，谁也不该屈死。"母亲的"大家"在这本小书里具体化了。是的，要为了大家。

"萧素，"江玫靠在枕上说："我这简单的人，有时也曾想过人活着是为了什么，但想不通。你和你的书使我明白了一些道理。"

"你还会明白得更多。"萧素热切地望着她。"你真善良——。你让我忘记刚才的一场气了。刚刚我为我们班上的齐虹真发火——。"

"齐虹？他是谁？"

"就是那个常去弹琴，老像在做梦似的那个齐虹，真是自私自利的人，什么都不能让他关心。"

萧素又拿起书来看了。

江玫也拿起书来，但她觉得那清秀的象牙色的脸，不时在她眼前晃动。

雪不再下了。坚硬的冰已经逐渐变软。江玫身上的黑皮大衣换成了灰呢子的，配上她习惯用的红色的围巾，洋溢着春天的气息。她跟着萧素生活渐渐忙起来。她参加了"大家唱"歌咏团和"新诗社"。她多么喜欢那"你来我来他来她来大家一齐来唱歌"的热情的声音，她因为《黄河大合唱》刚开始时万马奔腾的鼓声兴奋得透不过气来。她读着艾青、田间的诗，自己也悄悄写着什么"飞翔，飞翔，飞向自由的地方"的句子。"小鸟"成了大家对她的爱称。她和萧素也更接近，每天早上一醒来，先要叫一声"素姐"。

她还是天天去弹琴，天天碰见齐虹，可是从没有说过话。本来总在那短松夹道的路上碰见他。后来常在楼梯上碰见他，后来江玫弹完了琴出来时，总看见他站在楼梯栏杆旁，仿佛站了很久了似的，脸上的神气总是那样漠然。

有一天天气暖洋洋的，微风吹来，丝毫不觉得冷，确实是春天来了。江玫在练琴室里练习贝多芬的《月光曲》,总弹也弹不会,老要出错,心里烦躁起来,没到时间就不弹了。她走出琴室,一眼就看见齐虹站在那里。他的神色非常柔和,劈头就问:

"怎么不弹了?"

"弹不会,"江玫多少带了几分诧异。

"你大概太注意手指的动作了。不要多想它,只记着调子,自然会弹出来。"

他在钢琴旁边坐下了,冰冷的琴键在他的弹奏下发出了那样柔软热情的声音。换上别的人,脸上一定会带上一种迷醉的表情,可是齐虹神采飞扬,目光清澈,仿佛现实这时才在他眼前打开似的。

"这是怎么样的人?"江玫问着自己。"学物理,弹一手好钢琴,那神色多么奇怪!"

齐虹停住了,站起来,看着倚在琴边的江玫,微微一笑。

"你没有听?"

"不,我听了。"江玫分辩道,"我在想——。"想什么,她自己也不知道。

"我送你回去,好么?"

"你不练琴么?"

"不想练。你看天气多么好!"

就这样,他们开始了第一次的散步,就这样,他们散步,散步,看到迎春花染黄了柔软的嫩枝,看到亭亭的荷叶铺满了池塘。他们曾迷失在荷花清远的微香里,也曾迷失在桂花浓酽的甜香里,然后又是雪花飞舞的冬天。哦!那雪花,那阴暗的下雪天!——

齐虹送她回去,一路上谈着音乐,齐虹说:"我真喜欢贝多芬,他真伟大,丰富,又那样朴实。每一个音符上都充满了诗意。"江玫懂得他的"诗意"含有一种广义的意思。她的眼睛很快地表露了她这种懂得。

齐虹接着说,"你也是喜欢贝多芬的。不是吗?据说萧邦最不喜欢贝多芬,简直不能容忍他的音乐。"

"可我也喜欢萧邦。"江玫说。

"我也喜欢。那甜蜜的忧愁——。人和人之间是有很多相同的也有很多不相同的东西。——"那漠然的表情又来到他的脸上。"物理和音乐能把我带到一个真正的世界去,科学的、美的世界,不像咱们活着的这个世界,这样空虚,这样紊乱,这样丑恶!"

他送她到西楼,冷淡地点了一个头就离开了,根本没有问她的姓名。江玫又一次感到有些遗憾。

晚上,江玫从图书馆里出来,在月光中走回宿舍。身后有一个声音轻轻唤她:"江玫!"

"哦!是齐虹。"她回头看见那修长的身影。

"你怎么知道我的名字?"齐虹问。月光照出他脸上热切的神气。

"你怎么知道我的名字?"江玫反问。她觉得自己好像认识齐虹很久了,齐虹的问题可以不必回答。

"我生来就知道,"齐虹轻轻地说。

两人都不再说话。月光把他们的影子投在地上。

以后,江玫出来时,只要是一个人,就总会听到温柔的一声"江玫"。他们愈来愈熟。不知从什么时候起,从图书馆到西楼的路就无限度地延长了。走啊,走啊,总是走不到宿舍。江玫并不追究路为什么这样长,她甚至希望路更长一些,好让她和齐虹无止境地谈着贝多芬和萧邦,谈着苏东坡和李商隐,谈着济慈和勃朗宁。他们都很喜欢苏东坡的那首江城子:"十年生死两茫茫,不思量,自难忘,千里孤坟,无处话凄凉。"他们幻想着10年的时间会在他们身上留下怎样的痕迹。他们谈时间,空间,也谈论人生的道理——

齐虹说:"人活着就是为了自由。自由,这两个字实在好极了。自就是自己,自由就是什么都由自己,自己爱做什么就做什么。这解释好吗?"他的语气有些像开玩笑,其实他是认真的。

"可是我在书里看见,认识必然才是自由。"江玫那几天正在看《大众哲学》。"人也不能只为自己,一个人怎么活?"

"呀!"齐虹笑道:"我倒忘了,你的同屋就是萧素。"

"我们非常要好。"

因为看到路旁的榆叶梅,齐虹说用热闹两字形容这种花最好。江玫很赞赏这两个字。就把自由问题搁下了。

江玫隐约觉得,在某些方面,她和齐虹的看法永远也不会一致。可是她并没有去多想这个,她只喜欢和他在一起,遏止不住地愿意和他在一起。

一个礼拜天,江玫第一次没有回家。她和齐虹商量好去颐和园。春天的颐和园真是花团锦簇,充满了生命的气息。来往的人都脱去了臃肿的冬装,显得那样轻盈可爱。江玫和齐虹沿着昆明湖畔向南走去,那边简直没有什么人,只有和暖的春风和他们作伴。绿得发亮的垂柳直向他们摆手。他们一路赞叹着春天,赞叹着生命,走到玉带桥旁。

"这水多么清澈,多么丰满啊。"江玫满心欢喜地向桥洞下面跑去。她笑着想要摸一摸那湖水。齐虹几步就追上了她,正好在最低的一层石阶上把她抱住。

"你呀!你再走一步就掉到水里去了!"齐虹掠着她额前的短发,"我救了你的命,知道么?小姑娘,你是我的。"

"我是你的。"江玫觉得世界上什么都不存在了。她靠在齐虹胸前,觉得这样撼人的幸福渗透了他们。在她灵魂深处汹涌起伏着潮水似的柔情,把她和齐虹一起溶化。

齐虹抬起了她的脸,"你哭了?"

"是的。我不知为什么,为什么这样感动——"

齐虹也感动地望着她,在清澈的丰满的春天的水面上,映出了一双倒影。

齐虹喃喃地说:"我第一次看见你,就是那个下雪天,你记得么?我看见了你,当时就下了决心,一定要永远和你在一起,就像你头上的那两粒红豆,永远在一起,就像你那长长的双眉和你那双会笑的眼睛,永远在一起。"

"我还以为你没有看见我——。"

"谁能不看见你!你像太阳一样发着光,谁能不看见你!"齐虹的语气是这样热烈,他的脸上真的散发出温暖的光辉。

他们循着没有人迹的长堤走去,因为没有别人而感到自由和高兴。江玫抬起她那双会笑的眼睛,悄声说:"齐虹,咱们最好去住在一个没有人的岛上,四面是茫茫的大海,只有你是唯一的人,——"

齐虹快乐地喊了一声,用手围住她的腰。"那我真愿意!我恨人类!只除了你!"

对于江玫来说,正是由于深切的爱,才想到这样的念头,她不懂齐虹为什么要联想到恨,未免有些诧异地望着他。她在齐虹光亮的眼睛里读到了热情,但在热情后面却有一些冰冷的东西,使她发抖。

齐虹注意到她的神色,改了话题:

"冷吗?我的小姑娘。"

"我只是奇怪,你怎么能恨——"

"你甜蜜的爱,就是珍宝,我不屑把处境跟帝王对调。"齐虹顺口念着莎士比亚的两句诗,他确是真心的。可是江玫听来,觉得他对那两句诗的情感,更多于对她自己。她并没有多计较,只说是真有些冷,柔顺地在他手臂中,靠得更紧一些。

江玫的温柔的衰弱的母亲不大喜欢齐虹。江玫问她:"他怎么不好?他哪里不好?"母亲忧愁地微笑着,说他是聪明极了,也称得起漂亮,但做为一个人,他似乎少些什么,究竟少些什么,母亲也说不出。在江玫充满爱情的心灵里,本来有着一个奇怪的空隙,这是任何在恋爱中的女孩子所不会感到的。而在江玫,这空隙是那样尖锐,那样明显,使她在夜里痛苦得睡不着。她想马上看见他,听他不断地诉说他的爱情。但那空隙,是无论怎样的诉说也填不满的罢。母亲的话更增加了江玫心上的阴影。更何况还有萧素。

红5月里,真是热闹非凡。每天晚上都有晚会。5月5日,是诗歌朗诵会。最后一个朗诵节目是艾青的《火把》。江玫担任其中的唐尼。她本来是再也不肯去朗诵诗的,她正好是属于一听朗诵诗就浑身起鸡皮疙瘩的那种人。萧素只问了她两句话:"喜欢这首诗不?""喜欢。""愿意多有一些人知道它不?""愿意。""那好了。你去念罢。"江玫拂不过她,最后还是站到台上来了。她听到自己清越的声音飘在黑压压的人群上,又落在他们心里。她觉得自己就是举着火把游行的唐尼,感觉到了一种完全新的东西、陌生的东西。而萧素正像是指导着唐尼的李茵。她愈念愈激动,脸上泛着红晕。她觉得自己在和上千的人共同呼吸,自己的情感和上千的人一同起落。"黑夜从这里逃遁了,哭泣在遥远的荒原。"那雄壮的齐诵好像是一种无穷的力量,推着她,江玫想要奔跑,奔跑——。

回到房间里,她对萧素说:"我今天忽然懂得了大伙儿在一起的意思,那就是大家有一样的认识,一样的希望,爱同样的东西,也恨同样的东西。"

萧素直看着她,问道:"你和齐虹有一样的认识,一样的期望么?"

江玫很怪萧素这时提到齐虹,打断了她那些体会,她那双会笑的眼睛严肃起来:"我真不知道怎样告诉你,我和齐虹,照我看,有很多地方,是永远也不会一致的。"

萧素也严肃地说:"本来是不会一致。小鸟儿,你是一个好女孩子,虽然天地窄小,却纯洁善良。齐虹憎恨人,他认为无论什么人彼此都是互相利用。他有的是疯狂的占有的爱,事实上他爱的还是自己。我和他已经同学四年——"

"你怎么能这样说他!我爱他!我告诉你我爱他!"江玫早忘了她和齐虹之间的分歧,觉得有一团火在胸中烧,她斩钉截铁地说,砰的一声关上房门,到走廊里去了。

"回来!回来。"第一声是严厉的,第二声是温柔的。萧素打开房门,看见她站在走廊里,眼睛像星星般亮。"你这礼拜天回家吗?有点事要你做。"

江玫是从不拒绝萧素的任何要求的。她隐约觉得萧素正在为一个伟大的事业做着工作,萧素的生活是和千百万人联系在一起的,非常炽热,似乎连石头也能温暖。她望着萧素,慢慢走了回来。

"什么事?交给我办好了。"

"你不回家么?"

"原来想回去看看。听说面粉已经涨到 300 万一袋了。前几天《大公报》登了几首小诗,有一点稿费,想去送给母亲。"江玫一下子觉得疲倦得要命,坐在椅子上。

萧素本来想说"不食人间烟火的江玫也知道关心物价了,"又一想,就没有说。只说:

"这里有几篇壁报稿子,礼拜一要出,你来把它们修改一遍,文字上弄通顺些,抄写清楚。我明天进城,可以把钱送给伯母。"她把稿子递给江玫,关心地看着她,说:"过两天,咱们还要好好谈一谈。"

礼拜天,江玫吃过早饭就坐在桌旁看那些稿子。为什么这些短短的文字并不怎么通顺的文章这样有说服力?要民主反饥饿,像钟声一样在江玫耳边敲着。参加新诗朗诵会的兴奋心情又升起来了。《火把》中的唐尼的形象仿佛正站在窗帘上。

有人敲门。

"江玫!"是齐虹的声音。

江玫转过头去,正是齐虹站在门口,一脸温柔的笑意,在看着江玫。

"哦!你来了!"

"昨天晚上到你家里去了,伯母说你没有回来。我连家也没有回,就回学校来了。"他走上来握住江玫的手。

一提起齐虹的家,江玫眼前就浮现出富丽堂皇的大厅,老银行家在数着银元,叮叮当当响,这和江玫手上的那些文章很不调合。甚至齐虹,这温文尔雅的齐虹,也和它们很不调合,但江玫看见他,还是很高兴的。

"在干什么?要出壁报么?听说你还朗诵诗?你怎么?也参加民主运动了?我的女诗人!"

江玫不太喜欢他那说话的语气,颔首要他坐下。

"我是来找你出去玩的。你看天气多么好!转眼就是夏天了。我来接你到'绝域'去做春季大扫除。"

"绝域"是他们两个都喜欢的一个童话《潘彼得》中的神仙领域。他们的爱情就建筑在这些并不存在的童话,终究要萎谢的花朵,要散的云,会缺的月上面。

"今天不行呀,齐虹。"江玫抱歉地说。抽回了自己的手,理了理放在桌上的稿子。"萧素要我——"

"萧素!又是萧素!你怎么这么听她的话!"齐虹不耐烦地说。

"她的话对么!"

"可是你知道我多么想和你在一起,去听那新生的小蝉的叫唤,去看那新长出来的小小的荷叶——我想要怎样,就要做到!"齐虹脸上温柔的笑意不见了,好像江玫是他的一本书,或者一件仪器。

江玫惊诧地望着他。

"也许,你还会去参加游行罢!你真傻透了!就知道一个萧素!"愤怒的阴云使他的脸变得很凶恶。但他马上又换上一副温和的腔调:"跟我去罢,我的小姑娘。"

江玫咬着自己的嘴唇,几乎咬出血来。

门外有人叫:"小鸟儿!江玫!快来看看这幅漫画,合适不合适。"

江玫想要出去。齐虹却站在桌前不放她走。江玫绕到桌子这边,齐虹也绕了过来,照旧拦住她。江玫又急又气,怎么推他也推不动,不一会儿,江玫的头发散乱,那红豆发夹落在地下。马上就被齐虹那穿着两色镶皮鞋的脚踩碎了,满地散着黑白两色的小珠。江玫觉得自己整个的灵魂正像那个发夹一样给压碎了。她再没有一点力气,屈辱地伏在桌上哭起来。

齐虹需要的正是这样的哭泣。他捡起那两粒红豆,极其体贴地抚着她的肩:"原谅我,原谅我!我太任性,我只是说不出地要和你在一起,我需要你——"

"别哭了,别哭了,我的小姑娘。"齐虹真的着急起来,"我再也不惹你生气了,再也不——再也不——"

江玫觉得这一切真没意思。她很快就抬起头来,擦干了眼泪。她看出来壁报是编不成了,但她也下定决心不跟他出去。只呆呆地坐着,望着窗外。

"好了,好了,不要生气。我来做个盒子把这两粒红豆装起来罢。做个纪念,以后决不会再惹你。咱们该把这两粒红豆藏在哪儿?"

以后,这两粒红豆就被装在一个精致的盒子里面,放在耶稣像后面的小洞里了。那小洞是齐虹偶然发现的。江玫睡在床上看见耶稣的像,总觉得他太累,因为他负荷着那么多人世间的痛苦。

这一次争吵以后,齐虹和江玫并不是再也不,而是把争吵哭泣,变成了他们爱情中的一部分。他们每次见面总有一阵风波,有时大有时小,但如有一天不见面,不看到听到对方的音容笑貌,在他们却又是受不了的事。他们的爱情正像鸦片烟一样,使人不幸,而又断绝不了。江玫一天天地消瘦了,苍白了,母亲望着她忍不住哭。齐虹脸上那种漠不关心神气消失了,换上的是提心吊胆地急躁和忧愁。因为他对人生不信任,他对爱情也不信任,他监视着爱情,监视着幸福,监视着江玫——。

就在这个时候,江玫也一天天明白了许多事。她知道少数人剥削多数人的制度该被打倒。她那善良的少女的心,希望大家都过好的生活。而且物价的飞涨正影响着江玫那平静温暖的小天地。母亲存着一些积蓄的那家银行忽然关了门。江玫和母亲一下子变成舅舅的负担了。江玫是决不愿意成为别人的负担的。她渴望着新的生活,新的社会秩序。共产党在她心里,已经成为一盏导向幸福自由的灯,灯光虽还模糊,但毕竟是看得见的了。

也就在这时候,江玫的母亲原有的贫血症愈来愈严重,医生说必须加紧治疗,每天注射肝精针,再拖下去的话,后果不堪设想。但是这一笔医药费用筹办起来谈何容易!舅舅已经是自顾不暇了,难道还去麻烦他?本来和齐虹一提也可以,但是江玫决不愿求他。江玫只自己发愁,夜里直睡不着觉。

萧素很快就看出来江玫有心事。一盘问,江玫就一五一十告诉了她。

"那可不能拖下去。"萧素立刻说,她那白白的脸上的神色总是那样果断。"我输血给她!小鸟儿,你看,我这样胖!"她含笑弯起了手臂。

江玫感动地抱住了她:"不行,萧素。你和我的血型一样,和母亲不一样,不能输血。"

"那怎么办?我们总得想办法去筹一笔款子——。"

第三天,晚上萧素兴高采烈地冲进房间。一进来就喊:"江玫!快看!"江玫吃惊地看她,她大笑着,扬起了一叠钞票。

"素!哪里来的?你怎么这样有本事!"江玫也笑了,笑得那样放心。这种笑,是齐虹极想要听而听不到的。

"你别管,明天快拿去给伯母治病吧。"萧素眨眨眼睛,故作神秘的说。

"非要知道不可!不然我不安心!"

"别说了。我要睡觉了。"萧素笑过了,一下子显得很是疲倦。她脱去了朴素的蓝外套,只穿着短袖竹布旗袍,坐在床边上。

江玫上下打量她,忽然看见她的臂弯里贴着一块橡皮膏。江玫过去拉起她的手,看看橡皮膏,又看看她的脸。

"有什么好打量的?"萧素微笑着抽回了手,盖上了被。

"你——抽了血?"

萧素满不在乎地说:"我卖了血。不只我一个人,还有几个伙伴。"

人常常会在一刹那间,也许只是因为一个眼神一个手势,伤透了心,破坏了友谊。人也常常会在一刹那间,也许就因为手臂上的一点针孔,建立了死生不渝的感情。江玫这时什么话也说不出来。她一下子跪在床边,用两只手遮住了脸。

礼拜六,江玫一定要萧素自己送钱去给母亲。萧素答应了和江玫一道回家,江玫也答应了萧素不告诉母亲钱的来源。两人欢欢喜喜回家去了。到了家,江玫才发现母亲已经病倒在床,这几天饭都是舅母那边送过来的。她站在衰老病弱的母亲床边,一阵心酸,眼泪夺眶而出。萧素也拿出了手绢。但她不只是看见这一位母亲躺在床上,她还看见千百万个母亲形销骨立心神破碎地被压倒在地下。

这一晚,两人自己做了面,端在母亲床边一同吃了。母亲因为高兴,精神也好了起来。她吃过了面,笑着说:"我真是病得老了,今天你舅母来,问我有火没有,我听成有狗没有:直告诉她从前咱们养了一只狗,名叫斐斐。——"萧素和江玫听了笑得不得了。江玫正笑着,想起了齐虹。她想:这种生活和感情是齐虹永远不会懂的。她也没有一点告诉给他的欲望。

6月,反对美国扶植日本的运动达到了高潮。江玫比以前更关心当前的政治局势。她感到美国正在筹谋着什么坏主意。很明显,扶植压迫中国人民年之久的日本，在每一个中国人心上都会引起抑止不住的愤怒。

有一天，萧素和江玫坐在窗前，读着当时美驻华大使司徒雷登在报上发表的声明，一面读一面生气。声明中说："如使日人成为饥饿不安之人民，则日人亦将续为和平之威胁，此种情形适为共产主义所需。如吾人诚意为一般之利益计，必须消灭鼓励共产主义之因素。"这很可以看清楚美国的目的究竟何在了。读完报纸，江玫愤愤地说：

"要不要共产主义，是我们自己的事！"

萧素微笑道："你知道共产主义是什么？"

江玫坦率地说："我不知道。不过我想那种生活总不会比现在坏。那时的人，都像你一样——"

萧素又笑道："现在哪里不够好？你吃着大米饭，穿的花布旗袍，还坏么？"

江玫倚在萧素身上，一面想，一面说："这个人吃人的社会，不只在物质上，也在精神上。"她出了一会儿神，又说："萧素，要知道，我是多么寂寞呵。"

萧素抚着她的肩，说："人生的道路，本来不是平坦的。要和坏人斗争，也要和自己斗争——"。以后江玫在最困难的时候，总会想起这几句话。

6月9日，北京学生举行反美扶日大游行，江玫也参加了。

那天早上，窗外还黑得像老鸦的翅膀，江玫就起来收拾医药包，她是救护队的。她看看萧素空了一夜的床，又看看救护包上的红十字，心想萧素这一夜不知忙得怎样了，也许今天就会用这包里的绷带纱布来救护她罢。不知为什么，江玫特别为萧素和几个社团里的同学担心，江玫摸摸碘酒，和红药水的药瓶，心中又兴奋，又不安。

"小鸟儿快走呀！"同学在门外叫起来了。

她们跑到操场上，夏天的太阳刚在东柳村那边村庄的屋顶上射出一片红光。萧素正在人丛里，她分明是一夜没有睡，胖胖的面庞有些苍白，但精神还是那样好。她看见江玫和同学们跑来，脸上闪过一个嘉许的微笑：

"江玫！"

"萧素！"江玫悄悄地塞给她一个大苹果，那是齐虹昨天送来的。对于齐虹不断向西楼运来的各式各样的礼物，江玫只偶尔接受一点水果和糖食。

长长的队伍出发了，举着各种标语，沉默地走在郊外的大道上。愈走天愈亮，愈走路愈分明，一个男同学问江玫："药包重吗？我代你拿。"江玫微笑，说："一个兵士的枪，能让人家代他背着吗？"那男同学也微笑，看着她穿着白衬衫蓝长裤红背心的雄赳赳的样子,问:"你永远都要做一个兵?"江玫严肃地睁大眼睛,略想了一想,她回答:"是的,永远。"

队伍7点钟就到了西直门,可是城门关了,进不去。人群中有的喊着:"不开城门,决不回校!"有的喊着:"大家冲呵,冲进去!"一时群情激昂,人声嘈杂,那些标语牌子忽高忽低地起伏着。萧素在队伍里跑来跑去叫着:"别嚷!别乱!已经去交涉了。"江玫忽然很希望自己是一个手执拂尘的仙女,用拂尘一指,城门马上便开——自己这样想想,又觉得好笑,还是等萧素他们交涉,萧素比仙女有用得多。

果然,到9点钟时,城门开了,队伍涌进城去,正遇到城里几个大学的同学拥在门前迎接他们。"同学们,你好!""兄弟们,你好!"热情的呼声,此起彼落,江玫觉得泪水已冲到了眼睛里,她连忙低下头,看着自己的鞋尖。

游行开始了,大家一步步地走着,一声声地喊着。"反对美国扶植日本!""要自由!""要独立!"口号像炸弹一样在空中炸了开来,路旁的有些军警脸上带了惊慌的神色。江玫几乎来不及想喊了些什么,只觉得每一步路每一声喊都使大家更接近光明——

队伍走过了西四西单天安门,绕南池子到北京大学的民主广场。走过天安门的时候,江玫望着那宏伟的建筑,心里升起一种怜悯而又惭愧的心情。天安门在不肖的子孙手里,蒙受了多少耻辱。江玫觉得那剥落的红墙也在盼望着:新的社会快点来,让中华民族站起来,让天安门也站起来!

在民主广场举行了群众大会,有几个教授讲演。也许是累了,也许是别的原因,江玫觉得思想很不集中,那种兴奋和激动已经过去了。她惦记着那黄昏笼罩了的初夏的校园,惦记着自己住的西楼,说得更确切些,她是惦记着那在西楼窗下徘徊的那个年轻人。天知道他会急成什么样子,会发多么大的脾气,会做出怎样的事来!她把肩上挎的药包紧了一紧,感觉到一阵头昏。

萧素走过来了,低声问:"你不舒服么?"

"没有,一点儿都没有!"江玫连忙振起了精神。自己暗暗责骂自己,在这样的场合,偏会想到他!

大队回到学校时,灯光已经缀满校园。江玫回到房间里,两腿再也抬不起来,像是绑上了两块大石头。这时有人敲门,江玫心中一紧,感到一场风暴就要发生了,她靠在床栏杆上,默默地啜着热水。门开了,进来的是老赵。他的眉头皱得打了结,手里拿着一个破碎的糖盒子,往桌上一放说:

"哎哟江小姐！可真不得了啦！我活了这么大年纪也没见过脾气这么火暴的人！你们这位齐先生别是用公鸡血喂大的吧？他要死了，准得下冰冻地狱把人镇凉了才行，要不然连阎王殿都给烧啦！"

"什么'你们齐先生'？别这么说。他怎么了？你快说呀。"江玫放下了手中的杯子。

"今儿个下午他来找您，我说江小姐游行去了。他一听，就把他带来的这盒糖扔到大门外台阶上了，像是扔球似的！盒子破了，糖都滚了出来，我看这盒糖呀，值一袋面的钱，心里怪舍不得，我说，'齐先生，江小姐不在，你给东西留下得了，干吗发这么大的火呀？'他一听更急了，一张脸煞红煞白，抄起门房的一个茶杯就摔在玻璃窗上，哗啦！你瞧这满地的玻璃渣子！我看他是有点儿疯病！摔完了拔腿就走，还扔在台阶上三百万的票子，那是让我们修玻璃买茶杯？您说是不是？"

"别说了。"江玫无力地挥手。"就补块玻璃买个茶杯罢。"

"这糖，我看怪可惜了的，给您捡了来了。"

"你带回家去，那不是我的，我不要。"

这时萧素已经进来了，把这一段话都听了去。她一回来就洗脸洗脚，都收拾好了就伏在桌上写什么。而江玫还靠在床栏杆上，一动也不动。

萧素停下笔来，"你干什么？小鸟儿？你这样会毁了自己的。看出来了没有？齐虹的灵魂深处是自私残暴和野蛮，干吗要折磨自己？结束了吧，你那爱情！真的到我们中间来，我们都欢迎你，爱你——"萧素走过来，用两臂围着江玫的肩。

"可是，齐虹——"江玫没有完全明白萧素在说什么。

"什么齐虹！忘掉他！"萧素几乎是生气地喊了起来，"你是个好孩子，好心肠，又聪明能干，可是这爱情会毒死你！忘掉他！答应我！小鸟儿。"

江玫还从没有想到要忘掉齐虹。他不知怎么就闯入了她的生命，她也永不会知道该如何把他赶出去。她迟钝地说："忘掉他——忘掉他——我死了，就自然会忘掉。"

萧素真生她的气："怎么这样说话！好好儿要说到死！我可想活呢，而且要活得有价值！"她说着，颜色有些凄然。

"怎么了？素姐！"细心而体贴的江玫一眼就看出有什么不平常的事。对萧素的关心一下子把她自己的痛苦冲了开去。

萧素望着窗外，想了一会儿，说："危险得很。小鸟儿。我离开你以后，你还是要走我们的路，是不是？千万不要跟着齐虹走，他真会毁了你的。"

"离开我！"江玫一把抱住了萧素。"离开我！为什么！我要跟你在一起！"

"我要毕业了呀，家里要我回湖南去教书。"萧素似真似假地回答。她是湖南人，父亲是个中学教员。

"毕业？"

"是毕业呀。"

可是萧素并没有能毕业，当然也没有回湖南去教书。她去参加毕业考试的最后一项科目，就没有回来。

同学们跑来告诉江玫时，江玫正在为《英国小说选》这一门课写读书报告，读的书是英国女作家艾米莱·勃朗特的《咆哮山庄》。江玫和齐虹常常谈论这本书。齐虹对这本书有那么多警辟的见解，了解得那样透彻，他真该是最懂得人生最热爱人生的，但是竟不然——

萧素被捕的消息一下子就把江玫从《咆哮山庄》里拉出来了。江玫跳起来夺门而出，不顾那精心写作的读书报告撒得满地。好些同学跟她一起跑出了西楼，一直跑到学校门口，只看见一条笔直的马路，空荡荡的，望不到头。路边的洋槐上发散着淡淡的香气。江玫手扶着一棵洋槐树，连声问："在哪儿？在哪儿？"一个同学痛心地说："早装上闷子车，这会子到了警察局了。"江玫觉得天旋地转，两腿再没有一点力气，一下子就坐在地上了。大家都拥上来看她，有的同学过来搀扶她。

"你怎么了？"

"打起精神来，江玫！"

大家喊喊喳喳在说着。是谁愤愤的声音特别响："流血，流泪，逮捕，更教人睁开了眼睛！"

是呀！江玫心里说："逮走一个萧素，会让更多的人都长成萧素。"

江玫弄不清楚人群怎样就散开了，而自己却靠在齐虹的手臂上，缓缓走着。

齐虹对她说："我们系里那些进步同学嚷嚷着江玫晕倒了，我就明白是为了那萧素的缘故，连忙赶来。"

"对了。你们不是一起考高等数学吗？听说她是在课堂上被抓走的。"江玫这时多么希望谈谈萧素。

"是在考试时被抓走的。你看,干那些民主活动,有什么好下场!你还要跟着她跑!我劝你多少次——"

"什么!你说什么!"江玫叫了起来,她那会笑的眼睛射出了火光。"你!你真是没有心肝!"她把齐虹扶着她的手臂用力一推,自己向宿舍跑去了。跑得那么快,好像后面有什么妖魔鬼怪在追着她。

她好容易跑到自己房间,一下子扑在床上,半天喘不过气来。这时齐虹的手又轻轻放在她肩上了。齐虹非常吃惊,他不懂江玫为什么会发这么大的脾气,他曲着一膝伏在床前说:

"我又惹了你吗?玫!我不过忌妒着萧素罢了,你太关心她了。你把我放在什么地方?我常常恨她,真的,我觉得就是她在分开咱俩——"

"不是她分开我们,是我们自己的道路不一样。"江玫抽咽着说。

"什么?为什么不一样?我们有些看法不同,我们常常打架,我的脾气,确实不好。不过,那有什么关系,反正我只知道,没有你就不行。我还没有告诉你,玫,我家里因为近来局势紧张,预备搬到美国去,他们要我也到美国去留学。"

"你!到美国去?"江玫猛然坐了起来。

"是的。还有你,玫。我已经和父亲说到了你,虽然你从来都拒绝到我家里去,他们对你都很熟悉。我常给他们看你的相片。"齐虹得意地拿出他随身携带的小皮夹子,那里面装着江玫的一张照片,是齐虹从她家里偷去的。那是江玫十七岁时照的,一双弯弯的充满了笑意的眼睛,还有那深色的嘴唇微微翘起,像是在和谁赌气。"我对他们说,你是一首最美的诗,一支最美的乐曲——"若说起赞美江玫的话来,那是谁也比不上齐虹的。

"不要说了。"江玫辛酸地止住了他。"不管是什么,可不能把你留在你的祖国呵。"

"可是你是要和我一块儿去的,玫,你可以接着念大学,我们要永远在一起,没有任何东西能分开我们。"

"不要说了,不要说了。"这是江玫唯一能说的话。

心上的重压逼得江玫走投无路。她真怕看萧素留下的那张空床,那白被单刺得她眼睛发痛。没有到礼拜六,她就回家去了。那晚正停电,母亲坐在摇曳的烛光下面缝着什么,在阴影里,她显得那样苍老而且衰弱,江玫心里一阵发痛,无声地唤着"心爱的母亲,可怜的母亲",眼泪不由自主地流了下来。

"玫儿!"母亲丢了手中的活计。

"妈妈!萧素被捉走了。"

"她被捉走了?"母亲对女儿的好朋友是熟悉的。她也深深爱着那坦率纯朴的姑娘,但她对这个消息竟有些漠然,她好像没有知觉似地沉默着,坐在阴影里。

"萧素被捉走了。"江玫又重复了一遍。她眼前仿佛看见一个殷红的圆圆的面孔。

"早想得到呵。"母亲喃喃地说。

江玫把手中的书包扔到桌上,跑过来抱住母亲的两腿。"您知道!"

"我不知道但我想得到。"母亲叹了一口气,用她枯瘦的手遮住自己的脸,停了一下,才说:"要知道你的父亲,15年前,也是这样不明不白地就再没有回来。他从来也没有害过什么肠炎胃炎,只是那些人说他思想有毛病。他脾气倔,不会应酬人,还有些别的什么道理,我不懂,说不明白。他反正没有杀人放火,可我们就这样糊里糊涂地再也看不见他了——"母亲说着,失声痛哭起来。

原来父亲并不是死于什么肠炎!无怪母亲常常说不该有一个人屈死。屈死!父亲正是屈死的!江玫几乎要叫出来。她也放声哭了。母亲抚着她的头,眼泪浇湿了她的头发——

从父亲死后,江玫只看见母亲无言流泪,还从没有看见她这样激动过。衰弱的母亲,心底埋藏了多少悲痛和仇恨!江玫觉得母亲的眼泪滴落在她头上,这眼泪使得她逐渐平静下来了。是的,难道还该要这屈死人的社会么?徬徨挣扎的痛苦离开了她,仿佛有一种大力量支持着她走自己选择的路。她把母亲粗糙的手搁在自己被泪水浸湿的脸颊上,低声唤着:"父亲——我的父亲——"

门轻轻开了,烛光把齐虹的修长的影子投在墙上,母亲吃惊地转过头去。江玫知道是齐虹,仍埋着头不作声。齐虹应酬地唤了一声"伯母",便对江玫说:

"你怎么今天回家来了?我到处找你找不着。"

江玫没有理他,抬头告诉母亲:"他要到美国去。"

"是要和江玫一块儿去,伯母。"齐虹抢着加了一句。

"孩子,你会去吗?"母亲用颤抖的手摸着女儿的头。

"您说呢? 妈妈!"江玫抱住母亲的双膝,抬起了满是泪痕的脸。

"我放心你。"

"您同意她去了,伯母?"人总是照自己所期待的那样理解别人的话,齐虹惊喜万分地走过来。

"母亲放心我自己做决定。她知道我不会去。"江玫站起来,直望着齐虹那张清秀的象牙色的脸。齐虹浑身上下都滴着水,好像他是游过一条大河来到她家似的。

可是齐虹自己一点不觉得淋湿了,他只看见江玫满脸泪痕,连忙拿出手帕来给她擦,一面说:"咱们别再闹别扭了,玫,老打架,有什么意思?"

"是下雨了吗?"母亲包起她的活计,"你们商量罢,玫儿,记住你的父亲。"

"我不知道下雨了没有。"齐虹心不在焉地回答,他没有看见江玫的母亲已经走出房去,他的眼睛一刻都没有离开江玫。

江玫呆呆地瞪着他,尽他拭去了脸上的泪,叹了一口气,说:"看来竟不能不分手了。我们的爱情还没有能让我们舍弃自己的一生。"

"我们一定会过得非常舒适而且快活——为什么提到舍弃,为什么提到分手?"齐虹狂热地吻着他最熟悉的那有着粉红色指甲的小手。

"那你留下来!"江玫还是呆呆地看着他。

"我留下来? 我的小姑娘,要我跟着你满街贴标语,到处去游行么? 我们是特殊的人,难道要我丢了我的物理音乐,我的生活方式,跟着什么群众瞎跑一气,扔开智慧,去找愚蠢! 傻心眼的小姑娘,你还根本不懂生活,你再长大一点,就不会这样天真了。"

"傻心眼? 人总还是傻点好!"

"你一定得跟我走!"

"跟你走,什么都扔了。扔开我的祖国,我的道路,扔开我的母亲,还扔开我的父亲!"江玫的声音细若游丝,她自己都听不见自己在说什么。说到父亲两字,她的声音猛然大起来,自己也吃了一惊。

"可是你有我。玫!"齐虹用责备的语气说。他看见江玫眼睛里闪耀一种亮得奇怪的火光,不觉放松了江玫的手。紧接着一阵遏止不住的渴望和激怒,使他抓住了江玫的肩膀。他压低了声音,一字一字地说:"我恨不得杀了你! 把你装在棺材里带走!"

江玫回答说:"我宁愿听说你死了,不愿知道你活得不像个人。"

风呼啸着,雨滴急速地落着。疾风骤雨,一阵比一阵紧,忽然哗啦一声响,是什么东西摔碎了。齐虹把江玫搂在胸前,借着闪电的惨白的光辉,看见窗外阶上的夹竹桃被风刮到了阶下。江玫心里又是一阵疼痛,她觉得自己的爱情,正像那粉碎了的花盆一样,像那被吹落的花朵一样,永远不能再重新完整起来,永远不能再重新开在枝头。

这种爱情,就像碎玻璃一样割着人。齐虹和江玫,虽然都把话说得那样决绝,却还是形影相随。花池畔,树林中,不断地增添着他们新的足迹。他们也还是不断地争吵,流泪。——

10月里东北局势紧张,解放军排山倒海地压来,解放了好几个城市。当时蒋介石提出的方针是:"维持东北,确保华北,肃清华中"。虽然对华北是确保,但华北的"贵人"们还是纷纷南迁,齐虹的家在秋初就全部飞南京转沪赴美了,只有齐虹一个人留在北京。他告诉家里说论文还有点尾巴没写好,拿不到毕业文凭,而实际上,他还在等着江玫回心转意。他根本不相信江玫可能不跟他走。他,齐虹,这样的齐虹,又在发疯地爱着的齐虹!在那执拗的江玫面前,他不只一次想,若真能把她包扎起来带走该有多好!他脸上的神色愈来愈焦愁,紧张,眼神透露着一种凶恶。这些都常在黑夜里震荡着江玫的梦。

江玫的梦现在已不是那种透明的、颜色非常鲜亮的少女的梦了。局势的变化,萧素的被捕,齐虹的爱,以及她自己的复杂的感情,使她多懂了许多事。在抗议"七五"事件(国民党屠杀东北来的青年学生)的游行里,她已经不再当救护队,而打着"反剿民,要活命,要请愿"的大标语走在队伍的前列了。她领头喊着"为死者申冤,为生者请命"的口号,她奇怪自己的声音竟会这样响。她想到,在死者里面有她的父亲;在生者里面有母亲、萧素和她自己。她渴望着把青春贡献给为了整个人类解放的事业,她渴望着生活来一次翻天覆地的变动。

后来据萧素说,(萧素在解放后出狱,在广播电台做播音员,向全世界广播北京的声音。)那时的地下组织原打算发展江玫参加地下民主青年联盟的,只是她和齐虹的感情,让人闹不清她究竟爱什么,憎恶什么,就搁下来了。江玫听说这话,只轻轻叹了口气。

1948年冬天,北京已经到了解放前夕。城里流传着这样的民谣:"家家挂红灯,迎接毛泽东。"最沉得住气的反动官员们大亨们都纷纷逃走了。齐虹家里几乎是一天一封电报催他走,并且代他订了飞机座位。那时江玫的中心工作是和同学们一起讨论怎样应"变",宣传护校。她为即将到来的解放,感到兴奋,好像等待着一件期待已久的亲人的礼物,满怀着感情,幻想解放后的日子。而同时,她和齐虹那注定了的无可挽回的分别啮咬着她的心。她觉得自己的心一面在开着花,同时又在萎缩。

  一天,齐虹进城去了,直到晚上还没有露面。江玫坐在图书馆里,一页书也没有看,进来一个人她就抬头,可是直到电灯开了,齐虹还是不见。她忽然想,很可能他已经走了。走了,永远再也见不到他了。可是江玫一定还要再看他一眼,最后一眼!"齐虹!齐虹!"江玫几乎要叫出来,叫得全图书馆都听见。她连忙紧咬着嘴唇,快步走出了图书馆。

  那是那一年冬天的第一个下雪天。路上的雪还没有上冻,灯光照在雪花上,闪闪刺人的眼。江玫一直向北楼走去,她想看一看那正对着一棵白杨树梢的窗子,有没有灯光。那个房间她从没有去过,可是那窗口她却十分熟悉。齐虹常对她讲窗口的白杨树叶的沙沙声怎样伴着他度过多少不眠的夜。透过飞舞着的迷乱的雪花,她一下子就找到那棵白杨树,而那白杨树梢的窗口,漆黑一片,没有灯光。

  江玫的心沉了下去。她两腿发软,站在北楼前,一动也不动。

  也许他从城里回来太累,已经去睡了?也许他还没有回来?江玫快步走进了北楼,走到齐虹的房间,她敲门又推门,门是锁着的。

  "难道再见不着他了!真见不着他了!"江玫走出北楼,心里在大声哭泣。她完全没有看见新诗社的一个同学从她身边走过,也没有听见人家在唤着"小鸟儿"。

  好容易走到西楼,江玫真是一点力气都没有了。她想找个地方靠一靠再上楼,一眼看见自己房间里有灯光。那房间,自从萧素被抓去以后,是那样空,那样冷,晚上进去总是黑洞洞的。这时竟点着灯,这灯光温暖了江玫,她三步两步跑上去,在门外就叫着"虹!"

  果然是齐虹在房间里等她,满脸的焦急使他看上去苍老了许多。他一看见江玫,连忙迎上来握着她的手,疲倦地、也多少有些安心地说:"你到底回来了!我以为我再也见不着你了。"

  江玫没有回答。她怕自己会把刚才那一番焦急向他倾吐,会让他明白她多离不开他。而他却就要走了,永远地走了。

"明天一早的飞机,今晚就要去机场。"齐虹焦躁地说:"一切都已经定了,怎么样？咱们就得分别么？"

"分别？——永远不能再见你——"江玫看着那耶稣受难的像,她仿佛看见那像后的两粒红豆。

"完全可以不分别,永不分别！玫！只要你说一声同我一道走,我的小姑娘。"

"不行。"

"不行！你就不能为我牺牲一点！你说过只愿意跟我在一起！"

"你自己呢？"江玫的目光这样说。

"我么！我走的路是对的。我绝不能忍受看见我爱的人去过那种什么'人民'的生活！你该跟着我！你知道么！我从来没有这样求过人！玫！你听我说！"

"不行。"

"真的不行么？你就像看见一个临死的人而不肯去救他一样,可他一死去就再也不会活转来了。再也不会活了！走开的人永远也不会再回来。你会后悔的,玫！我的玫！"他摇着江玫的肩,摇得她骨头直响。

"我不后悔。"

齐虹看着她的眼睛,还是那亮得奇怪的火光。他叹了一口气,"好,那么,送我下楼罢。"

江玫温柔地代他系好围巾,拉好了大衣领子,一言不发,送他下楼。

纷飞的雪花在无边的夜里飘荡,夜,是那样静,那样静。他们一出楼门,马上开过来一辆小汽车,从车里跳出一个魁梧的司机。齐虹对司机摇摇手,把江玫领到路灯下,看着她,摇头,说:"我原来预备抢你走的。你知道么？你看,我预备了车。飞机票也买好了。不过,我看了出来,那样做,你会恨我一辈子。你会的,不是么？"他拿出一张飞机票,也许他还希望江玫会忽然同意跟他走,迟疑了一下,然后把它撕成几半。碎纸片混在飞舞的雪花中,不见了。"再见！我的玫。我的女诗人！我的女革命家！"他最后几句话,语气非常尖刻。江玫看见他的脸因为痛苦而变了形,他的眼睛红肿,嘴唇出血,脸上充满了烦躁和不安。江玫忽然想起,第一次看见他时,他脸上那种漠不关心,什么都没看见的神气。

江玫想说点什么,但说不出来,好像有千把刀子插在喉头。她心里想:"我要撑过这一分钟,无论如何要撑过这一分钟。"她觉得齐虹冰凉的嘴唇落在她的额上,然后汽车响了起来。周围只剩了一片白,天旋地转的白,淹没了一切的白——

她最后对齐虹说的一句话就是"我不后悔"。

江玫果然没有后悔。那时称她革命家是一种讽刺,这时她已经真的成长为一个好的党的工作者了。解放后又渐渐健康起来的母亲骄傲地对人说:"她父亲有这样一个女儿,死得也不算冤了。"

雪还在下着。江玫手里握着的红豆已经被泪水滴湿了。

"江玫!小鸟儿!"老赵在外面喊着。"有多少人来看你啦!史书记,老马,郑先生,王同志,还有小耗子——"

一阵笑语声打断了老赵不伦不类的通报。江玫刚流过泪的眼睛早已又充满了笑意。她把红豆和盒子放在一旁,从床边站了起来。

原载《人民文学》1957 年第 7 期

陆文夫《小巷深处》导读

 **作家简介**

陆文夫(1928—2005),小说家。江苏泰兴人。1948年毕业于苏州高级中学,后赴苏北解放区,入华中大学学习。翌年随军渡江到苏州,任新华社苏州支社采访员、《新苏州报》记者。1953年开始从事文学创作,1956年发表成名作短篇小说《小巷深处》,引起瞩目。饮誉文坛的《献身》《小贩世家》《围墙》分获第一、第三、第六届全国优秀短篇小说奖;《美食家》获第三届全国优秀中篇小说奖。陆文夫的小说大都描写闾巷中的"凡人小事",深蕴着时代和历史的内涵,清隽秀逸,含蓄幽深,富有浓郁的姑苏地方色彩。曾担任中国作家协会副主席、江苏省作家协会主席等职。

 创作背景

1956年至1957年上半年,在党的"百花齐放,百家争鸣"方针推动下,我国文艺创作有了新的进展和突破。作为这种进展和突破的一个重要标志,是一批敢于揭露人民内部矛盾和种种社会弊端以及描写爱情生活的短篇小说的出现。这些作品能大胆地描写人的内心世界,披露人的真情实感。在表现人的道德情操和精神生活方面有了明显的突破,增强了当代文学反映生活的真实性和丰富性,拓展了当代文学的创作和审美空间。

 **作品评点**

1. 身体

徐文霞似乎没有什么自觉的身体意识,而且每当出现生理叙事时,作者总是立刻把它转化为心理叙事。然而,徐文霞的身体是实实在在的,抹杀不掉。

在城市的东北角,在深邃而铺着石板的小巷里,有一个窗子里亮着灯,灯光下,有一个姑娘坐在书桌旁,双手托着下巴,在凝思,在默想。

她的鼻梁高高的,额骨稍稍向前耸起,耸得并不过分,和她的鼻梁正显得那么匀称。她的眼睛乌泽而闪光,睫毛长而稀疏,映着灯光似乎可以数得出来。她的两条发辫从太阳穴上垂下来,拢到后颈处又并为一条而拖到腰际,在两条辫子合并的地方随便地结着一条花手帕。

这是四邻眼中的徐文霞。

年轻,又生着一副聪明相……

这是"勤大纱厂"厂长眼里的徐文霞。

徐文霞穿着鹅黄色闪着白花的绸棉袄。这棉袄似乎有点短窄,可是却把她紧束得更加苗条而伶俐。辫子也好象更长了,拖过了棉袄的下摆,给人一种颀长而又秀丽的感觉。

这是逛留园时的徐文霞。

近几年竟长得如此苗条而又丰满。高高的胸脯,滚圆的肩膀,浑身散发着青春诱人的气息。

这是反动分子朱国魂看到的徐文霞。

是秋雨湿漉的黄昏,是寒风凛冽的冬夜吧,阊门外那些旅馆旁的马路上、屋角边、弄堂口,游荡着一些妖艳的妇女……双手交叉在胸前,故意把乳房隆起。她们的眼睛都盯住旅馆的大门和路上的行人。

这里面有17岁的旧社会的徐文霞。

所有这些身体描写叠合在一起,才构成徐文霞完整的身体形象。如此,我们才能清晰地看到,徐文霞的现在的身体是一个青春的、美丽的、性感的身体,一个正在苦恼的、萌动的身体,同时也是一个曾经遭遇过屈辱和暴虐的身体。现在,它正伙同情感,挑衅徐文霞的自觉"不洁"的"身体观念",发动一场内部的叛乱。它喜欢在"学习"时搞"破坏",比如拉拉张俊的耳朵,"搔搔他的后脑",喜欢同张俊的身体"挽着手到街头散步",喜欢张俊每日临睡前的安抚……当然,在爱情的领土上,身体的就是心理的,身体的亲昵同心理的亲昵是织在一起的。可是不管怎样,徐文霞的身体似乎并不觉着自己是"不洁"的,觉着"不洁"的是徐文霞的观念。身体的"不洁"大都可以通过生理的或者医学的方式予以清除,而积蓄于观念中的"不洁"则必须找到其叙事根源才有可能被彻底解构。

回望人类历史,洁净、贞节、处女、羔羊等等,都源于占有者对被占有者的身心要求,以及统治者对被统治者的身心要求,因此,"洁净叙事"本质上是一种政治叙事,一种人类整体的关系叙事,而"不洁"则一直是被集体清洗的对象。在爱情行为中,由于献身者同时也是占有者,因而对占有者的"洁净叙事"很容易采取认同态度,换句话说,献身者会在无形中将占有者的逻辑当成是自己的。徐文霞生命中最大的障碍就埋伏此处。

2. 爱情

在越来越多的人将爱情视作一种文化消费品的时候,倾耳聆听《小巷深处》的爱情故事势必会成为一桩比较另类的事情,而且还可能赢得"不思进取"或"念旧"的好名声。

徐文霞是孤独的,蛰伏在苏州城的某个小巷深处,同时她又是焦躁难安的,在20世纪50年代中叶,一种叫作"恋爱"的不明事物席卷了她。"那个大学毕业的技术员张俊的影子"老是在眼前晃动,把徐文霞的内心搅得乱七八糟,"一会儿觉得充满了幸福,幸福得心都向外膨胀!一会儿却又充满了恐惧,那么可怕象跌进了无底的深坑!"17岁便沦为娼妓的凄惨往事对徐文霞的爱情构成了致命的威胁,那是"历史的污点",是"不洁的隐喻",更是徐文霞根本无法拆除的心理疾病机制——自己对自己的监视。须知,那时的中国民众还处于在现代爱情史上蹒跚学步的阶段,尚未成为大大咧咧的爱情消费群体,想象中最完美的爱情乃当事人皆白璧无瑕,如《围城》里唐晓芙对方鸿渐所言:"我来之前,你守着一片空荡荡等我;我到之后,你的院门立马全部关上。就像某些人买房子,只买一手房,而且买了便永生栖居,不再转手。"事实上,这种爱情乃"垦荒式"的爱情,有着无可救药的"处女地"情结,我们与其说它是对爱情的演绎,不如说,它是人类献祭给"洁净叙事"的一缕乡愁。

在那个时代的中国大陆,突破这种经典的爱情想象模式并不比突破卡夫卡的"城堡"更为容易,因为这也正是当时人们对一切人生世事最为神圣的想象模式。表面看来,是徐文霞因担心张俊无法接受情人"不洁"的历史而忧烦,然而实际上,恰恰是她自己首先无法突破那种近乎神话般的想象图景,进而使自己成为自己的

第一个敌人,不仅仅在爱情的道路上,而且在整个生命旅程上。于是我们听见徐文霞无限伤感地对自己说:

> 把工作让给我,把爱情让给别人吧!

3. 观念

所谓观念,是人们对世事人生的想象和图解方式,是构成人类文化生活的三大元素——生理、情感和观念中的一个。前面已经分析过徐文霞的爱情观念,并且知道该观念既构成她的精神家园,同时也构成她的精神牢笼。现在可以再看一下她的婚姻观念,因为在徐文霞的爱情背后,紧跟着婚姻,甚至,没有婚姻做地基,爱情的房子就没法继续盖下去了,易言之,爱情和婚姻是捆绑在一起的。说得尖刻些,即使徐文霞对"洁净"的爱情不敢有太多奢望,她还可以奢望一个幸福的家庭,相对而言,家庭更意味着同情和安慰。这或许是一种对理想的降低,不过很务实。

> 要是世界上有这么一对,他们一起工作,一道回家,星期天带着孩子上街……多好啊!

这是张俊的一小段深情告白,在这段话里,爱情的真谛已经被转换为"成家"(汉语特有的词语)了,多好的台阶呐!

> 文霞,人生的道路短暂而又漫长。在这条路上,两个人携着手,齐奔共同的理想,一个疲乏了,另一个扶着她;一个胜利了,另一个祝贺他。你说,还有爬不过的高山,渡不过的大河吗!

这是张俊的另一处内心流露。小说的结局表明,张俊的确是个真诚厚道的青年,并且还有着那个时代少有的勇气与先锋意识——在理解和同情上,当徐文霞"不洁"的历史被揭开后,他经受住了"观念"的疯狂进攻。但是听这话的当时,徐文霞尽管已经"感动得几乎掉下眼泪来",她还是不能突破那道所谓"不洁"的魔障。若非朱国魂这个反面角色出面打破僵局,徐文霞此后一生都将永远纠缠于两件现在看来很是没必要的事情:在家人面前掩埋过去,在自己内心遗忘历史。

(吕永林)

小巷深处

陆文夫

苏州,这个古老的城市,现在是睡熟了。她安静地躺在运河的怀抱里,象银色河床中的一朵睡莲。那不太明亮的街灯照着秋风中的白杨,把婆娑的树影投射在石子马路上,使得街道也洒上了朦胧的睡意。

在城市的东北角,在深邃而铺着石板的小巷里,有一个窗子里亮着灯,灯光下,有一个姑娘坐在书桌旁,双手托着下巴,在凝思,在默想。

她的鼻梁高高的,额骨稍稍向前耸起,耸得并不过分,和她的鼻梁正显得那么匀称。她的眼睛乌泽而闪光,睫毛长而稀疏,映着灯光似乎可以数得出来。她的两条发辫从太阳穴上垂下来,拢到后颈处又并为一条而拖到腰际,在两条辫子合并的地方随便地结着一条花手帕。唉!她的眼圈儿为什么那样暗黑?不象哭过,也不象失眠,倒象痛苦与折磨所留下的标记!

在这条巷子里,很少有人知道这姑娘是做什么的。邻居们只知道她白天不在家,晚上读书到深夜。只有邮递员知道她叫徐文霞,是某纱厂的工人,因为邮递员经常送些写得漂亮的信件给她,而她接到这种信件时便要皱起眉头,甚至当着邮递员的面便把信撕得粉碎。

徐文霞放下双手,翻开桌上的小代数,却怎么也读不下去,感到一阵阵的烦恼。近些时来,她的心头常常涌起这种少女特有的烦恼。每当这种烦恼泛起时,便带来了恐惧与怨恨,那一段使人羞耻、屈辱和流泪的回忆又在眼前升起……

是秋雨湿漉的黄昏,是寒风凛冽的冬夜吧,阊门外那些旅馆旁的马路上、屋角边、弄堂口,游荡着一些妖艳的妇女。她们有的象幽灵似的移动,有的象喝醉酒似的依在电线木杆上,嘴角上随便地叼着烟卷,双手交叉在胸前,故意把乳房隆起。她们的眼睛都盯住旅馆的大门和路上的行人,每当有男人走过时,便嗲声嗲气地叫喊起来:

"去吧,屋里去吧!"

"不要脸,婊子,臭货。"传来了行人的谩骂。

这骂声立即引起一阵麻木的轰笑:"寿头、猪猡、赤佬……"一连串下流的咒骂来自这群女人。

在这一群女人中也混着徐文霞。那时她被老鸨叫作阿四妹。才十七岁的孩子啊,瘦削而敷满白粉的脸映着灯光更显得惨白惨白……

这些事已经去得很遥远了,仿佛已经退到了世界的另一边,可是,徐文霞一想起来便颤抖!

一九五二年,人民政府把所有的妓女都收进了妇女生产教养院,治病,诉苦,学习生产技能。徐文霞在那里度过了终身难忘的一年。她不知道母亲是什么样子,也不知道母爱是什么滋味,人间的幸福就莫过如此吧,最大的幸福就是在阳光下抬着头,做一个真正的人!

那一年以后,徐文霞便进了新生染织厂做工,后来调到大生布厂挡车,最后又进了勤大纱厂。厂长见她年轻,又生着一副聪明相,说:"别织布吧,学电气去,那里需要灵巧的手。"

生活在徐文霞面前放出绮丽的光彩,尊敬、荣誉、爱抚的目光一齐向她投来!她什么时候体验过做人的尊严呢,她怀着惊奇的心情进入了另一个世界!

慢慢地,徐文霞担心了,害怕了,她怕小伙子们那奇特而灼热的目光,怕这种目光会透过她的心胸而发现她身后的恶魔,那时候奇特就会变为鄙视,灼热就会变为冷漠!她深藏着自己的身世,好在几次调动后已经没人知道这些了。让它去吧,让它象恶梦般地消逝吧。

爱情呢,家庭的幸福呢?徐文霞不敢想,也怕别人讲,怕人提起解放前的苦难,更怕小姐妹翻弄准备出嫁的衣箱。她渐渐地孤独起来,在寂静无声的夜晚,常蒙着被子流泪,无事不愿有人在身边。于是,便在这条古老的小巷里住下来。这里没有人打扰她,只是偶尔有行人走过,皮鞋敲打着石板,发出空洞的回响。她拚命地读书,伴着书度过长夜,忘掉一切。那些小伙子不肯放松她,常写信来,徐文霞接到这些信便引起一阵惆怅,后来索性不看便撕掉:"谁能和做过妓女的人有真正的爱情?别尝这杯苦酒吧!"

徐文霞烦躁不安,从书桌旁站了起来,在房间里走动,跟着又强迫自己坐下来,双手捧住头,手指捺着突突跳动的太阳穴,好象要把头脑里的杂念统统挤掉。她深深地透了口气:

"把工作让给我,把爱情让给别人吧!"

徐文霞重新打开小代数,努力去探索方程式中的奥妙。一会儿工夫,字母在眼前舞动起来了,象波浪似的起伏。她拉拉眼皮,想唤回注意力,不消多时,又浮动了,象湖水似的荡漾开去……

可能是天气燥热吧?徐文霞伸手推开长窗,窗外起着小风,树叶子互相敲碰,窸窣地作响。夜气和秋声能催人入眠,徐文霞却更加烦躁!

徐文霞为啥烦躁,她自己知道。那个大学毕业的技术员张俊的影子,如今还在眼前晃动:年轻方方的脸上放着红光,老是带着笑容和自己谈话,常跑到自己的身边来,想找点什么吧,却又涨红了脸无声地走开。徐文霞知道为着这些事烦躁,却故意不肯承认,用这种办法,她击退过多次爱情的侵袭。今天怎么搞的呢,说不想,却又偏去想:"他今天为什么到我这里来呢,先是轻轻地敲了一下门,隔半天又敲了一下,想进来又不敢进来。他的脸那样红做啥?别这样红吧,同志,难道我这个人还能讥讽别人吗!唉,他为什么不讲话,他蛮会说话的嘛,今天倒成了结巴。尽翻我的书看,还看得很有趣咧!这些书他不是都读过的吗?他要帮我补习代数,还要教我物理。昏啦,我竟答应了他,要是他怀着什么心思,我可怎么办啊!"

徐文霞平静的心被搅乱了,全部"防线"都崩溃了。她拒绝过许多奇特的目光,撕掉好些美丽的信件,却无法逃避张俊那纯真的、孩子般的眼睛。她收不住奔驰起来的思想野马,一会儿觉得充满了幸福,幸福得心都向外膨胀!一会儿却又充满了恐惧,那么可怕,象跌进了无底的深坑!各种矛盾的心情痛苦地绞缠着她,悲惨的往事又显现出来。她伏在桌上抽泣起来,肩膀在柔和的灯光下抖动。

窗外下起雨来了,檐头水滴在石板上,倾叙着说不完的闲话。

时间从秋天到了冬天,徐文霞的心里却开满了春花。

一下班,张俊便到徐文霞的房间里来,坐在她的对面,呆呆地看着,看得徐文霞脸红:

"来吧,抓紧时间。"

张俊笑着,打开课本。世界上再也找不到这样好的老师了,他不仅讲,还表演,不知道从哪里找来许多生动的比喻。这一点,张俊自己也不明白,在徐文霞的面前,他的智慧象流不完的河水。

徐文霞开始做习题时,张俊便坐到另一张桌子上做他自己的功课。这时候,房间里静极了,只有笔在纸上窸窣地响。张俊一闷到书桌上,能两三个小时不动身,徐文霞深怕他闷坏了脑子,便走过去拉拉他的耳朵,搔搔他的后脑。

张俊嚷起来：

"好，你又破坏学习！"

徐文霞咯咯地笑着，坐下来。不一会，又向张俊手里塞进一只苹果。

张俊把苹果放在桌上，先不去动，过了一会，拿起来看看，然后便到徐文霞的袋袋里摸小刀。

"好，这一次是你破坏！"

"苹果是你送来的嘛！"

这一阵骚动，两个人都学不下去了，便收起书本，海阔天空地谈起来。张俊老是爱谈将来，一开口便是五年以后：

"那时候我是工程师，你是技术员……"

"我也能做技术员吗？"

"只要你学习的时候不调皮。"张俊在徐文霞的前额上戳了一下。"那时我们还在一起工作，机器出了毛病，我和你一起修，我满脸都是机油，嘿，你会不认识我哩！"

"你掉在染缸里我也认识。"

"要是世界上有这么一对，他们一起工作，一道回家，星期天带着孩子上街……多好啊！"

徐文霞被说得心直跳，脸绯红："那是人家的事情，谈它做啥？"

张俊越谈越远，越谈越美。徐文霞好象浸在一缸温水里，她第一次感到爱情给人的幸福和激动。

实在没话谈了，他们便挽着手到街头散步。苏州街上的夜晚，空气很新鲜，行人却又那么稀少，挑馄饨担的人敲着木铎，在附近的什么地方游转，那笃笃的响声，更增加了街头的静谧。他们尽拣没人的地方走，踩着法国梧桐的落叶，沙沙地，怪舒服。徐文霞老爱把那些枯叶踢得四处飞扬。到底走多少路，他们并不计较，总是看到北寺塔，看到那高大巍峨的黑影时便回头。

张俊每天都到徐文霞这里来，实在忙了，睡觉之前也一定要来说一声："睡吧文霞，明天见。"

徐文霞也习惯了，等到十点半张俊还不来，她便睡下，聆听着门上的钥匙响，等张俊的大手在她的被头上拍两下："睡吧文霞……"然后，真的安详地熟睡了。

在爱情的海洋里，徐文霞本来已经绝望了，却忽然碰着救生圈，她拚命地抓着,深怕滑掉。夜里,她常常梦见张俊铁青着脸,指着她的鼻子骂:"我把你当块白璧,原来你做过妓女,不要脸的东西,从此一刀两断!"徐文霞哭着,拉住张俊:"不能怪我呀,旧社会逼的……"张俊理也不理,手一摔,走出去,徐文霞猛扑过去,扑了个空,醒来却睡在床上,浑身出着冷汗,泪水洒湿了枕头,人还在抽泣。

徐文霞再也睡不着了,多少痛苦都来折磨她:

"怎么办呢,老是这样下去吗?万一给张俊知道呢?告诉他吧……不,他不会原谅我。象他这样的人,多少纯洁的姑娘都会爱上他,怎么能要一个做过妓女的人啊!不能讲,不能讲啊!"徐文霞用力绞着胸前的衬衣,打开床头的电灯,她恐惧,她忧愁。她不能失去张俊,不能没有张俊的爱情。

初冬晴朗的早晨,天暖和得出奇。苏州人都溜进了那些古老的园林,去度过他们的假日。

徐文霞穿着鹅黄色闪着白花的绸棉袄。这棉袄似乎有点短窄,可是却把她紧束得更加苗条而伶俐。辫子也好象更长了,拖过了棉袄的下摆,给人一种颀长而又秀丽的感觉。她左手拎一只黄草提包,右手挽着张俊的臂膀。他们悄悄地走进了留园,在幽静曲折的小道上漫步。他们的脚步是那么的一致、轻捷,硬底皮鞋叩打着鹅卵石子,咚、笃,好象同时拨动了琵琶的丝弦。小道的两旁是堆得奇巧的假山,尖尖的石笋,瘦透的太湖石参差耸立;晚开的菊花还是那么精神,不时从太湖石的洞眼中冒出一枝。徐文霞的眼珠象清水里的一点黑油,滴溜溜地转动着,她心旷神驰:"老天爷,但愿能永远这样吧!"

他们在清澈的小石潭旁立了片刻,和孩子们一起呼唤石潭中五彩缤纷的金鱼;然后又转过耸峙的石峰,前面出现了一座小楼。

"上楼去吧。"徐文霞动了一下她的右手。

张俊拉着她的手就向假山上爬。

"咦,上楼嘛!"徐文霞跌跌跄跄地,爬到山顶直喘气。"我叫你上楼,你偏要上山!"

"已经上楼啦,还怪人!"

徐文霞向前一看,真的上了楼,原来假山又当楼梯,使人在玩弄山景中不知不觉地登了楼。徐文霞忍不住笑起来,停了会儿又叹气:

"俊,你看造花园的人多灵巧啊,人总是费尽心机,想把生活弄得美好点。"

"走吧,说这些空话做啥。"

穿过了曲折的回廊,徐文霞的心中有些忧伤:"唉,空话,要是你明白了造园人的苦心,你就会同情他,原谅他的过错,成全他那美好的愿望。"

张俊一楞,发现了徐文霞那忧伤的眼神:"怎么啦文霞,想起什么心事吧?"

"不,没有什么。"

"那你为什么不高兴呢?"

"高兴哩,能和你在一起总是高兴的。"徐文霞强笑了一下。"走吧,你看前面又是什么地方?"

前面是一个满月形的洞门,门内是一派乡村的景色。豆棚瓜架竖立着,翻开的黑土散发着芬芳。他们在牵着葫芦藤的紫藤架下走过去,那些缀满在枯藤上的小葫芦,象繁星似的悬挂在他们的头上。

张俊沉默了一会,躲躲闪闪地说:"文霞,你说心里话,你觉得我这个人怎样?"

"怎么说呐,我这一世,要找第二个,恐怕……再也……"

张俊蹦跳起来,脸象太阳钻出云隙,向四面放射出光彩:

"文霞,我们结婚吧!"

徐文霞陡然一震,喜悦夹着恐怖向她猛袭过来!她脸色苍白,嘴唇抖动,半晌才说:

"走吧,我们向前。"

张俊的心潮从高处倾泻下来,化成了潺潺的流水,向深远处流去:

"文霞,人生的道路短暂而又漫长。在这条路上,两个人携着手,齐奔共同的理想,一个疲乏了,另一个扶着她;一个胜利了,另一个祝贺他。你说,还有爬不过的高山,渡不过的大河吗!"

徐文霞感动得几乎掉下泪来。有这样的人伴着自己度过一生,不正是一个迷人的梦,一幅美丽的画!可是,她却不得不疑惑地望着张俊,心里在发问:"要是你知道了,你还能说这些话吗?"她痛苦地低下了头,说声:"走吧。"

那边出现了一座土山,山上长满了枫树,早霜把枫林染红了,红得象清晨的朝霞。在半山腰的石凳上,坐着个人,这人背朝着徐文霞,拉起大衣领子在晒太阳。徐文霞咯咯的皮鞋声,引起了这人的注意,便回过头来,露出一张扁平的脸,这脸象一面绷紧了的皮鼓,眼睛、鼻子、嘴巴不分什么高低,在皮鼓的两条裂缝中,尖溜溜的眼睛盯着徐文霞。等到徐文霞发现这人时,已经到了眼

前,这人立即站起来,恭恭敬敬地说:

"你好呀四妹,你还在苏州吗?"

"你!你……也在这里玩吗,再见。俊,到山顶上去看看吧。"

徐文霞拉着张俊的手,一溜烟奔上了山巅。她慌乱哪,喘气,眼皮跳动,腿肚发抖,浑身直打寒颤。

张俊望着那个人,见他已懒洋洋地下了山去。

"那是谁,怎么叫你四妹?"

"没有什么,一个熟人。四妹是我的小名。"徐文霞哆嗦着。她呆了一会又说:"回去吧,这里很冷,没啥看头。"

张俊看着徐文霞奇怪的神色,疑惑不解,忐忑不安地出了园门。

门上轻轻地敲了一下。半响,又轻轻地敲了一下。

徐文霞的脸色从惊疑变成了喜悦,敏捷地从床上弹起来:"是他,又忘了带钥匙!"

徐文霞轻轻地、慢慢地拉开门,想猛地冲出去,吓张俊一下。

忽然,有个扁平的脸在眼前晃了一下,徐文霞一惊,一阵凉气从脚下开始传遍了全身。朱国魂!就是那天在留园碰到的朱国魂。徐文霞楞住了,手搭着门边,不知道关上呢,还是放他进来。

朱国魂微笑着,向巷子的两端看了一眼,不等什么邀请,很快地挤进门来,跟着便弯了弯腰,叫了声徐小姐。

听到朱国魂不是喊阿四妹,而是喊徐小姐,徐文霞更加惶乱了:"都知道啦,这个鬼!"她努力使自己镇静,不露出一点慌张的神色:

"这几年在哪里得意呀,朱经理?"

"嘿嘿,没有什么。前几年破坏了市场,得到政府一点教育,劳动改造了两年。现在的政府跟过去大两样啦,吃官司不打也不骂。劳动嘛,人人都得劳动呀。徐小姐,听说你这两年很抖呀!"朱国魂努力想学点儿新腔,不小心又漏出了老话:很抖。

"现在谈不到抖不抖。"徐文霞感到一阵恶心。

"是的,是的。劳动就是光荣。"朱国魂向房间里打量着,一样样看过去,想从每样物品中探出女主人的秘密。

徐文霞戒备着,心跳得厉害,不知道他下一步会耍出什么花样来。

朱国魂的目光从物品回到了徐文霞的脸上,那目光变得大胆而随便。

徐文霞的眼睛也盯着这张扁平的脸,她那目光中有着屈辱的胆怯和愤怒的火焰。就是这个投机商,解放前第一个占有了她,包着她的身子残酷地加以摧残。现在他想干什么呢?不讲话,伸长着脖子挨过来,咧着那个圆圈圈似的嘴直喘气。徐文霞向后让着,打恶心,真想伸手给这张扁平的东西一记巴掌。可是她忍着。从碰到的那天起,她就怕这个人,总觉得有把柄落在这个人的手里。

朱国魂无所顾忌地操起流腔来:

"嘻嘻,阿四妹,你真有两手,竟给你搭上了张俊那小子,大学生,一表人材,咳咳,有苗头!当心噢,过去的那段事要瞒得紧点,露了风可就炸啦!"朱国魂眨着他那小眼睛,故意拖长了声音:"当然罗,我不是蜡烛,决不会公开我们在解放前的那段交情,君子成人之美,对不对?"

徐文霞象被雷劈了一下,手脚冰凉,极力保持着的镇静消失了,脱口说出心里话:"你怎么晓得这么详细?"

"嘿嘿,买卖人嘛,打听行情的本事还是有的!"

徐文霞脸色煞白,一霎时转了很多念头:痛骂,轰他出去,上派出所!这些都容易做到。可是,要是给张俊知道呢,要是这恶棍加油添酱地告诉张俊呢?……她不敢想,头昏沉起来,那张扁平的脸在眼前无限制地伸长、扩大,成了极其可怕的怪相。徐文霞眨眨眼,心一横:

"你要怎么样呢?朱经理,大家都是明白人,有什么话放到桌面上。"

"呃,谈不上怎么样,这又不是解放前。不过,我现在摆个小摊,短点本,想向你借一点。大家心里有数,人有急处,船有浅处嘛!"

徐文霞打落了门牙往肚里咽,气得肺要炸,却又不敢讲话,下意识地伸出颤抖的手,摸出一叠钞票放在桌子上。

朱国魂欠欠身,一串连声地谢谢。他把大拇指放在嘴唇上蘸点唾沫,熟练地一数,又笑嘻嘻地放在桌子上:

"徐小姐,不是我嫌少,也不是说我过去在你的身上花过多少钱,实在是这二十块钱不能派什么用场。要是你身边不便,我隔日再来拜访!"

徐文霞咬着下唇,脸涨得发紫,拉开抽屉,摔出了一个月的工资,转身扑倒在床上,掩面痛哭起来。

冬天,渐渐地摆出它那冷酷的面孔,连日刮着西北风,雪花飞飞扬扬地洒下来。

徐文霞呆坐在窗前，面容消瘦了，目光滞板，那滞板的目光直盯着玻璃窗，看着雪花扑打到玻璃上，化成水珠，象眼泪似的流下来。窗外的雪更大了，大团的雪花飞舞着，把世界搅成了蒙蒙的一片。

床头的闹钟嗒嗒地响着，它永远那么不慌不忙。徐文霞又向钟看了一眼："他怎么还不来啊！"

"知道了吧，朱国魂告诉他啦！"徐文霞的心象悬在蛛丝上，快掉下来了，却又悬荡着："他在发怒哩！不，在难过，他心爱的人原来做过妓女啊！"

"滴铃铃铃……"闹钟突然响起来。徐文霞一惊，赶快去按了一下，无力地坐在床上，手按捺着跳得别别的胸脯。张俊不在身边时，她怕听见响声，怕朱国魂又来纠缠。她真想离开这座冷静的房子，可是，这冷静的房屋也许会变成归雁的小窝！

"不，他还没有知道呢，朱国魂不会轻易地放过我，这条毒蛇，不把血吸干了是不会吃肉的！"

张俊进来了，跺着脚，抖掉雨衣上的雪，脸冻得通红，嘴里喷出白汽：

"多大的雪啊，你出去看看吧，好几年不下这么大的雪啦！"

徐文霞飞奔过去，搂着他："怎么现在才来？最近怎么常常来得这么迟呀！"

"是你的心理作用，还不是和过去一样。别乱猜，文霞，无论怎样，我总不会离开你。"

徐文霞把张俊搂得更紧了："别离开我，别丢掉我啊！不，就是丢掉我，我也不会埋怨你。"

张俊推开徐文霞，拉着她的手，呆呆地看着："消瘦了，眼眶中含着泪水，心中藏着什么痛苦呢？不肯说，又不准问。唉，亲爱的姑娘，有什么事我会对你不肯原谅！"张俊的嘴唇动了两下，想说什么，又忍住了，最后还是重复那句常说的话："结婚吧文霞。"

徐文霞放开张俊的手，向后一退："离开我吧，张俊，我配不上你，你会后悔的，离开我吧！"说着又扑过去，埋在张俊的怀里揩眼泪。

张俊抚摸着她的头发，又怜惜，又着急："别难过，不要把我当成那种轻薄的人。"他拍拍徐文霞。"还有个会等我去，你先看看复习题，明天再讲新课。别乱想呀！"

徐文霞恍恍惚惚地："走啦，又走啦！最近他总是这样匆匆忙忙。好吧，结局快到了，到了，总有一天会到的，不如早些吧！"徐文霞哪有心思复习小代数呀，不知不觉地又去打开箱子，把新大衣披上，把新皮鞋穿上，围好那红色的围巾，对着镜子慢慢地旋转，嘴角的微笑和眼角的泪珠同时出现。她叹了口气，又一件件脱下来，再把那些花布、绸料翻出来，看一看，又放进去。嫁妆！她自己也不相信，这些东西竟是买来准备结婚的。她幻想着这一天，却又不敢相信会有这一天，可是偏偏要买这许多东西。这几天张俊不在时，她便独个子翻弄这些什物，玩赏着，作出各种美妙的想象，交织着光彩夺目的生活图画。越是痛苦失望的时候，她越是爱想这些。

"你好呀，徐小姐。嗬！准备结婚啦，我讨杯喜酒吃。"朱国魂！张俊刚才出去时忘了锁门。

徐文霞一看见这个人，所有的幻想都破灭了。她嘣地一声关上衣箱，弹起眼睛问："你又来做什么？"

"上次，承你借了点小本钱……又光了。"

"怎么，我是你的债户，出去！"徐文霞挺身直立，眼睛都发了红，她恨不得燃起一场大火，把这个人烧成灰烬！

"何必这样动火呢，徐小姐。有美酒大家尝尝，一个人喝光了是要醉的！"

"你！"徐文霞叫了一声，怒火在心中翻滚。自己的一切幸福与欢笑都被这个人砸得粉碎，拚了吧，跟这个畜生！可是回头看看衣箱，心又软下来，手抖抖地摸出二十块钱。

朱国魂没有料到第二次勒索竟这么容易，不禁向徐文霞看了起来，发现她近几年竟长得如此苗条而又丰满。高高的胸脯，滚圆的肩膀，浑身散发着青春诱人的气息。他的心动起来了，升起了一种邪恶的念头，扁平的脸上充满了血：

"今晚我睡在这里。"

"叭叭！"两声清脆的耳光。

朱国魂没防着，猛地向后一跳，手捂着面颊：

"咳咳，正经的啥，我又不是第一次。"

徐文霞猛扑过去，象一头发怒了的狮子，所有的痛苦、屈辱和愤怒一齐迸发出来，用力捶打着朱国魂。

朱国魂痛的并不厉害，只是小声地嚷嚷："看哪，欺负人哪！"

徐文霞什么也不顾了，一口咬住朱国魂的膀子。

朱国魂真的痛得跳起来了，用力一甩，随手拎起一张方凳，想了想又轻轻地放下来：

"别这么麻木，要为你的前途着想。"

徐文霞只当没有听见，夺过方凳猛力掷过去。朱国魂晓得不好，转身溜出门去，方凳轰隆一声撞在板壁上。

徐文霞站在张俊的宿舍门口，头发蓬乱，脸色发青，眼睛里却放射着坚定的光芒："去！告诉他，让我一个人出丑，让我一个人痛苦吧！"心里虽然这么想，脚步却不肯移动，仿佛门槛里有条深渊，跨进一步就无法挽救！

张俊洗完了脸，端着满满一盆肥皂水，用力向门外泼，忽然发现门外有人，连忙收住，半盆水都泼在自己的身上。

"你！文霞。"张俊惊叫起来。看到徐文霞这副样子，更加惊慌，拉着她的手坐到床沿上："发生什么事啦文霞，快告诉我，快！"

徐文霞痴呆着，眼睛直楞楞地看着张俊。

"什么事呀？文霞！"张俊摇着徐文霞的肩膀。"快说吧，看你气成这个样子，唉，急死人啦！"

徐文霞还是僵呆着，突然一转身，扑到张俊的怀里，眼泪象决了堤的河水！

张俊慌乱极了："别哭，有话快说，别哭嘛！给人家听见了不好。"

徐文霞不停地哭着，让眼泪来诉说她的身世、痛苦和屈辱。一直哭了十多分钟，才觉得塞在心头的东西疏通了，慢慢地平静下来，深深地吸了口气，坦率地叙述着自身的遭遇。

曾经有多少个夜晚啊，她把这些话在胸中深深地埋藏着，这些话中的每一句，都能象利刃一样在她的胸口剜绞。可是现在，当她毫无保留地说出时，却一点也不骇怕。开始时还有些羞涩，说得断断续续，慢慢地却越说越流畅，越说越激昂；到后来她觉得自己坚强起来，巨大起来，觉得她是站在原告席上，对旧社会发出悲愤的控诉！

徐文霞说完了，拉着张俊那修长的大手，看着他那惊呆了的脸，想到不得不和他分手时，忍不住又抽泣起来。

张俊被徐文霞的叙述激怒了。他象听到了一个令人不平的故事，愤怒地从床沿上跳起来："那个坏蛋在哪里，岂有此理，现在竟敢做这种事，我去找他!"

"别去吧,派出所会找他的。不要为我的事情暴躁,我已经对不起你了,你一片真心待我,我却瞒了你这么长的时间。原谅我吧张俊,我在冬天冻怕了,总希望永远是春天……"

"别哭吧文霞,不能怪你。"

"不,应当怪我,我太自私了,我为什么要拖住你呢,拖住你来分担我的耻辱和痛苦?!离开我吧张俊,我求求你,也许一时会不习惯,慢慢就会忘掉的。不要完全忘光,永远记住一个人,她不能和你携手同行,她永远祝福你……"徐文霞说不下去了,伏倒着又哭起来。

张俊混乱极了,心被两把挠钩攫住,向两边撕裂,一是身后的抽泣,一是窗外的夜空。就在同一个夜空下面,在阊门外,旅馆旁,在昏暗的街灯下面……

张俊的沉默不语,倒使徐文霞平静下来,这是她想象中最好的结尾,一切在沉默中了结。她支撑着爬起来,默默地、深情地在心底里喊了一声:"再见!"轻轻地、无声地退了出去……

夜深了,空气冷得几乎凝结,大半个月亮挂在屋檐上,屋面在寂静中粘上了浓霜。

在那条深邃而铺着石板的小巷里,张俊在徘徊,他远远望着徐文霞那个亮着灯的窗户,每次走到窗户跟前又回头:"怎么说呢,向她说些什么呢?"他想得出,那盏灯下坐着一个少女,这少女是美好和善良的化身,她无论如何也不能和妓女这个名字联系起来,但连不起来却偏要连起来!张俊咆哮了:是谁在洁白的绫罗上染了一个斑?是谁在清澈的溪流中吐了一口痰?不能怪她啊,在那个黑暗的时代里,一个柔弱的孤儿怎么能主宰自己啊!

要是作为一个普通女孩的不幸,毫无疑问,张俊是会同情的,而且马上就能谅解。可是,这是徐文霞,是个要伴着自己度过一生的姑娘……他踌躇着,在巷子里一趟又一趟地走着。许多往事在眼前起伏,他想起和徐文霞相处的那些充满了欢乐和激动的日子,在那些日子里,天空变得更蔚蓝,道路变得更平坦,悲伤都是快乐的前奏,失败都是成功的象征,一切都充满了活力、希望和信心。这些都是受到一个姑娘的激励,这姑娘挣扎出了苦海,向自己献出一颗纯洁的心。她忍受着那么多的痛苦来爱自己,又那么向往着美好的生活和不断地上进。张俊慢慢地觉得自己卑下而又渺小起来,是一个缩着脖子弓起腰,在世俗的闲言和传统观念面前的败兵!

张俊抬起头来,对着圣洁的夜空发问:"和这样的姑娘在一起,有什么会玷污了你呢?你为什么不敢说:'我们永远不要离开,在人生的道路上携手向前!'为什么不敢说?有什么不好说啊!"张俊不觉喊出了声音,猛地一转身,奔跑到徐文霞的门前,一摸,又忘了带钥匙,便捏起拳头拚命地敲门……

苏州,这古老而美丽的城市,现在又熟睡了,只有小巷深处传来一阵紧似一阵的敲门声。

一九五五年十月

原载《萌芽》1956 年第 10 期

李準《李双双小传》导读

作家简介

李準(1928—2000),小说家、剧作家。蒙古族,河南洛阳人。1948年开始戏曲剧本和短篇小说创作,1953年发表反映新中国土改后出现两极分化现象的短篇小说《不能走那条路》,引起注目。1960年发表短篇小说《李双双小传》,反响巨大,后改编为电影剧本《李双双》。"文革"后潜心创作长篇小说《黄河东流去》,广受好评,并获第二届茅盾文学奖,先后完成电影剧本《大河奔流》《荆轲传》和《牧马人》(根据张贤亮的短篇小说《灵与肉》改编)等。另有作品集《卖马》《车轮的辙印》《春笋集》等。他的作品多取材于不同历史时期的中国农村生活,虽然明显带有相应历史时期的政治烙印,但作品中的生活气息较浓,见出较深的艺术功力。历任中国作协理事、河南省作协副主席等职。

创作背景

1958年,中国农村"大跃进"运动开始,从历史现实层面看,当时"左"倾冒进思想严重,无视农业生产的基本规律,给农业生产和农民生活造成了极大的破坏。在政治极"左"叙事的语境之内,尽管不同作家对于当时农村生活的想象和表述各有不同,但许多作家都选择了迎合国家意志的乌托邦叙事。当时文艺界还大力提倡"革命现实主义和革命浪漫主义相结合"的创作方法,并且发起批判"修正主义文艺思想"的运动,因而使得当时的文学创作普遍带有图解和宣讲政策的痕迹。当然也有一些作家试图在规避现实矛盾冲突的同时,寻找较为审美化和个性化的艺术空间。发表于1960年的《李双双小传》就是在这样的历史背景下诞生的。

 作品评点

1. 阅读的可行性报告

眼下,恐怕没有几个读者会对本篇小说的政治叙事抱有太大兴趣了,除非是研究型读者。但这并不意味着它在当代审美情境中就一无可看之处,恰恰相反,只要读者愿意,《李双双小传》还是一篇很好读的作品。每个人都有他自己的阅读方式,就本篇小说而言,有的人会读出回忆,有的人会读出爱情,有的人会读出幸福,有的人会读出伤感,有的人会读出愤怒……当然,不排除有的人会从中读出无聊。

2. 自我价值实现和妇女解放运动

"克丽缇娜"护肤品有句广告词非常耐人寻味:"从面子到里子的三八运动。"《李双双小传》实际上正是一篇贯穿了这个主题思想的小说。最初,主人公李双双是一个"无名无份"的人,村里多数人管她叫"喜旺家""喜旺媳妇""喜旺嫂子",喜旺本人在别人面前提起李双双时,也只称她"俺那个屋里人""俺小菊她妈""俺做饭的",就是说,李双双在当时男权社会里十足是个毫无地位可言的农村家庭劳动妇女,一个"无法表述自己"的生命个体。"可是什么事情都有变的时候,1958年春天大跃进,却把双双给'跃'出来了。"通过开动脑筋写大字报,参加集体劳动同时也就是"外交"活动,如在猪场喂猪,在食堂当炊事员和管理员,搞发明等,李双双从家庭走向社会,并成为村里的劳动能手和大名人,自我价值得到前所未有的实现和张扬。此后,人们不但知道了李双双是谁,而且开始改口叫李双双的大名,年轻一些的则尊称她"双双嫂子",与此同时,喜旺也开始对外称自己是"李双双那个爱人",这意味着李双双在自己家里也赢得了相当高的权力和地位,从而成为真正"有名有份"的李双双,一个可以自己"表述自己"的李双双。

3. 有趣

《李双双小传》最有看头的是双双和喜旺两个人之间的喜剧性冲突,这也是小说创作者最值得我们尊重的地方。尽管有"政治挂帅"这层意思在四处云遮雾罩,但在今天看来,那或许只能算是小说的"面子",而非"里子",小说的内里充满了农村日常生活气息,其叙事策略也很有点北方民间戏曲形式"二人转"的味道。双双是个性子火辣爽朗,明事理,有冲劲,上得台面,顾小家也顾大家的社会主义"小媳妇",但一直被拘束在家里,伸不展腿脚。喜旺在外边是个胆小怕事,既自私又善良,无所担当的

"旧社会小学徒",在家里却暴露出严重的封建夫权意识,既不民主,也不体贴,更不新派,专横霸道,满脑子专制思想。当然,所有的叙事前提是二人在根底上还是相亲相爱、相依相靠的,这从夫妻俩的那次著名的干仗中可以看出来:

> 她想着:"我在这里哭,你在那里吃。你吃不成!"想到这里,就猛地跑过去狠狠地朝着喜旺脊梁揭了两拳。
>
> 喜旺挨了两拳,嘴里喊着说:"好!你反天了!"他拿着蒜锤扭过身来正要还手,却被双双一把抢了过来,又猛地推了他一掌子,把他一下子推到院子里蹲在地上。
>
> 双双把喜旺推蹲在地上,自己却忍不住格格地大笑起来。她笑得那样响,把满脸泪花都笑得抖落在地上。

按理说,照喜旺的体格,双双是绝对不可能占到如此便宜的,她此番得胜的原因只有一个:"喜旺也确实喜欢双双。"也正是基于这一点,整篇小说中的"龙凤斗"才是喜剧性的,没有从"人民内部矛盾"扩大到"阶级斗争"。在此之中,双双的聪明能干、有胆有识、"五讲四美三热爱"的优秀品质被逐一发挥出来,不但自己活出了滋味,还带动了处在"龙凤斗"下游的喜旺并肩进步,共同创造美好家园。难能可贵的是,喜旺作为一个有自身思想局限的生命个体,也终于冲破了他"资本主义小学徒"的心理障碍和一家之主的封建家长作风,主动出击,以生猛活鲜的建设性姿态,设计出一种"多孔台阶式煎饼灶",体会到了成功的喜悦、智慧的妙处和创造的欢欣,进而言语之间,也懂得传递温柔了,几乎可以说,我们还隐隐约约地看见了隐藏在"面子"叙事底下的广大劳动人民"无言"的爱情。

4. 乡村乌托邦

作为一场全民性的政治运动,"大跃进"早已失败,但夹杂其间的人类乌托邦冲动却不会就此烟消云散,它和传统形而上学对于人类的意义是一样的。为了防御同一性的邪恶以及随之而来的巨大灾难,人们总是不断克服它们,祛除它们的魅惑;与此同时,失落于整体的破碎和个体的无所皈依,人们又总是积蓄着向乌托邦和形而上学重新迸发的冲动,总是一次又一次地重新编织和想象着它们的魅惑。譬如现代城市,正是体现了人类在精神上的这种重大悖论:一方面,人们生活在某个"城市共同体"当中,竭尽全力地享受着由这个"共同体"所带来的物质上和精神上的种种好处;另一方面,人们又似乎总在拼命地逃离和躲避这个"共同体",守护着自己的私人空间,遵循着互不相识、各自飘零的游戏规则。

不过现在看来,人类历史上最为迷人的乌托邦叙事乃乡村乌托邦,而非城市乌托邦。城市意味着人性的过度张扬和神性的消隐,乡村却保存了海德格尔所言的"天地神人"的"四重聚合"。如果我们暂且放弃对当时"人民公社化"运动的政治批判,而以田野居民的视角进行叙事,就可能获得异样的心理起点,那个轰轰烈烈的修水库、挖大渠的运动也不再是一个空洞的政治符号,对于双双她们村来说,此乃敬神祈雨的仪式,关系着祖祖辈辈的生生大事。在小说收尾处有这样一些描写:

  这时正是春天二月来天气,村外大队栽的桃树园,正开的粉红灿烂,远远看去像一片云霞。马路两旁的小柳树,也摇曳着软溜溜的像金线似的枝条,把一朵朵飞絮,弄得满天飞舞。

  在小麦丰产田里,脚下到处都响着淙淙的流水声音,从水面上,又飘送过来人们的欢笑声音。……

来送饭的双双看着水渠里奔流的渠水,听到大家呼噜呼噜吃饭很香的声音,精神上有一种说不出的满足。这是一种乌托邦式的满足,一种生命个体融入人类整体,人类自我意识融入天地自然所获得的无上的满足。

在《生命中不能承受之轻》里,昆德拉让托马斯随着特丽莎回到乡村定居,并在一次小规模乌托邦叙事的余音缭绕间死于车祸,不是没有道理。这仿佛是当代人类的宿命。城市与乡村,乌托邦与虚无,我们究竟会在何处解脱?

(吕永林)

李双双小传

李 准

一

李双双是我们人民公社孙庄大队孙喜旺的爱人,今年二十七岁年纪。在人民公社化和大跃进以前,村里很少有人知道她叫"双双",因为她年纪轻轻的就拉巴了两三个孩子。在高级社的时候,很少能上地做几回活,逢上麦秋忙天,就是做上几十个劳动日,也都上在喜旺的工折上。村里街坊邻居,老一辈人提起她,都管她叫"喜旺家",或者"喜旺媳妇";年轻人只管她叫"喜旺嫂子"。

至于喜旺本人,前些年在人前提起她,就只说"俺那个屋里人",近几年双双有了小孩子,他改叫作"俺小菊她妈"。另外,他还有个不大好听的叫法,那就是"俺做饭的"。

双双这个名字既然被这么多的名称代替着,自然很难有露面的时候。可是什么事情都有变的时候,一九五八年春天大跃进,却把双双给"跃"出来了。她这个名字,不单是跃到全公社,又跃到县报上、省报上。李双双这个名字被人响亮亮的叫起来了。不过话还得说回来,她这个名字头一次出现在人们面前,还是在一九五八年春节后,孙庄群众鸣放会上的一张大字报上。故事也还得从那个时候说起。

一九五八年开春,全乡群众打破常规过春节,发动起来一个轰轰烈烈向水利化进军的高潮。孙庄的男女青年们,都扛着大旗、敲着锣鼓上黑山头修水库去了,村子里剩下的劳力,也都忙着积肥送粪,耙春地,下红薯秧苗,可是终因劳力缺少,麦田管理怎么也顾不过来。

这时候,社里党支部发动群众鸣放讨论这个事,要大家想办法解决。社里开了个动员会,第一天,大字报就在街上贴满了。这天,乡里党委书记罗书林同志正来孙庄,他和社里老支书老进叔,看着一街两行房山墙上贴的红红绿绿的大字报。就在这时候,他们被一张大字报吸引住了。

这张大字报的字写得很大,字迹写得有点歪歪扭扭,可是上边的事却写得格外新鲜。上边写的是:

> 家务事,
> 真心焦,
> 有干劲,
> 鼓不了!
> 整天围着锅台转,
> 跃进计划咋实现?
> 只要能把食堂办,
> 敢和他们男人来挑战。

下边写的名字是"李双双"。

这一张大字报贴出来不要紧,可把罗书记喜欢透了。他念了一遍又一遍,拍着老进叔的肩膀头说:"嗨,老伙计,这可有了办法了。这一张大字报重要得很！要是能把家庭妇女解放出来，咱们这个大跃进可就长上翅膀了！"他接着就打听这个李双双是谁家的。

老进叔想了想说："如今这些年轻媳妇们，我都还安不清位，这都是不常开会那一号。"

罗书记说："你打听打听，这个人可要好好访访培养。能想出来这一条就不简单，有股子冲劲！"

提到"冲劲"，老进叔说："这么说来，兴许是喜旺媳妇。"罗书记说："怎见得是她？"老进叔说："那个小媳妇可能拿得出来了！去年大辩论时候，上到台子上发言的就是她。就是平常开会少一点。前两天，我见她跟喜旺还干仗哩！"

两个人正谈论着，树影儿已经正了，地里的人也都回来了，围着过来看大字报。老支书就问他们："这个李双双是不是喜旺媳妇？"有人说："是"，也有人说："不是。"

有人说："这就是喜旺家写的，去年冬天扫盲上民校时候，她报的名字就叫李双双。"

还有人说："那个媳妇利利洒洒的，读书心眼可灵了，她能写出这几个字。"

大伙正在议论，恰巧喜旺推着小车从地里回来了，喜旺有三十四岁年纪，比双双大着七八岁。他原来也是个贫苦出身，解放前在镇上饭馆里当过二年小学徒，后来因为端菜打破了两个八寸瓷盘，怕挨掌柜的打，就偷跑到外边在吹鼓手班子里混了二年，一直到解放后，才回到村里。

大伙看见喜旺，就叫着他问："喜旺，你看这是谁写的大字报，是不是您小菊她妈？"

喜旺听说双双贴了大字报，先吓了一跳。他忖着："这个'出马一条线'的货，该不是把前天和我吵嘴的事儿掀出来了吧！"他又见乡里罗书记和老支书都在这里看着那张大字报，更是不能承应。他哼着哈着走到那张大字报跟前念了念，心里一块石头才算落了地，又听见罗书记说："写的好！这张大字报写的真好！"他才慢慢吞吞地说："就是俺做饭的写的。"

喜旺话音一落地，大家轰地一声笑起来。喜旺听着别人笑，还只当是别人笑他吹牛，急忙证实着说："你们不信哪！真是俺小菊她妈写的。她就叫李双双，她会写字啊！她不光在这里贴大字报，平常写的小字条，把我们那个屋子都贴满了。"他这么一说，大家笑得更厉害，罗书记笑着问他："平常她写的小字条上都写些什么？"

喜旺红着脸说:"女人家,她懂得什么。写的都和这张大字报上差不离,什么:'我真想学习呀,就是没时间。''啥时候我也能不做饭,去参加大跃进!'还有什么:'裤子的裤字,去掉一边的衣字,就是水库的库。'……可多啦!床头上,窗户纸下贴的都是,我都记不清。反正我那个做饭的,是个有嘴没心'没星秤'的人,你们不用和她一般见识。"喜旺说着就去撕山墙上双双写的那张大字报,老支书拦住他说:"你这是干啥?人家写的大字报,你怎么就能随便撕。人家这是鸣放啊!"

喜旺听说这是"鸣放",忙把手缩回来了。罗书记打量着他笑着说:"喜旺啊!你爱人李双双这张大字报写的好得很,这个建议对咱们全乡大跃进要起很大作用。人家不是不懂什么,是懂得很多。我要把这张大字报拿走了,乡党委要专门开会研究这个建议。"接着又拍着他的肩膀说:"哎,以后要改改旧习惯了,怎么老叫'俺做饭的''俺做饭的',人家大字报都贴到你的床头了,还不民主点。"

罗书记说罢,把那张大字报取下折起来装在口袋里,和老支书上社里去了。喜旺这时却弄得像个丈二金刚——一时摸不着头脑。

二

喜旺推着空车子往家一路走,一路想着。

他想,别看我那个女人,她编两句顺口溜,却连乡里罗书记都看得那样金贵。不过也好险哪!好在她还没有把我们打架那个事儿给亮出来,她要真写我一张大字报贴在街上,说不定大伙还要和我"辩论"一下。哎,这个直性子女人,以后可真得小心点儿哩。

说起来喜旺和双双前两天打架,还有一段缘由。双双娘家在解放前是个赤贫农户,她在十七岁那年,就嫁给了喜旺。才过门那几年,双双是个小丫头,什么事也不懂,可没断挨喜旺的打。到土改时候,政府又贯彻婚姻法,喜旺才不敢老打了。一则是日子也像样了,害怕双双和他离婚;二则是双双也有了小孩,脾气也大起来。有时候喜旺打她,她就拼着还手打喜旺。喜旺认真地惹了她两次,可是到底也没惹下,村里干部又评他个没理,后来也干脆就把拳头收了起来。可是家里里里外外的事情,还是他一个人当着家。合作化以后,男女实行同工同酬,双双虽然做活少,可也有人家一份。喜旺这时候办个什么事,也得和她商量商量。不过双双孩子多,很少开会,也很少下地。喜旺也乐意自己多做一点。照他自己的看法是，这也少找许多麻烦，少生闲气。

喜旺也确实喜欢双双。他喜欢双双那个火辣辣的性子，喜欢她这些年变化得敢说敢笑的爽快劲儿。双双人长得漂亮，又做得一手好针线，干起活来快当利落。前几年纺棉花，粗拉拉的线一天能纺半斤，织起布来一天能织一丈三四。就是这几年孩子多了，喜旺也没断过新鞋穿。秋风凉的时候，孩子们总是能换上干干净净的棉衣服。可是喜旺也有不喜欢她的地方，那就是在他看来，双双嘴太快，爱在街上管闲事，说闲话。因为多管闲事，就断不了要跟一些人吵嘴，有时候还得喜旺出面给人家赔不是。逢到这种时候，喜旺总是恨恨地说着："哎，这女人心眼太聪明了，她少个心眼倒安分了！"

从前年冬天起，村子里扩大民校，双双上民校了。她这时一心一意学文化，和人家吵嘴事情少了，喜旺也乐得安心起来。他想着："这样也好，每天能划两个字，倒把她心给占住了。反正水总得有个渠渠。"

村里各家在前年安有线广播时，喜旺家里也安了一个小喇叭碗。喜旺喜欢听梆子戏，听吹唢呐；双双喜欢听新闻，听报告。两口子一人一段，也不矛盾。可是喜旺却没有料到双双自从学了文化以后，又听广播，又看报纸，倒是越发要闹起"事儿"来，她不但在屋子里贴满小字报，前天还和他干了一架。

打架是在正月初七那天。双双看着青年们都上黑山头水库去了，又听说还要把红石河的水引到村里来，在村东边挖一条大渠，这时她就要求着也要去修渠。

喜旺说："你算了吧，队里又没派你的工。"

双双说："没派我我也要去。我在家憋闷的慌。人家都大跃进哩，我就不能走出这个家！"

喜旺说："什么'大跃进'呀，还不是挖土。"双双撇着嘴看了他一眼说："就你的落后话多，我非去不行。"

喜旺扭不过她，只得由她把小孩子寄给邻居四婶，去村东参加修渠了。

双双修了两天渠，脸吹得红扑扑的，话也稠了，笑声也响了，可是也更忙了。特别是做三顿饭。每天人家不下工她就得跑回来，忙着烟熏火燎的烧火做饭，可是还没等吃到嘴里，队里就又打上工钟了。

初七那天晌午，双双回来得稍晚了点，一到家里，就看见几个孩子哭着要吃饭。她累得浑身没一点劲儿，孩子们又闹着吃饭，急的一心火。她掀开帘子到屋子里一看，喜旺却早回来了，直杠杠的躺在床上吸烟。

双双看了很生气,她说:"孩子们哭成这样子,你也不哄哄,你倒清闲!"

喜旺却在床上只是叭嗒叭嗒抽烟,也不吭声。

双双一面从笼里取出两块馍,塞给孩子们,一面洗着手和着面说:"你又不是不会做饭,你要回来先把面和好,我回来擀,也省点时间。就会躺在床上吸烟。"

喜旺这时却伸着两个指头说:"哎!我就不能给你起这头。做饭就是屋里人的事。我现在给你做饭,将来还得叫我给你洗尿布哩!"

双双一听这话,心里就窝着火。她说:"那你也得看忙闲,我忙成这样子,你就没长眼!"

喜旺说:"那是你自找,我可养活不起你啦!谁叫你去劳动?"

双双正在切面,她把刀往案板上一拍说:"将来社里旱田变水田,打的粮食你不用吃!"喜旺说:"你说不叫我吃就行了?将来还得你给我做着吃。"

双双听他这样说,气得眼里直冒火星。她把切面刀哗地一撂说:"吃!你吃不成!"说罢气得坐在门槛上哭起来。

双双在一边哭着,喜旺却装得像个没事人一样。他躺了一会,腆着个脸爬起来到案板前看了看切好的那些面条说:"这就够我吃了,我自己也会下。"说着就往锅里下起面条来。面条下到锅里,他又找了两瓣蒜捣了捣,还加了点醋,打算吃捞面条。

双双在屋里越哭得痛,喜旺把蒜臼越捣得光光当当直响。双双看他准备得那样自在,气得直咬牙。她想着:"我在这里哭,你在那里吃。你吃不成!"想到这里,就猛地跑过去狠狠地朝着喜旺脊梁捣了两拳。

喜旺挨了两拳,嘴里喊着说:"好!你反天了!"他拿着蒜锤扭过身来正要还手,却被双双一把抢了过来,又猛地推了他一掌子,把他一下子推到院子里蹲在地上。

双双把喜旺推蹲在地上,自己却忍不住格格地大笑起来。她笑得那样响,把满脸泪花都笑得抖落在地上。

喜旺从地上爬起来正要出气,却被双双上去扭住他说:"走!咱们去找老支书说理去!就是兴你这样,我参加大跃进你不愿意,你嫌不舒坦,不美气,故意找我岔子,你这是啥思想!走!"

喜旺本来想狠狠地揍她两下子,可是听双双这么说,自己知道理短。何况今天这个事,又是他故意给双双穿小鞋。因此他也不敢再打她了,更不敢和她

同去见老支书。他急忙挣脱两只手,站在大门跟前故意气昂昂地说:

"你去吧!你前边去,我后边跟着!"

他话虽是这么说,自己却先溜了。出去把门反扣上。

三

两口子闹了这一场,双双又是生气,又是好笑。不过她心里却有了心事,她想着:"光是这样闹,也不是长法,得想个法子。"

这天夜里,双双把孩子都哄睡,又把灯拨了拨,一个人坐在窗户前在纳鞋底。她一面纳着鞋底,一面想着心事。正在这时,忽然村东一片火光把她家的窗户纸都映红了。一阵人声喧闹和欢笑,紧跟着是雨点子般的镢头铁锨挖着石头块的响声,一阵阵地传送过来。

双双从窗户洞里往村东看了看,知道这是引红石河的人们在搞夜战上工了。灯笼吊了一长行,像一条火龙。在灯笼下边,是一条黑黝黝的人群,镢头和铁锨挥舞着,起落着。石夯重重落下的声音有节奏地响起来,小伙子和姑娘们的清脆夯歌声,像一股潮水一样,一古脑儿向着双双家的窗子里涌进来。

"外边大跃进干红了天,我还能叫这个家缠我一辈子!"双双想着,只觉得心里扑愣愣地,脸上热呼呼地,再也无心做活。

正在这时,忽然吱呀一声门开了,走进个人来。双双还只当是喜旺,故意赌气不看他。

"哟!好大的抬神哪!你是瞌睡了吧!"

双双急忙抬头一看,原来进来的是南院长水媳妇桂英,先笑了。她说:"我还只当是俺那个主回来了,原来是你呀!"

桂英说:"怎么,你还不想理他呀?"

双双说:"我十辈子不理他也不想他!"

桂英说:"算了吧!你没听人家常言说:'天上下雨地下流,小两口打架不记仇,白天吃的一个锅里饭,晚上枕的一个枕头!'"

双双说:"我们就是这一个锅里的饭吃不到一块呀!"

两个人说着都格格地笑起来,由于笑得太响,把床上的小孩子也震得翻了个身,她们忙止住了笑。

双双小声问桂英:"你孩子们呢?"

"也是才哄睡。"桂英说。

"你怎么不睡?"

"睡不着。你呢?"

双双说:"我也睡不着。听说再过几天水就要从咱这大门口流过来了。"

桂英说:"喜旺嫂子,你说咱这一号可咋办!人家都大跃进哩,咱们怎么大跃进?前天我们长水上黑山头水库了。我也要去,人家说咱这孩子多的一号不行。我说我去水库上做饭,人家说没人带小孩!"

双双猛的站起来问:"水库上成立食堂了?"

桂英说:"是啊,前天把大锅大笼都拉去了!"

双双把鞋底一撂说:"嘿! 他们水库上能成立食堂,咱们村里怎么不能成立食堂!"桂英也拍着手说:"是啊! 这倒是个办法。"

两个年轻媳妇一高兴,劲头也大了,办法也多了。她们商量着如何办食堂,如何安置小孩,越说越有劲,一直说到半夜,还是说不完,双双就拉着桂英,连夜去找老支书。

到了老支书家里,老支书在工地上还没回来,只有进大娘在家里。她们把要求办食堂的事和进大娘说了说。进大娘说:"你们想这个办法正是碴儿,今天夜里正开会研究挖劳力办法。你们这个办法好,去鸣放鸣放,管保行!"

双双说:"怎么'鸣放'呀?"

进大娘说:"糊大字报! 你们会写字,把你们想的,字写的大大的,尽往街上糊了……"

进大娘说着,双双就拉着桂英说:

"走! 管它三七二十一,咱先写一张糊上再说。"两个人兴致勃勃地走了。

双双回到家里,看见喜旺已睡下了。她又点着了灯,找了张纸,写起大字报来。正写着,喜旺醒了,他看见双双在聚精会神地写着字,就叫着说:"喂! 睡吧,别熬油了,凭你再划字也考不了秀才!"

双双却不理他,只管写着,她一直写到东方发白,才编成快板,拿出来贴在大街上。

喜旺再也没想到双双写的大字报这么中用。

他推着空小车回到家里后,坐在院子里看着双双只管嘻嘻嘻、嘻嘻嘻的傻笑。笑得双双不耐烦,就冲着他问:"你笑什么呀? 只管笑,像吃了呱呱鸡的肉了!"

喜旺眯着两只眼说:"小菊她妈,你不简单呀!"

"什么简单不简单的,有话你就直说呗,吐半截,咽半截!"

喜旺说:"你写的那张大字报,给乡里罗书记看见了。罗书记说你那个顺口溜重要得很,乡党委会要专门开会研究。"

"真的吗?"双双听说后高兴得几乎跳起来。喜旺却接着说:"我说你呀,以后可别乱给我捅漏子了!这大字报可不是随便糊的。你懂得什么政策!这食堂是怎么个办法子,社里还能开饭馆子?"

双双说:"你就记着开饭馆,我们说是办公共食堂。全村各户凡乐意的就把粮食对到一块,选几个好炊事员做饭。像水库上那样,又省人,又省些煤,还能节约粮食。我的好大哥,以后呀,你也别想拿捏我了,我呢,这个煤渣坑也跳到头了!"

喜旺听她这么说,先嗬了两声说:"我还不知道你是要插翅膀飞呀!那行不行?七家八户放在一块吃饭。净想鲜点子!乡里要能准了你这张大字报,哼!……"

双双说:"那也说不定,真要准了怎么说?"

喜旺说:"我头朝下走三圈!"

喜旺话音还没落地,忽然房檐下挂的有线广播小喇叭碗响起来了。

广播说:"告诉各社员们一个好消息,为了组织更大跃进,乡党委根据群众要求,要在孙庄办一个公共食堂。……"

双双听了这几句话,高兴得撒开腿就往街上跑。她跑到大门口,进大娘、四婶、桂英等一群妇女正在向她家涌来。她们都吵着喊着:

"双双!咱们那张大字报顶事了,乡里要咱办食堂了!"

"走,现在咱就去找地方盘炉子!"

"谁会盘炉子呀?"

"现成的人,喜旺嘛!喜旺会盘大吸灶火!"

"借大锅,东头二毛家过去杀牛有一口大锅!"

"俺家有个大水缸!"

"我对一个大风箱!"

"我家还有一把大火钳呢!"

霎时间,喜旺家院子里像赶春会似地挤满了人,这一群妇女吵吵嚷嚷,又是笑,又是闹,把喜旺推推拥拥,找地方盘炉子去了。

四

食堂地址是借在村十字路口南边,富裕中农孙有家的旧东院里。三间北房粉刷得雪白粉亮。屋子靠南墙窗户下,盘了两个八面通大吸灶煤火。煤火上放着两口大白印锅,煤火两厢放着两个牛腰粗大双缸,在房子东头,架起来一块一丈二长八尺宽的大柿木案板。

大件家具都借全了,孙庄农业社的公共食堂就要冒烟了。在院子里,村里一百多户人家集合在这个新食堂院里,在选食堂的炊事员和管理员。

开会的时候,老支书说了说乡党委支持大家办食堂的要求,并且说干就干。最后轮到选炊事员时,大家轰地一声吵开了。

双双头一个发言。她涨红着脸提高嗓门喊着说:"喂!我提议叫四婶当个炊事员。四婶是个贫农,人也干净,做活也牢靠。再说,都知道四婶心事也好!"

双双刚说完,大伙就赞成着说:"四婶算一个!四婶能行。"

"人家决不会抛撒米面。"

"可是咱现在都是大锅大笼,还得要个棒实点的人哪。"

"再选个男人!"

喜旺这天也参加会了。他本来只是蹲在一边抽着烟来看热闹,可没想到这时候却有人提他的名字,那是桂英。

桂英站起来说:"哎,我提个人:喜旺哥,咱们都知道喜旺哥是做菜的高手。人家干过馆子,什么炒菜溜菜都行。可咱们连见都没有见过!大家说行不行?"

"行。"大家应和着。还有人说:"添上喜旺这个棒劳力连挑水都有了!"

"有了喜旺,想吃鸡想吃鱼都不挡把!"

"喜旺行,喜旺为人和气。"富裕中农孙有本来不愿意办食堂,可是看大家都这么说,他也在一边应付着。

又有人接着说:"要是咱这食堂有喜旺这炊事员,就是吃根萝卜菜也会有味。"

大家你一句我一句说着,可把双双喜欢坏了。她自从和喜旺结婚以来,还没见过这么多人夸奖喜旺。她想着:"这大跃进真是把有什么本事的人都用起来了,看他多受大家欢迎啊。"双双想着。可是就在这时候,喜旺站起来发言了。他发言时特别神气。旱烟袋不抽了,从耳朵缝里取出来一根纸烟吸着,先咳嗽了两声才说:"刚才大伙都选举我,叫我进食堂,这是看得起我。可是这食堂活我干不了。有人会说你从前在北山白木店大镇上馆子里都干了,还差农村这个食堂!这里边有个原因,这叫不读哪家书,不识哪家字。从前在馆子学徒是分着面案、菜案、流水案。我学的是菜案。你要说弄个鸡子,弄个鱼,不管清蒸红烧咱不外行,可是蒸馍、做面条,这是面案……"喜旺这一派话还没说完,群众就嚷着说:"就是选你这号做菜手嘛!"

"会推磨就会推碾!将来咱们这食堂也要吃鱼吃鸡子,你得往前看哪!"

"水库里鱼都长的一斤多重了!"

双双这时也笑着指着喜旺说:"他会蒸馍,也会擀面条。平常在家他自己做嘴吃可会做了。"

喜旺见双双揭他的底,就愣着眼说:"就你长着一张嘴!你什么时候见我做嘴吃?"

双双也不让他,说:"前天你还做哩!怎么你就是不会擀面条,不会蒸馍?放着排场不排场,放着光荣不光荣!我就见不得'牵着不走,打着倒退'、'狗肉不上桌'这号人!"

双双这几句话说得像刀子裁一样,把全场群众都说得哈哈大笑。喜旺挽着袖子还要说什么,老支书说话了。老支书说:"办食堂是咱们全体社员的福利,是为咱们生产能更好大跃进。大伙既然选住咱,那就是看咱能给大伙服务,也就不用推辞了。"老支书这话虽然说的不多,却句句都是叫喜旺听的。喜旺这人平常虽说有点流气,对老支书却是非常尊敬。他红着脸说:"要是这样,那我刚才说的不算,'俺做饭的'说那个算就是了!"

他这一句话刚出口,大家又轰地一声笑了,连老支书也笑了。喜旺这时脸涨得鲜红,他搔着头皮想着,忽然感到这个称呼是多么背时啊!

五

食堂头一顿饭吃的是小米绿豆面条,群众叫作"鲤鱼穿沙"。因为是做头一顿饭,老支书、队长玉顺都亲自下厨房了。炊事员除了喜旺和四婶外,又选了桂英。管理员暂时找不到人,就由孙有家的老大孩子金樵担任。这金樵原是个小学毕业生,后来因为年龄大了,也没考上中学,就在社里劳动。老支书这天一早就到了食堂,一到就先烧了一阵火,然后抓住一副扁担水桶,咕通咕通地往水缸担起水来。喜旺看着老支书年纪这样大,还来干的这样泼,自己有点过意不去。他把几块面擀开以后,交给桂英她们切着,自己夺过老支书的扁担和水桶就去挑水。他一口气挑了三十来担,把两个大水缸挑得弥楞满沿才算不挑。

吃饭的时候,全村的男女老少都来了。双双也带着小菊、小笛、小笙三个小孩子来了。她看着喜旺穿着雪白的工作衣,戴着白帽子,衣服上边还绣着大红字儿。她又看着他忙着给大家打饭收饭票,大家也叫着他找着他,好像他也会说了,会笑了,猛的年轻了十几岁一样。

吃饭时候,双双远远瞟着他只是笑。她故意把面条在碗里挑得大高往嘴里吃着,吃得很香的样子叫喜旺看,意思说:我也吃上你做的饭,好气气他。喜旺看见了只装没看见,把脸迈在一边。

老支书还没吃饭,他挨桌子问着群众,了解对食堂的意见。他去到双双跟前问:"双双,这食堂饭好吃不好?"双双笑着说:"太好吃了。这多省工夫呀,吃罢饭嘴一抹尽走了,只说赶跃进,什么心都不操了!"她说着看了喜旺一眼,喜旺心说:"好,你现在算是熬成人了。"

吃罢饭,喜旺在食堂里洗刷一毕,回到家里,看见双双正在给小笛子、小笙子两个小家伙洗脸、擦粉抹胭脂,换新衣裳往幼儿园里送。他进到屋里也不顾这些,先长长地唉了一声说:"他娘的!真把我使坏了,浑身上下都零散了!"说着往床上咕通地一放。

双双知道他这个爱表功的脾气,却先不理他,任他在那儿哼呀咳呀漫天的扯。孩子们收拾好了,进大娘来了。她是幼儿园的园长,来领小笛和小笙子。进大娘把两个小孩领去后,双双这才回来从暖水壶里倒了一杯水,抿着嘴微笑着双手端着放在喜旺面前。

"光累的慌?"双双轻声问。

"我身上像抽了楔子啦。"喜旺故意装得愁眉苦脸的说。双双又打了一盆洗脸水端过来说:"看你那个脸,涂得像个张飞。就这你还吹着你是大馆子出来哩。头一条卫生你就不讲究。现在是'除四害',要是兴'除五害'呀,连你也除了!"

喜旺翻身坐起来说:"我挑了四十担水,你去试试!"

双双说:"我不用去试。我知道那活有多深多浅。我要是做饭回来,决不会像你这样哼呀!咳呀……"

喜旺洗着脸说:"说大话使不着人!你如今算是站到高枝上了。"双双说:"哎,那我也没闲着。都是工作嘛!老赵说这炊事员还是重要工作。"喜旺接着高兴地问:"小菊她妈,你只说面条擀的咋样?"

"好。又细又长。"双双称赞着说。

经这么一夸,喜旺高兴起来了。他说:"嗨!你是没吃过我做的好饭。就这面条,配上点鸡汤,再加上点鸡丝、海米、紫菜!那你吃吃看。现在食堂东西不全,从前……"他正要往下讲,双双说:"我不听我不听。"喜旺说:"我没说完,你知道我说什么?"双双说:"又说你那当年'北山白木店',你当我不知道!"

喜旺咽了口唾沫说:"那可不是。"

双双看他扫了兴,就劝他说:"你怎么老摆你那个'北山白木店',我就不想听。那是旧社会,那时候你在那里是挨打受气,你做的东西再好吃,是给那些地主恶霸坏蛋们做的,咱自己家里吃的什么!端起碗来照得见人影,糠窝窝捏都捏不起来,过个年也没见过一个白馍。如今这食堂虽是家常饭,可都是为咱自己劳动人民干的。你也不要吹你那个,我想着咱要能这样跃进,将来粮食大丰收了,猪喂的多了,鱼养的多了,总有一天,非超过你们那馆子饭不行。另外你知道你这两只手进到食堂,能腾出来多少双手啊!今天我调到猪场,就喂了十八头猪。可是过去我在家里就只能侍候你。"

喜旺点着头想着:"说的也在理。"他想了一会,漫不经心地问双双:"小笛他妈,我今天听人家说马克思过去就说过叫办食堂,你读过这本书没有?"双双说:"我还没读过。可我听说是恩格斯说的!"喜旺说:"不,是姓马!……"

六

麦收后,全乡成立了人民公社,孙庄划作了一个生产队。这时黑山头水库修成了,红石河渠也修成了。一条清凌凌的渠水从孙庄村中流过去,庄子周围,都改成了水稻田。

公社化以后,群众干劲更大了,公社的力量也雄厚了。黑山头库下边盖了一片红瓦厂房,榨油厂、面粉厂、机械厂、洋灰厂都办起来了。在山里,公社还办了几个大牧场,林场和育苗场。在孙庄的西边鲁班庙周围,队里还盖了个繁殖猪场。双双就在猪场喂猪。

孙庄生产队夏季小麦获得了丰收,食堂又办的较早,所以不断有人来参观。可是每逢人家来参观一次,老支书总得批评喜旺一次,因为他们食堂里总是弄得不够卫生,发现过苍蝇,还碰到个老鼠。

喜旺每天清早和双双一块出来上班,到天黑两个人又一块下班回家。两个人见面,双双总要说他们猪场的新鲜事。比如一个猪下了十个猪娃呀,人工授精的新技术呀,特别是近来双双研究出来"肥猪肥吃,瘦猪慢吃,按类分槽"的办法,还得了一次模范。不过喜旺每听到她说猪场的新事,就唉声叹气地说:"我这活不能干,比不得你那个活,光得罪人!"

双双说:"那有什么得罪人,你不偏这家不向那家,有什么怕。"

喜旺说:"你哪里知道,是人都长有嘴。特别是打饭时候,你净听二话了。"双双说:"我就不信,你只要公公道道,他们说也不行。就怕你是个'软面筋',人家谁夸奖你几句,给你戴个三尺半高帽子,你就对人家不一样!"

喜旺听了,却不吭声。

这天后响,喜旺正在蒸馍,对门孙有过来了。这孙有有五十多岁年纪,因为他儿子金樵在食堂当管理员,食堂院又是租他家的房子,所以经常到食堂走动,看看这,摸摸那,唯恐人家把他的房子弄坏似的。

喜旺在揭着笼,孙有蹲在一边凳子上看着和他排话。

孙有说:"咦,喜旺,今天你这个馍蒸的好!这面和成了,揭开泛白不泛青!"喜旺说:"你这算是懂得,就这是新麦面。"他说着拿起来一个热蒸馍说:"给!尝尝!"孙有拿着蒸馍吃着,话稠起来了。他说:"喜旺,如今咱们食堂是一天吃两顿馍,前几年就我那个家里,你是知道,像这麦罢天里,一天三顿干的,有时半晌还外加一顿贴膳!"喜旺听孙有这么说着,心里说:"你从前一天吃三顿干的,我可没吃上三顿干的,我觉着我那一群小家伙能吃上这食堂饭就不错了。"可是他这个人就有这个毛病,心里这么想,嘴里不能这么拿出来。他却也故意装着叹着气说:"咳!现在这事儿吧,难说!"

这孙有看他随和老实可欺,就又向他提出了要求。他说:"喜旺,我有个事想央央你;明天是我老大周年哩,想做几碗供菜。家里不方便,想放到食堂做,趁趁你这高手。"喜旺平常在食堂里只做家常饭,正想"露一手"。又听孙有左夸奖右夸奖,脑子就有点晕晕忽忽了。他说:"你把东西只管拿来了吧,这还央着我啥能处!还能叫你作难?"

夜里,孙有过来了。他说的是做五碗大菜,却只掂了一个小鸡。喜旺看他只拿来一只鸡,心里说:"你这倒是叫作难哩!"可是既然答应了人家,少不得只得拿食堂东西往里填。搭了油盐酱醋还不算,青菜粉条的浪费了一大筐。那金樵看着却只装没看见。

喜旺给人家忙了大半夜,自己反没吃一点东西。最后剩了半碗菜汤,孙有说:"剩这些你吃了吧!"

喜旺说:"你不知道,做啥不吃啥!光气都闻够了。"

"端回你家里。"孙有撺掇着说。喜旺说:"我家里那几口人都不吃腥荤。"其实倒不是他家里人不吃腥荤,他是怕双双。他知道双双平常是见不得这种事情的人,进食堂时,就不断和他叮咛这些事情,要一清一白,别见小。

喜旺虽然这么小心,可是没有不透风的墙。没过上两天,这个事就在群众中吵开了。初上来人们还在风言风语的估猜,后来就有人干脆在食堂贴出了大字报。

喜旺是个胆小的人,一见大字报,先吓了一跳。他寻思着:"这事情将来要是弄得水落石出,少不得要扯住我一批嘛。干脆,趁台阶下驴,不干这个炊事员算了,也省得得罪人生闲气。"

回到家里,他看见双双,先长出了口气。

双双在猪场的食堂吃饭,还不知道这个事情,她问:"又怎么了?"喜旺摇摇头说:"这食堂我干不了啦。"双双说:"干的好好的,怎么就干不了啦,光怕麻烦得罪人还行?"喜旺本来是正想这么说,可是反被双双先堵住了。他这时一想,只得又想出个办法来。他哼了两声说:"小菊她妈,你不知道我有个恶心病,我从小学馆子时得的病根。一闻见热蒸馍气就恶心。这些年我只说好了,谁知道天一热它又犯了?我不是怕出力呀,现在到地里不管推粪,锄地我都能干,就怕闻这热馍气!一闻到它连一口饭也吃不进去。"

双双看他说得那样可怜,信以为真。她说:"那你不用发愁,和老支书说说,找个人替你就是了,反正都是大跃进嘛!"喜旺拿着工作服说:"你把这给老支书送去吧,叫人家赶快安排个人,我明天得看病去。"

双双不识是假,就拿着工作服上大队部去,恰巧碰见老支书在和四婶、桂英等几个人说话。双双不知道他们在说什么,就过去把喜旺犯了怕闻热蒸馍气的病说了一遍,她还没说完,桂英和四婶却忍不住格格地笑起来。

双双说:"你们不信,他真的有这个病啊!"老支书说:"双双,他不是这个病,他是害的政治没挂帅的病!你看,这是人家贴的大字报!"说罢把一张大字报递给了双双。双双接住那张大字报一看,只见上边写着:

炊事员孙喜旺：前天夜里孙有去食堂里，编着说给他大哥做周年，你用食堂的东西给他做了五个大菜，浪费了食堂的东西。都像你这样，咱们食堂还怎么能办好？

双双看完这张大字报，气的眼睛都发黑了。她想着："我早叮咛，晚叮咛，只说他大跃进以来思想变好了，谁知道他还是这样一盆浆糊！"想到这里，她眼里憋着泪，嘴唇都气白了。

老支书好像看透了她的心事。他给了她个凳子让她坐下，然后微笑着说："双双，这也不奇怪。这就是人的旧习惯哪！如今就得和这些旧习惯作斗争。要是认不清有些人的资本主义思想，他何止光想沾食堂光呢！叫他想着走回头路才好。所以现在不管干什么活，非得政治挂帅不行。"

双双问："什么是'政治挂帅'？"

老支书说："政治挂帅就是要听党的话。不管干什么活，都要想到这是革命工作，都是为咱们大跃进干，为咱们人民公社大办农业大办粮食干，也是为咱们群众能早日过幸福日子干。思想能通到这个线上，就避邪了！就不会推推动动，也不会上那些落后人的当了。"

老支书这一派话，对双双影响极深。她平常只想着喜旺在食堂只要不偷不摸，公公道道当个正派人就行了，没有想到还必须"政治挂帅！"

这时老支书又对她说："喜旺他不能在里边领，他这个人要别人领着他干才行。可就是下边找不到这个强实人。食堂可重要的很呀，今年夏天咱们干这几千亩水稻，一月几遍水，要争取丰收，食堂办不好可不行！"

双双听老支书这么说，反倒干劲来了。她说："老支书，我去食堂当炊事员怎么样？本来办食堂时我就想去，那时候大伙都说喜旺他有技术。现在我愿意干！我保证，'政治挂帅'！"

双双话还没落地，桂英就嚷着说："大伙早就看到你身上了，我们拍手欢迎你！"四婶也高兴地说："双双行！不会像喜旺那个'面筋'样！"

老支书说："行，我也想着你去好。猪场我和他们说说，他们新近还要拨来一批团员。"接着他又指着双双拿的工作服问："这是什么？"

双双红着脸说："工作服哪！人家叫我来给你交差来了！"桂英抢着说："走吧！理他呢！到食堂里再拿一套回去。这一回呀，你们两口子是双双进食堂了。"说罢和四婶挽着双双的胳膊往食堂里去了。

喜旺在家里,正在拿着个唢呐跟着有线广播上的唢呐吹着学着。双双走进屋子,他正吹的有劲。

喜旺见双双回来,急忙放下唢呐。双双把两身工作服往床上生气地一撂。他忙问:"你怎么又拿回来啦?"双双问:"我问你,害的什么病?"喜旺说:"怕闻热蒸馍气呀!"双双把眼一瞪说:"胡说,你怎么给富裕中农孙有捣的鬼,你说说!"喜旺看她揭了底,马上愣住了。双双接着就数落着他说:"平常我和你怎么说,结果你还是弄个这!你没有想想,咱们过去过的啥日子。现在党领导咱们大跃进,办人民公社,还不是为了咱们赶快过好日子。咱们不光是要听党的话,听毛主席的话,还得热爱党,保护党提出来办的一切事情,谁破坏,就和他斗争!可你办这个事算什么?"接着她又把老支书说的话和人家揭发的那大字报事情对喜旺说了说,喜旺惭愧地耷拉着头不吭声了。临末了他说:"小菊她妈,反正都怨我糊涂,你说怎么办?"

双双说:"写张大字报检讨去!"

喜旺说:"这个不是多光彩的事,还到人前张扬个啥。"

双双说:"就是因为不光彩,才叫你检讨。以后只要咱立的正,行的正,群众还会拥护咱。"

喜旺抱住头想了半天,只得写了。他写着,双双坐在对面看着,把他使得一头汗。

大字报写完后,喜旺到床头上一翻,见是两身工作服,忙问:"怎么你一身没送出去,又拿回来一身哪?"

双双说:"是啊!我也到食堂里当炊事员啦,以后咱们两个在一块工作了。"

喜旺一听这个消息,又怪了!他说:"啊,原来是这样,那你去我不去。两口子都弄这个事,像个啥,我不和你挤在一块!"

双双笑着说:"我又没有穷气扑着你,夫妻两口当炊事员,只怕太好啦!咱们为的是工作嘛,这又有什么不好。"双双接着又劝了他一阵子,喜旺慢慢想通了。他说:"调来调去,你又来领导我了。不过你呀,到食堂后,说话可软和点,别把人都得罪完了。"

七

双双头一天到食堂当了炊事员组长,来头就不一样。吃早饭时候,孙有因为做菜的事,被喜旺揭发,受了批评,心里不愿意。打饭时候,在一边故意拍着胸膛口说:"哎!当炊事员可都得把心放在这里!"双双说:"我不用放,就在这里长着!谁想来沾便宜,不行!"双双回答得利落干脆。社员们都高兴地说:"这一回行了,食堂里有公道人了。"到了上午,双双就把炊事员召集起来说:"咱们这个食堂呀!得大搞一下卫生。把这院子里的几堆砖头瓦块都清理清理,墙也刷刷,大家说行不行?"几个炊事员都拥护这个意见,金樵却说:"队里忙成这个样子,哪里有人呢!"双双说:"咱不要队里的人,咱们做罢饭,突击干它一下就行了。"金樵说:"我还得结帐。"双双忙说:"你忙,我们几个干。"喜旺也说:"这点活儿,不算啥。咱们自己干。"金樵看大家都很坚决,也只得同意了。

到了下午,双双和大家刷罢碗,收拾完毕,就趁着空儿抬着箩筐干起来了。头一天,把几堆砖头抬得干干净净。第二天,双双从公社石灰厂里挑来了两担石灰,又扛了两个半截缸,绑了几个大麻刷子,和喜旺、桂英几个通前扯后粉刷起墙壁来。连着粉刷了两天,就把个食堂院漂刷得像粉妆玉砌一般。

院子里收拾好后,他们又把厨房里的炊具来了个大搬家,大洗刷。案板、木笼、锅碗瓢勺都洗刷得起明发亮,不见一个灰星。老支书来看了看,非常高兴。他说:"这真是活怕人做。你们苦战这几天,食堂马上就变样了。"双双说:"这一次食堂评比,我们要争取作'四无'食堂。保险没有一只苍蝇、一个老鼠。就是得要点纱布,我们把案板、锅、水缸都要加盖。"老支书说:"这个能办到。就是说的是'四无',可要认真作到。别像上一次人家正来参观,偏偏从那个坑下边就跑出个大老鼠来。"他说着看了看喜旺,喜旺装着没听见,把脸扭到墙上。

"就是墙角那个坑?"双双指着一个放着一排瓦罐的旧土坑说。老支书说:"就是那个坑里。"双双说:"不怕,今天再苦战它黄昏,挖它!"

到了夜里,双双和桂英、喜旺等几个人又挖起坑来了。前几天搞卫生,金樵只管在小屋子里拨算盘,并不来帮助;今天夜里,金樵听见有人在挖坑,却吓的什么似的慌慌张张跑来了。

他一进厨房就问:"你们挖什么?"

"挖老鼠洞,这里边有大老鼠!"喜旺一边掏着一边说。金樵说:"这里边不会有老鼠!别挖了。"双双和桂英这几个哪里听他,只顾往里边挖。金樵看他们挖得紧,就夺过来桂英的镢头说:"你们过去,叫我挖!妇女家,没一点劲。"

金樵拿着镢头,净在边起磨蹭,却不往里边掏。好像这个旧坑里藏着什么东西。双双说:"金樵,你怎么像搔痒似的,怕吓着老鼠?"金樵说:"里边哪里会有老鼠?"双双说:"你过来!"她说罢就往里边挖。可是她往外边扒着,金樵往里边扒着,惹得双双性起,一镢头狠狠地刨下去,只听见坑里光当一声,把双双手都震木了。原来镢头碰着了一块硬梆梆的东西!

"什么东西!"双双和桂英齐声喊起来。

金樵这时额头滚着汗珠子,他说:"不会有什么,可能是瓦片。"双双这时看出了里面有鬼,就喊着说:"管它是妖是怪,咱们除'四害',非把它除了不行!"说罢,忽里忽通扒起坑来。他们把坑顶一揭,却扒出来一部解放式水车。喜旺喊着:"水车!水车!好啊,这里边藏着这个东西!"

这部水车扒出来后,金樵脸都变成白的了。原来这部水车是他家在入社时藏起来的,已经埋了几年了。食堂借用他这地方时,因为搞得太快,他家还没来得及搬。双双说:"金樵你家这坑里,怎么会有水车?"金樵说:"我也不知道,我爹他熟人多,可能是亲戚家放到这里的。"

双双看问他不出长短来,又看了看桌子上的钟。已经十点了。就说:"咱不管是谁家的吧!先放到这里,天明汇报给大队。现在天也不早了,大家回去睡一会吧!"说罢大家都回家去了。

双双回到屋子里,想到孙有藏着水车,和社里不一心,越想越气,就是睡不着。喜旺这时呼噜呼噜睡得正甜。她怕惊醒他,只悄悄地翻了个身。这时候却听见有人在窗户外小声叫着:"喜旺!喜旺!"

双双仔细听了听,是老孙有的声音。她故意不吭声听着。听了一会,喜旺醒了。喜旺问:"那谁?"外边孙有说着:"我,喜旺,跟你说个关紧事!"

喜旺哼着嘟哝起来了。到了院子里,开开大门,双双就听见孙有小声咕哝哝、咕哝哝说了好半天,也听不清说的什么,可是却听见喜旺说:"不行,我以后得政治挂帅了!我不能包庇你这个事!"

接着,孙有又低声下气地说:"喜旺,你看咱都是一个孙字掰不开,这事情一弄出去,我就丢人大了。是这样……"下边他咕咕哝哝不知道说了些什么,只听见喜旺说:"什么'将来用得着的时候,咱两家一块用'!你还是留点私有尾巴呀!我看你这思想赶紧得拆洗拆洗了。我对你说,咱们两个根本不是一条道,你赶快给我走!往后你姓你的孙,我姓我的孙,你别在这儿穷嘀咕了!"

喜旺说罢,孙有忙着说:"你别说了,你别说了,我自动交出来就是。"说着起来跑了。

双双在屋子里听着喜旺说的话，她差点儿笑出来。可是她没有听清孙有的话。喜旺回到屋里后，她睁开眼问："刚才那谁？"喜旺说："老孙有！"双双说："他找你什么事？"喜旺磨磨蹭蹭地说："反正我把他赶跑了，你睡吧！"照喜旺想来，他走了算了，咱只要不跟着他走邪路。可是双双却坐起来说："他究竟说些什么？"喜旺本待不说，搁不住双双三问两问，他只得说："刚才孙有来，他说咱们挖出来那部水车，只要咱们两口子不张扬出去，别人都好说。将来水车能用着的时候，和咱合用！……"他还没有说完，双双把被子一掀跳下床来说："原来这老家伙还想走老路啊！"说罢就往外走。喜旺忙问："你上哪儿呀？"双双说："找他去！"她说着把布衫大襟一裹就冲出去了。

喜旺见双双出去后，自己在屋子里感叹着说："哎！真是火见不得水！比点炮捻还疾！"

双双到孙有家没找着孙有，就直接跑到大队部找老支书。这时天还没亮。老支书和几个支委刚才水稻地里检查回来。听双双汇报后，大家都非常生气。玉顺说："前年他入初级社时，说他的水车卖了，原来藏起来了！"老支书说："这一次咱们可找到个好反面教员，平常咱们说这些人想走老路，有的群众还不相信，这一回可得叫群众好好讨论讨论，叫大家看看这些富裕中农存的什么心。另外，金樵啊，别看他是个青年，满脑子自私思想，赶快换他下来算了。"

八

春节前，全县举行了一次食堂大评比大检查，孙庄食堂因为粮食节约和粮食调剂搞得好，被评为全县一等红旗食堂。双双这时已经接替了金樵的食堂管理员，由于工作积极负责，办事又公道，群众很满意，在冬天整社建党时，她被吸收加入了党。

这时正是正月开春，公社里布置要大浇小麦返青水。队里因为去年红薯收得多，每天要吃三分之一红薯。红薯这东西才吃新鲜，吃的久了容易吃絮。双双看着每天中午的馒头、晚上的汤面条社员们都吃的很快活，就是早上的红薯稀饭，三大锅饭总是要剩半锅。小孩子们吃饭时，有的只把米粥吃了，把红薯剩在碗里，摆的满屋都是。

双双每顿收拾碗筷时，眼里看着剩的这些红薯。又心痛，又可惜。她想着这都是隔年下种辛辛苦苦收回来的粮食，就这样浪费掉多可惜！这天夜里，她就把喜旺、桂英、四婶等等集起来开了个会,研究看怎么办。

双双说:"每顿饭红薯剩的那样多,咱们都看见了。社员们吃絮了,咱们得改改样子。只要饭作的好,花样变得多,社员们一定喜欢吃。"

喜旺平时对这个事也挺烦气,有时候还愣着眼和小孩子们吵几句。这时他说:"叫我看是吃的太饱了!饿不上两顿你看他吃不吃。"

双双说:"我就不同意你这个意见,咱们办公共食堂是既要群众吃饱,还要群众吃好,这和过一家子日子一样,你不能叫人家提意见。"喜旺说:"要没意见也容易,把细粮擤住尽吃啦!细粮吃完,只剩下红薯,他们不吃也没办法。"

双双听他这么说,就生气地说:"你这个人就是一头碰到南墙上,别的就没有法子啦?这每个月细粮决不能超支,亲老子说也不行!担子在我们肩上,不能没个计划,现在吃完了,将来锅吊起来!"

桂英这时也说:"有些社员这两天也说:'哎,正浇地哩,少吃点红薯吧。'咱可不能开这个例子,将来都剩下红薯,做饭才作难呢。"

双双说:"那么好的红薯,糟蹋了也真可惜。只要想办法,还能做不好?"

喜旺这时不敢大声说了,却在一边嘟哝着说:"红薯总是红薯,还能把它变成一朵花!"

四婶这时候却说:"要是不怕费工夫,也能改变个花样呀。俺家里以前穷,孩子们就是吃红薯长大的。这东西我做过,把红薯磨成粉浆烙煎饼,又省面又好吃。另外红薯面多少掺点白面,擀出来的面条可好啦!"

双双听到四婶有这方面的老经验,高兴的鼻子眼都会笑了。这天吃罢晚饭,也顾不得回去睡觉了,几个人点上灯就在食堂里试验起来。一直试验到半夜,煎饼和面条试验成功了,煎饼摊出来又香又软,面条也擀得又细又长。这一回喜旺服气了,他想着:"真没料到,这红薯里边也还有这么大学问。"

吃清早饭时,老支书来食堂正找双双他们研究如何改进生活,双双说:"你来看看我们做的这两宗东西。"老支书看了煎饼和擀的面条后,高兴地说:"报喜!赶快报给公社!上级正大抓,'粗粮细吃',这一回咱们又走在前边了。"双双说:"就是有个问题,煎饼摊着太慢,一百多口人吃饭,做不出来。"老支书说:"那再想办法,反正咱们是找着门道了。"

上午,老支书到公社党委开会时,把这事情汇报了一下,下午党委会的福利委员也来孙庄了。他看了做的这几种东西,还亲自在这里试验做了做,觉得是个很大的创造,马上从机械厂拨来了一部轧面条机,当天晚上,还在全公社的广播大会上表扬了李双双和四婶,又推广了这个经验。

喜旺和双双都在听广播。喜旺听着对双双的表扬,心里却老大不痛快。双双这时早看透了他的心事,就问:

"怎么你那个脸上,就像阴了天?"

喜旺没吭声,只叹了口气。双双又问,喜旺说:"我跟着你呀,反正是一辈子也是个老鼠尾巴,发不粗长不大。"

双双说:"你是炊事员,我也是炊事员,我怎么就妨碍了你哪?"

喜旺说:"你看你如今县里也去开过会了,报上也登过了,广播里三天两头表扬你,我只能拉马缒蹬,永没有出出头那一天!"

双双听他这样说,噗哧笑了。原来喜旺也想跃进跃进呢,可是他这个看法却不对。双双就对他说:"我去开会,是代表咱们孙庄食堂去的,这里边也有你一份。再说去开会是为了交流经验,改进工作,怎么能算出出头?你真是要想,去'出出头',这个会还不敢叫你去开呢!"她这么一说,喜旺脸红了,双双急忙又说:"什么事情,不能从个人想起,要为大家。你只要好好劳动,想办法把群众食堂办好,不要说县里省里,北京你也能去!可是你心里就没有把食堂办好这一格,还想着要出出头,那当然不会有那一天。"接着双双又向他讲了几段劳动英雄故事。

喜旺仔细听着想着,觉得双双的话有道理。照他原来想着,如今人不为钱了,还要为个名。可是照双双讲的,这图个名也是不光彩。只能是为工作,为大伙,为社会主义。喜旺想到这里,觉得和自己结婚十多年的这个老婆,忽然比自己高大起来,他不由得嘴里溜出来一句话:

"劳动这个事,就是能提高人!"

双双没有听清他说的是什么,就问他:"你说的是什么呀,像在肚子里说的一样?"

喜旺说:"我说我知道,你别问了。我说今后啊,我一定要赶赶你,也要争个上游!"双双感动地说:"这太好了!我听见你说这个话,比人家表扬我还高兴。眼前这炊具改革就是个大事情,你在这上边想点办法嘛!"

喜旺这时也兴奋地说:"十七还能常十七,十八也不能常十八,浪子回头还金不换呢!我孙喜旺就不跃进跃进了?"

喜旺这次谈话以后,就像换了个人。第二天就在这煎饼灶上打主意。他一心想要创造个快速摊煎饼的方法。他一个人抱住头想了半夜,猛的想起来从前在饭馆学徒弟时,烧茶炉子的炉灶来,茶炉灶是好几个煤火眼,所以一次能烧开几把壶,他就根据着这个道理,连夜创造了一种"多孔台阶式煎饼灶"。这种灶一次可以摊六个,一个人摊两个钟头,就可供上一百多口人吃煎饼。

煎饼灶创造成功了,老支书又亲自领着他们把食堂的吃水用水改成自流化。双双和桂英又制成了一种洗碗机和保暖饭车。这事情轰动了全村社员,大家都来看,看着喜旺做的煎饼灶,都最感兴趣。

这人说:"这一下把红薯算找着出路了!"

那个说:"有了这东西,大家都要增加体重了。"

老支书也表扬喜旺说:"喜旺,就得这样干!这个创造好的很,我今天夜里去公社开会,再去报个喜!"

喜旺说:"进叔,你去报喜时再捎上一条,就说李双双那个爱人,如今也有点变化了!"他这么一说,大家都乐得轰轰地笑起来。

第二天清早,队里人在地里突击抗旱浇小麦拔节水,青年们也在往地里上草木灰等磷钾肥料。

双双和桂英、四婶把面条做好后,喜旺又摊了几百张煎饼,一齐放在保暖饭车里,由双双推着,向着村西的小麦田里来送饭了。

这时正是春天二月来天气,村外大队栽的桃树园,正开的粉红灿烂,远远看去像一片云霞。马路两旁的小柳树,也摇曳着软溜溜的像金线似的枝条,把一朵朵飞絮,弄得满天飞舞。

在小麦丰产田里,脚下到处都响着淙淙的流水声音,从水面上,又飘送过来人们的欢笑声音。双双只有两天没到这边来,可是她发现那油绿绿的麦苗,就像手提着长一样,已经密密实实的扑住膝盖了。

她把饭车推到一个水车井台上的大柳树下,扬着手巾喊了两声,人们都说着笑着围过来了。

这时有个小伙子问着:"双双嫂子,今天给我们做的啥饭?听说你们有了新花样了?"

双双笑着说:"你们打开看看就知道了,多提意见啊!"

一个老汉接着说:"吃李双双做这个饭,别的不说,真干净,挤着眼吃都不要紧。"

双双把大家招呼来后,自己就去推着水车,不让水断了。一个小姑娘叫着她说:"双双嫂子,咱们来一块吃吧,你也休息一会。"双双说:"我回去吃。"旁边一个妇女说:"哎,别叫她了,她这已经习惯了,早晚来送饭,非干一会活不行。"

双双在推着水车,大家在吃饭。她只听见大家打开保暖饭车以后,都高兴地吵起来了。

这人说:"这是什么面条啊,像细粉丝一样?"

"你们尝尝,你们尝尝,筋丝丝的,比白面还好。"

"这就找不到红薯面嘛!"

又一个小伙子喊着说:"你们看,还有热煎饼哩!"

"来吧!外焦里软,这煎饼就叫,'老头美'!"

"双双嫂子!食堂饭做的好!我们要贴你们的大字报了!"

大家你一句,我一句说着吃着,双双在井台上听着,只是在抿着嘴笑。

她一面推着水车,看着清清的泉水,顺着渠道往地里奔腾的流着,一面听着大家呼噜呼噜的吃饭声音,吃得那样香,那样甜,那样有味。就在这时候,她忽然感到她们在食堂里滴下的汗珠,好像也随着清清的泉水,流到这茁壮茂盛的丰产田里,变成了米粮。

原载《人民文学》1960 年第 3 期

茹志鹃《静静的产院》导读

 **作家简介**

茹志鹃(1925—1998),女,浙江杭州人。中国当代文学史上重要的作家之一。她的创作以短篇小说见长。笔调清新,细节丰富传神,善于从较小的角度去反映时代本质。早期代表作有《百合花》《静静的产院》《三走严庄》等。新时期以来,茹志鹃发表了十多篇小说,随着主题的深化,风格亦有所改变,于清峻中隐含锋芒。代表作为《剪辑错了的故事》《草原上的小路》等。

 创作背景

《静静的产院》写于1962年,1957年的反右斗争和1958年开始的文艺"大跃进"使得中国文坛陷入低谷;1962年毛泽东提出"千万不要忘记阶级斗争"的口号,虽然《静静的产院》写于此前,但是当时激进的极"左"文艺路线已经形成,并一直延续到1963年的"写十三年"口号,1964年毛泽东批示(文艺)"落到了修正主义的边缘",1965年《海瑞罢官》事件,乃至1966年提出"文化战线上的社会主义大革命",《静静的产院》便是在这样一个复杂的大背景下应运而生的。

作品评点

《静静的产院》与《百合花》同为茹志鹃的主要代表作。小说以"公社化"为背景,从农民建立自己的产院这一小的角度,描写了时代保守和进步在主人公谭婶婶头脑里的矛盾和斗争,鼓励安于现状的人们奋起直追。谭婶婶作为农业社培养的"新法接生员",在社会变革期建立了公社产院,赢得了全乡母亲的爱戴,她感到自豪;但心安理得、满足现状、不求前进的思想也随之而生,直到年轻一代产科医生荷妹的到来。精力旺盛,干劲十足,喜欢小改小革的荷妹的出现,必然要触发谭婶婶的内心矛盾和冲突。小说集中地描写了谭婶婶的心理变化过程,内心的波动、扰乱、矛盾,直至最后决心从新的起点继续前进的强烈愿望,富有特色地塑造了这一位"一步步走在革命队伍行列之中的人"。小说基本延续了茹志鹃一贯的创作手法和态度,是一部非常典型的"茹志鹃式"的小说。小说不可避免有"十七年"文学主流思潮的影子:比如环境描写烘托革命氛围的写作手法(狂风与杜书记的斗争较量并最终被"那个坚定响亮的声音慑住了");人物形象塑造上的类型化(杜书记的高大领导形象、谭婆婆在学习和斗争中提高觉悟等),但是《静静的产院》与茹志鹃其他小说一样,其最具价值的意义却体现在与整个主流文学思潮相异的部分,只有认识到它是以一个异类的形象出现时,其全部意义才能得到全面解读,茹志鹃作为一个作家对中国文学的贡献和价值才能彰显。

  从 20 世纪 40 年代后期开始,中国大陆文坛就开始形成一体化进程:毛泽东文艺思想得到确立,解放区文学成为文艺发展的范例,文艺走向为政治服务的道路,"两结合创作方法"(革命现实主义和革命浪漫主义相结合)的明确规定,突出英雄人物光辉形象的写作方法,社会主义现实主义的创作手法以及工农兵题材的至高地位等,都成为新中国成立以来意识形态给予文学的规范和约束。而在小说《静静的产院》里,我们却能看到茹志鹃对于小说独特的理解。首先这表现在作家摆脱了创作中"英雄"概念的束缚,不再一味歌颂英雄人物的光辉事迹,转而刻画小人物的生活状态和思想情感。谭婶婶、荷妹、潘奶奶、彩弟和她的丈夫,无一不是生活中的普通人物,作者将人物置于日常工作环境中,置于工作伙伴的关系中,并不采用激化人物间矛盾和逐渐解决矛盾的方法,而着力展示人物内心矛盾斗争的图景,从中表现时代潮流、生活发展对人的思想性格的影响,试图由小处着手显示革命大时代的到来。"英雄"不再是高大威猛的概念形象,作者通过生活的侧面写普通人,写日常生活中的家务事来表现革命中普通人物的觉悟和进步。

  在整个"十七年"文学中,突出英雄形象的光辉事迹其实是革命浪漫主义的要求,是社会主义、现实主义给予文学的特殊规训。在这种创作要求的号召下,传统现实主义创作理念迅速落伍,作者严格地按照自己所观察到的客观事实写作被扣上没有革命觉悟,不能看到革命的希望甚至企图破坏革命的帽子。而茹志鹃则坚持与突出英雄的创作手法拉开距离,表现出坚定的现实主义创作立场,对现实中的种种弊端、社会的黑暗面,人物性格上的缺陷和觉悟的不足,作者毫不避讳地直接表达出来,真正做到了诚实而客观地描画现实而非一味歌颂政治理想。在《静静的产院》中,作者敏锐地察觉到现实生活中已经存在的各种思想作风问题,并典型地刻画了谭婆婆的心安理得、满足现状、不求前进,以警醒读者在革命形势一片大好的情况下勿忘继续进步,切忌骄傲自满。在"两结合"的创作方法取得唯一合法性之时,坚持传统的现实主义创作需要作者极大的勇气,关心社会、直面人生、关怀小人物的生活状态和命运,心怀对底层和广大人民的热爱以及对美好善良人性的憧憬也是她。

提到茹志鹃小说中的人性美、人情美,一般读者立刻会想到作品《百合花》。无论是文学一体化,还是反右斗争,在中国当代文学的前30年中,个人感情、儿女情长或者人性关怀基本是被禁止或者规训的,在大步走向共产主义的道路上,人所有的感情就应该是对党、对革命的高度热情,而文学就更应当表现这种热诚。这也正是为什么《百合花》被称为"毒草"的原因之一。《静静的产房》中也处处可以见到对于个人情感的充分自由表现:谭婆婆内心复杂的争斗,对二丫头作为长辈的关爱和由于工作关系而产生的嫌隙;由开始的骄傲自豪与自满,通过一系列事件开始产生疑惑,最终认识到自己的缺点并且勇敢地重新开始学习。荷妹是一个聪明灵巧又勤劳的姑娘,而当她察觉到谭婆婆的不满时,也疑惑和担心,最后非但敢于说出自己的意见,更对谭婆婆的进步起到了重要的帮助作用。小说通过对普通人物的复杂关系和各自心理细致入微的描写来体现人性美和人情美,从而避免了概念式的写作态度,小说中对于年轻人和新生儿的由衷的感慨,既是一种革命热情,也是一种朴素的对于生命的赞美。平凡的日常生活显现出其诗意的一面。这在一片燥热的文学运动中,无异吹起一阵清凉的微风。

在《静静的产院》创作的年代中,文艺为政治服务是一条不可违背的宗旨,文学创作要"两结合",要写工农兵,要符合政治意识形态要求,由此导致的结果就是文学失去其独立性,文学成为政治的附属品,口号式、概念化的小说大量涌现,文学艺术成就则越发低下。茹志鹃在激进文艺路线的背景下依然固守着自己的艺术信念,自觉追求探索文学形而上的艺术性,这正是在一片近乎沙漠的糟糕的文学环境中作者能够始终在艺术性上达到一个较高高度的原因。严谨的结构是《静静的产院》重要的艺术特色。故事进展只一夜一天。出场人物——六个女性的言谈、动作、心理活动,详略配搭得非常匀称。其中有的以行动和对话来表现,有的通过谭婶婶的回忆来体现,无论老少,都写得鲜明可爱。未出场的公社杜书记每当关键时刻都对谭婶婶的进步起着点化作用,全篇找不到一处闲笔,惜墨如金又丝毫没有让人感到干涩、空洞。出色的细节描写是小说的又一显著特色。谭婶婶那富有层次、由浅入深的心理变化,是通过一连串行动的细致描写而显露的,语言的准确和精细为人赞叹。小说对荷妹的思想作风同样没有抽象的赞辞,用的全是细节描写。此外,气氛的渲染——产院起初的肃静,继而的热闹,最后的恬静,整体结构上的完整和谐和夹叙夹议的描写,也都十分成功。可以说,正是由于这种种成功的描画,拉开了茹志鹃小说与当时其他文学作品的距离,使其具有远远超过它们的价值。

从某种意义上说,无论是主观上还是客观上,茹志鹃始终在与激进文学路线做着抵抗和斗争,既是一个有良知的知识分子,又是一位才华横溢的艺术家,既以一副光辉伟岸的形象出现,又不失为一位细腻敏感的作家,而小说《静静的产房》无论在其艺术性和文学史上的地位而言,都值得我们细细品读。

(林 凌)

静 静 的 产 院

茹志鹃

晚霞的颜色越来越深,越来越深,最后变成淡墨画似的几笔。公社产院外面的篱笆上,那些粉色的小花,也分不清朵数,形成模糊的一片,天色晚了。

谭婶婶挑满了一缸水,连气都没有歇一口,就忙着给两个休养的产妇吃饭。在她这样的年纪,有这一份精力,这是她觉得自豪的。忙完了饭,她走到中间屋里来,伸手啪的一声扭亮了电灯,一霎时,这一间办公室兼产房立即变得那么宽敞高大起来,一切东西都好象放着光一样:产床上平展展的白单子,产床横头的白色屏风,白木的三屉桌,白的墙壁,白的屋顶……谭婶婶觉得奇怪,这些东西给电灯光一照,怎么就比平时白得多、漂亮得多呢!她眯起了眼睛,把这一切打量了又打量,同时想起昨天公社杜书记告诉她,养猪场场长张大嫂的二丫头荷妹,已在城里培训毕业,回来就派到产院里工作。产院增加了一个力量,产院飞快地在发展。谭婶婶心满意足地笑着,伸手啪的一声把灯扭熄。

"点灯不用油,不用油也得节省点用。"她重新点起玻璃罩的洋油灯,走去撬开煤炉,放上消毒锅,把一切要消毒的东西通放进去煮。

产妇睡了,消毒锅里的水还没有开。灯光一暗,仿佛远处的声音听来特别清晰,河那边电动抽水机隆隆地响着,俱乐部里的无线电收音机声音开得老大,从球场上传来几声短促的哨声。青年突击队的那些小伙子,昨天忙了一中午,在球场上空拉电线装电灯,现在大概就在雪亮的电灯下抢球玩呢!谭婶婶摇了摇头,打心里不同意,不赞成,玩皮球算个什么正经大事,也值得这么开了电灯来干!现时的年轻人真是不知轻重,不懂甘苦,好了还要好,好了还要好。谭婶婶抬头看看屋中央的电灯,它带着乳白色的玻璃罩,静静垂挂在昏黄的灯光中,心中又是得意,又是感叹。

什么叫产院?什么叫消毒?休养?电灯?刚解放那时候谁听说过?妇女生孩子,就象走近鬼门关。五〇年,谭婶婶的媳妇生孩子,胎胞就是给产婆拿脚踩下来的。到了五六年初级社的时候,现在公社的杜书记,那时候是社长,要她到镇上医院里去学习新法接生,告诉她说这也是革命,是跟封建落后势力作斗争。谭婶婶学了一个月回来,挟了两个卫生包,身上饭单一扎,她就是产院,产院就是她,到处给人接生,到处宣传卫生科学,和旧的接生婆展开了斗争。

斗争可是不简单啊!添人口的人家不相信她,冷淡她,旧产婆骂她,造她的谣,自己本事又确实不高,连产妇要打一支针,都要往医院里送。工作上兢兢业业,还要受那些倒头气;工作上有了一点疏忽,就更不得了。有一次,一个难产妇,谭婶婶大意了一下,送医院迟了一步,小孩坏掉了。这一下真叫翻了天。一个旧产婆叫潘奶奶的,也夹在里面,硬说小孩是坏在谭婶婶手里的,于是产妇家里吵得更凶了。谭婶婶躲在家里越想越气,旧产婆手里坏掉多少孩子,人家一句怨言没有,反说是命里摊的,自己工作上有一点过失,人家就恨不得把她生吞了。她想想实在受不了,就跑到杜书记跟前掉眼泪。杜书记正在场里浸种,听了她的话,也没言语,只是把两只生满老茧的大手搓得嚓嚓响,想了想才说道:

"老嫂子,我们这一辈的任务是不简单哪!社会要在我们手里变几变,形势发展这样快,各种各样的旧思想旧习惯还会少得了?所以我们做工作就叫做干革命,我们学习也叫做干革命。不会的得赶紧学会,不懂的就得赶紧学懂。"

……

"做工作是干革命,赶紧学会,赶紧学懂。"现在提到这话,谭婶婶自己也觉得没有什么可挑剔的了。

人民公社成立以后,杜书记说要组织一个产院,拨给了三间房子。谭婶婶在这房子里,自己做了一张办公桌,弄来了一张高脚产床,发展了五个床位,这三间房子,再也不是普通的三间房子了,这是一所幽静整洁的产院。

"这不是跟医院差不多了吗?"谭婶婶兴奋得晚上睡不着觉,从产妇咬着头发,坐在脚盆边生孩子想起,想到那只高腿的产床;从自己三十九岁做寡妇想起,想到现在进产院做了……做了什么呢! 她想来想去,想不出一个恰当的名目来称呼自己的职务,最后,她只能悄悄地用了"产科医生"这个名称。第二天,她起了一个大早,把自己脑后那个发髻剪掉了,短短的头发,在耳后一崭齐,杂着几根半白的发丝;显得又庄严又精神。大家见了她,也好象带有一种前所未有的敬意,不过,大家还是亲切地叫她谭家婶婶。

在这里,在这所"跟医院差不多"的产院里,谭婶婶不但剪掉了发髻,她还学会了打针,打肌肉针、静脉针,学会了作产前检查,学会了量血压、抽血、缝线、拆线。每每碰到一些小手术,请镇上医生来动手术的时候,她就从从容容的做助手。对她的熟练沉着,医生也夸奖,甚至有的医生进一步要她自己学着动些小手术。谭婶婶笑笑,有些得意,同时觉得这些医生,把这产院要求得跟城里的医院一样,她又觉得好笑。谭婶婶对这一切都感到满意,不是没有道理。

锅里的水嘶嘶地响了,谭婶婶心里翻腾了一阵,就望着电灯,恨不得立时来一个产妇,她真想在电灯光下面接接生,就象在镇上,在城里的医院里一样:产妇躺在洁白的产床上,躺在雪亮的灯光下……

忽然啪的一声,电灯亮了,谭婶婶吓了一跳,回身一看,一个面孔黑黝黝的年轻姑娘,扛着行李,一手挟着一只氧气瓶,浑身热气腾腾地站在门口。

"婶婶,你不认识我啦!"那姑娘笑眯眯地站着没动。

"是二丫头!"谭婶婶跟二丫头的娘,还是做姑娘时候的好朋友,直到现在老姊妹俩还要好得很。她高兴地接过她的行李,安排她坐下,心里却有些奇怪,这里电灯刚装上没几天,这孩子一进门,怎么就知道有电灯,即使知道,那她又怎么晓得开关在哪里？好象产院里本来有电灯，应该有电灯，有电灯是理所当然的事情，谭婶婶开始是奇怪，随后就觉得有些不大入味。

电灯光下，荷妹那黑里泛红的长圆脸象涂了油一样，大眼睛亮晶晶的东看西望。

"婶婶，我派到这里来工作了。"她说着就把地上的行李一把拎起来扛上肩，放到里面角落里。那么大一捆行李卷，少说也有八十来斤，可是放在她实鼓鼓的肩上，就象是纸扎的，轻巧得很。谭婶婶看她这一身力气，又不由得高兴了，这孩子在城里住了一年，倒还没有娇惯。

荷妹回身坐下，就要谭婶婶介绍些产院的情况。

"好！"谭婶婶答应着，心里暗暗地称赞，这丫头做事倒象个大人，老扎认真。"二丫头，你这一来，真是给你婶婶添了条膀子啦！"她说着，走到门边，伸手啪的一声，把电灯扭熄，然后移过油灯，就在荷妹对面坐下。

"其实，差不多的情况你也都知道。这产院负责附近两个大队的产妇。跟我一起工作的，还有一个周嫂嫂，现在她害喜①，回家休息去了。产院成立这两年里，我们一共接了三百五十六个宝宝，还都顺顺当当。"谭婶婶一说到这些问题，不由得话就多了。三百五十六个，这可不是容易的啊！这要担多少风险。特别是产院还没有条件自己动手术，很多情况，就得当机立断，该请医生的就请医生，该送医院的就送医院，差一点点，作兴就会坏事，所以谭婶婶说到这里，特别加重了语气：

"二丫头，这可是一副风火担子，担子不轻啊！两年里，我们没出过什么事情，大人小孩都是平平安安，一个人进来，两个人出去。产妇等小孩一落地，就躺在床上，不要她动一动了，烧，洗，煮，弄大人，弄小孩，都是我们来，到出院的时候，一个个都长得胖胖的……"谭婶婶滔滔不绝地说着，说着似乎还不够，就站起身来，开了电灯，带荷妹去参观。她知道开了电灯看，效果会更好。先走进西边一间产妇住的房间，房间相当大，靠边放着五个铺位，床是各式各样的，有单人小铁床，有相当大的木板床，但都放得很合适，收拾得干干净净。荷妹不停地点着头。

有两个铺上睡了人。谭婶婶一高兴，便更加详细地介绍说，一个已生了四天，一个是前天才生的，是个初产妇，叫阿玲，是丰产田里的小队长，还是一个

---

① 害喜：指妇女怀孕初期种种感觉不舒适的反应。

先进生产者。

"婶婶,这里有没有碰到过产妇不顺产的情况?"荷妹提问了。

"怎么没有,风险也就在这些事上,一看苗头不对,就得赶紧给医院打电话来救护车。"

"要是来不及呢?"

"打电话请医生来!"

"要是产妇产后发生变化呢?"

"打电话嘛!"

谭婶婶看了看她,觉得她问题太多,但也没说什么就领荷妹出来。

"婶婶,我们在哪里洗手呢?"荷妹忽然问。

"洗手?"谭婶婶不明白为什么忽然问这个,"洗手当然在脸盆里洗。"回答以后,她又辨了辨这问话的味道,心里又是一个不快,但她还是把三屉桌上的三个抽屉通通抽开,想展览一下里面的东西。这里面有橡皮手套,有冬天产妇生产时穿的棉腿套,有各种针药,补血的,止痛的,止血的,还有几针麻醉针剂,这里面每一样东西,都标明着产院发展的各个阶段。但是荷妹根本没有理解婶婶的意图,她歪了头,翘起了象刷把似的小辫子,东张张,西望望,好象在寻找什么,发现什么。

"二丫头,这里不能和城里那些大医院比。"谭婶婶有些生气了,话也加重了分量。

"对!"荷妹一点也没觉出话里的责备意味,径自推窗开门,向外面张望起来,最后,她索性跑出去看什么东西了。

谭婶婶把抽屉一只一只关好,她现在不想再给这姑娘说什么看什么了,"跟她没什么可谈的,早些打发她去睡觉。"谭婶婶虽然这么想,可是心里还是闷闷的。

"婶婶,可有了办法了!"荷妹眉飞色舞地跳进来了,"婶婶,我们自己可以做土造自来水,人家托儿所都用自来水洗手了,我们产院里更需要这个。我看过了,井不远,只要墙上打一个洞……"

谭婶婶一直看着荷妹,也不言语,听到这里便打断她说:"你来看看床铺吧!"说着就转身走向东屋,指着一张空铺说:"周嫂嫂不在,你就睡这里吧!"

"这不费事呀,婶婶,也不用花钱,装好了就不用提水,不用担水,只要一压,水就自己从竹管里流进来,好透了!"荷妹还是不懂眼色地跟在后面叨叨。

"荷妹,你刚来,还是看看再说吧!"说罢,谭婶婶就走进厨房,端消毒锅,封煤炉。

第一次见面,谭婶婶对荷妹的印象不能说好,但是要说坏,她也说不出坏在哪里,就是觉得不顺眼,不入调。"看她问的那些问题,什么产前,产后,顺产,难产,这个,那个,她就没问问她娘,她自己是怎么生下来的……"谭婶婶想到这里,觉得自己和这样一个孩子生气,也不值得,同时又十分感叹:"这些年轻人,从他们记事起,就看见自己是吃白米饭的,叫他们看,有田种有饭吃是应分的,上学读书也是应分的,现在这产院、电灯、拖拉机也是应分的,他们哪里懂得甘苦,懂什么甜酸苦辣!……"谭婶婶觉得,冷淡她也不对,还是应该跟她好好谈谈。谭婶婶弄好炉子,走进房去,见荷妹已把床铺弄得整整齐齐,她人却蹲在地上,仔仔细细地在打量一只从前人家盛米用的大木桶。她一看见婶婶进去,便跳起来,从床上抓起一只口袋似的白护士帽往谭婶婶头上一套,欢乐地说道:"婶婶,我特地给你做的,以后你接生的时候就戴着它,头上有细菌。"

谭婶婶一把抹下帽子。头上有细菌她承认,可是几年来,她光扎一条围腰接生,也没见什么细菌掉下来过,偏她花样多。这一下又把谭婶婶刚刚鼓起来的劲道打下去一半,但她看看荷妹那副高兴样子,帽子也确实做得精巧,只得勉强笑了笑说:"你快睡吧!没事熬灯油干吗!"

"哦!"荷妹驯服地脱了衣服上床了。

"二丫头,"谭婶婶坐到荷妹床边,开始跟她谈了,"这次你培训回来,你娘高兴吧!"

"高兴。"荷妹睡在被窝里甜蜜蜜地笑了。

"不容易呀,二丫头。现在是什么都有了,什么助产士呀,产院呀,——从前那个时候,女人生孩子就象过一次关。你妈生你的时候,肚子痛了两天两夜,汗象黄豆一样的滚,人家还把她的头发吊在床栏上,不让她躺下去,要她撑一把雨伞……"

"撑一把雨伞?……哈哈!"荷妹觉得又奇怪又滑稽,十分好笑。不管婶婶解释这是迷信的说法,说产妇撑了雨伞,血污鬼就不敢近身了,可她还是弄不清生产和雨伞的关系,两者怎么会联在一起的。谭婶婶看她躲在被窝里笑得咯咯的,就叹了一口气,只得把话题转到今天妇女的幸福上来:

"你们现在是做恶梦也梦不到那种罪了,有时候,你们还要嫌这个不好,那个不够,好了还要好,好了还要好。我们年轻的时候,可是做梦也不敢想有今天这样的日子,什么产院、医生,什么卫生、营养,孩子一落地,产妇就只管躺着,洗呀,烧呀,都有人来侍候,要不是新社会,哪里来？年轻人也要懂一些甜酸苦辣。"

"对!"荷妹光滑年轻的脸上,立即笼上了严肃的气氛。谭婶婶见自己的话收到了效果,这才稍稍放心。她转身想回自己床上睡觉,忽然一扭头发现外间的电灯还耀眼的亮着,这是刚才荷妹那一串提问,弄得她连电灯都忘了关。谭婶婶赶紧出去,向四周又打量了一番,稍稍收拾了几件东西,这才啪的一声,扭熄了电灯。

"你看,现在又安了电灯,日子真是步步高……"谭婶婶回进屋来一看,荷妹那一截刷把似的辫子歪在一边,一只手垫在枕下,她已甜甜地睡熟了。

"这是她们生得逢时啊!"谭婶婶看着她那副无忧无虑的睡态,正感叹着,忽然,荷妹睁开眼来,喃喃地说道：

"婶婶,明天我们做自来水,哦!……"说着,眼睛又合拢了。

"这做梦也想自来水,现在的年轻人,怎么都象是一个先生教出来的。"谭婶婶摇着头,走到自己床边,一口吹熄了油灯。

外面月亮很大,四周围了一个白蒙蒙的风圈,现在树叶儿的影子躺在地上一动不动,可是明天会有大风。

…………

第二天一早,谭婶婶跨出房门,心里就是个老大的不快,原来荷妹已把两个产妇掇弄起来,站在房里做操呢! 三个人嘻嘻哈哈,又弯腰又踢腿。

产妇做产后体操,不是希奇事,谭婶婶老早就在医院里看见过,但她不想在自己产院里实行这个,一则是她不喜欢女人家,特别是产妇,拍手顿脚的来这一套,而且她自己也学不上来；二则是乡里人坐月子,就讲究吃,睡,没兴过这个。如今荷妹一来,不管三七二十一,就把医院里的规矩搬过来用。谭婶婶心里很不自在,便过来制止。她神态严肃,话也很有分量,可是这三个人好象情绪一点也没受到影响,仍做着操,荷妹还笑眯眯地说道：

"婶婶,这比吃药好,又活络筋骨,又帮助子宫收缩。"

"这很好,比整天瘫在床上好!"那个先进生产者阿玲也帮着说,接着另一个产妇也说做操好。谭婶婶看她们都说好,自己反倒没意思起来,只得勉强笑了笑,说,"你们说好,那你们做吧!"

"婶婶,一会儿我们来做水管吧!哦!"荷妹一点也没忘记土造自来水。

"哎呀荷妹,你一桩一桩的来嘛!一桩没弄好又是一桩。"谭婶婶说完就走了出来。

一天到晚,谭婶婶的手脚是不肯停的,可是今天她走到中间屋里摸摸,又到厨房里走走,好象做什么都不实在。听产妇房里又热闹起来,荷妹喊着"二二三四",两个产妇一边做操一边笑,三个人不断地嘻嘻哈哈。

本来安安静静的产院,现在好象有一股什么风闯了进来,把一切都搅乱了。谭婶婶想了想,就拿了一只竹篮,迅速地走出了产院的大门,她想出去,离了这里,眼不见为净,去养鸡场给产妇领鸡蛋。

产院到一大队的养鸡场有二里多路,她慢慢地走着,脑子里空空的,又象是满满的,她觉得不开心。为什么不开心呢?她说不出来。"唉!大概是自己越老越不知足了,有什么可不开心的呢!"她说服自己,又给自己证明没有发生任何不开心的事。

太阳快露头了,棉田里一片绿,青青的棉桃中间,杂着几朵迟开的白花,过不了多久,又该要忙采棉了。出早工的社员已经下田来了,女社员都认识谭婶婶,老远就招呼起来,这里叫"谭婶婶",那里叫"谭婶婶",这里告诉她小毛已经断奶了,那里告诉她阿芳会走了。这一阵子招呼,把个谭婶婶的心都招呼开了花。她不断地点头,笑着,大声地问候一个人,又大声地责怪另一个人,她觉得自豪,觉得幸福,什么烦闷不开心,都一齐飞向九霄。

谭婶婶又愉快又开朗,竹篮的环子套到肩膀上,走路的步子都变得活泼起来。

养鸡场前面有一口塘,里面种的水浮莲,看上去整个塘面就是一块绿地。谭婶婶走近塘边,忽然看见潘奶奶(人民公社成立以后她在养鸡场工作)弯了腰,哈着背,蹑手蹑脚地在水边走。

"这位老姐姐在做什么呀!"谭婶婶站住脚,看了半晌也看不出个名堂来,就忍不住叫了她一声,潘奶奶却连头都没回,越发专注地看着前面地上,忽然,她一下扑上去,同时,有一个东西从她手边噗咚一声跳入塘里,原来是只蛤蟆。

"看,给你吓跑了。"潘奶奶回过头来,嗔怪了一句。

"潘奶奶,想弄个癞蛤蟆玩啊?"

"嗨,鸡吃这个东西,可是大补的补品呢!"潘奶奶知道谭婶婶是来领蛋的,就和她一起向鸡场走去。她手里拎着一个小罐子,罐里已有几只蛤蟆。

"老姐姐,你养的鸡可真娇贵,还得喂补品啊!"谭婶婶看她一头花白的头发还蓬着,却一本正经地提了一罐蛤蟆,觉得又有趣,又可敬。

"你知道,我们现在在比赛。"潘奶奶好象是在说一件绝大的秘密,声音放得轻轻的,"一个人管二百五十只鸡,看谁养得好,鸡生的蛋多。要鸡生蛋多,这就得给它吃得好。鸡最好是吃树上那种卷叶虫,可是大家都搞绿化,树上连个虫影子都给药水洒跑了,就只好动脑筋给它摸点螺蛳,找些这个煮煮吃,好歹总算是个荤腥。"潘奶奶说着,自己也笑了。

谭婶婶看着她那张布满皱纹的笑脸,显得又和善又聪明,心里觉得奇怪,人的思想一变,相貌竟然也会跟着变。记得她做旧产婆那个时候,她那张脸可是又薄又寡,谭婶婶在社里积极推广新法接生,她简直恨透了,动不动就骂上门来,有时候又跑来哭吵一顿。现在却变得眼睛有神了,脸也光彩了,还有……总之,谭婶婶觉得潘奶奶变得可爱可亲了。

"革命,真是了不起啊!社会变了样,人也变了样。"谭婶婶看着潘奶奶,又想起了杜书记的话。

养鸡场院子里,挂着一张一人多高的竞赛表,谭婶婶仔仔细细地看了又看,领了蛋出来,又独自站着看了一会,她看见在潘奶奶名字上的红色箭头,头昂昂地翘得最高。"变了,潘奶奶变了!"谭婶婶刚平静不久的心绪,仿佛又有个什么东西在搅动,她为潘奶奶高兴,但她又觉得不安。

在回来的路上,棉田里的女社员,还是跟她打招呼,拉住她谈几句私房话,谭婶婶仍然点头,仍然微笑,可是心里再也没有刚才那种欢快的感觉了。她觉得一切东西都在变化。今天听见某某人的儿子会开汽车了,某人的姑娘调去学拖拉机了。明天作兴潘奶奶成了先进工作者,后天又会有个什么呢。……田野里大沟小河挖成了网,抽水机日夜的响着,电灯也有了,后天又将来个什么呢。……谭婶婶突然清楚地感到,现在过的日子,是一天不同于一天,一天一个样子。她不安起来了。

是的,生活正在迅速地发生一个巨大的变化。

谭婶婶回到产院,还没跨进屋子,就楞住了。这里也改了样子。这一间那么细心收拾过的办公室,粉刷得雪白的产房,现在却是满地的木屑竹片。凳子放倒了,那个盛米的木桶已在靠底的地方凿了一个洞,几支新砍来的竹子横在地上,门口烧了一堆火,火焰还没熄灭。还有,还有那雪白的墙上,已打了水桶大的一个洞,荷妹在洞边接竹管,那两个产妇也在递这拿那地帮忙。她们一见谭婶婶回来,立即欢呼起来:"谭婶婶快来看自来水!"

"自来水?对,还有自来水……"谭婶婶扶起一张凳子坐下,她觉得向她涌来的东西太多,她累极了。

荷妹突击了半天,料想婶婶见了一定会又惊又喜。她拭着汗,等了半天,婶婶却一声不响。她迷惘了。

"婶婶,水自己流进来不好么?"

"……好!"水自己流进来怎么不好!当然好。不过谭婶婶不能理解,荷妹为什么要这样着急地去弄它,好象是没自来水就不能生活似的,便开口说道:

"二丫头,乡里当然不象城里那么方便,我们什么都学城里,肩膀也怕碰扁担了,这可不好。"

"对!"荷妹收敛起笑容,认真地说道,"不过婶婶,乡下不是永远都是乡下,我们现在可以做到有自来水不去做,还是肩膀碰扁担,这可不是光荣,这是落后……"

谭婶婶迅速地朝荷妹看了一眼,荷妹咬住嘴唇不响了。

"荷妹说的倒是一句老实话,谭婶婶。"阿玲心直口快地说道,"能做的不做,这不是落后?这样一来,不是又省事,又卫生,又科学,回去我也推广去。"

"是啊!"谭婶婶答应着,心里猛地动了一下,这些话好熟啊!自己曾经说过的,三年前头,推广新法接生的时候,自己对许多人说过"又卫生,又科学",对妇女说,对妇女的男人说,对婆婆说,对妈妈说,其中对潘奶奶说得最多。现在……谭婶婶看看刚做起来的自来水管,荷妹带来的氧气瓶,白色的护士帽,还有荷妹那对亮晶晶的眼睛,最后,谭婶婶看着那盏静静垂挂着的电灯……

"婶婶,"荷妹刚才把团支书说过的几句话咽回去,可是,到底没忍住,还是吐出来了,"婶婶你知道,我们现在往前面奔,不是奔个衣暖肚饱,象从前那样。我们现在奔的是共产主义啊!你看,我们现在有电了,我们还要想办法来利用电,电疗,电打针,早产儿用电暖箱……"

仿佛有一股看不见的风暴席卷而来,仿佛滔天的巨浪向前扑来,它们气势磅礴,排山倒海地向前推,向前涌,谭婶婶忽然非常清楚地理解了三年前潘奶奶的心情,那时候为什么潘奶奶对她跳脚,又对她诉苦,为什么有时候唬了脸,有时候又苦了脸,谭婶婶现在知道,那是她恐慌,却又不肯承认自己落在时代的后面。

"难道,我现在就象三年前的潘奶奶?……"

天,骤然间阴了下来,树枝在空中乱舞,昨晚有风圈,现在果然起大风了。她站起来,想找些事做,她习惯地抓起了水桶扁担,但恰好这时竹管已接到井边,荷妹欢呼起来,阿玲她们也拍起了巴掌,她又悄悄地把扁担放下来,她不知所措了。她竭力想在这时候也找一点事来忙一忙,跑一跑,以证明自己在这里的作用,可是什么也想不起来。真奇,平常匆匆而过的时间,今天却拉得那么长,那么长……

"谭婶婶,彩弟要生了!"下午,一个男人气喘喘地扶着一个快临盆的产妇走来。

谭婶婶跳起来,立刻浑身来了力气,手脚也利落了,荷妹也立即丢下那些竹管跑来帮忙。彩弟迅速地被安排上了产床,那两个休养的产妇也回到自己床上躺下,产院里,一切都恢复了正常。

谭婶婶容光焕发,对彩弟的丈夫说道:"你这个冒失鬼的脾气还没改呀!怎么让她走了来的!"

在这种场合,再不在乎的男人家也会腼腆起来,彩弟的丈夫不好意思地笑了笑,规规矩矩地告诉谭婶婶,说是他现在做了汽车司机,刚才接到大风警报,车子要去拉芦席,就顺便把她带来的,现在汽车还停在外面大路上呢!说着就拜托了一番走了。

人一高兴,话也就多了,更何况彩弟这一对小夫妻在谭婶婶接生的历史上留下过有趣而有意义的一段!按说,这也可算是产院的前史。原来彩弟生第一个孩子的时候,正好是谭婶婶学习新法接生刚回来不久,半夜里彩弟要生了,彩弟的丈夫就骑了脚踏车飞来接谭婶婶去接生。谭婶婶那时候还没有什么经验,彩弟又是一个初产妇,心里就别别直跳。加上夜里又有点冷,天还下着小毛雨,她坐在脚踏车后面,两条腿直抖。彩弟的男人又是个毛毛草草的小伙子,一心想着妻子要生产,自己要做爸爸了,就仿佛屁股后面火烧起来一般,把车蹬得飞快。一个急,一个抖,三错两岔,车子一下撞到田埂上,两个人都摔出去好远,谭婶婶腿上还擦掉了一大块皮。现在他那个儿子都已叫名六岁了,可是谭婶婶看见他,还是叫他"冒失鬼"。

"冒失鬼,你现在开汽车了,再冒冒失失的,就要闯穷祸了!"谭婶婶对彩弟丈夫的脊背,追了一句。躺在屏风后面的彩弟笑了,谭婶婶回过身来,又得意地笑了。她想把这段往事告诉荷妹,让她知道,四年前,这里的新法接生是怎么样开始的。可是荷妹只跟着笑了一阵,并没有追问什么,她戴上白色护士帽,穿了白罩衫,扭开刚装好的自来水洗手,消毒,然后就坐在床边,给彩弟按摩,教她在生产时该怎么呼吸,开始作无痛分娩的工作。

现在,谭婶婶面对这一切,无论自来水管也好,荷妹那熟练准确的动作也好,心里很安然。彩弟夫妻俩,使她记起了自己过去的光荣,她在新法接生上作过的种种努力。她心平气和,慢条斯理地用酒精擦着手,而且到底找了一个机会,把彩弟生第一个孩子的故事告诉了荷妹,甚至还把腿肚上的伤疤给她看了看。荷妹笑得弯了腰。

"那次接了你那位宝宝回来,第二天潘奶奶在我门口,跺着脚,整整骂了我半天,说是我抢了她的生意。"

"那你不把擦破的腿给她看看。"彩弟这一说,又引起三个人一阵大笑。

"我们这是提的陈年旧话,现在人家在鸡场里工作得可好啦!"谭婶婶感慨地说着,眼前又出现了潘奶奶名字上的那支高昂着头的红色箭头。

外面的风呜呜地越来越大了,田里、村头的广播喇叭一齐响了起来,公社杜书记的声音在说话,要求大家迅速盖好田里的蔬菜,挡好棉田,不让吹掉一个棉铃。社里一切的机械、人员都出动了,汽车声,人声,广播里的鼓动口号声,忽而被风送进产院,忽而被风带得远远的。风,摇着玻璃窗,磕撞着门,但是最后它只能在窗外徘徊,吼叫。

天黑下来了,谭婶婶伸手啪的一声开了电灯。风不住地刮,但产房里暖暖的,电灯光连晃都不晃,坚定地照着产床,照着产床边的一老一少,照着产妇,等待着将诞生的婴儿。

谭婶婶象个身经百战的老战士,有把握地守卫在被保护人的旁边。产妇依赖她,信任她,把自己和将出生的孩子,一起交托给她,而她,面对着这种信赖,腿不会抖了,心也再不会慌了,她也不用坐在脚踏车后面,也不用再怕摔跤,明天也再没有一个潘奶奶会来对她跳脚。她象一个正正式式的特种兵,象荷妹一样,象大医院里的助产医生一样,象那些跟大风作斗争的社员一样,是在自己的战斗岗位上,守候那喜悦而又紧张的一刻。

……

彩弟躺在雪白的产床上,一会儿闭上眼睛休息,一会儿又眯起眼睛望着耀眼的电灯,不断微笑着,她想着老大老二不同的出生情况,想着他们的将来:

"婶婶,你说我这个老二跟老大只隔了四、五年,老二的福气比老大要大几倍啊!"

"照老法说话,生的时辰好。其实,人民公社早几年,老大还不是一样用亮堂堂的电灯迎出来呀!"

风在屋外旋转,这里显得特别的宁静。彩弟好象有点疲倦了,但她想了想又说:

"要说时辰生得好,那么老二比老大好,老大比荷妹好,荷妹又比你谭婶婶好,你说对不对?"

荷妹给彩弟按摩着,心里微微不安起来了。她迅速地朝谭婶婶看了一眼,可是谭婶婶并没有在意,对彩弟说道:

"那也不见得,不管老大老二,他们长大了,就不知道我们怎么搞的土改,怎么成立合作社,又怎么组织人民公社,象荷妹,她文化科学好,可是她就不知道什么叫老法接生……"谭婶婶话还没有说完,彩弟打了一个呵欠,迷迷糊糊地要睡了。

产妇的阵痛感消失了。

无论是老法、新法接生,都知道,产妇打呵欠要睡,这是一个十分头痛的现象,婴儿需要很快用钳子钳出来,不然婴儿会闷死,产妇也会有生命的威胁。

风拚命地摇撼着树枝,电灯光一动不动,更耀眼地照着雪白的产床,照着沉沉欲睡的彩弟。手术是个小手术,只需要十多分钟,可是,谭婶婶霍地站起身,说了一句:"我打电话去!"就掉转身向门外冲去。等荷妹追到门口,外面黑洞洞的,已不见一个人影,只有风在旋转,在吼叫。

抗着顶头风,谭婶婶飞似地向队部办公室奔去,风掀着她的衣裳,在她耳畔呜呜地叫。去给医院打电话,这不是第一次,可是今天,谭婶婶心里刮起了大风。

电灯,电灯下面雪白的产床,床上躺着产妇,一切都如理想中那样,可是她,她只能跑来打电话,前年是这样,去年也是这样,如今有了电灯,有了汽车,有了拖拉机,可她还是这样跑来打电话,眼看着救护车把产妇从雪亮的灯光下接走,而产妇需要的,只是一次十几分钟的手术,只要拿起剪刀和钳子。谭婶婶第一次感觉到,给医院打电话,竟是一件这样难受的事。奇怪的是,自己在这以前,打过多少次这样的电话,竟然会那么心安理得。

天黑得这样浓,这样厚,风在横冲直撞。广播喇叭里杜书记那清楚的声音在响着,在田野里,在屋顶上,在村头,在道旁,都有他那响亮的、坚定的声音在回响:"……社员同志们,大风想吹掉我们的棉铃,我们决不答应,我们种一棵就要收一棵,不让一棵青棉桃落下地……"大风想把这声音撕碎、卷走,结果却是把这响亮坚定的话语传得更远更远。仿佛在谭婶婶的耳畔,在谭婶婶的心里,它又轻轻地说:"老嫂子,我们这一辈的任务是不简单啊!社会要在我们手里变几变。形势发展得这样快,各种各样的旧思想旧习惯还能少得了?……"谭婶婶抹着汗,放慢了脚步。

  黑洞洞的大路上,前面射来两支雪白的光柱,一辆卡车满载着芦席,迎面飞来,从谭婶婶身边一闪过去了。公社培养的第一批司机,已站到战斗岗位上了,第一批拖拉机手,也站到岗位上了,第一批产科医生……谭婶婶不知该给杜书记怎么说,给社员们怎么说,给那些开拖拉机的、开汽车的社员,养鸡场的社员,给潘奶奶怎么说!忽然,一张年轻的、黑油油的脸跳了出来,她笑嘻嘻的,扎了两把刷帚似的小辫子。

  "荷妹!"谭婶婶站住了脚,清楚地记起来了,当自己跑来打电话的时候,荷妹那张年轻的脸上,确确实实是十分镇静。公社培养的第一批产科医生也站在岗位上,并没有跑来打电话。谭婶婶掉转头,又向产院飞奔起来。产院有了自己的医生,产院走上了一个新的阶段,谭婶婶眼前忽然豁亮起来,荷妹这一个年轻的医生,仿佛是在刚才那一霎间,才来到产院,才进入谭婶婶的心里。

  风用一种巨大的、看不见的力量,在后推着她,拥着她,迫使她好象是脚不沾地地在向前走。

  谭婶婶回到产院,荷妹正在穿一件消过毒的隔离衣,神情并不是想象中那样镇静,她稍稍有些紧张,但并不慌乱。彩弟仍是昏昏地半睡半醒。

  "婶婶,我看不能等了。"荷妹急促地说道。

  "快吧,孩子!"谭婶婶声音里带着无限的温存。

  "我有些怕,我只实习过两次,都有医生在旁边看着的。"

  "不要怕,孩子,有我在这里,你看婶婶这腿上的疤,第一次总有些慌,结果不都是平平安安地过来了。"谭婶婶洗了手消过毒,拿起抽屉里的橡皮手套,帮荷妹套上,然后退在一边。

  各种各样的感情忽然汇集在一起,变成一种说不清的情绪,谭婶婶她兴奋,她高兴,她羡慕,她对自己不满。她看荷妹戴了大口罩,庄严地走来走去做准备工作,刀钳发出叮当的声音。她觉得这一切,和头顶上那盏耀眼的电灯,是那么调和,那么相称。

  "彩弟说得对,老二比老大好,荷妹比我好,时辰八字是假的,可是出世迟一些到底好。"

屋外,狂风哮叫,但是在这呜呜的风声中,仿佛杜书记那坚定响亮的声音仍在回荡……"所以,我们做工作叫做干革命,我们学习也叫做干革命……"

"不!出世早,就该站在前面,一定要站在前面。可以学,杜书记,我要学,我要干革命……"谭婶婶挺了挺身子,向荷妹走去,她觉得自己的腿又象第一次接生时候那样颤颤的。

"荷妹,让我来学学吧!"

荷妹抬头,见谭婶婶怯怯的,但又是那样勇敢,那样坚决地站在自己面前。在这一刹那中,荷妹几乎记起了这个产院的全部历史,推行新法接生的全部斗争过程。她想起了谭婶婶怎么在半夜里,荡在脚踏车后面去接生,她也想起了谭婶婶是那么自豪那么珍惜地扳动那电灯开关……

"婶婶!"荷妹要不是身上套着隔离衣,她要跳上去抱抱婶婶;要不是时间紧迫,她要对婶婶说,婶婶是这样年轻,这样坚强。但是现在没有时间了,她只是激动地叫了一声婶婶,说:

"对!手术一点也不难,你做,我在旁边看着。"说着就帮婶婶穿戴起来。

谭婶婶扭开自来水,又仔细地洗了手消过毒,走到产床边。

一切都如理想中一样,可是现在谭婶婶却看不见产床是那样的洁白,电灯是那样的耀眼,她自己是那样庄严地响动着刀钳,她听不见风声,她也不知道荷妹用棉花球给她拭汗,她只看见荷妹指点她的手势,耳畔只听见杜书记那坚决响亮的声音,忽然,"哇"的一声,婴儿哭了,是个男的,又一个小"冒失鬼"。谭婶婶刚直起腰来,一把就被荷妹抱住了:

"婶婶!"荷妹高兴得眼里含了泪水。

"谭婶婶!"里面房里两个休养的产妇也跑了出来,原来她们都为彩弟担心,都没睡着。谭婶婶笑着坐到椅上,她抬头看见电灯,电灯真亮啊!现在,谭婶婶觉得这个静静垂挂着的东西,不仅仅是个照明的电灯,在它耀眼的光芒里,蕴藏了一种看不见的力量,这力量可以用来电疗,用来抽水,用来打针,用来救活早产儿,用来……谭婶婶仿佛又听见杜书记那坚定的声音在耳畔响:"老嫂子,我们这一辈人的任务不简单啊!社会要在我们手里变几变……"

"放心吧!杜书记,我们做工作叫做干革命,我们学习也叫做干革命,我们赶紧学嘛!"谭婶婶在心里对杜书记下着保证。

狂风似乎被杜书记那个坚定响亮的声音慑住了,它开始畏缩退却了,夜,又恢复了她恬静的常态。两个产妇围着荷妹围着谭婶婶，纷纷说这老二硬是生的时辰好，正赶上公社有了自己的产科医生。马蹄钟上的时针已指向午夜十二点，这里，这个静悄悄的产院，和全中国一起，和各个农村，各个城市一起，正走向明天——明天啊，将是一个多么灿烂、从古未有的明天！

一九六〇年四月二十五日午夜

原载《人民文学》1960 年第 6 期

柳青《创业史》导读

 **作家简介**

柳青(1916—1978),原名刘蕴华,陕西吴堡人。1938年到延安,先后在陕甘宁边区文化协会和中华全国文艺界抗敌协会延安分会工作。解放前的作品主要有长篇小说《种谷记》、短篇小说集《地雷》。1952年,返回家乡陕西省长安县皇甫村深入生活。历任中共长安县副县长、中国文联委员、中共作协理事、作协西安分会副主席等职。主要作品有长篇小说《铜墙铁壁》《创业史》等,并有回忆散文集《皇甫村的三年》和短篇小说集若干。

 创作背景

20世纪50、60年代,农村题材小说创作延续了40年代"解放区文学"中以重大政治事件为表现主题的文学传统。作家们按照"人民大众立场与现实主义创作方法"相结合的要求,积极创作符合规范话语的作品。1953年,按照党"在过渡时期的总路线"的要求,中国农村开始了轰轰烈烈的"合作化"运动。为了深入了解这场伟大的"历史运动",柳青于1952年到1966年间举家落户于陕西省长安县皇甫村,这14年的直接生活体验,是柳青取之不竭的创作源泉,也使《创业史》这部作品具有了展现历史画面的独特视角。同时,与作家个人的人生磨难一样,《创业史》的出版及其之后的命运也历尽波折。可以说作家、作品与时代、人民一起见证了1949年之后农村发展的波澜起伏。

作品评点

曾被称为现实主义典范的《创业史》历经时代的披沙拣金,在重读经典的过程中,不仅为我们提供了一个具有"十七年"文学特质的典范,更为我们还原历史提供了新的视角。《创业史》所描写的农村社会主义革命指的是1949年后所开展的农业"合作化"运动。作者意图展现的也正是"中国农村为什么会发生社会主义革命和这次革命是怎样进行的"。毫无疑问,这场特定时期的历史运动曾经在中国大地上掀起了壮阔的波澜,在对农民生活产生广泛影响的同时,也以不可逆转的时代力量激荡了农村社会的思想意识。经由作者的笔端我们得以到达那最深层的角落来关照一个阶级的历史命运,审视一个阶级在历史选择中呈现出来的群体特质。

农民群体既是作家笔下关照的对象,也是作家日常生活中与之水乳交融的一个集体。作者在塑造这一集体形象时,显然是浸透了自己的情感与骨血的。在这里,作者的"他"与群体的"他们"达成了一种同构关系。这种同构的建立一方面在于作家创作的基本技巧,另一方面得益于作者本人严肃的生活态度和现实主义的创作立场。

在农业合作化运动过程中,作者试图以其中的一员,从民间的立场上,来刻画农民曾经遭受的苦难以及面对这一历史关头的迫切心情。蛤蟆滩失败的"活跃借贷群众会"正是一次集中刻画。"教室里,稀稀落落只坐着二十来个衣裳褴褛的庄稼人,他们家住在平原上,却是山民的贫穷相。他们有的吸着生烟叶子,有的伏在课桌上愁思叹气,有的利用这空闲和亮光'剿匪'——解开破烂衣襟,敞着怀捉虱子。""当这二十来个人散在一百多户庄稼人中间的时候,你可能不特别注意这部分人。他们是几年前被地主和旧中国的国家机器,榨干了骨髓的人们。"在这个群体中暴露着旧有的自私狭隘,也有着迫于无奈的心酸。在看出"活跃借贷"没指望后,自足的户庄稼人以"砍不倒大树,弄不多柴禾!细枝碎草,抵得什么"为理由漠然置之,而贫穷的庄稼人则悲叹着把分到手的土地中的一部分秘密地交给余粮户,这"是多么冷酷无情的,多么令人心酸的生活道路啊!"在这个群体中隐藏着质朴的近乎愚顽的信念,也隐藏着祖辈恪守的颠扑不灭的过日子的光景。当然作者并没有仅仅停留在以情感的笔触现实地刻画中国20世纪50年代农民群像的层面上。在概括一个群体特征的基础上,柳青非常深刻地指出了在扫荡了地主阶级之后所面临的由生产关系不同而造成的分化。从而在另一个层面上展开多层次的社会矛盾斗争。半路庄稼人白占魁与忠实于社会义务的高增福的争吵实际上是进步势力与落后势力的斗争。这类矛盾在第一部中有较多的展现。姚士杰与群众在活跃借贷中的矛盾没有完全按照阶级矛盾来处理。此外梁三老汉与梁生宝对"自家"与"公家"的冲突,王二直杠的落后家长式作风等都从不同侧面丰富了这条线索。这类矛盾也是作家浓墨重彩渲染的,因为作者意识到,农民阶级的转化不是一蹴而就的,他意图表现的也正是转化过程本身。在勾勒这一矛盾的过程中,作者并没有完全以意识形态的方式简单处理,而是在横向层面上交织着错综的复杂矛盾。

　　细读作品,我们不难勾勒另外一条围绕郭振山、梁生宝展开的矛盾线索。蛤蟆滩活跃借贷群众会中,这一矛盾被尖锐化。一方面卢支书"名为互助生产,实为单干生产"的批评戳到了郭振山的痛处,含蓄地暗示了在蛤蟆滩曾威望一时的郭振山代表的思想作风偏向。另一方面是梁生宝迫于形势在毫无把握的情况下,捐起了扩大互助组的担子。这一矛盾实际意指党内路线的矛盾。当然,由于时代的关系,作者处理得比较隐蔽,在第一部中也没有深入展开。只在第一部的后半部分,安排了梁生宝带领大伙准备进山捐竹子和郭振山偷偷投资砖瓦厂、单改旱地为稻地的对比。对郭振山来说,他有自己创业的"五年计划",但"他绝不使自己的家业接近仇人姚士杰,那和他的'政治性儿'水火不相容"。经历了个人主义和集体主义思想矛盾的斗争,郭振山意识到"在党"是使他掌握蛤蟆滩的动力。离开了这一点,"他就只剩下一个高大的肉体,能扛二百斤的力气,和一个庄稼人过光景的小聪明"。显然从矛盾中心人物郭振山身上,我们能够体会到另外一种超出个人的控构力量,即政策的力量。它不仅控构历史,同时在微观层面上实现了集体意识的控构。而另一个矛盾中心梁生宝在作品叙述中之所以一步步走上中心位置,正在于这个人物本身迎合了这种控构力量。梁生宝所代表的力量成为作品叙述的中心,形成了一个凝聚点,这也恰恰印证了作者创作的初衷。

　　种种个性丰富的人物以及层次细密的矛盾在作者笔下相互胶合,在概括这一类人物精神特质的同时,作者也把农民塑造成一个历史的概念。借助这个凝聚点,柳青非常严肃地指出了一种历史必然性。这种必然性既隐含着时代的决定性力量,也隐含着农民个体生存的积极意义。在柳青看来,这一积极意义使农民卸下沉重的精神负担。对农民而言,他们不明白大道理,他们晓得的是庄稼人过日子的光景。他们对党的信任具体表现在对人民代表的信任上,这种信任并不是仅仅停留在思想意识层面上,而是来自要生活,要过日子的朴素信念。剥削与贫穷的屈辱历史打下了缺陷的精神烙印,却在另一种程度上保存了质朴而纯真的天性。在图解"农民"这一历史概念时,作家在倾注个人真实生活情感的同时,也在一定程度上规避了"十七年"文学中农村题材作品中的人物模式。于有意无意中偏离了"十七年"中政治对文艺的高度控制。对于柳青这类成长于抗战实际工作中并且受到文化规范熏陶的作者而言,表现农村和农民是作者自觉的精神选择,也是作者赖以生存的源泉。一方面作者在国家意志的控构下表现出相当程度的时代趋同性,另一方面不同的个人经验和民间文化形态的浸染使作者在构建史诗性的宏大结构意图中不觉娓娓道出一曲深沉朴实的土地恋歌。

在皇甫村积累生活素材的过程中,活生生的事实鼓励了作者,使作者的思想感情与时政找到了一个契合点。诚然,我们不回避作品中隐藏的情感与创作间的矛盾。但当我们以还原历史的态度来看待《创业史》时,也就不难理解作者蕴藏在作品中的那种热情了。正如作者本人形容家里的两扇门,"一扇是生活,一扇是艺术,出门可以创造生活,进门可以创造艺术。"作者从生活中发觉生活的真知,当生活的实际回答了农民作为一个阶级的存在问题时,作者的现实主义笔调,对新生事物由衷的喜悦,以及对一个阶级深切的关怀便和谐地相互融合,从而建构起一幅深沉、恢宏的历史画卷。

(郑 杨)

创业史(节选)

柳 青

第 九 章

锣声停了,稻地里和官渠岸很活跃了一阵。吼叫人的声音和答应的声音,打街门的声音和犬吠的声音,以及在月亮上来以前,暮色昏暗中,朝着学校走去的人们说话的声音……满稻地滩里纷扰。

但当做晚饭的炊烟,从稻地上头消散干净的时候,村子也就沉寂下来了。

愿意参加群众会的人,已经到了普小。不愿去的人已经关死了街门,钻进被窝里去,再叫也不应声了。

夜很暗。人眼分不清终南山的山峰和山谷,分不清下堡村北原的崖畔和柏树。庄稼人们在稻地小路上走着,只看见南北两边起伏的波线,和繁星密布的蓝天接连在一起。

民政委员孙志明敲毕锣,点着汽灯。打足了气的汽灯,挂在蛤蟆滩只收一、二年级儿童的普小教室屋梁上了,呜呜直响。辉煌的汽灯把刺眼的光芒,投射到教室的每一个角落,照得白泥墙上的黑板、五彩标语、彩色挂图、领袖像,以及排列在砖脚地上的课桌和板凳,如同白日一般显亮。但教室里,稀稀落落只坐着二十来个衣裳褴褛的庄稼人,他们家住在平原上,却是山民的贫穷相。他们有的吸着生烟叶子,有的伏在课桌上愁思叹气,有的利用这空闲和亮光"剿匪"——解开破烂衣襟,敞着怀捉虱子。根据郭振山的提议,用土改的斗争果实,买下的这盏公共汽灯,照亮这些为春荒而愁眉苦眼的脸孔。请不要大惊小怪!当这二十来个人散在一百多户庄稼人中间的时候,你可能不特别注意这部分人。他们是几年前被地主和旧中国的国家机器,榨干了骨髓的人们,人民政权只能给他们土地、耕畜贷款和农业贷款,号召他们组织起来生产,不能用某种魔术,使他们在骤然之间变富起来。这一点,不需要解释,他们自己能理解。……

他们看出:今年的"活跃借贷"没指望了。富农姚士杰和首户富裕中农郭世富,竟然都没有来嘛!其他有余粮的富裕中农和普通中农,在桃树林里头,在有枯草的土围墙头上,露出半个脑袋侦察着。他们见姚士杰和郭世富,两家大户都叫不到会场,他们每年春天,只往出周借几斗粮的小庄稼户儿,去做什么呢?砍不倒大树,弄不多柴禾!细枝碎草,抵得什么?睡吧!脱了衣裳睡吧!当他们脱衣裳的时候,他们给自己身边的婆娘叮咛:"咱代表再到外头吼叫,你应声。你就说我早去哩!"

解放以来,蛤蟆滩第一次开这样令人沮丧的群众会!

在合力扫荡了残酷剥削贫农、严重威胁中农的地主阶级以后,不贫困的庄稼人,开始和贫困的庄稼人分化起来。姚士杰和郭世富之类在农村中,当时是经济上有势力的人物,暗中使着劲,竭力想促使这种分化加速。坐在蛤蟆滩普小教室里的二十来个穷庄稼人,用嘴说不出这个道理;但他们在精神上,分明感觉得出当前的形势。

许多不太贫困的庄稼人,见开不起会,陆陆续续走了。这二十几个人说什么也不散去。除了依靠共产党和人民政府,他们不想走其他的门路。当然,他们把分得的土地中的一段——地名、亩数、方向和四至①——写在借粮的契约上,然后秘密递在余粮户的手里,是可以弄到粮食的。但那是多么冷酷无情的、多么令人心酸的生活道路啊!他们觉得那样做,不知怎么,总有点怪,有点别扭,有点和这个社会的发展不相调和,如同一个人脊背朝前,倒退着走路一样。

他们坐在教室里不走,理直气壮地想依靠共产党和人民政府。因为他们是用褴褛的衣裳里头,跳动着的心脏发出的全部心力和热情,支持这个党和它领导的政府的啊!

看!在教室的东边,乡支书卢明昌和郭振山,黑糊糊地站在一块苜蓿地里,热烈地谈着什么。他们准定是在想办法:也许商量要改日重新召集群众会吧?也许商量用农业贷款接济春荒吧?也许……总之,他们不会不向大伙做一番交代,就走掉的。还有,梁生宝把唯一到会的富裕中农,胆小殷勤的铁人郭庆喜,拉到教室西边的桃树林里去了,民兵队长冯有万也跟去了。你看他俩在昏暗中,一左一右把铁人箍定,蹲在一棵快要开花的桃树底下,恨不得压倒铁人,给他脑子里灌输什么思想。他们准定是要他接受他们的什么建议吧!

蛤蟆滩的两个共产党员,在分头为贫雇农翻身户活动着,他们为什么不耐心地等待呢?他们尤其把希望,寄托在代表主任郭振山身上。他会有办法的,他的脑筋是非常灵敏的。比起郭振山来,姚士杰和郭世富算老几?他们对郭振山的信赖,是他们对共产党信赖的具体表现。他们不习惯于考虑许多抽象的道理,他们是最实际的人。

那些躲会的自发户庄稼人,有二三十亩地,一头大牛,两三个劳动人,就以为他们是自己过光景的主席,掌握了自己的命运!他们竟然有人轻淡地谈论:共产党的好处是讲理、不骂人、不打人、没苛捐杂税,不勒索百姓。笑话!他们希望历史永辈子停留在这里,他们希望新民主主义万岁!他们骇怕"斗争"这个字眼,不喜欢听"社会主义"这个绕舌的名词。……

现在坐在蛤蟆滩普小教室里的、这帮从前被压在底层的庄稼人,巴不得明天早晨实行社会主义才好呢。历史如果停留在这查田定产以后的局面,停留

---

① 四至:指四边地界至什么地方为止。

在一九五三年的话,那么,他们将要很快倒回一九四九年前的悲惨命运里头。共产党决不允许这样!毛主席英明:一边查田定产,一边整党,准备往前去哩。他们要坚决跟着共产党往前走!他们不能仅仅满足于几亩土地,满足于半饥半饱,满足于十年穿一件棉袄,满足于肩膀被扁担压肿!笑话!那岂不是傻瓜的想法吗?他们认为:他们过光景的主席也是毛泽东。

他们坐在教室里汽灯的强光下,非常地安静。安静是内心平静的表现,因为他们不急不躁。尽管父母的血液和童年的环境,给了他们不同的气质和性格,但贫穷给了他们同一个思想、感情和气度。这使得二十几个人坐在那里,如同一个人一样,纯朴的脑里,进行同一种思索,心情上活动着同一种感受。

瘦削、严肃、意志坚强的高增福,两只露棉絮的胳膊,搂着睡了觉的才娃,坐在第一排课桌后面的板凳上。他坐在那里,痛恨他的狡猾邻居。他去拍姚士杰的黑漆街门扇,把手都拍疼了,姚士杰的婆娘,才在院里头正房东屋遥遥应声,说姚士杰上黄堡镇去了。见鬼!擦黑天,高增福还看见姚士杰来着。但是有什么办法呢?那黑漆街门关得严严实实,没一点缝隙。隔着街门在院里头和他说话的,又是一个妇道。他自恨他这个人民代表,不能很好地为人民服务。要不是他自己兼女人烧锅做饭、要不是才娃累人,富农插翅也逃不脱会的。他会不黑天就蹲在四合院里,等姚士杰吃过饭一块去开会。只要富农到了会上,他就有话说了。"你为啥不帮困难户度春荒?你没余粮?你的余粮哪里去了?是不是暗地里在黄堡放高利贷?说!依实说!土改的风头刚过去,你就回到剥削的老路上了……"但是现在说什么呢?富农已经和他的婆娘,睡在油漆炕栏的炕上了。

一种灰失失的心情,从高增福不调和的瘦脸上表现出来。他不知道这个春天将怎么过,不知道夏初插秧前,买肥料的钱从哪里来。农历三月和四月,对他好象教室外面的夜一般黑。他虽熬煎着光景难混,但命运并不能把这个不幸的人打倒,因为他和周围的其他贫雇农一样,对分给他土地、放给他耕畜贷款的人民政府,还抱希望。他在一半男人一半女人的困难生活中挣扎着,还当着乡人民代表,继续积极地奔跑着,就是有这个希望在精神上支持着他。

高增福劝弯着水蛇腰、蹲在第一排课桌前边的任老四:

"老四,你屋离学校远,屋里又有一群娃子。我看你该早些回去。你还看不出来吗?今黑间的会,没开头……"

"不!"任老四把参加会,当做拥护党和政府的一种表现,从大舌头嘴里拔出铜嘴子烟锅,溅着唾沫点子说:"咱等俺组长一块回去呀。"

"噢噢,你等生宝。对!你有生宝的互助组,你不犯愁!"增福羡慕地说。

"咱不犯愁,"老四庆幸地笑着承认,"不是咱有好大能耐,是咱傍着好邻居哩。人说'远亲不如近邻',实话!要不是生宝肩膀宽,担起俺常年互助组这一摊子生活问题儿,你看我犯愁不犯愁?我比你们哪个都犯愁!实话!这阵好了,俺互助组一过清明,就进山呀!"

老四很满意的神气和他的话,引起了留在教室里的衣裳褴褛的穷庄稼人们浓厚的兴趣。他们纷纷从后边的几排课桌,聚集到前头来,好象从这里露出了一线希望。

但他们聚集在一块,向任老四打听毕生宝互助组进山的计划,只好羡慕羡慕算罗。他们的稻草棚棚,分散在官渠岸和上河沿的每一个角落。他们的左邻右舍——那些从前有点种庄稼底底的佃户和半佃户,土改给他们分了地或添了地,使他们赶上了老中农,现在也学老中农的样子,闷着脑袋发家创业。他们只肯和穷邻居们,组织季节性的临时互助组,不肯象梁生宝那样,和大伙一心一计干!

这二十来个从前熬长工、卖零工的人,现在聚集在一块,商量他们自己组织到一块行不行?

"咱们组织到一块堆,叫增福给咱领头干!"瘦高个子王生茂提议,显出了快乐的眼光。

矮矮胖胖的铁锁王三说:

"咱的牲口在哪里?甭胡跌冒撩!"

"不用牲口,人曳犁,行不行?"李聚才热忱地说。

杨大海,一个很严肃的红脸盘庄稼人,不喜欢人们随便乱扯:

"胡吹!见过旱地'二人抬杠'犁地,稻地可曳不动!"

"那么怎办呢?"好几个人失望地说。

"今年春上不好混啊!"高增福心情沉重地叹了口气,说,"咱等看党里头的人怎说。"

"反正他毛主席不叫饿死一个人!"后边有个不在乎的声音说话。大伙掉头看时,不是他们里头的人,是前国民党军下士白占魁。这家伙什么时候来的呢?

原来当他们破衣裳挨破衣裳,挤在一块商量"二人抬杠"的时候,教室里还有两个人。孙水嘴借汽灯的光,伏在靠北墙的课桌上,赶忙填着什么表格,要趁着卢支书回乡上的便利,捎给乡文书。白占魁坐在一进后门最后一个课桌后面的板凳上,吸着廉价的黑色卷烟。是哩!就是他,细长脸上带着满不在乎的神气。

高增福揉着睡了觉的才才,转过身来问这个抗日战争初期驻在黄堡镇的大车连副班长:

"占魁,你啥时回来的?"

"昨日喀。"白占魁吸着卷烟回答。

"从哪里回来?"

"西省。"

"你这回在西省做啥营生来?"

"还不是收咱的破烂吗?"

"你白日收破烂,黑间住在啥地方?"

"在一个朋友屋里。"

"啥朋友?"

"摆破烂摊的嘛。咱还能有啥高朋贵友吗?"

"你那朋友,在西省啥巷子住?"

"民乐园。"白占魁回答了,但他的脸色由不在乎,变成了很不高兴。手指夹着卷烟,恼怒地问高增福:

"你啥意思?你刨根问底,是啥意思?你既不是治安组长,又不是民兵队长!"

"我是人民代表!"增福从容不迫地说,消瘦脸很严肃。

"你又不是俺上河沿的代表,管不着我!"

"我是下堡乡人民代表!"

四只眼睛对峙起来了。高增福的眼睛里,射出两道锐利的冷光,盯在白占魁灰暗的细长脸上。大伙劝增福:"算哩!算哩!生闲气做啥?"但忠于社会义务的人民代表,并不认为这是生闲气。他不情愿这个出身不好的半路庄稼人,年年在困难户里头混。

在解放前,国民党抽兵,庄稼人买壮丁去顶替的时候,白占魁卖过自己五回。每一回,新兵从"师管区"开拔的时候,他都能逃脱。解放后,在土改中,他曾经表现出一种疯狂的积极;但这个大车连副班长,在新社会始终不能发挥他的聪明和才气,始终没有达到当村干部的目的。他是这样一个"庄稼人":一九四二年,驻在黄堡镇的国民党军向山西中条山开拔的时候,当时还是他的情妇的李翠娥,把他藏了下来,他开始在蛤蟆滩卖零工。他套磨子反插了磨棍,好象牲口可以用头顶着磨石转似的;他给人家犁地,什么时候掉了铧,他也不知道,发觉后遍地用手刨着,寻找埋在土里的铧。抗日战争后期,他干脆专门贩卖自己。解放后他从分得的稻地塄坎上拔回来黄豆,连秸子架在草棚屋前面的树丫上,他那以风骚有名的婆娘李翠娥,做饭时用多少,拿棒槌打多少黄豆。他们没有娃子,上黄堡的集,象有文化的人一样,两口子一齐去。他们坐在馆子里,男女平等地吃羊肉煮馍。就是这个白占魁,去年冬天查田定产的工作组到村里的时候,他从民政委员孙志明那里取来传话筒,满村吼叫:"二次土改呀!人都甭进山哩!"他挡住秋收秋播后要进山担木炭、运木料的困难户不让走,满蛤蟆滩鼓动大伙,把姚士杰和郭世富都补订成地主,他们的"油水"比"瘦"地主还厚。郭振山狠狠地训了他一顿,他才老实点了。土改时分给白占魁和李翠娥四亩稻地,但高增福总觉着他们不是正路庄稼人,李翠娥脸蛋子上的肉和屁股蛋子上的肉,没大的分别。

邪不压正!白占魁的两只三角眼败北了。他最后轻蔑地把戴着旧毡帽的脑袋一拐,迈开了脸。

高增福乘胜追击:

"我是乡人民代表,不可以问问你吗?你在西省收破烂,这时间既不下种,又不收割,回来做啥?"

"你管得着吗?"白占魁重新振作起来,三角眼盯住增福。

增福说:"管不管,问问你!不能问吗?"

任老四站了起来,弯着水蛇腰,把烟锅从有胡碴的嘴里拔开,溅着唾沫星子,笑说:

"实话!我眼不瞎,能算见这一卦!占魁,你想必是在西省,就算见咱村又到发动活跃借贷的时光了吧?是不是?你说!"

白占魁露出被卷烟熏黑的牙齿笑笑。

任老四说:"今年发不动罗。你算白跑了这一回!"

"发动了,也不能给你吃哩!占魁!"高增福毫不留情地说,"前年和去年,给你吃了,是犯了错哩。你算啥困难户?上集没旁的事,专为去吃馆子……"

白占魁再也忍不住了。那经过操练的敏捷的身子一纵,站了起来。大伙

以为他要和高增福干仗,他却冲出教室门走了。只听见他在院子里咄咄呐呐:

"鸡巴毛当头发!啥人民代……"以后的话被街门隔断了。

高增福气得两眼直冒火星。那家伙显然在骂他。他想追出去,怀里睡着才娃。大伙劝增福,何必和这种人较量呢?再说:白占魁虽然不是村干部,但解放后历次运动,他都在积极分子里头跟着哩。他天不怕地不怕,有时候也的确热心,够吃苦。但高增福不同意,他说:

"这家伙实在不是东西!前两年他领了活跃借贷粮,说啥话呢:'土改吃地主,活跃借贷吃富农和中农。'你们看,他领借粮的时候,根本没准备还嘛。咱们不能让他混在咱们里头,冒充困难户嘛。他没当上村干部?他当上村干部,我就不当村干部!"

大伙十分钦佩高增福这认真负责的态度。他不管光景过得怎样凄惶,精神上总是象汤河岸上的白杨树一般正直,白净,高出所有其他的榆树、柳树和刺槐,树梢扫着蓝天上轻柔的白云片。他无形中变成蛤蟆滩这些困难户的代表人物了,大伙的眼睛望着他,看他怎么度过这个春荒。他们都希望跟着他走哩。

时间使这二十来个穷庄稼人开始焦躁起来了。看看外头,卢支书仍然在首蓿地里,和郭振山说话哩。他们说什么呢?是商量怎样召集另一次会的办法呢,还是放弃了发动活跃借贷,正在研究什么新的办法,帮助困难户度春荒?……

……不!没有办法!在首蓿地里谈话的两个共产党员,除了活跃借贷和互助合作,他们也没有旁的门路。上级一再强调专款专用,不许把为了推广七时步犁、解放式水车、化学肥料和杀虫农药的农业贷款,贷给困难户买粮食!这是违反政策的不负责任的轻率作法,造成农业生产上的损失,会招惹来违法乱纪的罪名。有限的社会救济款,是专为那些受了命运的突然打击,丧失了劳力的可怜老汉、老婆而设的。他们是个别的,一村只有三两户,而困难户要比他们多十倍,怎么能够用救济的办法解决问题呢?必须从生产上出主意……

郭振山高大的庄稼汉身躯,黑幢幢地站在首蓿地里。他满腮胡碴的脸绷得很紧,咬紧牙恨姚士杰和郭世富——官渠岸一东一西,两座自发势力的堡垒。他说:攻不破这两座堡垒,就威胁到他郭振山的威信,威胁到下堡乡五村今后的各项工作任务了。

郭振山对卢支书很难堪地说:

"明昌：只要他们上了会场，我就有办法！我有群众，他们没群众！就凭我这两片嘴，三说两说，他们总得拿出些粮食！不是吹！谁知道：这两个顽固脑袋，比水渠里的泥鳅还滑，根本不上场来嘛……"

郭振山木愣愣地站在苜蓿地里，气愤地拍着两只被劳动锻炼粗大的手。

离他二尺远，对面站着手里捏手电筒的卢支书。他听着，有皱痕的脸上，带着不重视郭振山这番表白的神情。披着灰制服棉袄站在这里的，是下堡乡一个棱角四方四正的共产党人，尽管他言谈举动不引人注目。即使在工作成功的时候，卢明昌也不赞成夸大个人的作用；在工作失败的时候，还在侈谈个人的作用，只有掩盖自己的缺点或错误的人，才这样做。作为中共下堡乡支部书记，接触的人多，他有观察这号人心理的经验。

卢明昌和郭振山一般年纪，比郭振山身量低，外表显得平常、渺小。支书穿着脱离生产干部的制服，也不能改变他庄稼人的体型——粗大的手、一尺的脚，出过力的胳膊和腿，微驼的背和被扁担压松弛的肩膀。中国有几百万、几千万这样的同志，他们穿上制服、毛呢料子衣服，还是那么和蔼可亲，平易近人，不会装腔作势。他们联系过和继续联系着不知其数的群众。

卢支书平静地笑笑，诚恳地说：

"振山！甭粘姚士杰和郭世富了。他们要是都进步，还要咱共产党员做啥呢？凡事都从自己方面多检查。比方说，乡上为这事开过两回会布置，你回来就没好好做准备工作嘛。同志，你还是粗心大意哩，重视乡上的意见不够。你要是通过个别谈话，动员好几个能借出几斗粮的普通中农，也不至于弄成这个僵局吧！你总相信你那套'轰'的办法。振山，不行哩！今后要做艰苦、细致的工作哩！"

郭振山多毛的大鼻孔，长长嘘了一嘘气。

"唉！好明昌哩！一只手拍不响！蛤蟆滩两个共产党员，咱的生宝同志，埋头生产，不问政治。头一回开会，他到郭县去买稻种，不在家，欢喜来听会。他回来了，也不和咱联系。小伙子入党以后，有些骄傲……"

卢明昌听不下去了。他对这个和他有开玩笑交情的人，不客气地说：

"啊呀呀！轰炸机！你思想上长了霉子了呀！整党以后，你还说搞互助生产是不问政治哩！你忘了王书记去年冬里，在咱下堡乡支部大会上说的啥话哩？光光把公粮催交了，把农贷发下去，把统计表填上来，给打官司的人写介绍，给领结婚证的人开证明，这算啥了不起的政治？组织上经常叫咱们共产党员,甩光粘行政事务,要组织群众,领导群众生产哩。你应该把互助生产和单干生产分清楚!你说人家生宝不问政治,人家还怎和你联系呢?应当你主动帮助他才对嘛!"

郭振山的大鼻梁冒出细碎汗珠来了,他的满腮胡碴的脸也红了。他的互助组应名,实际是单干生产。即使黑夜里,卢支书也看清楚他尴尬的神情。

郭振山好一阵肚里没有一个词句。他用两只粗大的手,摸他瓜皮帽下边满腮胡碴的脸,企图拿这个动作,调节他头部过高的温度。

摸毕了脸,谢天谢地,郭振山终于寻思到一条可以站得住的情由,又来掩盖他的失败了。

"明昌,"郭振山竟用一种忧国的调子说,"我总觉着咱国家宣布结束土改,好不对呀?"

"怎不对呢?"

"一自宣布结束土改起,姚士杰和郭世富就抬起头来哩。一般的庄稼人屋里,供桌上过年过节时,供先人的灵位哩,平时供土地证哩。啥工作也不好推动哩……"

"那你说怎弄哩?一年一回土改?最后把中农都收拾了?拉平?"

"你看你!我就么不懂政策?我是说:咱也不一年一回土改,咱也不宣布结束。……"

"叫农村老紧张着?"

"实地光富农和富裕中农紧张。"

"普通中农不紧张?"

"紧张是紧张,不碍生产……"

"叫广大贫农心里也不落实?不打主意往前干?"

"……"能言善辩的郭振山肚里的词汇,又用光了。

卢支书忍住愤懑,用一种非常不满但又爱护的语调警告:

"同志!甩在中央的路线上找毛病哩。应当检查咱自家工作做得啥样?思想上有啥肮脏没?你从前卖瓦盆走的地方不少,是比一般庄稼人见识广。可比起咱中央的同志,咱们,你和我一样,从天上差到地下。马克思和列宁,咱在领袖像上经常见,很面熟,他们到底说了些啥?你知道吗?不知道?是那么,还是老老实实检查自家吧。听说,你和黄堡北门外砖瓦窑上的韩万祥有拉扯,应当注意自己是啥人!"

"你听谁说我和韩万祥拉扯?"郭振山紧张起来,气愤起来。

但支书很平静,很耐心的样子解释:

"没拉扯,你甭紧张。到教室里去,宣布叫困难户们回去。你告诉人家,等全乡各村都开过会,咱再研究怎办。快去吧!我披棉袄,你不披棉袄,当心凉着!"

"你听谁说我和韩万祥拉扯?"郭振山坚持着问,不在乎春寒。

"咱们往后再谈,甭叫困难户们等哩!"

"不!要弄清楚是谁给我头上捏事!"

"甭急!甭急!到底有拉扯没,支部将来会弄清楚的。你去叫大伙散吧!"卢支书说着,用手电在苜蓿地里的小径上一晃,披着棉袄,气恨恨地走了。

郭振山使对他寄托希望的困难户,出乎意料的失望。他跑到教室门口,急急忙忙说了一声不开会了,就跑去追卢支书了。连孙水嘴填的表,他也来不及捎走了。他要弄清楚,到底是什么人在乡支部反映他!

孙水嘴把汽灯提走以后,穷庄稼人在学校的黑院子里,把梁生宝围住了。有几个人,突如其来,提出扩大梁生宝互助组的要求。生宝完全没有预料到这一着,站在褴褛的破衣裳中间,一只手摸着耳朵后面的脖颈,脸上带着作难的苦笑。

"乡党们,"他作难地说,"我这互助组才整顿好嘛。我又是头一年当组长嘛。明年,叫我锻炼上一年,明年,大伙看我办事还差不多,再来。我年轻,没能耐,害怕闪得大伙过不好光景。"

"我们长眼着哩,你买稻种的事,办得不赖。"李聚才说。

"你甭光看见你的几家邻居亲近!"瘦高个子王生茂笑说。

"草棚屋虽远点,稻地可相连着哩!"严肃的杨大海说。

生宝心里多么难受啊。他看见这伙人,比看见他家里的人亲!吸收他们参加他的互助组吧,怕户数太多弄不好;而且新收几户没牲口的组员,畜力又成了大问题。不成,万万不成。他想起窦堡区大王村的劳模王宗济在县上介绍的经验了:"互助组要好,开头要小。"他不能冒冒失失,办出没底底的事。但是另一方面,他又从心底里深深地同情这些没牲口或牲口弱的、非和旁人联络在一块不能耕种的困难户。他们的中农邻居、翻了身的前佃农或前半自耕户,在季节性的临时互助组里,用畜力换他们的劳力,得到他们的好处,而到耕种完毕以后,特别是农闲的时候,两只手闲得发慌,却没有人组织他们搞副业。

这样,他们永远也摘不掉"困难户"帽子,年年有春荒。他们的要求不仅引起生宝的同情,而且引起一个共产党员对群众的困难要帮助的那种责任感。他觉得从这群穿破烂衣裳的人中间悄悄地溜掉,是可耻的。

"万!"他喊叫。

"嗯!"有万在人群后边的黑暗中答应。

生宝说:"万,你来,咱商量能不能改变一下咱的计划。"

原来,生宝和有万趁着会没开起的工夫,在教室后边的角落里宣传鼓动郭庆喜,要铁人借出两石粮食给他自己选区的困难户,使他那些生活困难的选民,暂时能接续上家里的口粮,好配合生宝的互助组从山里往山口运扫帚。现在,生宝想改变计划,索性让原来准备运扫帚的那帮人,也参加割竹子,而改由另一帮人运扫帚,这样就可以帮助全村的困难户,解决一部分问题了。……

"这帮人的口粮可又从哪里弄呢?"有万疑虑地问。

"想办法!"生宝思索着,加重语气说:"想办法!一交开扫帚,他供销社就要给开脚钱,不会等交够了才开支。不会!咱公家办事,不会那死板。这样,暂时缺的口粮就少了,就好想办法了。……"

大伙听了生宝和有万的谈话,霎时间高兴得沸腾起来。生宝从他们身上,卸下了沉重的精神负担,他们顿时感到轻松了许多。他们用喜欢的和感激的眼睛,在刚刚上来的月光中,盯着生宝敦厚的脸盘。他们恨不得抱住他,亲他的脸。他胸怀里跳动着这样一颗纯良而富于同情的心。

大伙争先恐后报名:

"我去哩!"

"我也去哩!"

"说啥也得有咱一份!"

院里突然显得异常活跃而有生气。胳膊上吊着破布条和烂棉花絮子,高增福抱着刚刚醒了的才娃,站在人群中间,安静地劝大伙不要争抢。他外表安静,心里其实是很激动的。就好象一匹骏马看见其他的马跑开的时候那样,他控制不住自己渴望着跑的激情。生宝见义勇为的做法,使增福忠诚的心,被激发得颤抖着。他手抱着才娃,用胳膊肘子戳一戳生宝,说:

"生宝,把官渠岸参加运扫帚的人,交给我组织,你只管组织你们割竹子的人去。"

大伙一致表示拥护。生宝问:

"有才娃累你,你能进山吗?"

"你甭管!"增福说,"你甭管我进不进山。只要疙瘩在咱身上,好解!你只管组织你割竹子的人,运扫帚的事有我!"

……

在回家的路上,任老四一路慨叹着,慨叹着。生宝问:

"老四叔。你心里思量啥呢?"

"我思量你人年轻,肚肠宽大,"任老四溅着唾沫星子说,"你揽事这么宽,心里有底吗?"

生宝显出痛苦的脸相,摊开两只手,要哭的样子说:

"有啥法子呢?眼看见那些困难户要挨饿,心里头刀绞哩!共产党员不管,谁管他们呢?"

中国青年出版社 1960 年版

梁斌《红旗谱》导读

 **作家简介**

梁斌(1914—1996),笔名梁维周,河北蠡县人。青少年时代受到新文化思潮和革命思想的影响,参加过著名的保定第二师范学校"七六学潮"。1932年,家乡的"高蠡暴动"极大影响和激发了梁斌的文学热情与革命热情。1937年入党。后从事党的基层、宣传与日报编辑等工作。1954年入北京文学研究所工作。后转入河北文联,长期定居天津。

 创作背景

自20世纪30年代起,梁斌即根据"高蠡暴动"创作过一系列作品,比如短篇小说《夜之交流》(1935年)、《三个布尔什维克的爸爸》(1942年),中篇小说《父亲》(1942年)以及多幕剧《千里堤》和《五谷丰收》等。《红旗谱》中的主要事件和人物形象都已在上述作品中出现。据作者回忆,《红旗谱》全书构思于1942年,正式创作于1953年,前后酝酿十几年之久。第一部在1957年底由中国青年出版社出版,作品主要反映反割头税和保定二师学潮的斗争情况。第二部《播火记》,1963年出版,反映高蠡暴动事件。第三部《烽烟图》,1983年出版,反映"七七"事变前后的抗日救亡运动。作者坚信,民族斗争的历史画卷需要相当的宏阔和漫长,因而作品最初被构想为五部:"第四部写抗日游击根据地的繁荣和'五·一'大扫荡,第五部写游击根据地的恢复,直到北京的解放。"后来作者经过仔细考量,认为前三部人物性格的刻画基本已经完成,遂而作罢。但是,三部作品的实际创作顺序并不是按部就班的。第三部《烽烟图》初稿完成最早(1953—1954),因而应该从整体上把握这三部作品。

另外，1949年以后新中国的文坛也面临着更新换代的局面。梁斌作为新型主流作家的代表，其创作方向、方法、思路不可避免地带有鲜明的新中国特色。与五四时代成长起来的作家不同，他们有着坚定而明确的阶级立场、党性立场，"我写这部书，一开始就明确主题思想是写阶级斗争"。在20世纪80年代中期以后出现的"重写文学史"的浪潮中，像《红旗谱》这样的以阶级斗争为纲的作品都被认为是政治性大于文学性，评价较低；还有论者从另外的角度，比如从知识分子成长的角度（陈思和）试图重新解释这部作品。但是，作为新中国特定历史情境下的作家创作，"阶级斗争"无论如何都应该是读解、评价此书的钥匙。以梁斌等红色经典小说家为代表的作家——赵树理、孙犁、柳青、马烽、周立波、刘白羽等的出现，是新中国成立之后文坛"中心作家"与"边缘作家"（洪子诚）顺利交接的体现。他们的创作，自然有简单化、脸谱化等缺陷，但却是中国作家一次集体的民族献唱，代表了"革命现实主义与革命浪漫主义"创作方法的胜利方向，极大地影响了新中国国民心态的形成与文学接受的基础。

作品评点

《红旗谱》是一部公认的描写农村革命历史发生发展的优秀长篇小说。作者以朴实而坚定的阶级立场满怀信心地复述了20世纪20—30年代，中国的农民阶级在与中国共产党的最初结合中碰撞出的巨大解放力量和宏伟革命业绩。小说以朱老忠、严志和两家三代与冯老兰、冯贵堂一家两代的斗争历史为主线，描写了中国共产党领导下的反割头税运动和保定二师学潮斗争，艺术地概括了大革命前后中国北方农村和城镇的阶级斗争的历史进程。作者将丰富的生活经验和体验融会到强烈的政治热情和明确的革命观念之中，精心塑造了一批代表民族发展方向和革命主要力量的英雄形象。

所选22—24节，可概括命名为"宝地被夺"，它是全书矛盾斗争的高潮，书中大部分人物都有出场表现，除了斗争主线的双方，还涉及了"严知孝"及其代表的知识分子团体。同时作为全书第二部分的结束，作品刻画了严志和第二个儿子江涛的革命心理成长过程，预示着革命的转机和新一代的成熟。这两种知识分子形象，前者是中间偏左的一群，他们受过"五四"文化的熏陶，对社会黑暗有较为深刻的认识和不满，对革命有着天然的同情；后者是坚定的革命知识分子,他们从小接受党的革命教育,在斗争实践中锻炼成长。由于作者立意不在他们身上,或者由于观念先行的缘故,这两类形象的刻画都失之肤浅,挖掘不深。我们在此主要分析农民"严志和"的形象。

土地,对中国农民的意义究竟有多大?不理解这一点,就不能理解中国革命,更不能理解中国。从根本上说,革命理论的正义性、人民性应该能够整合起足够的力量参加革命。但是,如果不与土地相联系,不与千百万劳动人民的实际生活相联系,再深刻的道理也是空谈。对于这一点,毛泽东同志在发动农村革命初期就有深刻认识,他说:"领导农民的土地斗争,分土地给农民;提高农民的劳动热情,增加农业生产;保障农民的利益,建立合作社;发展对外贸易,解决群众的穿衣问题,住房问题,柴米油盐问题,疾病卫生问题。总之,一切群众的实际生活问题,都是我们应当注意的问题。假如我们对这些问题注意了,解决了,满足了群众的需要,我们就真正成了群众生活的组织者,群众就会真正围绕在我们的周围,热烈地拥护我们。"(《关心群众生活,注意工作方法》,《毛泽东选集》第一卷)换言之,革命要接近农民,要建立农村根据地,要筹备后备军队,"土地"就必须成为革命动员的重要承诺。但是,作为一种现代启蒙话语,革命又绝对不可能停留在农民起义的狭隘目的之上。如何让以土地为生的中国农民脱离小农思想,接受更为宏大的超越的甚至是牺牲的革命思想?作为一部与当时的"时代精神、社会思潮、政治需要和审美理想完全一致"的小说,《红旗谱》在这个重要的问题上,通过文学的手段,巧妙地实现着与革命正当性宏大叙事的合谋。

农民严志和一家有一块四平八稳旱涝保收的"宝地",它是祖辈辛勤劳动一点点攒来的。老辈人的遗训:"只许种着吃穿,不许去卖。"体现了这块地在家族中的重要作用。1927年大革命失败之后,身为共产党员的严志和的大儿子运涛被捕入狱。严家为了筹措探视和拯救之资,被迫向地主冯老兰举债。但冯老兰不仅不念乡里之情,反而趁火打劫,以低价抢夺宝地,严家无奈接受了这一买卖。对此,作品中有一段堪称经典的传神之笔,刻画了严志和失去宝地之后近乎疯狂的悲痛:"严志和一登上肥厚的土地,脚下象是有弹性的,发散出泥土的香味。走着,走着,眼里又流下泪来,一个趔趄,跪在地上。他匍匐下去,张开大嘴,啃着泥土,咀嚼着伸长了脖子咽下去。……严志和嘴里嚼着泥土,唔哝地说:'孩子!吃点吧!吃点吧!明天就不是咱们的土地了!从今往后,再也闻不到它的香味了!'"

"严志和"并不是作者重点刻画的对象,或者说,并不是正面讴歌的对象。作为一个忠厚、勤俭、忍耐、懦弱的普通农民,他更多的是为了衬托那个具有英雄传奇色彩的农民"朱老忠"。但正是这一衬托,使作品在刻画农民革命和农民英雄性格的发展过程中表现出了丰富性和独特性。尤其是这段痛失宝地的描写,"逸出"了作家严格的阶级政治观念,捕捉到了埋藏在民族土壤深处的质朴和沉重,一定程度上缓和了主题先行所造成的生硬僵化,是作者高超艺术表现力的重要体现。但是,恰恰是由于作者对严志和这一农民行为的抒情化描写,反而淡化了"失去土地"在整个革命发生语境之中的重要作用。或许作品理应交代"严志和"在失去土地之后革命思想的萌发,但是作者始终没有明确土地与革命的必然关系。即使革命启蒙者江涛承诺"一定要夺回宝地","严志和"也仍然满腹狐疑地沉浸在悲伤之中。这一方面说明"严志和"在艺术处理上的比重不大,同时也暗示了作者对农耕文化中乐天安命、勤劳本分等伦理范式的批判。如果说封建势力一步步将农民逼上了身无立锥之地的境况,那么革命的发生同样需要农民脱离土地私有化的财产观念,树立大公无私的无产阶级革命理想。在这一点上,中国革命话语的建构出现了矛盾,中国革命发展的进程出现了裂痕。而中国的文学艺术,由于一味追求政治正确,也必然出现了不可挽回的损失。

(李海霞)

红旗谱(节选)

梁 斌

22

江涛接到这封信,合紧嘴不说什么。睁着黑白分明的大眼睛,忽闪着长长的睫毛,捉摸着事情的根源和发展:1927年秋天,中国共产党保属特委的负责同志,到第二师范来,在党、团组织中正式宣布:"北伐军打到南京的时候,反革命为了独吞胜利果实,暴露了本来面目,叛变了革命,反回头来屠杀共产党,镇压了工农大众。从今以后,国共合作不能继续了……但是,我们并不悲观,中国革命的前途,是广阔的,是远大的。同志们!我们要擦干了眼泪,拿起刺刀,开始战斗了……"从此以后,革命的高潮低落下来,北方沉入更加严重的白色恐怖里。

江涛到教务处请了假,走到严知孝家去,请他写封信托个门子,好上济南去营救运涛。严知孝住在槐茂胡同,路东一个瓦楼大门里。江涛走上高台阶,拉了一下门铃。随着叮叮的铃声,有人踏着轻巧的皮鞋声走出来。问:"是谁?"

江涛说:"我,江涛。"

听得说,门吱地一声开了。严萍立在门口。她说:"噢,稀客,请进来!"说着,看着江涛,不经意地笑了。

江涛问:"严先生在家吗?"

严萍见他神情急迫,睁起大眼睛瞅着他,说:"星期嘛,不在家?"

这是一座小巧的院落,三合子青砖小房。当院摆着两盆夹竹桃,正开着花。红的,粉红。白的,雪白。一畦十样锦,畦畔围着芦苇扎成的小篱笆。茑萝爬到篱笆上,开着杂色的小花。葫芦蔓爬到花架上,爬上墙头。严萍登着门板爬到墙上,把麻绳钉在屋檐上。

江涛说:"留心,掉下来!你想干什么?"

严萍说:"我吗?请你看看我的小花园吧。你没看见这房顶上,每年有一蓬蓬的瓜秧,结着红红的香炉瓜吗?我要叫香炉瓜爬着绳儿登上屋檐。"

江涛说:"我看出你在园艺上的才能,你为什么要学师范呢?"

严萍说:"我学师范,不象你学师范一样?"当时,她是女子第二师范的一年级学生。

北房三间小屋,挺干净。里屋是严知孝的卧室,外屋是他的书房。有几架书,几件木器家具。桌上有一小碟黄瓜菜,严知孝手里端着碗芝麻酱拌面,在吃着。见江涛走进来,他问:"才说叫萍儿去叫你和登龙来吃螃蟹,你来了正好。"

严萍在屋顶上说了话:"白洋淀的朋友送了螃蟹来,在水瓮根底下蒲包里养着。单等他这好学生们来了才吃哪!"说着,嗤嗤地笑起来。

他们说的登龙,就是锁井镇上大槐树冯老锡的第二个儿子。现在育德中学读书,是严知孝他母亲的侄子。自从来到保定,常和江涛、严萍在一块玩。日子长了,就成了青年朋友。

江涛走出来,对着严萍说:"可惜,吃不上了,我要回家。"

严知孝从窗口里探出身子,他吃完了饭,把漱口水吐在花畦上,说:"怎么,要回家?"

江涛说:"我父亲求人送了信来,运涛在济南,被押进监狱里。"

严知孝吃了一惊,呆了半晌,才问:"为什么事?"

江涛说:"他说,早去几天,可以见到面。晚去,就见不到面了!"

严知孝沉思了一会,才说:"这样厉害的事情?"说着,把两只手扣在胸前,鼓起嘴唇,撅起黑黑的短胡髭。脚尖磕着地,发出有节奏的声响,老长时间不说什么。看样子,他有四十五六岁年纪,高身材,长四方脸,挺恬静。

严萍从墙头上跳下来。说:"什么塌天大事?"说着走进屋里。

江涛并没注意到她,只是对严知孝说:"我父亲还说,无论如何请你给济南的朋友写个信。知道你朋友多,请你设法求点情……"

"求点情吗?"严知孝吧咂着嘴唇,象在深远的回忆:"咱不在政治舞台上,是朋友的,也该疏隔了……济南吗?倒是有个人。"他沉默了老半天,摊开纸,拿笔蘸墨,但不就写,眼睛看着窗外,象有很多考虑。嘴里缓缓地说着:"动乱的时代呀!运涛是个有政治思想的人嘛,怀有伟大理想的人,才会为政治牺牲哪!我年幼的时候,也是这样。一说到为了民众,为了国家,心里的血就会涨起潮,身上热烘起来。五四运动,我也参加过,亲眼看见过打章宗祥,烧赵家楼。读过李大钊在《新青年》上发表的介绍马克思列宁主义的文章。可是潮流一过去,人们就都坐了官了。我呢,找不到别的职业,才当起国文教员。象我那位老朋友,他在山东省政府,当起秘书长来。当然哪,他是学政治的,我学国文嘛。我教起书来,讲啊……讲啊……成天价讲!"他说着话,铺好了纸,写起信来。

严知孝是北京大学的学生,在北大国文系毕了业,一直在保定教书。除了在第二师范教国文,还在育德中学讲国故。对诸子百家很有研究。他从家里拿些钱来,买下这座小房,打算在这里守着他的独生女儿养老。他好清静,不喜欢象父亲一样,忙于应酬,奔波乡里之间的俗事。当然这些事情也短不了找到他头上,能推出去的,就尽量推出去。他经过中国近百年史上战乱最多的年代,亲眼看到战争给与民众的疾苦。他对军阀政客嫉恶如仇。每当给一个新的班次讲课,总是先讲《兵车行》,讲《吊古战场文》。每当一班学生毕业,都要讲墨子的哲学思想。

他写好信,仔细粘好信口,用大拇指甲把浆糊光了一光。用两个指头捏起信角,放在桌面上。说:"去吧!到了济南,你就去拜见他。这人和我是金兰之交,能维持的,一定维持。不能维持的,也可以求他给个方便之处。……"他说完这句话,又沉思着。用手掌把信摁在桌面上,说:"可是现在换了当权,他们比封建官僚严格些,尤其在政治问题上,就越发的利己主义了!"

江涛立在严知孝面前,眨巴着长眼睫毛听着。严知孝又说:"自从国民党北伐成功,安起国民党部来,门上画了青天白日的党徽,墙上写了蓝色的标语,还是一本正经的喊着打倒帝国主义,铲除贪官污吏。可是不久,阎锡山和张作霖也挂起青天白日旗,贪官污吏和党国要人们书信往来,互相都称同志。人们今天盼北伐军,明天盼北伐军。北伐军来了,只是多添了些新军阀和新政客。对于平均地权啦,节制资本啦,反倒连点消息都听不到了。耕者有其田的口号,连提也不敢提。咳!既不是那样的颜色,也不是那样的货物了!于是,在广大民众里,流露的一些革命热情,也就冷淡下来。人们都说,这是换汤不换药,也不过如此而已!"

江涛拿了信走出来,出门走不多远,背后一个清脆的声音叫住他:"江涛,你早点回来!给我从济南带点儿什么希罕东西来,嗯!"

江涛回头一看,有两只俏丽的眼睛,从墙角上露出来。江涛又立住,停了一刻。说:"嗯……好!"他点着头说:"我给你的书,你可要看完,吭!"

"唔!你就去吧!"那两颗黑亮的眼睛,又从墙角上缩回去。

于是严萍,一个穿着瘦瘦的黑纱旗袍的细高身影,又映在他的眼前。她直爽、活泼、热情,爱把头发剪得短短,蓬松着,脚上穿着一双黑色的方口平底皮鞋。细看起来,好象眼瞳有点儿斜,爱把两颗黑眼瞳偷偷地靠在鼻梁上看人,靠得越紧,越显得妩媚。不注意的人,看不出来。注意的人,并不认为是什么缺陷,反觉得她更加美丽。江涛经常把自己喜欢的书籍给她读,她也偷偷地对江涛说过:"我向你学习!"

23

江涛离开槐茂胡同,刮阵风似地往回跑,第二天黄昏时分,跑回家乡。离门口不远,看见门上挂着纸钱,眼泪一下子涌出来,说:"奶奶!她为运涛的事情合上眼了!"

他一进屋,娘和爹在草上坐着,见他进来,睁开大眼睛看着。他也不哭一声,向奶奶身上一扑,搂住奶奶摇晃摇晃,又握住奶奶的手,把脸挨在奶奶的脸上,头发索索地抖着。不一会工夫,全身抖颤起来,用哆嗦的手指摸着老人的眼睛说:"奶奶!奶奶!你再睁开眼睛看看我!再睁开眼睛看看我!"涛他娘见江涛难过的样子,一时心酸,拉开长声哭起来。贵他娘、顺儿他娘,也哭起来。朱老忠、朱老明、严志和,也掉了几滴眼泪,大家又哭一场。

朱老忠把江涛抱起来,说:"人断了气,身上不干净,小心别弄病了。"

江涛说:"我想我奶奶,她老人家一辈子不是容易!"

朱老忠说:"你爹病了,单等你顶门立户呢,你要是再病了,可是怎么着?"

江涛擦干了眼泪说:"不要紧!"

那天晚上,等人们散完了,严志和说:"江涛!你哥哥的事情,可是怎么着?"

江涛说:"这事,说去就去,赶早不赶迟哩!"

涛他娘哑叭着嗓子说:"快去吧!不为死的为活的,孩子在监狱里……"

严志和说:"咳!去好去呀,我早想了,路费盘缠可是怎么弄法?"

说到路费盘缠,一家人直着脖颈不做声。严志和说:"使帐吧,又有什么办法?要用多少钱?"

江涛说:"要是坐火车,光路费就得三四十块钱。再加上买礼求人,少不了得一百块钱。"

严志和说:"你奶奶一倒头也得花钱。"说到这里,他呷着嘴唇作起难来。

涛他娘说:"一使帐就苦了!"

自此,一家人沉默起来,半天无人说话。江涛想:"上济南,自己一个人去,觉得年轻,没出过远门,没有经验。要是两个人去,到济南的路费,再加上托人的礼情,再加上运涛在狱里的花销,怎么也掉不下一百块钱来。家里封灵、破孝、埋殡,也掉不下五十块钱……"严志和想:"一百五十块钱,按三分利算,一年光利钱就得拿出四五十块。这四五十块钱,就得去一亩地。三年里不遇上艰年还好说,一遇上年景不好,房屋地土也就完了。要卖地吧,得去三亩。"涛他娘想:"使帐!又是使帐!伍老拔就是使帐使苦了。他在老年间,年头不好,使下了帐。多少年来,利滚利,越滚越多,再也还不清了,如今还驮在身上,一家人翻不过身来。"

当天晚上,一家人为了筹措路费的问题,没有好好睡觉,只是唉声叹气。严志和一想到这件事,心上就寒颤。他想到有老爹的时候,成家立业不是容易,如今要把家败在他这一代……左思右想,好不难受!

第二天,开灵送殡,三天里埋人。依严志和的意见,说什么也得放到七天。

朱老忠说:"咱穷人家,多放一天多一天糟销,抬出去吧!"朱老忠主持着:不要棺罩,不要戏子喇叭,只要一副灵杠,把人抬出去就算了。严志和说什么也不干,说:"老人家受苦一辈子,能那么着出去?"朱老忠说:"不为死的为活的,一家子还要吃穿,江涛还得上学,济南还有一个住监狱的!如今我们到了什么地步,还遵守他们那个老礼法?"说到这里,一家子人又哭起来,朱老忠和贵他娘也跟着掉泪。

出殡的时候,严志和跟涛他娘穿着大孝,执幡摔瓦,江涛在后头跟着。朱老忠和朱老星亲自抬灵,哭哭泣泣地把人埋了。从坟上回来,朱老忠说:"志和,你筹办筹办吧!也该上济南去了,这事不能老是耽误着。万一赶不上,一辈子多咱想起来也是个缺欠。我看咱明天就走吧!"说完了,就一个人低着头蹭蹭地走回去。

当天下午,严志和想来想去,无处借取,只好找到李德才,说:"德才哥,我磨扇压住手了!"

李德才看严志和走到他眼前,哭得两只眼睛象桃儿。冷笑了一声:说:"哈哈!你也有今天了?'革命军快到咱这块地方了','土豪劣绅都打倒','黑暗变成光明',你的手就压不住了!奉天承运,皇帝诏曰:革命军到不了,看你们捣蛋!"说完了,眯着眼睛,只管抽烟,眼皮抬也不抬。他看严志和低着头不爱听,又狠狠地追问了一句:"这不都是你们说的?"

严志和不理他,只说:"家里倒了人,运涛在济南……"

李德才不等他说完,就说:"运涛是共产党,如今国共分家,不要他们了,把他下监入狱了,是呗?你们革命?满脑袋高粱花子也革命?看冯家大少,那才是真革命哩,拆了大庙盖学堂,你们干得了?没点势派儿,干得了这个,老百姓不吃了你?你要使帐上济南去打救运涛?"

严志和说:"唔!"

待了抽半袋烟的工夫,李德才说:"小家小主儿,我不跟你们一样,去给你问问。"

李德才过了苇塘,上了西锁井,一进冯家大院,门上拴着两只大黄狗,他猫下腰溜湫着脚步走进去。一直走过外院,到了内宅。正是秋天,老藤萝把院子遮得荫荫的。冯老兰正在屋子里抽烟,李德才把严志和要使帐的话说了。

冯老兰听完了李德才的话,拉开嗓子笑了。说:"穷棍子们,也有今天了!那咱,他整天价喊,打倒封建势力!打倒日本帝国主义!人家帝国主义怎么他们了？日本军远在关东，也打倒人家？嫌人家来做买卖，买卖不成仁义在，打倒人家干吗？真是！扭着鼻子不说理！"

李德才说："穷人们，斗大的字不识半升，有什么正行。"

冯老兰说："他们大嚷着，革命军过来了就要打倒我冯老兰。革命军已经到了北京、天津，对于有财有势的人们更好了。显出什么了？没见他们动我一根汗毛！"

正说着，冯贵堂走进来，见冯老兰和李德才在一块坐着，他也站在一边。听念叨起革命军的事，也说："幸亏蒋先生明白过来得早，闹了个'四·一二'政变，大清党把他们给拾掇了。要不然，到了咱的脚下，可是受不了！"

冯老兰瞪起眼睛说："你还说哩，要是那样，还不闹得咱家破人亡！"父子两个一答一理儿说着，不知怎么，今天冯贵堂和老爹谈得顺情合理起来。冯老兰一时高兴，说："革命这股风儿过去了，这么着吧，我听了你的话，咱在大集上开花庄，开洋货铺子。什么这个那个的，赚了钱才是正理。"

冯贵堂一听，瞪出黑眼珠，笑眯眯地说："哈！咱也开轧花房，轧了棉花穰子走天津，直接和外国洋商打交道，格外多赚钱！"

李德才坐在这里，听他父子们念叨了会子生意经，也坐麻烦了，严志和还在等着他。他问："严志和想使你点帐，你看！周济他一下吧，他儿子运涛在济南押着。"

冯老兰把眼睛一瞪，说："他干别的行，干这个我不借给他。严运涛就是个匪类，如今陷在济南。我要把钱放给他，不等于放虎归山？还不如扔到大河里溅了乒乓儿！"

李德才说："不要紧，利钱大点。严运涛不过是个土孩子，能干得了什么？"

冯老兰说："一天大，一天折八个斤斗儿，钱在家里堆着，我也不放给他。那小子！别看他人不起眼儿，他是肉里的刺，酱里的蛆，好不仁义哩，要他个鸟儿就不给我。严志和卖地我要。"

冯贵堂说："东锁井那个地，不是坐碴就是沙洼，要那个干吗？"他对这一行没有什么兴趣，说完就走出去了。

李德才说："还是放帐吧，得点利钱多好。"

冯老兰把脖子一缩，说："嘿，'宝地'！"说着，满嘴上的胡髭都翘起来。

李德才笑了说："你倒是记在心上了！"

冯老兰说："人家说，中国是农业国，土地就是根本，有了土地，子子孙孙受用无穷呀！全村有数的东西,我能忘得了?"

　　李德才顺着原路走回来,严志和还在那里蔫头搭脑地等着他。李德才说:"钱有,人家不放。"

　　严志和一听,碰了硬钉子,合上眼睛,头上忽忽悠悠地晕眩起来。使不到钱,去不了济南,营救不了运涛,运涛那孩子在监狱里受罪哩！他闭上眼睛呆了一会才睁开。说:"你给说说,帮补俺这一步儿吧。"

　　李德才说:"你这人真不看势头！你就不想想,你是欢迎革命军的,他是反对革命军的。那早晚你与他对敌,打过三年官司。"

　　严志和听得说,瞪起眼睛,张起嘴不说什么。他想到冯老锡家去,冯老锡才和冯老兰打完官司,输得家败人亡了,冯老洪家门坎更高。想来想去,只有一条道儿——卖"宝地"。他说:"他的新房都是我垒的。"

　　李德才不等说完,插了一句说:"你图了工钱。"

　　严志和说了半天好话,李德才又哈哈笑了,说:"你去地不行?"

　　严志和说:"哪！把我那梨树行子卖给他吧！"

　　李德才咧起嘴角说:"我那天爷！那个老沙沱岗子,人家冯家大院里,荒着的地也比你那个梨树行子强。"

　　严志和说:"那可怎么办?"

　　李德才说:"我知道? 你到别人家去看看。"

　　严志和低下头想了老半天:这是个死年头,谁家手里不紧? 他弯着腰立起来,才说望外走又站住。当他一想起运涛在济南监狱里受罪,"早去几天,父子兄弟有见面的机会。晚去几天,就见不到面了！"说着,眼泪又流下来。

　　李德才用手向外摆他说:"算了！算了！有什么难过的事情,家去想想吧,别叫旁人替你难受了。"

　　一句话刺着严志和的心,呆住了一下,才伸起两条胳膊,看了看天上,说:"天呀……把我那'宝地'卖给他吧！"

　　李德才问:"你肯吗?"

　　严志和瞪直眼睛,抡起右手说:"卖,我不过了！"说着,他咬紧牙关,攥起拳头,象要打人。

　　李德才说:"你这是干什么? 发什么狠?"

　　严志和低沉地说:"我不想干什么,我心里难受,象有老鼠咬着！"他瞪出眼珠子,牙齿锉得咯嘣嘣地响。

严志和决心出卖"宝地",写下文书,拿回八十块钱来。进门把钱放在炕上,随势趴在炕沿上瘫软了,再也起不来。

涛他娘问:"这是使来的钱?几分利钱?"

严志和头也不抬一抬,说:"不,卖了宝地!"

一说卖了"宝地",涛他娘放声大哭起来,说:"不能去'宝地'!他爷爷要不依!"

严志和几天没睡好觉,也不知道涛他娘哭得死去活来,哭到什么时分,就呼呼地睡着了。梦见运涛在铁笼里受罪,苍白的脸,睁着两只大眼睛向他望着……

朱老忠送完了殡,一个人走回家去,坐在捶布石上抽了一袋烟。也不知怎的,自从听到运涛入狱的消息,不几天脸上就瘦下来,眼窝也塌下去。连日连夜地给严志和主持丧事,心上象架着一团火,吃也吃不下,睡也睡不着。等把白事办完了,身上又觉得酸软起来,浑身软洋洋的。可是事情摆着,他还不能歇下来,运涛在狱里,等他们去营救……

朱老忠正仰头看着天上,盘算这些事情怎么办,江涛走进来。到了他面前,也不说什么,只是眨着两只黑眼睛呆着。朱老忠抽完了一袋烟,才问:"上济南,你去还是你爹去?"

江涛说:"我爹身子骨儿不好,有八成是我去。"

朱老忠又低下头,沉思默想了半天,才说:"你也想一想,你哥打的是共案,我可不知道你与他有什么关系不?"说完了,抬起眼睛看着江涛。江涛还是低着头,咕咕哝哝在想说什么。朱老忠不等他说话,又说:"我听人家说过,北伐军到了北京,逮捕了不少共产党员。那里出过这么一会子事,先逮住了哥哥,押在监狱里,兄弟去探狱,也被逮住了,兄弟也是共产党员……"朱老忠说到这里,不再往下说。

江涛想:从这里走到山东地面,也不至于怎么样吧!而且年轻,还未出过什么风头……他倔强地说:"他们逮捕我,我也得去看看我哥哥!"

朱老忠说:"那可不行,这不是赌气的事,不能感情用事。"

江涛把自己不至于被捕的道理讲出来,朱老忠才答应他一同去济南探监。还说:"虽然这样,我们也得经心,道上咱再仔细说。"

贵他娘听得说两个人要上济南去,走出来问:"你们什么时候动身?也要带些鞋鞋脚脚,穿的戴的。"

朱老忠说:"我想明天就起程……"

贵他娘不等朱老忠说下去,就说:"忙活一年不是容易,大秋来了,家里……"

朱老忠说:"先甭说大秋,按庄稼人说,大秋固然要紧,可是打救在狱里的人,比大秋更加重要。我主意一定,不用多说,你给我包上两身浆洗过的衣裳,两双鞋,还有大夹袄……咳!比不得咱进城打官司,这一去了,不知道什么时候才能回来,也不知道碰上什么意外的事由,也不知道能回来不能回来。"

贵他娘问:"你还要替他打人命官司?"

朱老忠听到这里,有些不耐烦,猛一抬头说:"嗯?他是我侄子,他是我们穷人群里的凤凰,如今陷住了,我不替他打人命官司谁去替他打人命官司?"说到这里,他又想起古书上说的:梁山泊的人马,还劫过法场……他想着站起身来,在院里蹓了两趟腿,运了一口气说:"俺哥们还不老……"

江涛在一边看着这位老人的精神,深深感动了他。问:"要带多少钱?"

朱老忠说:"估计你们也没有多少钱。有多就多带,有少就少带,没有就不带。拿起脚就走,困了就找个庙儿就睡,饿了就沿村要口儿吃的。"

朱老忠一说,江涛流下泪来,说:"忠大伯!你上了年岁,还能那样?咱还是坐火车去吧!"

朱老忠说:"咱那里有钱坐火车!我十五岁上,一个人下关东,一个钱儿没带,尽是步下走着。"说完了,又吩咐贵他娘:"就是这么办,我走了以后,你和二贵把梨下了,收拾了庄稼,在家里等着我。还要告诉你们,在这个年月里,不要招人惹事,也不要起早挂晚的。"又叫贵他娘做两锅干粮带着,二贵不在家,叫江涛帮着烧火。朱老忠拿起腿走出来,明天要走了,他要上小严村去,看看严志和好了没有。一出村刚走上那条小路,看见春兰在园子里割菜,他又走回去,问春兰:"明天,我要上济南去看运涛,你有什么话要捎去?"

春兰正弯着腰割菜,一听就红了脸,不好意思地抬起头来。眼里的泪,象一条线儿流在地上,说:"叔!要去吗?"

朱老忠说:"明天就走。"

春兰低着头,嗫嚅说:"我也想去。"

朱老忠听了,看着春兰难过的样子,怔了半天,才说:"你不能去,咱乡村里还没这么开通,你们还没过门成亲,不要太招摇了。"

春兰红着脸立起来,也不看一看朱老忠,只是斜着脸看着千里堤上。这时想起那天晚上,运涛临走的时候,他们在那里谈过话,就顺着那条小道走了……她说:"你告诉他,沉下心去住满了狱回来,我还在家里等着他……"说到这里,鼻子酸的再也说不下去,把两手捂着脸大哭起来,眼泪从手指缝里涌出来。

朱老忠由不得手心里出汗,把脸一僵,直着眼睛说:"春兰!你有这份心胸就行,我要去替他打这份人命官司。只要你肯等着,我朱老忠割了脖子丧了命,没有翻悔,说什么也得成全你们!"说到这里,血充红了脸。为了运涛受害,已往的仇恨,又升到他心上,他心里实在难受。清醒了一下头脑,才忍过去。他说:"现在革命形势不好,你在家里,要少出头露面,少惹动人家注意。咱小人家小主儿,万一惹着了人家,咱又碰不过。在目前来说,只好暂时忍过去,等着革命的高潮再来。你知道吗?"

春兰说:"我知道。"

朱老忠说:"你给运涛有什么捎的,也拿来吧!"说着,迈动脚步,走到严志和的小屋里。

这时严志和醒过来了,在炕上躺着,身上发起高烧。听得脚步声,他用一件破衣服把卖地的洋钱盖上,不想叫朱老忠知道。朱老忠一进门,看严志和脸上红彤彤的,伸手一摸天灵盖,说:"咳呀!还这么热?"

严志和说:"烧得不行。"

朱老忠说:"既是这样,明天你就不要去了,我和江涛去吧。"

严志和说:"父子一场,我还要去看看他,我舍不得。"

朱老忠说:"这也不能感情用事,要是病在道上,有个好儿歹的,可是怎么办?"

严志和说:"看吧,明天我也许好了……"

朱老忠把涛他娘叫到跟前,说:"明天,我就要上济南去打救运涛,你们在家里要万事小心。早晨不要黑着下地,晚晌早点关上门。要管着咱家的猪、狗、鸡、鸭,不要作践人家,免得发生口角。黑暗势力听说咱家遇上了灾难,他们一定要投井下石,祸害咱家。在我没回来以前,你不要招惹他们,就是在咱门上骂三趟街,指着严志和的名字骂,你也不要吭声。等我回来,咱再和他们算帐。兄弟!听我的话,你是我的好兄弟,不按我说的办,回来我要不依你。"

严志和探起半截身子,流下眼泪说:"哥说的是。"

朱老忠又对涛他娘说:"志和身子骨不好,你就是当家主事的人儿,千辛万苦,也要把庄稼拾掇回来,咱自春到夏,风吹雨洒不是容易。一个人力气不够,就叫贵他娘、二贵、老星哥他们帮着。"

涛他娘说:"大哥说的,我一定照办。"

朱老忠说:"还有一点,想跟你说:运涛虽在狱里,春兰还是咱家人儿。她年轻,要多教导她,别叫她寻短见。叫她少出门,因为人儿出挑得好,街坊邻舍小伙子们有些风声。再说,冯家大院里老霸道也谋算过她,万一遇上个什么事儿,要三思而后行!要是她听我的话,我当亲闺女看称她,她家的事情,就是我家的事情。要是她不听我的话,随她走自己的道儿就是了,咱也不要多管。"说着,涛他娘也流下泪来。她哭哑了嗓子,上了火气,再也说不出话来。

说着话,春兰走进来,手里提着个小包袱,走到槅扇门前,又站住脚不进来。涛他娘哑着嗓子说:"孩子,进来吧!坐在小柜上。手里拿的是什么?"

春兰把小包袱放在炕沿上,说:"是一双软底儿鞋,他在家里的时候,常爱穿这样的鞋子。还有两身小衣裳。"说着,乌亮的眼睛看看严志和,又看看朱老忠。那是她做下的鞋子,等过门以后叫运涛穿的,她想叫朱老忠给他捎去。

朱老忠说:"春兰!我还要告诉你,运涛在狱里,江涛也要去济南,志和病着,这院里人手少,你有空闲就过来帮着拾掇拾掇。你们虽没过门成亲,看着是老街旧邻,父一辈子一辈的都不错。再说,你也是在这院里长大的。"

春兰说:"大叔说了,就是吧。我一早一晚地过来看看。"

一切安排停当,朱老忠抬起脚走出来,严志和又要挣扎送他,朱老忠说:"不用,兄弟身子骨儿不好,甭动了。"就出了门,顺着那条小路走回去。走到村头,又去找朱老明,告诉他,明天要去济南,家里有什么风吹草动,要他多出主意,多照顾着人们点儿。

严志和跟朱老忠说了会子话,有些累了,头晕晕的。懵里懵懂地又睡着了。恍恍惚惚听得门响,睁开眼一看,是江涛回来了。江涛说:"明天就上济南去,忠大伯嫌坐火车花钱多,要脚下走着。忠大娘正在蒸干粮。"

严志和试着抬了抬身子,说:"咳!我还是想站起来。你们明天要走,扶我去看看咱的'宝地'吧!"

"'宝地'卖了?"江涛才问这么一句,又停住。他想:"卖了就卖了吧!"他又想起"宝地",那是四平八稳的一块地,在滹沱河南岸上,土色好,旱涝保收。

严志和说:"这是你爷爷流下的血汗,咱们一家人依靠它吃穿了多少年,象喝爷爷的血一样呀！老人家走的时候，说：'只许种着吃穿，不许去卖。'如今，我成了不孝的子孙，把它卖了，我把它卖了！今天不是平常日子，我再去看看它！"

涛他娘说："天黑了，还去干吗？你身子骨儿又不结实。"

江涛见父亲摇摇晃晃走出大门，紧走了两步跟出来。出门向东一拐，走上千里堤。沿着堤岸向南走，这时太阳落下西山，只留下一抹暗红。天边上黑起来，树上的叶子，只显出黑绿色的影子。滹沱河里的水，豁啷啷地响得厉害，大杨树上的叶子哗啦啦地响着。归巢的乌鸦，落在杨树枝上，一阵阵哀鸣。走到小渡口上了船，江涛拿起篙把船摆过去。父亲扶着他的肩膀，走到"宝地"上。

"宝地"上收割过早黍子，翻耕了土地，等候种麦，墒垄上长出一卜卜的药葫芦苗，开着粉色的小花儿。两只脚一走上去，就陷进一个很深的脚印。严志和一登上肥厚的土地，脚下象是有弹性的，发散出泥土的香味。走着走着，眼里又流下泪来，一个趔趄步跪在地下。他匍匐下去，张开大嘴，啃着泥土，咀嚼着伸长了脖子咽下去。江涛在黑暗中看见他是在干什么，立刻叫起来："爹，爹！你想干什么？你想干什么？"

严志和嘴里嚼着泥土，唔哝地说："孩子！吃点吧！吃点吧！明天就不是咱们的土地了！从今以后，再也闻不到它的香味了！"

江涛一时心里慌了，不知怎么好。冯老兰在父亲艰难困苦里，在磨扇压住手的时候，夺去了他们的"宝地"，这是一辈子的深仇大恨，他异常气愤，说："爹！甭难受了！我们早晚要夺回它来！"

严志和听了，瞪出眼珠子，看着江涛问："真的？我们还有夺回来的一天？"说着，冷不丁地又趴在地上，啃了两口泥土。

江涛站在那里，发了一阵楞，眼泪顺着鼻沿流下来。脊梁骨一阵冰凉，象有一盆冷水，哗啦啦地淋下来，浇在他的身上，前心后心都凉透了。

24

那天晚上，严志和病得更加厉害了。第二天早晨，朱老忠起了个五更，去叫江涛。江涛把八十块钱带在身上，走着房后头的小道，到忠大伯家里。朱老忠把他让到炕头上，吃完忠大娘亲手捏的送行的饺子。朱老忠又坐在炕沿上抽了一袋烟，看看太阳露红了，叫江涛背上两褡裢头子谷面窝窝。江涛把洋钱放在窝窝底下，朱老忠披上他的老毛蓝粗布大夹袄，走出门时忠大娘也送出来。送到村外,对江涛说:"江涛!吃饭睡觉的,你要照看他一下,他上了年纪!"

江涛回过头儿说:"就是吧,大娘!你回去吧!"

朱老忠带着一身的勇气,含着满胸的辛酸,迈开矫健的脚步,翘起胡子,一直向东走,江涛在后头跟着。两个人走在外乡陌生的道路上,低下头眼前晃着运涛的面影,抬起头数着天空浮动的云朵。走着路朱老忠说:"一出了门,不比在家里,心眼里要学机灵点儿,要看我的眼色行事。到了大地方,人地生疏,要多长个心眼儿才行。"江涛说:"是。"朱老忠说:"要看我的,我叫你行,你就行。我叫你止,你就止。"江涛唯唯的答应。两个人晓行夜宿,不知走了多少时日,才到了济南,走进一家起火小店里。一进店门,朱老忠就哈哈笑着,跟店掌柜打招呼:"店掌柜!咱要住间小房。"

掌柜的是一个白了头发的山东老汉,是个大高老头儿,听说有人住店,一步步走出来说:"你们住店?好说,咱就是开店的。来,住吧。"他开了一间小房。那间小房只有半间屋子那么大,屋里一条小炕,一张小桌,问:"看!这间房住得开吗?"

朱老忠说:"行,这间房住一天要多少钱?"

掌柜的说:"官价,四毛钱,吃饭另算。老客,贵府什么地方?来做什么生意?"

朱老忠说:"不敢,是河北保定地面上人,来济南看看有什么赚钱的买卖。"

掌柜的说:"山东地面上好东西多得很哪!单说这乐陵小枣吧,你别看个儿小,吃到嘴里就象蜜一样甜,没有核儿,是天下驰名的。再说,那里的驴种,个儿大毛色黑,把缰绳一抖,就瞪开眼睛哇啦哇啦地叫。"

朱老忠洗着脸,笑了说:"真好的叫驴!"

掌柜的说:"庄稼人都喜欢。俺济南也有的是宝物,黑虎泉、趵突泉、珍珠泉,你是没有见过的。南北老客们来了,没有不上大明湖、千佛山上去逛逛的,大明湖又称半城湖……"他伸手划了个圆圈,又说:"一城山色半城湖……真好的景致呀!"说着,走出去了。

朱老忠看老汉是个汉大心实的江湖人,看着江涛洗完了脸,把房饭安排好了,就走到柜房里去。柜房里没有别人,老掌柜在屋里烧火做饭,见了朱老忠,说:"老客,请坐。"

朱老忠坐在凳子上,说:"听说,咱济南有个什么模范监狱?"

老掌柜说:"有倒是有……"

朱老忠说:"这个模范监狱,怎么个模范法儿?"

老掌柜浅笑了两声说:"监狱有什么模范的?大!囚的人多!革命军一来,就抓了一些人,关在里头。"

朱老忠问:"净抓的一些个什么人?"

掌柜的听他问得根切,直起腰来看了看,说:"咱也不知道是些什么人,听说是些犯'政治'的。"

朱老忠问:"这监狱在什么地方?"

掌柜的说:"离这儿远哩。在济南,你一打听大监狱,谁也知道,出了名儿的。"说到这里,他又抬起头仔细观察朱老忠,问:"怎么,你是来看亲人的?"

朱老忠说:"那能随便看?"

掌柜的说:"那也得看犯的什么罪,偷鸡摸狗的,在咱外边是小偷,谁也不敢招他,可是到了监狱里,是罪过最轻的。最怕犯上'政治',这年头一着那个边儿,不是砍头,就是'无期'。是判了罪的都能看,没判过罪的,想看也不行。"

朱老忠问:"为什么?"

掌柜的说:"他怕你串供呀,他要是拿不住你的把柄,可怎么判你罪呢!"

朱老忠听到这里,摇了摇头,心里说:"可不知道怎么样?"

朱老忠向这个老头打听好了大监狱的座落,带着江涛,走到大街上,买了一些礼物,拿着严知孝的信,到省政府去。到了省政府的红漆大门,门前有两排兵站着岗。朱老忠拍了拍江涛身上的土,说:"孩子!我在门前等着,你进去,不要害怕,仗义一点儿。见了人,说话的时候,口齿要清楚,三言两句就说到紧要关节上,不能唔哝半天说不出要说的事情……你去吧,我在这里等着,咱不见不散。"

朱老忠在门前看着,江涛扬长走进去,等了吃顿饭的工夫,江涛才走出来。朱老忠笑着迎上去,拉着他的手,走到背角落里,笑着问:"孩子!怎么样?见着了吗?"

江涛说:"正好见着了,晚来一会就不行。"

朱老忠笑了笑,问:"结果怎么样?跟我说说。"

江涛说:"他说这案子是军法处判的,不属他们辖管。看看可以,别的他们无能为力。"

朱老忠又说:"他问什么来?"

江涛说:"他问严先生好,一家子净有些什么人儿……"

朱老忠听着,倒象是个可靠的人。他们又在大街上买了火烧夹肉、点心、鸡子什么的,等明天一早,赶到大监狱去探望运涛。

第二天,是个阴湿的日子,灰色的云层压得很低,下着蒙蒙的牛毛细雨,石板路上湿滑滑的。朱老忠和江涛踩着满路的泥泞,到模范监狱去。走了好大工夫,到了监狱门口。江涛一看见高大的狱墙,森严的大门,寒森森得怕人,不知不觉两腿站住。朱老忠悄声说:"走!"用手轻轻推了他一下,两人不慌不忙,走到门前。朱老忠说:"你等一等,拿信来,我先进去看看。"

江涛在门外头等着,朱老忠走进大门,到门房里投了信。一个油头滑脑的家伙,看了看那封信,拿了进去。等了老半天,才走出来嘻嘻哈哈笑着,说:"来,我帮你挂号,有几个人?"

朱老忠说:"两个人。"

那人替他们领了一块竹板牌子,递给朱老忠。朱老忠看他回了门房,才走出来,下巴向江涛点了一下,说:"来!"江涛跟着朱老忠走进去。两个人弯着腰上了高台石阶,又走过一段阴暗的拱棚长廊。河里没鱼市上看,一过石门,那探监的人可真多呀!有白发老祖父来看孙子,年轻的媳妇来看丈夫,也有小孩子来看爸爸的……

他们顺着一排木栅子走进去,那是一排古旧的房廊,用木栅隔开。他们立在第十个窗口下边呆住,小窗户有一尺见方,窗上钳着铁柱子,窗棂上只能伸过一只手。他们靠在木栅上,等和运涛见面。每个窗口都站着很多人,就是这个窗口人少,只江涛和朱老忠两个。人们见他两人醇醇实实,庄稼百姓样子,都扭过头来,睁着大眼睛看。

狱里的房屋破烂不堪,有的屋顶倾斜着,坍塌了,长了很多草。秋天缺乏雨水,草都枯黄了,风一吹动,飒飒响着。屋里异常潮湿、黑暗,屋角上挂满了蛛网。

江涛正在楞着,听得一阵铁链哗啷的声音,掉头一看,走出一个人来。浓厚的眉毛,圆大的眼睛,缓步走着,叮叮当当,一步一步迈上阶台,定睛一看正是运涛。几年不见,他长得高高的个子,瘦瘦的脸庞,脸上黄黄的,带着伤痕。他怀里抱着铐,脚上拖着镣,一步一蹩走进门口。大圆圆的眼睛,如同一潭清水,陷进幽暗的眼眶里,显得眉棱更高,眉毛更长。一眼看见江涛站在窗外,楞怔着眼睛呆了一会。当他看见忠大伯也来了,站在江涛的后面,他紫色的嘴唇,微微抖动了两下,似乎是在笑。沙哑着嗓子招呼说:"江涛,忠大伯,你们来了!"

江涛静默着,站在窗前,睁着黑眼睛盯着运涛,说:"哥,我们来看你!"

朱老忠也走前几步,扒着小窗户说:"来了!我们来看你,孩子!"

"好!"运涛出了口长气,说:"见到你们,我心里也就安下来。奶奶可好?"

江涛迟疑了一刻,才说:"老人家已经去世了!"

运涛听到这里,他仰起脸望着天上,沉重地说:"老人家去世了!爹和娘呢?"

忠大伯打起精神说:"你爹病了,要不,他还要亲自来看你。你娘可结实。"

运涛凝神看着江涛和忠大伯,有吃半顿饭的工夫。他心里在想念故乡,想起奶奶慈祥的面容。不管什么时候,奶奶一见到他,就会默默地笑。他始终不能忘记奶奶,那个可爱的老人。随后说:"告诉你们吧!"他用手摸索着磨光了的刑具,继续说:"江涛、忠大伯!我想,我完了……爹娘生养我一场,指望我为咱受苦人做主心骨儿……可惜,我还这么年轻,就要在监狱里度过一生!"说着,连连摇头,眼上挂下泪来,象一颗颗晶莹的珠子,着实留恋他青春的年岁。又说:"哎!我并不难过,已经到了这步田地……江涛,今后的日子,只有依靠你了!你要知道,哥哥是为什么落狱的。"说到这里,乌亮的眼睛盯着忠大伯,老人直着脖子在看着他。他猛地抱起手铐,带动脚镣,踏步向前,好象坚决要走出铁窗,和亲人握别。老看守走上去,把他拦住,说:"到了,到了,时间快到了!"说着,拽起运涛向里走。运涛把脚一跺,生着气,抖动肩膀,摇脱了老看守的手,又仰起头来,瞪起眼睛要望穿青天。咬紧牙关说:"江涛!望你们为我报仇吧……春兰呢?"说到这里,他又长叹一声,说:"啊!我们失败了!"

大革命的后期,陈独秀右倾机会主义,使党和工农大众得到失败!

忠大伯说:"春兰在等着你!我们都说好了,等你回去,给你们成家。"

老看守说:"什么时候,还说这种话。"说着,连推带搡要把运涛带走。运涛伸出拳头,张开大嘴喊:"打倒蒋介石!打倒反动派!"喊着,一步一步走回去。

江涛眼看哥哥拖着脚镣,头也不回,走回监狱,楞怔着眼睛呆住。老看守拥着胖胖的大肚子,努着嘴瞪着眼睛说:"走吧,走吧,走开吧!"伸手要关那个小窗户。

忠大伯急忙走上去,拦住他的手,说:"劳你驾,我们还给他带来点吃的东西。"

老看守撇起嘴,开开窗户伸出手来,不耐烦地说:"拿来!"

忠大伯拿过东西,递上去,把春兰捎来的小包袱也递给他。老看守把东西放在小桌上,打开纸包,歪起脖子这么看看,那么看看。又从怀里掏出根银钎子,这么插插,那么插插。然后,啪哒地把小窗户一关,把东西带走了。

忠大伯冷冷地对着关上的铁窗,怔了老半天。江涛说:"忠大伯,咱们回去吧!"这时,忠大伯才猛醒过来,说:"嗯,走!"才低下头去,慢吞吞地走出监狱。江涛扶着忠大伯走回小店,忠大伯迷迷怔怔地蹲在炕头上,不吃饭也不说话,抱着脑袋趴在膝头上,昏昏迷迷地睡了一觉。

江涛心里七上八下,直绞过子。反革命要夺去运涛年轻的革命的生命,他心里酸得难受,甭提有多么难过了!他想这场官司打过去,说不定要失学失业。父亲要完全失去家屋土地。于是,他心里想起贾老师的话:"……要想改变这条苦难的道路,只有斗争!斗争!斗争!"

哥哥从小跟父亲种庄稼,年岁大了,父亲给人家盖房,他就成天价粘在园子里,拍土台、打步蛐、捉梨虫、上高凳,几行子梨树,不用母亲和祖母动手,钱就到家了。每天,天不明他就起身给母亲挑水。天还没黑下来,就背起筐给牛上垫脚。夜晚,让父亲好好睡到天明,哥哥把牛喂个饱……如今他为了革命陷进监狱里了!

运涛自从那天晚上,和春兰离别,走到前边村上,和一个同志下了广东,交了党的介绍信,到了革命军——自从国共合作,中共中央曾经调了不少优秀的党团员,到广东参加革命军。

当时广东是革命发源地,运涛在革命军里受了很多马列主义教育。一个青年人,从乡村里走出来,投入革命的洪流,一接触到民主自由的生活,自然有惊人的进步。组织上看他操课都好,无产阶级意识又很清楚,允许他以共产党员的身分参加了国民党。不久,革命军誓师北伐,他们开始和国民党员们并肩作战。时间不长,他当了上士,当了排长,又被保送到军官学校受短期训练。

当他开始作见习连长的时候,北伐战争正在剧烈,他怀着祖父和父亲几代的仇恨,奋勇百倍的行军作战。在战争空隙里,也常常想起家乡:幼时,他在千里堤上玩耍,在白杨树底下捉迷藏游戏,在浅滩上玩水,在水蓼中捉野雁。春天,那里是一眼望不到边的广阔的梨园,他们在梨树上捉棉花虫儿,装在瓶瓶里,拿回家去喂鸡……一连串儿时的乡土生活,从他脑子里映过。他想:在那遥远的北方,可爱的家乡还被恶霸地主们把持,被黑暗笼罩!又想着,带领革命军到了家乡的时候,怎样和忠大伯、明大伯,团结群众,起来打倒冯老兰,建立农民协会,建立起民主政权……于是,他更加努力进行工作。除了行军作战,还要宣传政策,发动群众。

不久,他们打到一条长河上的桥梁,封建军队在桥头顽强抵抗。他们只好沿河构筑工事,决心攻下桥头堡垒,把军队运动到河流北岸去。革命军决心作攻坚战,他们风雨不休,一直在这条战线上攻击了五昼夜。在白天枪声稀落的时候,他趴着战壕,瞄准敌人射击的时候,还在想念着妈妈、父亲,想念着奶奶和忠大伯。一个个和蔼的面容,如在眼前。在野炮轰鸣,赤色的飞虻,象蝗群一样在头顶上飞过。那时,他还想念着春兰,那个黑粹脸儿,大眼睛的姑娘。在战斗的晚上,月明星稀,天光凉冷,他怀里抱着一支枪,趴在战壕上,脑子里老是想着他的母亲,嘴里轻轻念着:"妈呀!知道吗,你的亲爱的儿子在和封建军阀作战。妈呀!知道吗?你亲爱的儿子,已经几天不吃饭了!妈呀!你知道吗?你亲爱的儿子身上穿的衣服,挡不住夜晚的寒风呀……"

就在那天晚上,月亮很高,星星很稀,他们带领铁军健儿,冒着敌人的炮火,攻下了这座桥头堡垒。……

一次次惊心动魄的战斗,一幕幕难忘的场景过去了,再也想不到,今天反动派把他们砸上手铐脚镣,抛进阴湿的监狱里。

江涛心里想着哥哥的遭遇,眼前晃着铁栏里那张苍白的脸。朱老忠醒过来,看见江涛呆呆地出神,心疼得死去活来,他站起身,哑着嘴走出走进,象手心里抓着花椒。吃饭的时候,亲手把面条拨在江涛的碗里,劝他多吃点。睡觉的时候,睁着两只眼睛看着江涛睡着,他才睡下。晚上结记给江涛盖被子,怕他受了风凉。老年的心,放也放不平。

为了营救运涛,江涛又上省政府跑了一趟,结果又垂头丧气地走回来。看是没有希望了,忠大伯也不问他,只是合着嘴蹲在炕头上。不声不响,蹲了一天一夜。那天早晨,江涛说:"大伯!咱再去看看我哥哥吧,老远的走了来,弟兄一场,多见一次面……"

忠大伯说:"走!"还是合着嘴不说什么。

忠大伯带上江涛走出小店,两个人在马路旁走着,马路上人来来往往很多,可是没有一个人明白他们的心情。到了监狱门口,有个穿黑制服的办公人,站在高台大门前。忠大伯用手捅了江涛一下,叫他停住。一个人走上去说:"借光!我们来看一个人。"

"看谁?"那人有一搭没一搭地问:"叫什么名字?"

忠大伯说:"严运涛。"

"严运涛,是个政治犯!"那人好象很熟悉运涛的名字。抬起头想了想,嘟嘟哝哝地说:"这是不许轻易接见的,除非有信。"他仄了一下脑袋,象忘了什么又记起来,又抬头思摸了一下。

听得说,朱老忠向江涛要过信来,向前走了两步,把信交给他。那人看完了信,领他们到里面去,领出牌子来。又通过那条阴湿的过道,走到小铁窗户前面。

吃顿饭的工夫,有两队兵,端着明晃晃的刺刀,凶煞似地,从里面跑出来,后头有人挟着运涛走出来。这次见面,和上次有很大的不同!

江涛看见哥哥戴着手铐脚镣,叮当地走着,一步一步迈上阶石。运涛睁着大眼睛,一眼看见江涛和忠大伯,看见忠大伯眼里滚出泪珠子,眼圈也红了。他今天不同那天,脸上红红的,鬓角上青筋在跳动,头发蓬乱,披在脸上。也不知道他受了什么刺激,在监狱里起了什么变故!

江涛合着嘴,绷紧了脸走上去,忠大伯也跟着走到小窗户前面。探监的人们,看见运涛在小窗户里的样子,都走过来看,一时把小木栅栏挤满了。有几个士兵走过来,举起鞭子,在人们头上乱抽:"闲人闪开,闲人闪开!"等人们走开了,江涛走上去说:"哥哥!明天我们就要回去了,你还有什么话说?"

运涛站在铁窗里,叉开两条腿,问:"你们要回去了?"

忠大伯说:"唔!我们要回去了,再来看看你!"

这时,运涛气呼呼地扬起头来,看着远方,响亮地说:"回去告诉老乡亲们!我严运涛,一不是砸明火,二不是断道。我是中国共产党的党员,为劳苦大众打倒贪官污吏,铲除土豪劣绅的!我们在前方和封建军阀们冲锋陷阵,一直打到长江流域,眼看就要冲过长江北岸,北伐就要成功,革命就要胜利了。蒋该死的,他叛变了!和帝国主义、和军阀官僚、和土豪劣绅们勾结起来,翻回头来,张开血口,屠杀共产党和广大工农大众……"

他讲着,掀动浓厚的眉毛,睁开圆大的眼睛,射出犀利的光芒。讲到"蒋介石集团叛变中国革命,使革命遭到失败"的时候,从雪亮的眼睛里抛出几颗大泪珠子。

朱老忠听得运涛讲话,振起精神,暗下说:"好,好小伙子,有骨气!"

不等运涛再说，站出一个凶横的家伙，长着满脸横肉。伸出手，啪！啪！啪！连打几个嘴巴。说："妈的！你疯了？你疯了？直是骂了一夜的街！"

看见大兵打运涛，江涛瞪着血红的眼睛气愤了，他想伸出拳头大喊几声。可是，伸头一看，两旁站的尽是带枪的兵……看着哥哥挨打，他心里痛啊，暗里流泪呀。忠大伯惊诧地说："咳呀！他疯了？他疯了？亲人们！看，不如不看，这比刀子剜心还疼！"

运涛到了这刻上，他什么也不怕了。他更加愤怒，瞪出眼珠子大喊：

"打倒刮民党！"

"中国共产党万岁！"

运涛喊着，嘴上的血流到下巴上，滴满了衣襟。这时，看的人越聚越多，齐声说："真好样儿的！"暗里惋惜："象个共产党员！"

士兵们抓住运涛，要把他拉回去。拉到门口，他不理睬劈劈啪啪落在头上的鞭子，瞪出血红的眼睛大声喊叫："江涛！忠大伯！回去告诉我爹，告诉明大伯，告诉妈妈和春兰。叫春兰等着我，我一定要回去，回到锁井镇上去，报这不共戴天之仇！"

朱老忠直着眼睛看着运涛，拽起江涛，斤斗骨碌跑出来，一直跑出大门口，还气喘嘘嘘的。江涛看见哥哥愤怒的样子，攥紧拳头，气昂昂地走回来。回到小店里，蹲在炕上，低下头，用袖子捂上脸，不忍看见反革命们对哥哥凶横的摧残，他们要把运涛囚禁在黑暗里度过一生！

店掌柜的见他们一天没吃饭，走进来招呼，说："怎么还不吃饭？这街上嚷动了，说大监狱里囚着一个硬骨头的共产党员，好硬气的人物！"又同情地嘟嘟哝哝说："他们这'革命'呀，可不如这好汉子刚强，他们欺软怕硬！"

朱老忠听话中有因，凑过去问："店掌柜！怎么说他们是欺软怕硬？"

"我给你们说说吧！"店掌柜打火抽烟，和忠大伯坐在一起。说："今年夏天北伐军打到济南城，日本兵关紧城门，把住城墙，不许他们进来——这地方早就住着许多日本兵——眼看就要跟他们开火。北伐军派外交官进城跟日本人交涉，你猜怎么样？按窝儿叫人家捆起来了。"

忠大伯缩了一下脖子问："干什么，要开火？"

店掌柜绷起脸，摇晃着手，气呼呼地说："咳！把那个外交官割了舌头，剜了眼了！"

忠大伯说："八成，这仗得打起来！"

店掌柜囚了一下脖子,笑咧咧地说:"不,他们不行,他们软。这北伐军绕了个弯儿转过去了!"

朱老忠有点不相信,用怀疑的眼光看着江涛,江涛也说:"革命军打到武汉的时候,那时候他们还和共产党合作哩,共产党发动工农群众,向帝国主义游行示威,强硬收回外国租界。后来,他们骇怕了,镇压了工农群众,屠杀了共产党。这样一来,北伐军里就缺乏了革命性,打到济南城的时候,他们的外交官就被日本鬼子割舌头剜眼睛了!"

说到这里,店掌柜拍了拍江涛的肩膀说:"好小伙子!你是个明白人,将来一定能行。"说着,缩起脖子,嗤嗤地笑着走出去了。

朱老忠这时觉得心慌意乱,亲子情分,还是不忍回去。他又坐下来打火抽烟,想:"运涛这孩子……他要长期过着监狱生活了……"想着,目不转睛看着江涛。长圆的脸,大眼睛,和哥哥一样浓厚的眉毛,又黑又长的睫毛打着忽闪。叹口气说:"咳!多好的孩子,偏生在咱这人家。"

朱老忠自从接到运涛的信,总是替严志和父子着急,心上架着一团火。到这里,看运涛没有死的危险,心里才踏实下来。现在,全身的骨架再也撑持不住了,躺在炕上晕晕地睡着,做起梦来……梦里,他正躺在打麦场上睡觉。运涛笑模悠悠地,远远地跑来看他了。说:"忠大伯!院里下雨哩,屋里睡去。"说着,黑疙瘩云头上掉下铜钱大的雨点子,打得杨树的叶子啪啦乱响。

江涛看太阳下去,天空开始漫散着夜色,城郊有汽笛在吼鸣。他想到祖父和父亲的一生,想到朱老巩和忠大伯的一生,想到旧社会的冷酷无情。心里说:"阶级斗争,是要流血的!你要是没有斗争的决心和魄力,你就不会得到最后的胜利!"想到这里,头顶上象亮出一个天窗,另见一层天地。

忠大伯睡醒了一看,哪里有什么场院,哪里有什么杨树,还是在炕上睡着。他点着一袋烟,向江涛叙述了他的梦境,说:"运涛一定能回去,能回到咱的锁井镇上!"

江涛说:"哪里有这么巧的事,是你想运涛想的。"

江涛在济南买了几张大明湖的碑帖,又买了二斤乐陵小枣,包了个小包袱,挂在腰带上。在山东地面买了一匹小驴,叫忠大伯骑上,江涛折了根柳枝,在后头轰着走回来。路上,忠大伯还说:"按我这个梦境说,运涛这孩子一定要回来,共产党不算完!"

江涛说:"当然不算完!反革命在武汉大屠杀以后的日子,毛泽东同志带领革命的士兵、工人和农民举行了秋收起义,上了井冈山。朱德同志带领南昌起义的部队转战湖南。他们在井冈山上会师了,建立了苏维埃政权,建立了工农红军,建设了革命的根据地。今后要打土豪分田地,进行土地革命,叫无地少地的农民们都有田种!"

中国青年出版社 1958 年版

曲波《林海雪原》导读

作家简介

　　曲波(1923—2002),山东龙口人。15岁高小毕业后参加了八路军,1943年入胶东公学抗大学习,毕业后在胶东军区任报社记者。1945年担任牡丹江军区二团副政委,1946年冬亲自带领一支小分队,深入林海雪原,与在牡丹江一带的国民党残匪周旋,这是其创作《林海雪原》的重要生活基础,1950年曲波因重伤转业到地方工作,1952年他以顽强的毅力写作长篇小说《林海雪原》。40万字的书稿于1956年8月完成并出版。

创作背景

　　战争题材的文学创作在20世纪50年代以后达到了空前的繁荣,因为新中国就是通过几十年的战争才建立起来的。描写战争,通过战争的胜利来歌颂党的胜利,来表现历史的必然,并通过描写战争来普及现代革命历史和党的历史是50年代文学创作中最有生气的部分。《林海雪原》就是描写了解放战争初期一支由36位侦察兵组成的解放军小分队,在东北长白山地区和绥芬草原追缴国民党残余势力和土匪的故事。"智取威虎山"是其中的一个著名片段。

作品评点

　　《林海雪原》是作者根据自己的亲身经历创作的,小说一出版就受到了广大读者的欢迎和喜爱。后来被改编成电影和京剧样板戏《智取威虎山》,一些经典对白和唱腔可谓妇孺皆知。杨子荣、少剑波、座山雕等艺术形象更是家喻户晓。现在的读者可能会对小说中不时穿插的说教感到厌倦，但神秘的林海雪原，奇异的自然现象，解放军钢铁般的意志，土匪怪异的生活习性，以及跌宕起伏、出人意料的情节设置，直到今天仍能给我们带来强烈的阅读快感，也可以从中看出那个时代文学的端倪。

作者认定自己所处的时代是个英雄辈出的时代，"我自己只不过把英雄们的斗争事迹作了一点文字上的记载而已"，由此书写出那个时代的精神。所以，20世纪50—60年代的长篇小说无论是反映革命战争的，"合作化"运动的，还是反映"大跃进"的，都有明显的写实主义和史诗倾向。比如《林海雪原》中的故事是作为解放战争中的一个阶段、一个组成部分存在的，英雄和他所献身的事业休戚相关，这与80年代后描写个人的作品在气象上是很不相同的。"十七年"小说作者的立场已经从五四时期的启蒙转换成对英雄事迹的记录，一篇演讲的精彩当然不能归功于书记员，而是另一种意义的"作者隐退"。

文学史家都注意到了《林海雪原》对传统民间文化因素的利用。认为传统的"二元对立""两军对阵"的思维模式和审美模式非常适合宣扬英雄主义和革命乐观主义，但也带有民间叙事与生俱来的缺点。《林海雪原》中明显存在着两大语言系统。小说中只有两种人：好人和坏人。比如小说描写的解放军卫生员白茹，她拥有"美丽的大眼睛"，"精巧玲珑"并且"结实"的身体，"十分清脆的嗓子"，而且"善歌又善舞"，人们叫她"小白鸽"是因为她善良、纯洁、乐观。而书中的女土匪"蝴蝶迷"则不但母亲以前是妓女，后来是大地主的小老婆，而且她本人"还不知是谁的种呢"，"要论长相，真令人发呕"，然后是一连串的丑化，从头发、脸面到牙齿，甚至她的外号也是一种淫秽的暗示："一朵鲜花，诱来风蝶飞舞。"这样的外表描绘无非是为了说明这两个女人的心灵和她们的外表是一样的。虽然小说评论家早就指出这种性格单一的"扁平人物"的好处是便于让人记住，但稍微苛刻点的读者当然要问这种漫画式刻画究竟能提供多少可信性。小说在人物描写上的确存在着简单化的缺点，比如说主人公少剑波文武双全，相貌英俊，既会指挥打仗，做政治思想工作，又能欣赏高尔基的诗歌，再加上多情，几乎算是完人了。而众匪徒除了"吃醉了酒乱做一团"外，很少有任何性格刻画，座山雕的"八大金刚"除了三番两次的"一阵狂笑"外，什么都没做过。正面人物一律是"苦大仇深"的农民，猎人；匪首则都是以前日伪时期的军警，关东军的密探、恶霸、地主、国民党旅长、反动会道门头目，有的甚至可以追溯到张作霖的军阀时期,他们无一例外都是民间理想与和谐社会的破坏者。这种一刀切的处理人物的方式其实并非革命文学所专有,只是革命战争文学本来就是把"集体""阶级"作为在思想上的起点的,所以它特别适合这种本质上类型化、概念化的传奇题材罢了。传奇只讲故事,不需要思想。现在的一些非常个人化的小说实际上也是很格式化的。现在的作家描写土匪,除了会加上"敢爱敢恨",能够吸引女性外还会有什么新东西呢?如果一味追求"圆形人物",一味描写人的复杂性,那只会形成另一种单调,现实生活中谁会比文学作品中的人物更简单呢?将土匪的全部性格全部展示出来,土匪就不再是土匪了。这是普遍与特殊的矛盾,也是文学的局限。在我们对比了"年轻的首长"少剑波和今天年轻的CEO们的履历之后,我们会发现,改变的只是时代的审美趣味。

有学者提出像这类小说的艺术特点在于利用了民间传奇的隐型结构,使原来比较刻板、僵硬的创作模式融化在民间的趣味下,从而也能够使一般读者获得阅读快感。也就是说"民间隐型结构"就是剔除小说说教成分后剩下的仍能够吸引我们的东西。我们可以说《林海雪原》在人物配置上是不自觉地受到了《三国演义》首设的"五虎将"模式的影响。五个英雄人物,每个人身上突出一种主要性格,各个性格鲜明,有主有次,或忠,或勇,或有谋,或有胆。但我们无法回答这种隐型结构从何而来。"有意味的形式"还不能够完全解决这个问题。因为所有具有美感的形式都可以从人类对形式美的集体无意识中得到解释。任何通俗的作品都指向一种说教,它在达到目的之前就可以获得自己的独立性,甚至可以服务于其他目的,"浑身是胆"的杨子荣如果换成"永远不死的007",我们不会感到丝毫的吃惊。英雄主义、乐观主义不是革命战争题材的特点,而是传奇文学的特点。曲波没有允许杨子荣像实际生活中那样牺牲,也并不是革命战争文学对于英雄过于理想化的结果,任何传奇人物都不可能在传奇结束之前死去,人们只关注英雄会遇到何种困难,以及他是如何克服的,人们只在乎问题的解决。

从小说中我们也可以清晰地看到20世纪50年代意识形态的影子,比如杨子荣入党宣誓的前夜这样说:"天下的地主是一个妈,天下的穷人是一家,我老杨这条枪和我这条命,一定跟着党打出一个共产主义社会来!要把阶级剥削的根子挖净,使它永不发芽,要把阶级压迫的种子灭绝,使它断子绝孙。"比如药铺主人会这样说:"钱没有用,人有用。财宝有价,人无价。"再比如侦察员练习滑雪时,少剑波为了鼓动大家信心也要提出"猛、快、巧"的口号。这些都相当于波德莱尔所说的"现代性","每个时代都有它的仪态、目光和举止"。

另外作者有意识地在小说中穿插了有很多知识性、介绍性的关于自然环境的描写,这当然是传奇文学的题中之意。几千里人迹罕至的茫茫林海对于全球化时代的现代人无疑是极具吸引力的。顷刻间可以让白雪将几十丈的深沟填满的"白毛风",森林大火的奇特应对办法,"整个森林象煮沸在雪气里"的可怕景观,根据林间树类的更换判断方位,在雪地上拍雪成砖修筑的"白宫"、库仑比四大怪、关东三件宝等,都让读者在体会斗争艰苦的同时又对已经远去的时代和环境不无留恋。如果我们能产生这样的情感,《林海雪原》也可以算得上我国比较早的环保小说了,尽管作者的本意似乎并非如此。

总之,今天我们重新再来阅读这些革命经典时,不应该带着任何先入为主的成见,在区分了什么是革命文学的局限,什么是文学类型的局限,什么是文学本身的局限之后我们才能避免把文学批评仅仅变成一种简单化的盖棺定论。

(王葱葱)

林海雪原(节选)

曲 波

十五 杨子荣献礼

一个土匪打扮的人,独自一个在密林的雪地上走着。

他一忽儿哼着淫调;一忽儿狂野地狞笑;一忽儿骑上马大跑一阵;一忽儿又跟在马的后头吹着口哨;一忽儿嘴里也不知嘟噜些什么;一忽儿又拉着道地的山东腔乱骂一通;一忽儿又跑到马前头,让马跟着他跑;一忽儿他又蹲在马后头,让马走远了,他再打一声唿哨,那马又转回头朝着他狂奔回来。当马狂奔到他跟前时,他就抚摸着马头,大笑一阵。他几乎一点也不安静,真像一个疯子,也像一个练马的演员。他用在走路上的力气,远没有用在他这一套发疯的行动上多。

他只有一件事做得特别仔细而有规律,不论是骑马和步行,不论是狂笑怪骂和瞎嘟噜,他总是每隔五六棵树,就用自己的匕首把树皮削下一小片,而且这一小片都是向着他来的方向。有时一刀削不下来,他一定再补上一刀,一直到削下来露出白茬为止。

这人不是别人,就是小分队的杨子荣同志,他离开小分队后每天都是这样生活,他现在已是满脸青灰,头发长长,满脸络腮胡子,看来是叫人可怕。这是他为了全部使自己像个土匪,特别是要使自己像他所扮演的那个角色,要使自己的习惯、作风、气派都与那人毕肖。他已经做了三天的艰苦的演习。为了去掉他五六年的人民解放军老战士的习惯,他不得不狂练着土匪的习气,竟像一个着魔的人,比手划脚,晃头甩臂,哼着淫调,嘟噜着暗语黑话。总之,他一心只想着他的任务:"我练得愈彻底,完成这一特殊任务愈有保证。正像二〇三首长所指示的:'这一次你不是演剧,而是肩负着匪巢覆灭的重担。那么你这个"土匪"应当得彻底,从现在起你不是杨子荣同志,而是惯匪胡彪。'"

他现在已在向着他的目的地前进。

在前进的第一天和第二天,他一点也没放弃这个可能演习的机会,因为这条路是在威虎山的正南方,四百里的距离中没有一个屯落,又和小分队所驻的夹皮沟形成对立的两端,一个在威虎山的正北,一个在威虎山的正南,所以十分僻静,没有一个人能看到他。

最减少杨子荣麻烦的,还是高波和李鸿义在黑瞎子沟故意放走的那个傻大个,他留下的脚印,给杨子荣当了义务向导。这样杨子荣就减少了辨别方向、寻找路径的大量工作。因此他除了边走边演习之外,就只有一项在树上刻下记号的必须的工作。

他骑着许大马棒的那匹马,虽然走得快,可是在这条空旷四百里黄花松的密林里,却施展不开它的本领,急行了两天,对这个大林还是深不可测。两天中一个人影也没见到,只有那个傻大个的脚印,和乱纷纷的兽迹,像蜘蛛网一样绕绊在无边的雪地上。

第三天的傍晚,杨子荣不敢再宿树洞,因为前两天他曾在一个大树洞里碰上了冬眠的大熊,惹出了一场麻烦。所以他就在雪地上,拍雪成砖,筑成了一座四壁的防风雪墙,铺着两张獾皮,宿在里面。杨子荣幽默地称它为雪林"白宫"。他甜甜地睡了一夜,也许是太累了,直到阳光透入他的"白宫"。他才醒来。晃了晃膀,伸了伸懒腰,大口地吸了几口白银世界的鲜冷的空气。把草料又倒了半袋,喂上他那唯一的旅伴。自己掏出烟袋,用劲地抽了几口,提起了精神。他向正北一张望,在不远的地方出现桦树林。这个林间树类的更换,意味着威虎山快要到了,这是剑波在地图上指给他的特征。

"现在应当立即向另一个方向岔下去,脱离那傻大个的脚印,以免引起匪徒们猜疑。"

他立起身来想着,用一双机灵的眼睛环视着四周的树林,好像是在寻查什么有用的东西。他看来看去,突然对着一棵离他有五十米远的小树发出微微的一笑。也许是他因为这棵小树生长在一个小山包的边缘?或者因为这棵小树的周围没有什么更大的树遮盖它?说不定是因为这小树在人头高处生有一个树杈?他磕了磕小烟袋,弯腰从绑腿里抽出了匕首,便朝那棵小树走去。

他在树的北面用锋利的匕首割挖着树皮,一会儿小树皮被挖下香烟盒大小的一块。他又用匕首在这块半寸厚的树皮里面削了又削,刮了又刮,刮得只剩二分厚,他又小心地把它堵在原来的位置上,一点也看不出痕迹。他马上又从腰里掏出一块黑石头,搁在小树的杈上。他得意地一笑,转身朝着马走来,并且还不住地回头看看,嘴里嘟噜着:"位置不错……"

他收起了马料袋,跨上马,向西北方向走去。走了三十几步远,他再回头看那棵小树,突然从他得意的微笑中,露出一点不安和失色的神情,他勒住了马,嘴里嘟噜一声:"妈的,好粗心,假若这几天不下雪,不刮风,我那趟去小树的脚印埋不掉的话,岂不要坏事!"

他马上镇静地一想,勒回马头,顺着刚才步行的脚印,奔向小树,再由小树跟前向东北绕了一个圈子,转向正北,入了桦树林区,又向西北策马奔去。这样那棵小树上的秘密,就成了他漫长三百多里的马蹄印一个很规律的组成部分了,没有什么任何特殊的标志和破绽。

他通过一带灌木林,进入桦树林的深处,在一个小山包的脚下,重新喂上马匹。自己想着:"我也需要吃饱一点好应付可能发生的一切。这一切很可能在今天就要开始。"想着,他从饭袋里,掏出冻得像石头一样的高粱米饭团。也没有生火烤,喀喳喀喳地啃起来。啃两口饭团,再吃两口雪团,他一面咀嚼一面想,忽然噗哧一声笑开了。原来他瞅着他这身全套的土匪装束,又联想到多日没洗没刮的脸,心想一定也难看得一塌糊涂。他顺手向脸上一摸,只觉得满脸胡髭像松针一样地刺手。当他摸到脖子上,无意中触到那块约有二寸长的疤痕时,他来回地摸了几下,忽然,笑容消失了,眼中射出了愤怒的火花。

原来这疤痕上记载着他永远难忘的仇恨,使他想起了爹娘和小妹妹。是在他十八岁那年上,他家的一条心爱的老牛,跑到恶霸地主杨大头的祖坟上吃了两口青草。杨大头说牛踏破了他祖坟的地气,把子荣的老爹捉了去,灌了一瓢尿浇的稀屎,又叫炮手们恶打一顿,老人经不起折磨,就这样活活地被糟蹋死了。子荣的妈妈怨气成疾,加上长期过度的劳累,结果一病不起,不久就去世了。年轻的杨子荣,天天想报仇,可是一来力孤势弱,二来没有机会下手,也只有长期地忍耐着。

真是祸不单行,仇还没报,杨子荣又遭到差一点致死的残害。是在那年的大年三十那天,杨大头的后宅院失了火,烧得他焦头烂额。杨大头以为这是杨子荣的报复,把这笔纵火账强赖到杨子荣身上。他招来些狗腿子,把杨子荣吊在大槐树上毒打一顿,脖子上被砍了一菜刀,他昏迷过去了。杨大头为了根除后患,决心害死杨子荣,当夜预备把杨子荣抬上西南山的岩石上摔死。幸亏好心的长工杨四铁——杨子荣的青年朋友,偷偷地放跑了他。从此后一直七年漂流在外,杨大头死了,他才回到老家。这时他才知道他的小妹妹被杨大头抓去当丫头,后来又不知把她卖到哪里去了。抗战开始后,这仇恨激励着他参加了八路军,使他对人民解放事业抱着无限的忠心。

他咀嚼着,想着,他的心已奔向仇人,这仇人的概念,在杨子荣的脑子里,已经不是一个杨大头,而是所有压迫、剥削穷苦人的人。他们是旧社会制造穷困苦难的罪魁祸首,这些孽种要在我们手里,革命战士手里,把他们斩尽灭绝。

杨子荣把双手一搓,双拳紧握,口中喃喃地说着他在入党前一天晚上向连队指导员所表示的终生奋斗的誓言:"我杨子荣立志,要把阶级剥削的根子挖尽,让它永不发芽;要把阶级压迫的种子灭绝,叫它断子绝孙。"说着他那威武的眼睛盯向他周围的森林,他的心和眼一样,在深远细致地考虑他这场即将开始的斗争。

他想得出了神,连口中的咀嚼也停止下来。他想着想着,突然正在吃着草料的马,一阵乱声嘶叫,接着便是乱刨乱踢,从它的神情慌乱中看出了无限的惊恐。

杨子荣站起来,向马惊视的方向望去,望了一会儿什么也没有,桦树林依然寂静无声。他回头再看看马,它已是全身抖颤,气喘吁吁,两只恐怖的眼睛直望着西北方丛林,频频地回头望着杨子荣,好像求救似的。

杨子荣已敏感到必有名堂,心中一阵忐忑,扔掉了手中的饭团和雪团,抄起了步枪,走近马跟前。马急忙向他身后依贴,好像在让他挡住什么凶恶的敌人一样。

杨子荣又张望了一会儿,还是没有什么,他转过身抚摸马头,向它安慰道:"别害怕,什么也没有,我来保护你,快吃吧!吃饱了好完成咱们的任务。"

说着他紧了紧拴在树上的缰绳,防止被它挣脱。然后他隐蔽在一棵大树后面,紧握着枪,又抽出锋利的匕首,继续向周围瞭望搜索。

这时马又一次地惊恐嘶叫起来,拼命地挣了两下缰绳,但没有挣脱。接着它四腿弯弯,抖颤得站立不住了,看看就要绝望地倒下去。杨子荣一阵惊奇,口中嘟噜道:"妈的,什么东西,这么大的威风,把匹活龙驹都给吓瘫了!"他还没来得及回头,突然一声巨吼,灌木丛中扑出一只大个的东北虎,张着利牙,竖着尾巴,一冲一冲地向马扑来。虎尾扫击着灌木丛,刷刷乱响,震得雪粉四溅。马被吓得不刨也不踢了,垂着头两眼死盯着扑来的恶敌,从鼻子里发出低沉的哀鸣。

杨子荣还是头一次看到活老虎,离得又这么近。又是来吃他的马,这突然来的惊恐,使他气喘不安,心怦怦地乱跳,手中的枪也随着他的心有些抖颤。

虎一冲一冲地向马扑过去,离得已经很近了,"得赶快下手,这匹马不仅是我的快腿,主要是我的身份证,失了它就等于失掉了身份证。"想着他用力地把身体贴紧树干,把匕首用力向树上一插,把枪架在匕首上,克服了枪身的抖动,他压住了紧张的呼吸,从虎的侧面,瞄准了虎头。他满有把握地一扣扳机,糟极了,一颗臭子儿,没打响。老虎一点也没察觉,继续向马扑去,只有三十多步远了,杨子荣惊了一身冷汗,刷的一声抽出大肚匣子,向虎哗的一梭子。老虎只是一惊,在地上打了个滚,显然又没打着。它爬起来,向枪响处猛吼了两声。当它发现了树背后的杨子荣,便来了一阵凶狂的示威,吼声震得在全山回响,尾巴像条巨大的鞭子,打得地下雪尘四扬。杨子荣趁着它示威的这一刹那,用步枪再射一枪,好极了,这一枪总算打响了,可是没打着老虎,子弹在离它三四步的距离着地。他赶忙又推弹上膛,向着扑过来的猛虎又是一枪。可是又没打着,老虎连蹦两个高,显得更凶恶,向杨子荣直扑过来。

"打虎不中,翻背伤人,妈的几枪没打准了!"杨子荣全身绷紧得像石头,"再来它一枪,愈近愈有把握,沉着,沉着……"他一面紧张呼吸,一面盯着这个扑过来的恶敌,只离十步距离了,老虎把前爪向地下一按,准备它最后的一扑。"好机会!"杨子荣当的一枪,打中了老虎的一只前腿。这一扑它没有扑到应有的距离,可是离杨子荣只有三四步远,老虎一声狂吼,直立两只后腿,张开血盆似的大嘴,迎面扑向杨子荣。杨子荣就在这一瞬间,枪口对准了虎嘴,当的一枪,枪弹通过口腔,从脑盖骨穿过,老虎仆卧在雪地上,只有一条尾巴乱绞了一阵,死去了!

杨子荣上前两步,用脚踩着虎背,蹬了两蹬,死老虎已全身松软。他自己也和老虎一样,全身松软,四肢一点力气也没有,一屁股坐在雪地上,爬也爬不起来,腿和手抖颤得更加厉害,他一仰身躺在雪地上,想缓解一下过度的紧张。他偏过头去,看了看那匹受惊如瘫的马,此刻已十分平静了,在安闲地吃着草料。杨子荣一阵轻松的喜悦,擦了擦额上的冷汗,得意地自言自语道:

"有意思,要去威虎山,半路上又过了个'景阳岗'。"但他又想:"这个虎怎么处理呢? 送回小分队吗? 已是不可能的事;带到威虎山去吗? 这只大虎又太笨了。我这次虽是去献礼的,可是所有礼物的一分一毫也不能为匪徒所得,我给予他们的只是他们的覆灭。怎么办呢? 只有埋起来,深深地埋在雪底下,等剿完座山雕再取下山去。"他微微一笑,"有意思,那时我们拿着一虎一雕下山该多有趣,小分队同志不知能乐到个什么样子呢。"

想到这里,他一股分外的高兴涌上心头,顿时全身涌出了力气,他的两腿向上一举,向下猛一落,就势站了起来,打扫了一下沾在身上的雪粉,正要弯腰去拖虎,忽然在西北虎来的方向,传来了叽叽咕咕的说话声。杨子荣愣住了,最初他不相信自己的耳朵,以为是过度紧张后发生的耳鸣。可是这语声越来越近,他便蹲下身子,顺树空向语声处窥望,发现在林深处有五个人向这里走来,他顿时心一翻腾,"这一定是威虎山的匪徒了,他们是撵虎而来呢,还是听到我的枪声而来呢?"一阵激烈的思索,使他全身有些紧张,"不管怎样,来了就得对付。"他这样一冷静,发觉了自己由于紧张而紧握的双手,出了两把冷汗。他极力让紧张的肌肉松缓下来,内心对自己作了一个尖锐的批评:

"太不沉着,太胆小! 这是一种畏惧的表现,这简直太危险,这种表现分明是向敌人招供,承认了自己不是胡彪,再愚蠢的敌人也会把你识破。快! 快镇静下来,斗争瞬间就要开始了! 我不是杨子荣,我是胡彪。"

想着,他哼开了小曲,蹓蹓跶跶,缓步向马走去。

"提起了宋老三,两口子卖大烟……"他哼得是那样的像,完全像土匪的淫调。他对那五个人一瞧也不瞧,只当没看见,满不在乎地搅拌着马草料。心想:"我等着他,看他先来啥?"

"蘑菇,溜哪路?什么价?"①五个人中的一个,发出一句莫名其妙的黑话。

杨子荣一听,心想:"来得好顺当。"他笑嘻嘻地回头一看,五个人惊瞪着十只眼,并列地站在离他二十步远的地方。杨子荣直起身来,把右腮一摸,用食指按着鼻子尖,"嘿!想啥来啥,想吃奶,就来了妈妈,想娘家的人,小孩他舅舅就来啦。"②

他流利地答了匪徒的第一句黑话,并做了回答时按鼻尖的手势,接着他走上前去,在离匪徒五步远的地方,施了一个土匪的坎子礼道:

"紧三天,慢三天,怎么看不见天王山?"③

五个匪徒一听杨子荣的黑话,互相递了一下眼色,内中一个高个大麻子,叭的一声,把手捏了一个响道:

"野鸡闷头钻,哪能上天王山。"④

杨子荣把大皮帽子一摘,在头上划了一个圈又戴上。他发完了这个暗号,右臂向前平伸道:

"地上有的是米,唔呀有根底。"⑤

"拜见过啊么啦?"⑥大麻子把眼一瞪。

"他房上没有瓦,非否非,否非否。"⑦杨子荣答。

"哂哒?哂哒?"⑧大麻子又道。

杨子荣两臂一摇,施出又一个暗号道:

"一座玲珑塔,面向青带,背靠沙。"⑨

"么哈?么哈?"⑩

"正晌午时说话,谁也没有家。"⑪

五个匪徒怀疑的眼光,随着杨子荣这套毫不外行的暗号、暗语消失了。他

---

① 土匪黑话,意为:什么人?到哪儿去?
② 土匪黑话,意为:找同行。
③ 土匪黑话,意为:我走了九天,也没找到哇?
④ 土匪黑话,意为:因为你不是正牌的。
⑤ 土匪黑话,意为:老子是正牌的,老牌的。
⑥ 土匪黑话,意为:你从小拜谁为师?
⑦ 土匪黑话,意为:不到正堂不能说,徒不言师讳。
⑧ 土匪黑话,意为:谁引点你这里来?
⑨ 土匪黑话,意为:是个道人。
⑩ 土匪黑话,意为:以前独干吗?
⑪ 土匪黑话,意为:许大马棒山上。

们微微一笑,盯向三十步开外的那只死老虎。然后大麻子向杨子荣一笑道:

"老大好枪法。"

"彼此彼此!老大不嫌的话,兄弟奉送。"

五个匪徒一齐狂笑地伸出大拇指头,"够朋友!够朋友!"说着行了个土匪礼。杨子荣也还了礼。

"老大,你的心意?"大麻子好像有点近乎地问道。

杨子荣面上略带一点凄凉地答道:"许旅长遭难,兄弟我也只有脱骨换胎,步步登高吧!"

"那太好啦!"大麻子咧嘴一笑,"老弟,门槛在眼前,咱给你挑门帘。"

"多谢大哥引荐。"

"彼此关照,咱家向来办事仗义。"大麻子说着向杨子荣把眼一闭。

杨子荣已完全明白了大麻子闭眼的意思,心中一阵喜欢,"这个匪徒给我进山的暗号了。"想着,他从腰里掏出一条三寸宽二尺长的黑布,把黑布一甩道:

"朋友,少等。"

杨子荣把步枪和大肚匣子挂在马鞍环上,收起了马料袋,解开马缰绳,然后按着匪徒的山规,把那条黑布蒙在眼上扎好,背向着大麻子等五人道:

"好交的,方便。"

大麻子哈哈一笑道:"错不了,朋友。"说着他命令其余四人把虎抬在马背上,又用匕首削下一根树枝,一端递给杨子荣握着,另一端大麻子自己握着,顺着五个匪徒的来路向正北而去。

座山雕的大本营,是一个很大很大的圆木垒成的大木房,坐落在五福岭中央那个小山包的脚下。大木房的地板上,铺着几十张黑熊皮缝接的熊皮大地毯,七八盏大碗的野猪油灯,闪耀着晃眼的光亮。

座山雕坐在正中的一把粗糙的大椅子上,上面垫着一张虎皮。他那光秃秃的大脑袋,像个大球胆一样,反射着像啤酒瓶子一样的亮光。一个尖尖的鹰嘴鼻子,鼻尖快要触到上嘴唇。下嘴巴蓄着一撮四寸多长的山羊胡子,穿一身宽宽大大的貂皮袄。他身后的墙上,挂着一幅大条山,条山上画着一只老鹰,振翅着双翅,单腿独立,爪下抓着那块峰顶的巨石,野凶凶地俯视着山下。

座山雕的两旁,每边四个人,坐在八块大木墩上。内中有一个是大麻子,他坐在左首的第一位。这就是座山雕从当土匪以来，纠合的八大金刚。国民党委了他的旅长要职后，这八大金刚就成了他部下的旅参谋长，副官长，和各团的团长、团副。

看这伙匪徒的凶恶的气派，真像旧小说中所描绘的山大王。

杨子荣被一个看押他的小匪徒领进来后，去掉了眼上蒙的进山罩，他先按匪徒们的进山礼向座山雕行了大礼，然后又向他行了国民党的军礼，便从容地站在被审的位置上，看着座山雕，等候着这个老匪的问话。

座山雕瞪着像猴子一样的一对圆溜溜小眼睛，撅着山羊胡子，直盯着杨子荣。八大金刚凶恶的眼睛和座山雕一样紧逼着杨子荣，每人手里握着一把闪亮的匕首，寒光逼人。座山雕三分钟一句话也没问，他是在施下马威，这是他在考查所有的人惯用的手法，对杨子荣的来历，当然他是不会潦草放过的。老匪的这一着也着实厉害。这三分钟里，杨子荣像受刑一样难忍，可是他心里老是这样鼓励着自己，"不要怕，别慌，镇静，这是匪徒的手法，忍不住就要露馅，革命斗争没有太容易的事，大胆，大胆……相信自己没有一点破绽。不能先说话，那样……"

"天王盖地虎。"①座山雕突然发出一声粗沉的黑话，两只眼睛向杨子荣逼得更紧，八大金刚也是一样，连已经用黑话考察过他的大麻子，也瞪起凶恶的眼睛。

这是匪徒中最机密的黑话，在匪徒的供词中不知多少次的核对过它。杨子荣一听这个老匪开口了，心里顿时轻松了一大半，可是马上又转为紧张，因为还不敢百分之百地保证匪徒俘虏的供词完全可靠，这一句要是答错了，马上自己就会被毁灭，甚至连解释的余地也没有。杨子荣在座山雕和八大金刚凶恶的虎视下，努力控制着内心的紧张，他从容地按匪徒们回答这句黑话的规矩，把右衣襟一翻答道：

"宝塔镇河妖。"②

杨子荣的黑话刚出口，内心一阵激烈的跳动，是对？还是错？

"脸红什么？"座山雕紧逼一句，这既是一句黑话，但在这个节骨眼问这样一句，确有着很大的神经战的作用。

---

① 土匪黑话，意为：你好大的胆！敢来气你祖宗。
② 土匪黑话，意为：要是那样，叫我从山上摔死，掉河里淹死。

"精神焕发。"杨子荣因为这个老匪问的这一句,虽然在匪徒黑话谱以内,可是此刻问他,使杨子荣觉得也不知是黑话,还是明话?因而内心愈加紧张,可是他的外表却硬是装着满不在乎的神气。

"怎么又黄啦?"座山雕的眼威比以前更凶。

"防冷涂的蜡。"杨子荣微笑而从容地摸了一下嘴巴。

"好叭哒!"①

"天下大大啦。"②

座山雕听到被审者流利而从容的回答,嗯一声喘了一口气,向后一仰,靠在椅圈上,脸朝上,眼瞅着屋顶,山羊胡子一撅一撅的像个兔尾巴。八大金刚的凶气,也缓和下来。接着这八大金刚一人一句又轮流问了一些普通的黑话,杨子荣对答如流,没有一句难住他,他内心感谢着自己这几天的苦练。

可是,杨子荣从俘虏口中所学到的黑话快要用完了,内心又是一阵焦急,心想:"匪徒们为了考察他们的同类,到底有多少黑话呢?是不是还有自己没掌握到的呢?"他激剧地担心着这一点。

正在这时,座山雕突然从椅子上直起腰来,把手一挥,八大金刚立时停止了再问。他将了两下山羊胡子,哼了哼鹰嘴鼻,把鼻尖歪了两歪,拉着长腔,傲慢地向杨子荣问道:

"这么说,你是许旅长的人了?"

杨子荣一听黑话结束,心里就像卸了重担一样地轻松,神色更加从容,他点了点头答道:

"许旅长的饲马副官胡彪。"

"你想怎么办呢?"

"投奔三爷,好步步登高。"

"山穷水尽,也有点进见礼?"

杨子荣笑嘻嘻地,"托三爷的威风,一只老虎碰到我的枪口上。"

座山雕格格地笑了一阵,八大金刚也狂笑了许久,还恭维着他们的魁首道:

"三爷,碰得真巧,六十大寿,有人献虎。"

---

① 土匪黑话,意为:内行,是把老手。
② 土匪黑话,意为:不吹牛,闯过大队头。

座山雕在狂喜中,使了个眼色,大麻子从身后舀了一大碗酒,递给杨子荣,杨子荣一看来了酒,内心完全轻松下来,这证明匪徒的进门坎子已经结束了,往下便可以随便些。他接过酒,朝空一举,咕嘟咕嘟一饮而尽。喝完后把满脸的胡髭一摸,转身坐在一个木头墩子上,他决心把他准备的真正礼物再晚一点献,好让这些匪徒看重自己。于是他拿出了土匪的气派,装上一袋烟吸着,说开了他这个胡彪的来历。

"三爷,我胡彪这趟溜子可不容易!跟许旅长多年,还没苦过这么一次。奶头山被共军打破以后,许旅长和弟兄们都被囚起来啦,只有几个人流了水。栾副官没在山上,夫人和郑三炮找侯专员讨封去啦,我在蜡烛台养马,只有咱们四个人没遭难。现在俺们四个都各奔各的咧,我老胡走了一个多月,才来这里……"

"那栾副官哪里去了呢?"座山雕急急地打断了杨子荣的叙述,眼中放出一种贪婪的神色。

杨子荣一眼就看透了这个老匪的心事,于是他故意唉的一声,叹了一口粗气,摇了摇头,"别提啦!"

"怎么?你见到他没有?"座山雕有点焦急的样子。

杨子荣吸了一口小烟袋。"看是看见啦!是在梨树沟他三舅家碰面的,可是这个人哪!真他妈的不够朋友,哼!……"

"那么刘维山和老栾碰面没有?"

"什么?"杨子荣故意地问道。

"刘维山,刘维山,"座山雕好像是担心着什么,"就是那个一撮毛!"他的手向右腮上一比划。

杨子荣早明白了这个老匪的意思,便故意拉了拉架子摇了摇头,"不认识,我也没看见什么一撮毛!"

"嗯!"座山雕眉头一皱,若有所虑地纳起闷来,"梨树沟他三舅家,一撮毛一定也去呀!"他自言自语地抽了一口冷气,把头一歪。

杨子荣心想:"叫你们这群老匪猜吧!你们这辈子也不用想再见一撮毛了。"

静了一些时刻,座山雕又一伸脖颈向杨子荣问道:

"那么老栾他的心意怎么样呢?"

杨子荣见谈到了正题,故意拿拿架子,"妈的,一言难尽,请再来一碗酒,咱慢慢谈。"杨子荣本来就酒量很大,又加上座山雕的酒,全是匪徒自造的野葡萄酒,度数很低,在部队时杨子荣是遵守军纪的模范,从未喝过酒,可是在这个节骨眼上,他却要来它几大碗,在匪徒面前要表表他的气派,不能当个低三下四的喽啰。

座山雕为了探听出他长期找的那栾匪的消息,忙令大麻子又舀了一碗。杨子荣接过来又是一饮而尽,拭了拭嘴,清了清嗓子道:

"老栾真他妈的不仗义,我们俩一见面,他就三番五次地拉我直接去投侯专员,我想,他手里拿着许旅长的'先遣图',我他妈的单枪匹马,到了那里我怎么能吃得开呀?别他妈的拉我给他当随从,老胡向来不舔别人的碗边。叫我喝他们的冷饭汤呀!我不干。又加上蝴蝶迷和郑三炮在那里,我他妈更不去啦,那些不仗义的家伙,眼里从来就看不起我老胡,说正当一点,他们是怕我老胡。个顶个哪个我也不怕他。我能跟这些小耗子去当差使吗?你说!三爷?所以我当时就向老栾表白,我说:'老栾哪!别到侯专员那儿去吧,蝴蝶迷和郑三炮在那里,去了也没有咱哥俩的甜头,看看郑三炮那小子只去报了个信,就升了团长,你去也白搭,咱们还是去威虎山投崔三爷吧!'你猜他怎说的?他说:'算了吧老胡,你的主意全不对,你去孝敬那座山雕干啥?他手下有八大金刚,你去了还能给你个九大金刚?就是给你个第九位,他那个小山头也得听侯专员、谢司令调用。咱到侯专员那里当不上团长,也干他个中校参谋。'说着他从腰里掏出了'先遣图',朝我眼前一摆,又说:'看看!老胡,咱有这个。'"

杨子荣说到这里,故意点着烟,大抽了两口,用眼瞥了一下座山雕。这个老匪已被杨子荣这套谎话,气得满脸青筋。对他所希望的那份许大马棒的"先遣图",已露出了失望的神色。

"三爷!你说他去他就去呗!可是他妈还硬拉我,后来他看到实在拉不动了,他又向我耍手腕,又向我要旅长那匹马,他说他走不动。妈的!他走不动我就走得动啦!当然我不能给他。嘿!真他妈的小人,他又想了个办法,想用酒灌醉我,晚上骑马跑。妈的,我老胡是干啥的?我吃他们这一套哇!好!来吧!我就给他来了个将计就计。奶奶操的,你挖我,我还要挖你啦!于是我就和他碰开了大碗,一连八大碗,我老胡还没怎的,这小子他妈的就伸了腿,醉得人事不省,像他妈的一摊稀泥。我一想,一不做,二不休,得下手就下手,我就趁他大醉,穿上他的衣服,拿了'先遣图',骑上我的快马,我就溜来啦!"

"好!好汉,老胡了不起!"八大金刚和座山雕乐得一拍大腿,向杨子荣伸着大拇指头。

杨子荣得意地一笑,掀开大衣襟,露出栾匪化装小炉匠时被捕的那件衣服,用匕首刺开衣襟角,拿出了从一撮毛身上搜出的那张"先遣图",向座山雕一挥道:

"三爷,看看,在这里,咱老胡给您拿来了!"

座山雕和八大金刚一阵狂笑,走到杨子荣跟前,拍着杨子荣的肩膀,伸着大拇指头,"老胡,真不含糊,好样的,有两下子,我崔某绝不能亏待你。"说着这个老匪的手像鹰爪抓兔子一样,拿去了"先遣图",摊在桌子上,看了又看,然后小心地放在他椅子底下的一个铁匣子里。然后拉着杨子荣的袖子,走到自己的座位旁边,让杨子荣坐下。嘴里叨叨地嘟噜着:"好样的,有两下子,有两下子……"

杨子荣却拉出毫不以为然的神气道:

"三爷,小意思,算不了什么,这不过只是一点见面礼罢了!"

"老胡!"座山雕俯下脸笑嘻嘻地看着杨子荣,"你知道,我崔某想这件东西不是一天半天啦,你想想这部分力量要落到马希山他们手里,那么许旅长这个地盘和人都被他抓去了,等国军来了,他成个大财东,我他妈成个穷光蛋,用什么本钱来讨封啊!所以许旅长一遇难,我就赶快派一撮毛去找栾副官,没成想这小子看不起我,妈的!有他的。如今老胡你把它拿来了,我在这滨绥图佳地区岂不坐上第一把交椅了吗?哈哈……有功,有功……"

"没啥!"杨子荣睁着两只傲慢的眼睛,"这不过是我老胡的第一手,小意思,今后您再看咱老胡吧,干个漂亮的给您看看,不是我老胡说大话,"他立起身来,把粗大的拳头向桌上一摆,显得是那么的威武,"凭咱这身武艺,打遍天下也不怕。"

"好!"座山雕兴奋地一拍大腿,"老胡,现在我封你为威虎山上的老九,以后咱的地盘一大,还可以独辖山头……"

"谢三爷……"

"别忙!"座山雕把手一扬,"因为我们是国军,总还得有个官衔,现在我委你为滨绥图佳保安第五旅上校团副。"说着这个老匪自己亲手舀了一碗酒,递给杨子荣,"来!老九,祝贺你劳苦功高,荣升上校团副。"

"祝贺胡团副荣升!"八大金刚一齐喊道。

杨子荣把胸膛一挺,两个膀一抖道:

"托三爷的福,借诸位的威,我胡彪愧领,愧领!今后还祈求三爷提携,各位哥们捧场。"说着接过酒来,又是一饮而尽。

匪首们得了杨子荣所献的"先遣图",吵吵嚷嚷,狂喜乱笑,谈论着他们的今后。

杨子荣看着,内心涌出胜利的微笑,心中满意自己这第一场戏演得成功。他想:"这些若回去告诉同志们,那该多么有趣可笑啊!特别是那个天真的小白鸽,又要乐得跳舞了。等着吧!同志们,等着咱们胜利的会师。我会尽我的一切智慧,来完成党的委托。"他忽然心一沉,好像沉重的任务压在他的心头,"这不过是刚钻进匪巢,关键问题不在这里,而是在未来,艰苦的斗争才刚刚开始。"

二十　逢险敌,舌战小炉匠

小分队急急滑行,通身冒汗。饿了咬两口冻狍子肉,啃两口高粱米饭团;渴了抓把雪塞在嘴里。他们紧张得可以说一刻不停。上坡逆滑时,速度稍慢,是他们精神上的休息的时机;下坡顺滑,速度加快,需要全神贯注,而用不着很大体力,是他们体力上的休息的时机,一夜加大半天,他们就是这样地滑着,休息着,一刻也没停下来。

少剑波看了看表,已是腊月三十日的十四点了!一夜大半天的滑行,除了拂晓打了一个二十秒钟的歼灭战外,再没碰上任何的情况和难行的道路,部队行进得很顺利。

孙达得骑在马上,看着大家滑行得那样的自由自在,并时常地玩着巧妙的花样,心里特别急得慌。特别看到刘勋苍、李勇奇下坡穿树空,大翻身,返高岗,更诱得他眼馋手痒。每到下坡顺滑路,孙达得的快马就必然落在后头。他心想:"我孙长腿这一次可落后了,我的腿再长,也赶不上滑的快。"想着想着,他的腿在马上和手就动作起来,比划着同志们滑行的姿势,嘴里还念叨着滑行时的声音,"刷——刷——嗖——"

比划了一阵子,他两腿一夹,马嚼口一提,飞奔到小分队的前头,喘了一口粗气嘟噜道:"妈的!不骑马了,我试一下。"说着他翻身下马,向滑在最前头的刘勋苍一招手,"坦克,换一换!我滑一会儿!"

刘勋苍把雪杖向他的手上一撞,"得啦!长腿,这不是学艺的时候。还是老老实实骑你的'蝴蝶马'吧!"说着玩了一个侧绕障碍的花样,越过孙达得,滑远了。

孙达得伸手抓了一个空,用手指着刘勋苍远去的背影,"这小子!怎么还'蝴蝶马'。"转身又抓正滑到他跟前的小董,小董顺一个斜坡,用力撑了一杖,顺孙达得的胳膊下嗖地飞过,然后回头一笑道:

"大孙!雪朋友不是随便交得好的,不摔个五六百跤,别想学成。"

"这有啥难处,"孙达得不服气地道,"我老孙向来就有个犟眼子劲。"

他定要用马换别人的滑雪具,可是谁也不肯换给他。不论谁只要将到他跟前,就用力撑上两杖,飞速滑过,滑向顺坡路。孙达得是摸不着也抓不着,急得他用雪团子抛打。最后终于被他捉到了力气最小的白茹。他抓住她的手要求道:

"来!白同志,你滑得太累了!我替你一会儿,你骑马。嘿!这马可好啦,走得又快又稳。"

"我不累,"白茹理了一下她额前的散发,把皮帽掀在脑后,露出一顶鲜艳的红色绒线衬帽。她正要再滑,却被孙达得那只大而有力的手抓住,挣不脱了。

他俩正在争执,少剑波已从后面滑到他们跟前,向孙达得微微一笑,"达得同志,你没学,滑不了!还是以后练一练再滑吧!"

"不用,二〇三首长,我看没啥,自行车我没学就会了,车子一倒我的两腿一岔,多咱也没挨过摔。"

少剑波和白茹一齐笑起来,"那是因为你的腿长,腿长对征服车子有用,对这滑雪板可没有用。"

"我不信,滑雪板那么老长,还有两根拐棍,并且又是两脚着地,保险没关系。"他望了一下白茹,"再说我这条有名的长腿大汉,还不如个小黄毛丫头!"

说得白茹含羞带乐地一噘嘴,"什么黄毛丫头,重男轻女的观点。"

孙达得嘿嘿一笑,"哟!大帽子!"他一晃脑袋,"本来嘛!论辈你得叫我叔叔。"

"滑雪还管年纪大小?革命军队还论辈?"白茹虽然嘴里这样争辩,内心却真是在敬仰着杨子荣、孙达得这些勇敢善良的叔辈。

"别说了!"少剑波看了一下已滑得有踪无影的小分队,向白茹噘嘴,"白茹,你就让达得同志试一试。"说着他顺迹滑去。

白茹摘下滑雪板,孙达得喜之不尽,连声谢谢。可是白茹因长途滑行,腿卷不回弯来,上不去马。孙达得朝她一笑,伸出双手,向白茹腋下一卡,向上一提,像抱娃娃一样,把白茹抱上马去。那马顺踪快步奔去。

孙达得拿着滑雪板,在顺坡的边缘穿上。两手拄着雪杖,学着战士们的姿势,心想两手一撑,即可嗖地滑下山去。可是他走到斜坡,刚拿好了架子,还没来得及撑雪杖,滑雪板已顺坡飞动了,孙达得毫未防备,一个屁股墩,坐了汽车。"妈的!好滑呀!自动的!"他一面嘟噜一面爬起来拍拍屁股,两只腿已是绷得紧紧地叉在那里,准备下一次。

可是他刚要转身端正滑行的架子,不料刚一挪左脚,又是一个侧身跤,灌得满袖筒子雪。他狠力地甩了甩肩膀,甩出袖筒里的雪,又来滑,可是刚滑没有两米远,又是一跤。一连滑了数次,摔了好几跤。他简直被两只滑雪板耍弄得在滚雪球。有一次他把右脚上的滑雪板,别在左脚的左面,怎么也拿不过来了,一直使他把一只摘下,才拿过腿来。

最后,好歹在半山坡扶着一棵小树站起来,两腿已在打着哆嗦了。他喘了一口粗气,"妈的!这两块板太滑了,下身子太快,上身子太慢,嗯!这次我上身使劲大一点,看你再摔屁股墩!"

说着,他真像拄拐棍一样,弯着腰,拄着两根雪杖,挪到树空里,他屏住气,像游泳跳水一样,将上身向前用力一倾,雪杖用力一撑,还没动窝,又噗地摔了个嘴啃雪、猪拱地,头朝山坡下摔了一个前身跤。高大的身躯实扑扑地趴在雪地上,把雪地打了一个坑。左脚的滑雪板已离开了他的脚,两支滑雪杖摔出了十几步远。他的衣领里、袖筒里,灌满了雪面。

这一下孙达得可服了,自己感叹地嘟噜道:"妈的!冰冻三尺,并非一日之寒;飞山滑雪,不是片刻之功。"

说着,他坐在雪地上,摘下滑雪板。他爬起来,打抖着满身的雪粉,拣起雪板雪杖,扛在肩上,遥望了一下小分队去的方向,踏着踪迹,蹽开了长腿,飞奔前去。

在对面山上等候着孙达得的小分队,一看他蹽着长腿赶上山来,刘勋苍带头,故意开孙达得的玩笑,等他气喘吁吁地将到跟前,大家一片哄笑声中,刘勋苍喊声:"目标,对面山包,前进!"只听刷的一声,小分队飞下了沟底。

孙达得喘息了一阵,自己也笑自己,不觉自语一声:"坦克这小子,成心要遛遛我这个孙长腿呀!"他刚要再走,只听对面山上几十个人一齐高喊:"再来一个山头!"接着又是一片哄笑声。

孙达得一听成心要遛他，恨不得两步赶上，便鼓了鼓劲，躇开了长腿，一跃一跃狂奔地追上去。小分队从树空里，窥望着这个快步如飞的孙达得，确实都赞佩他步行登山的速度，和他那身使不完的力气。

为了不致影响战斗，不使孙达得过劳，少剑波叫刘勋苍不要再闹了，确定等一等。

在大家的哄笑中，孙达得奔上山顶，他咳的一声扔下滑雪具。

小董凑到他跟前，"长腿！别人滑雪都是板驮人，你怎么却来了个人驮板？"

大家一齐大笑，孙达得苦笑着擦了一把汗，"咳！"一靠身倚在一棵大树上。

白茹牵过马来，拾起滑雪具，朝着满头大汗的孙达得笑道："还是给我这黄毛丫头吧！"

正在大家的欢笑声中，突然西北大山头上一阵怪啸的咆哮。大家一齐惊骇地向啸声处望去，只见山顶上一排大树摇摇晃晃，树林格格地截断，接着便是一股狂风卷腾起来的雪雾，像一条无比大的雪龙，狂舞在林间。它腾腾落落，右翻左展，绞头摔尾，朝小分队扑来。林缝里狂喷着雪粉，打在脸上，像石子一样。马被惊得乱蹦乱跳，幸亏孙达得身强力大，抓住没放。战士们被这突然出现的"怪物"惊骇得不知所措。

"穿山风来了！"李勇奇高声喊道，"快！跟我来！跟我来！"说着他手一挥，向着那"怪物"出现的右边山顶斜刺奔去，小分队紧张地跟在后头。

少剑波深怕白茹体力难支，便要回身挽她，哪知此刻刘勋苍早已用左臂紧紧挽着白茹的右臂，冒着"怪物"挣扎前进。

小分队冒着像飞沙一样硬的狂风暴雪，在摔了无数的跟头以后，爬上山顶。这股穿山风，已经掠山而过。小分队回头看着这股怪风雪，正在小分队刚才站过的山包那一带，狂吼怪啸，翻腾盘旋。十多分钟后，它咆哮着奔向远方。

小分队刚才路过的地带，地形已完全改变了，没了山背，也没了山沟。山沟全被雪填平了，和山背一样高，成了一片平平雪修的大广场。山沟里的树，连梢也不见了，大家吓得伸了一下舌头，"好险！"

李勇奇抹了一把汗，"万幸！万幸！"

大家都一齐请教李勇奇，"这是什么东西？"

李勇奇克服了紧张后，轻松地喘了一口气道："这叫穿山风，俗名叫搅雪龙，又名平山妖。冬天进山，最可怕的就是这东西。它原是一股大风，和其他的风流一起刮着,碰上被伐或被烧的林壑,就钻进林里,到了林密的地方它刮不出去,便在林里乱钻,碰在树上便上下翻腾、左右绞展,像条雪龙,卷起地上的大雪,搬到山凹,填得沟满涧平。人们没有经验,见了它就要向山凹避风,这样就上了大当,一定就被埋掉。你们看!"他指着刚才路过而现在已被填平的几条山沟,"我们要是停在那里,不是一块被埋掉了吗?"

少剑波感激地望着李勇奇,"要是你不来,勇奇同志,我们就太险了!"

"二〇三首长,别说这个,要是你们不来,我们夹皮沟不早就饿死了吗!"

小分队在胜利的笑声中,继续前进。李勇奇在前进中讲述着山地经验。他说:

"在这山林中,除了毒蛇猛兽之外,春夏秋冬四季,自然气候给人们有四大害。人们都怕这四害,所以又称为四怕。"接着他像唱民谣一样,唱出这样四句词:

> 春怕荒火,
> 夏怕激洪。
> 秋怕毒虫,
> 冬怕穿山风!

他详细地讲述了林间遇险时的常识,他说:"春天荒火烧来,千万别背着火跑,跑得再快,人也有疲劳的时候,况且林中起了荒火,大多是风大火急,蔓延数十里,甚至数百里,跑是跑不出去的。防御的办法是迅速找一块树草稀少的地方,自己点上火,把自己周围的这片荒草烧光它,那时荒火再烧来,这里的草全光了,荒火没草可烧,自然也就熄灭了。

"夏天山洪暴发,千万别向山下跑,越到山下洪流汇集得越大,山坡会随着激洪一片一片地塌下来,就会把人冲死砸烂。所以遇到山洪,得快登峰顶,越到峰顶山洪越少。最好是石峰,石峰如果触不着雷电,是不会塌倒的。

"秋天林中的虫子特别多,特别是毒虫越到秋天越多。虫群袭来,千万别用树枝或手巾打,因为越打人就越出汗,一出汗气味更大,虫子嗅到汗味就飞来的越多,会把人和牲口马匹,活活地咬死。因此治虫的办法,一定要用浓烟熏。

"冬天遇上穿山风,千万别到山洼避风,那样就会被搬来的雪山埋在沟里。遇上它就要赶快登高峰,抱大树,因为高峰上的雪只有被吹走,不会被积来,因此就不会被埋掉;抱大树就不会被刮去。"

最后他用四句歌谣,综括了山林遇险时抵抗的常识:

> 春遇荒火用火迎,
> 夏遇激洪登石峰。
> 秋遇虫灾烟火熏,
> 冬遇雪龙奔山顶。

说得大家都非常称赞李勇奇的山林经验,誉称他是山林通。

这阵穿山风,带来了山林气候的恶化,西北天上的乌云涌涌驰来,盖没了傍晚的太阳,天上滚滚的雪头,眼看就要压下来。

少剑波阴郁地仰视了一下天气,低沉地道声:"天黑了!雪来了!"显然他对这突变的气候表示十分烦恼。他仔细地看了看指北针,急急地滑到队伍前头孙达得的马旁,严肃地向他命令道:

"孙达得,雪来了!地上的踪迹眼看保不住,现在只有依靠树上的刻痕,你的任务,是沿着杨子荣的道路,不要领错一步。"

"我完全有这个把握。"

天气不利,小分队的滑行更加紧张,他们拼命地争夺着天黑前这可贵的时间。

威虎山上。

杨子荣摆布一天的酒肉兵,把座山雕这个六十大寿的百鸡宴,安排得十分排场。

傍晚,他深怕自己的布置有什么漏洞,在小匪徒吆二喝三忙忙活活的碗盘布置中,他步出威虎厅,仔细检查了一遍他的布置。当他确信自己的安排没有什么差错的时候,内心激起一阵暗喜,"好了!一切都好了!剑波同志,您的计划,我执行这一部分已经就绪了。"可是在他的暗喜中,伴来了一阵激烈的担心,他担心着小分队此刻走在什么地方呢?孙达得是否取回了他的报告呢?剑波接没接到呢?小分队是否能在今夜到达呢?大麻子还没回来,是否这个恶匪会漏网呢?总之,在这时间里,他的心里是千万个担心袭上来。

他又仰面环视了一下这不利的天气,厚厚的阴云,载来那滚滚的雪头,眼看就会倾天盖地压下来,更加重着他的担心。他走到鹿砦边上,面对着暮色浮盖下的雪林,神情是十分焦躁。他想:"即便是小分队已经来了,会不会因为大雪盖踪而找不到这匪巢呢?特别我留下最后一棵树上的刻痕离这里还有几里远。"他的担心和烦恼,随着这些激剧地增加着。

"九爷,点不点明子?"

杨子荣背后这一声呼叫,把他吓了一跳,他马上警觉到自己的神情太危险,他的脑子刷地像一把刷子刷过去,刷清了他千万个担忧。他想:"这样会出漏子的。"于是,他立即一定神,拿出他司宴官的威严,回头瞥了一眼他背后的那个连副,慢吞吞地道:"不忙!天还不太黑,六点再掌灯。"

"是!"那个匪连副答应着转身跑去。

杨子荣觉得不能在这久想,需马上回威虎厅,刚要回身,突然瞥见东山包下,大麻子出山的道路上走来三个移动的人影。他的心突然一翻腾,努力凝视着走来的三个人,可是夜幕和落雪挡住了他的视线,怎么也看不清楚。他再等一分钟,揉了揉眼睛,那三个人影逐渐地走近了,看清楚是两个小匪徒,押来一个人。眼上蒙着进山罩,用一条树枝牵着。"这是谁呀?"顿时千头万绪的猜测袭上他的心头。"是情况有变,剑波又派人来了吗?""是因为我一个人的力量单薄派人来帮忙吗?""是孙达得路上失事,派人来告知我吗?""这个被押者与自己无关呢,还是有关?""是匪徒来投山吗?""是被捉来的老百姓吗?是大麻子行劫带回来的俘虏吗?"

愈走近,他看被押来的那人的走相愈觉得眼熟,一时又想不起他到底是谁。他在这刹那间想遍了小分队所有的同志,可是究竟这人是谁呢?得不出结论。

"不管与我有关无关,"他内心急躁地一翻腾,"也得快看明白,如果与自己有关的话,好来应付一切。"想着,他迈步向威虎厅走来。当他和那个被押者走拢的时候,杨子荣突然认出了这个被押者,他立时大吃一惊,全身怔住了,僵僵地站在那里。

"小炉匠,栾警尉,"他差一点喊出来,他全身紧张得像块石头,他的心沉坠得像灌满了冷铅。"怎么办?这个匪徒认出了我,那一切全完了。而且他也必然毫不费事地就能认出我。这个匪徒他是怎么来的呢?是越狱了吗?还是被宽大释放了他又来干呢?"

他眼看着两个匪徒已把小炉匠押进威虎厅。他急躁地两手一擦脸,突然发现自己满手握着两把汗,紧张得两条腿几乎是麻木了。他发觉了这些,啐了一口,狠狠地蔑视了一番自己,"这是恐惧的表现,这是莫大的错误,事到临头这样的不镇静,势必出大乱子。"

他马上两手一搓,全身一抖,牙一咬,马上一股力量使他镇静下来。"不管这个匪徒是怎么来的,反正他已经来了!来了就要想来的法子。"他的眉毛一皱,一咬下嘴唇,内心一狠,"消灭他,我不消灭他,他就要消灭我,消灭小分队,消灭剑波的整个计划,要毁掉我们歼灭座山雕的任务。"

一个消灭这个栾匪的方案,涌上杨子荣的脑海,他脑子里展开一阵激烈的盘算:

"我是值日官,瞒过座山雕,马上枪毙他!"他的手不自觉地伸向他的枪把,可是马上他又一转念,"不成!这会引起座山雕的怀疑。那么就躲着他,躲到小分队来了的时候一起消灭。不成,这更愚蠢,要躲,又怎么能躲过我这个要职司宴官呢?那样我又怎么指挥酒肉兵呢?不躲吧!见了面,我的一切就全暴露了!我是捉他的审他的人,怎么会认不出我呢?一被他认出,那么我的性命不要紧,我可以一排子弹,一阵手榴弹,杀他个人仰马翻,打他个焦头烂额,死也抓他几个垫肚子的。可是小分队的计划,党的任务就都落空了!那么,怎么办呢?怎么办呢?……"

他要在这以秒计算的时间里,完全作出正确的决定,错一点就要一切完蛋。他正想着,突然耳边一声"报告",他定睛一看,一个匪徒站在他的面前。

"报告胡团副,旅长有请。"

杨子荣一听到这吉凶难测的"有请"两字,脑子轰的一下像要爆炸似的激烈震动。可是他的理智和勇敢,不屈的革命意志和视死如归的伟大胆魄,立即全部控制了他的惊恐和激动,他马上向那个匪徒回答道:

"回禀三爷,说我马上就到!"

他努力听了一下自己发出来的声音,是不是带有惊恐?是不是失去常态?还不错,坦然,镇静,从声音里听不出破绽。他自己这样品评着。他摸了一下插在腰里的二十响,和插在腿上的一把锋利的匕首,一晃肩膀,内心自语着:"不怕!有利条件多!我现在已是座山雕确信不疑的红人,又有'先遣图'的铁证,我有置这个栾匪于死地的充分把柄。先用舌战,实在最后不得已,我也可以和匪首们一块毁灭,凭我的杀法,杀他个天翻地覆,直到我最后的一口气。"

想到这里,他抬头一看,威虎厅离他只有五十余步了,三十秒钟后,这场吉凶难卜、神鬼难测的斗争就要开始。他怀着死活无惧的胆魄,迈着轻松的步子,拉出一副和往常一样从容的神态,走进威虎厅。

威虎厅里,两盏野猪油灯,闪耀着蓝色的光亮。座山雕和七个金刚,凶严地坐在他们自己的座位上,对面垂手站立着栾匪。这群匪魔在静默不语。杨子荣跨进来看到这种局面,也猜不透事情已有什么进程,这群匪魔是否已计议了什么?

"不管怎样,按自己的原套来。"他想着,便笑嘻嘻地走到座山雕跟前,施了个匪礼,"禀三爷,老九奉命来见!"

"嘿!我的老九!看看你这个老朋友。"座山雕盯着杨子荣,又鄙视了一下站在他对面的那个栾警尉。

杨子荣的目光早已盯上了背着他而站的那个死对头,当杨子荣看到这个栾匪神情惶恐、全身抖颤、头也不敢抬时,他断定了献礼时的基本情况还没变化,心里更安静了,他便开始施用他想定的"老朋友"见面的第一招,他故意向座山雕挤了一下眼,满面笑容地走到栾匪跟前,拍了一下他那下坠的肩膀,"噢!我道是谁呀,原来是栾大哥,少见!少见!快请坐!请坐。"说着他拉过一条凳子。

栾匪蓦一抬头,惊讶地盯着杨子荣,两只贼眼像是僵直了,嘴张了两张,也不敢坐下,也没说出什么来。

杨子荣深恐他这个敌手占了先,便更凑近栾匪的脸,背着座山雕和七个金刚的视线,眼中射出两股凶猛可怕的凶气,威逼着他的对手,施用开他的先发制敌的手段,"栾大哥,我胡彪先来了一步,怎么样?你从哪儿来?嗯?投奔蝴蝶迷和郑三炮高抬你了吗?委了个什么官?我胡彪祝你高升。"

栾匪在杨子荣威严凶猛的目光威逼下,缩了一下脖子。被杨子荣这番没头没脑、盖天罩地、云三吹五的假话,弄得蒙头转向,目瞪口呆。他明明认出他眼前站的不是胡彪,胡彪早在奶头山落网了;他也明明认出了他眼前站的是曾擒过他、审过他的共军杨子荣,可是在这个共军的威严下却说不出半句话来。

座山雕和七个金刚一阵狞笑。"蝴蝶迷给你个什么官?为什么又到我这儿来?嗯?"

杨子荣已知道自己的话占了上风,内心正盘算着为加速这个栾匪毁灭来下一招。可是这个栾匪,神情上一秒一秒的起了变化,他由惊怕,到镇静,由镇静,又到轻松,由轻松,又表现出了莫大希望的神色。他似笑非笑地上下打量着杨子荣。

杨子荣看着自己的对手的变化，内心在随着猜测，"这个狡猾的匪徒是想承认我是胡彪，来个将计就计借梯子下楼呢，还是要揭露我的身份以讨座山雕的欢心呢？"在这两可之间，杨子荣突然觉悟到自己前一种想法的错误和危险，他清醒到在残酷的敌我斗争中不会有什么前者，必须是后者。即便是前者，自己也不能给匪徒当梯子，必须致他一死，才是安全，才是胜利。

果不出杨子荣的判断，这个凶恶的匪徒，眼光又凶又冷地盯着杨子荣冷冷地一笑，"好一个胡彪！你——你——你不是……"

"什么我的不是，"杨子荣在这要紧关头摸了一下腰里的二十响，发出一句森严的怒吼，把话岔到题外，"我胡彪向来对朋友讲义气，不含糊，不是你姓栾的，当初在梨树沟你三舅家，我劝你投奔三爷，你却硬要拉我去投蝴蝶迷，这还能怨我胡彪不义气？如今怎么样？"杨子荣的语气略放缓和了一些，但含有浓厚的压制力，"他们对你好吗？今天来这儿有何公干哪？"

七个金刚一齐大笑，"是啊！那个王八蛋不够朋友，不是你自己找了去的？怎么又到这里来？有何公干哪？"

杨子荣的岔题显然在匪首当中起了作用，可是栾匪却要辩清他的主题。瞧七个金刚一摆手，倒露出一副理直气壮的神气，"听我说，我不是这个意思，我是说……"

"别扯淡，今天是我们三爷的六十大寿，"杨子荣厉声吓道，"没工夫和你辩是非。"

"是呀，你的废话少说，"座山雕哼了哼鹰嘴鼻子，"现在我只问你，你从哪里来？来我这儿干什么？"

栾匪在座山雕的怒目下，低下了头，咽了一口冤气，身上显然哆嗦起来，可也不知是吓的，还是气的，干哑哑的嗓子挤出了一句："我从……蝴蝶迷那里来……"

杨子荣一听他的对手说了假话，不敢说出他的被俘，心中的底更大了，确定了迅速进攻，大岔话题。别让这个恶匪喘息过来，也别让座山雕这个老匪回味。他得意地晃了晃脑袋，"那么栾大哥，你从蝴蝶迷那里来干什么呢？莫非是来拿你的'先遣图'吗？嗯？"杨子荣哈哈地冷笑起来。

这一句话，压得栾匪大惊失色，摸不着头绪，他到现在还以为他的"先遣图"还在他老婆那里，可是共军怎么知道了这个秘密呢？他不由得两手一张，眼一僵。

"怎么？伤动你的宝贝啦？"杨子荣一边笑，一边从容地抽着小烟袋，"这没法子，这叫着前世有缘，各保其主呀！"

这个匪徒愣了有三分钟，突然来了个大进攻，他完全突破了正进行的话题，像条疯狗一样吼道：

"三爷，你中了共军的奸计了！"

"什么？"座山雕忽地站起来瞧着栾匪惊问。

"他……他……"栾匪手指着杨子荣，"他不是胡彪，他是一个共军。"

"啊！"座山雕和七个金刚，一齐惊愕地瞅着杨子荣，眼光是那样凶恶可畏。

这一刹那间，杨子荣脑子和心脏轰的一阵，像爆炸一样。他早就提防的问题可怕的焦点，竟在此刻，在节节顺利的此刻突然爆发，真难住了，威虎厅的空气紧张得像要爆炸一样，"是开枪呢，还是继续舌战？"他马上选择了后者，因为这还没到万不得已的境地。

于是他噗哧一笑，磕了磕吸尽了的烟灰，更加从容和镇静，慢吞吞地、笑嘻嘻地吐了一口痰，把嘴一抹说道：

"只有疯狗，才咬自家的人，这叫作六亲不认。栾大哥，我看你像条被挤在夹道里的疯狗，翻身咬人，咬到了咱多年的老朋友身上啦。我知道你的'先遣图'，无价宝，被我拿来，你一定恨我，所以就诬我是共军，真够狠毒的。你说我是共军，我就是共军吧！可是你怎么知道我是共军呢？嗯？！你说说我这个共军的来历吧？"说着他朝旁边椅上一坐，掏出他的小烟袋，又抽起烟来。

座山雕等被杨子荣那派从容镇静的神态，和毫无紧张的言语，减轻了对杨子荣的惊疑，转过头来对栾匪质问道：

"姓栾的，你怎么知道他是共军？你怎么又和他这共军相识的？"

"他……他……"栾匪又不敢说底细，但又非说不可，吞吞吐吐地，"他在九龙汇，捉……捉……过我。"

"哟！"杨子荣表示出一副特别惊奇的神情，"那么说，你被共军捕过吗？"杨子荣立起身来，更凶地逼近栾匪，"那么说，你此番究竟从哪里来的？共军怎么把你又放了？或者共军怎么把你派来的？"他回头严肃地对着座山雕道："三爷，咱们威虎山可是严严实实呀！所以共军他才打不进来，现在他被共军捉去过，他知道咱们威虎山的底细，今番来了，必有鬼！"

"没有！没有！"栾匪有点慌了，"三爷听我说！……"

"不管你有没有，"杨子荣装出怒火冲天的样子，"现在遍山大雪，你的脚

印,已经留给了共军,我胡彪守山要紧。"说着他高声叫道:

"八连长!"

"有!"威虎厅套间跳出一个匪连长,戴一块黄布值日袖标,跑到杨子荣跟前。

杨子荣向那个八连长命令道:"这混蛋,踏破了山门,今天晚上可能引来共军,快派五个游动哨,顺他来的脚印警戒,没有我的命令,不许撤回。"

"是!"匪连长转身跑出去。

杨子荣的这一招安排,引起了座山雕极大的欢心,所有的疑惑已被驱逐得干干净净。他离开了座位,大背手,逼近栾匪,格格一笑,"你这条疯狗,你成心和我作对,先前你拉老九投蝴蝶迷,如今你又来施离间计,好小子!你还想把共军引来,我岂能容你。"

栾匪被吓得倒退了两步,扑倒跪在地上,声声哀告:"三爷,他不是胡彪,他是共军!"

杨子荣心想时机成熟了,只要座山雕再一笑,愈急愈好,再不能纠缠,他确定拿拿架子,于是袖子一甩,手枪一摘,严肃地对着座山雕道:

"三爷,我胡彪向来不吃小人的气,我也是为把'先遣图'献给您而得罪了这条疯狗,这样吧,今天有他无我,有我无他,三爷要是容他,快把我赶下山去,叫这个无义的小子吃独的吧!我走!我走!咱们后会有期。"说着他袖子一甩就要走。

这时门外急着要吃百鸡宴的群匪徒,正等得不耐烦,一看杨子荣要走,乱吵吵地喊道:

"胡团副不能走……九爷不能走……"吵声马上转到对栾匪的叫骂,"那个小子,是条癫疯狗,砸碎他的骨头,尿泡的……"

座山雕一看这个情景,伸手拉住杨子荣,"老九!你怎么耍开了孩子气,你怎么和条疯狗耍性子?三爷不会亏你。"说着回头对他脚下的那个栾匪格格又一笑,狠狠地像踢狗一样地踢了一脚,"滚起来!"他笑嘻嘻地又回到他的座位。

杨子荣看了座山雕的第二笑,心里轻松多了,因为座山雕有个派头,三笑就要杀人,匪徒中流传着一句话:"不怕座山雕暴,就怕座山雕笑。"

座山雕回到座位,咧着嘴瞧着栾匪戏耍地问道:

"你来投我,拿的什么作进见礼?嗯?"

栾匪点头弯腰地装出一副可怜相,"丧家犬,一无所有,来日我下山拿来

'先遣图'作为……"

"说得真轻快,"座山雕一歪鼻子,"你的'先遣图'在哪里?"

"在我老婆的地窖里。"

杨子荣噗哧笑了,"活见鬼,又来花言巧语地骗人,骗到三爷头上了。"

座山雕格格又一笑,顺手从桌下拿出一个小铁匣,从里面掏出几张纸,朝着栾匪摇了两摇,"哼……哼……它早来了!我崔某用不着你雨过送伞,你这空头人情还是去孝敬你的姑奶奶吧。"

栾匪一看座山雕拿的正是他的"先遣图",惊得目瞪口呆,满脸冒虚汗。

"栾大哥,没想到吧?"杨子荣得意而傲慢地道,"在你三舅家喝酒,我劝你投奔三爷,你至死不从,我趁你大醉,连你的衣服一块,我就把它拿来了!看看!"杨子荣掀了一下衣襟,露出擒栾匪时在他窝棚里所得栾匪的一件衣服,"这是你的吧?今天我该还给你。"

栾匪在七大金刚的狞笑中,呆得像个木鸡一样,死僵的眼睛盯着傲慢的杨子荣。他对杨子荣这套细致无隙的准备,再也没法在座山雕面前尽他那徒子徒孙的反革命孝心了。他悲哀丧气地喘了一口粗气,像个泄了气的破皮球,稀软稀软地几乎站不住了。可是这个匪徒突然一眨巴眼,大哭起来,狠狠照着自己的脸上打了响响的两个耳光子。"我该死!我该死!三爷饶我这一次,胡彪贤弟,别见我这个不是人的怪,我不是人!我不是人!"说着他把自己的耳朵扭了一把,狠狠地又是两个耳光子。

杨子荣一看栾匪换了这套伎俩,内心发出一阵喜笑,暗喜他初步的成功。"不过要治死这个匪徒,还得费一些唇舌,绝不能有任何一点松懈。对敌人的仁慈,就是对人民对革命的罪恶。必须继续进攻,严防座山雕对这匪徒发万一可能的侧隐之心,或者为了发展他的实力而收留了这个匪徒。必须猛攻直下,治他一死,否则必是心腹患。现在要施尽办法,借匪徒的刀来消灭这个匪徒。这是当前的首要任务。"

他想到这里,便严肃恭敬地把脸转向座山雕,"禀三爷,再有五分钟就要开宴,您的六十大寿,咱的山礼山规,可不能被这条丧家的癫疯狗给扰乱了!弟兄们正等着给您拜寿呢!"

拥挤在门口的匪徒们,早急着要吃吃喝喝了,一听杨子荣的话,一齐在门口哄起来,"三爷!快收拾了这条丧家狗!""今天这个好日子,这个尿泡的来了,真不吉利!""这是个害群马,丧门星,不宰了他,得倒霉一辈子!"群匪徒吵骂成一团。

"三爷……三爷……"栾匪听了这些,被吓得颤抖地跪在座山雕面前,苦苦哀告。"饶了我这条命……弟兄们担待……胡……胡……"

"别他妈的装洋熊,"杨子荣眼一瞪,袖子一甩,走到大门口,向挤在门口气汹汹、乱哄哄的匪徒高喊道:

"弟兄们!司宴官胡彪命令,山外厅里一齐掌灯!准备给三爷拜寿,弟兄们好大饮百鸡宴!"

匪徒们一听,嗷的一声喊:"九爷!得先宰了这个丧门星!"喊着一哄拥进了十几个,像抓一只半死的狐狸一样,把个栾匪抓起来,狠狠地扭着他的胳膊和衣领,拼命地揉了几揉,一齐向座山雕请求道:"三爷早断。"

座山雕把脚一跺,手点着栾匪的脑门骂道:"你这个刁棍,我今天不杀了你,就冲了我的六十大寿;也对不起我的胡老九。"说着他把左腮一摸,"杀了丧门星,逢凶化吉;宰了猫头鹰,我好益寿延年。"说着他身子一仰,坐在他的大椅子上。

七大金刚一看座山雕的杀人信号,齐声喊道:"架出去!"

匪徒们一阵呼喊怪叫,吵成一团,把栾匪像拖死狗一样,拖出威虎厅。

杨子荣胜利心花顿时开放,随在群匪身后,走出威虎厅,他边走边喊道:

"弟兄们!今天是大年三十,别伤了你们的吉利,不劳驾各位,我来干掉他。你们快摆宴张灯。"杨子荣走上前去,右手操枪,左手抓住栾匪的衣领,拉向西南。群匪徒一齐忙碌,山外厅里,张灯摆宴,威虎山灯火闪烁。

杨子荣把栾匪拉到西南陡沟沿,回头一看,没有旁人,他狠狠抓着栾匪的衣领,低声怒骂道:

"你这个死不回头的匪徒,我叫你死个明白,一撮毛杀了你的老婆,夺去你的'先遣图'。我们捉住了一撮毛,我们的白姑娘又救活了你的老婆。本来九龙汇就该判决你,谁知今天你又来为非作恶,罪上加罪。这是你自作自受。今天我代表祖国,代表人民,来判处你的死刑。"

杨子荣说完,当当两枪,匪徒倒在地上。杨子荣细细地检查了一番,确信匪徒已死无疑,便一脚把栾匪的尸体,踢进烂石陡沟里。

杨子荣满心欢喜地跑回来,威虎厅已摆得整整齐齐,匪徒们静等着他这个司宴官。他笑嘻嘻地踏上司宴官的高大木墩,拿了拿架子,一本正经地喊道:

"三爷就位!"

"徒儿们拜寿!"

在他的喊声中,群匪徒分成三批,向座山雕拜着六十大寿的拜寿礼。

杨子荣内心暗骂道:"你们他妈的拜寿礼,一会儿就是你们的断命日,叫你们这些匪杂种来个满堂光。"

拜寿礼成,杨子荣手举一大碗酒,高声喊道:

"今天三爷六十大寿,特在威虎厅赐宴,这叫做师徒同欢。今天酒肉加倍,弟兄们要猛喝多吃,祝三爷'官升寿长'!现在本司宴官命令:为三爷的官,为三爷的寿,通通一起干!"

群匪徒一阵狂笑,手捧大饭碗,咕咚咕咚喝下去。

接着,匪徒们便"五啊!六啊!八仙寿!巧巧巧哇!全来到哇!……"猜拳碰大碗,大喝狂饮起来。

杨子荣桌桌劝饮,指挥着他的酒肉兵,展开了猛烈的攻击。可是此刻他更加激剧地盼望着、惦记着小分队。

人民文学出版社1957年版

周立波《暴风骤雨》导读

 **作家简介**

  周立波(1908—1979),原名周绍仪,笔名"立波"取自英语"Liberty"(自由)的汉语音译。湖南益阳人。1924年考入长沙省立第一中学,喜读文史书籍,并开始参加革命活动。1934年参加中国左翼作家联盟,加入中国共产党,开始了革命文学活动,编辑《时事新报》副刊《每周文学》,发表诗、散文和评论,翻译肖洛霍夫的长篇小说《被开垦的处女地》(第一部)和基希的报告文学《秘密的中国》。1939年赴延安,任教于鲁迅艺术学院文学系,著有描写延安农村生活的《牛》和以他身陷上海狱中生活为题材的《第一夜》《麻雀》等短篇小说,后结集为《铁门里》。1946年赴东北参加土改。1949年后,任《人民文学》编委、中国作家协会理事、湖南省文联主席等职。1955年回故乡安家落户,创作了反映钢铁工人生活的长篇《铁水奔流》和以农村生活为题材的短篇小说集《禾场上》,描写农业合作化运动的长篇小说《山乡巨变》及其续篇。短篇《湘江一夜》,获1978年全国优秀短篇小说奖。

 创作背景

  长篇小说《暴风骤雨》写于1948年。当时,全国解放战争正在向最后的胜利发展。在已经解放的东北地区,为巩固胜利果实,共产党领导人民展开土地改革和镇压地主阶级的斗争。为了反映这一史无前例、波澜壮阔的历史运动,周立波以东北的一个小屯为场景,在深入农村生活的基础上,写就这部与丁玲的《太阳照在桑干河上》并驾齐驱的反映土地改革的经典著作,并与后者一起获得1951年度斯大林文学奖。

作品评点

　　小说以东北地区松花江畔一个叫元茂屯的村子为背景,讲述这里的农民打倒地主阶级,完成土地改革的全部过程。共产党员萧队长带领工作队来到了元茂屯,要发动大家分土地,在农民们的心里燃起了希望。然而事情一做起来却遇到了困难。农民们一方面渴望翻身,一方面又心有余悸,不敢相信真的改天换日了。地主恶霸又在暗中破坏。第一次划分土地草草了事,还让地主投机分子混进农会。不过,不同人的面目也表现了出来。农民里分成几种人,苦大仇深的赵玉林、郭全海、老初等都是立场最坚定的贫雇农,刘德山等富裕中农只希望保住自己的土地。萧队长果断地依靠贫雇农,并培养郭全海等积极分子,发动群众,组织了贫农串联会,把贫农和中农们团结了起来,大家在彼此倾诉中鼓舞了要翻身的决心。土匪韩老五带匪兵进攻元茂屯,被民兵击退,赵玉林英勇牺牲。同时,前线胜利的消息传来,贫苦农民们斗志高昂,犹豫的中农们也下定决心和地主决裂。在群众的帮助下,地主私藏的财物被找了出来,土匪头子韩老五也被捉住,隐藏在村子里的坏分子都被清除。这下农民们胆气壮了,恶霸地主被镇压,大家重新展开了一次分取果实的运动。这一次和前一次不同,所有人都喜气洋洋,兴高采烈。本书节选的就是小说有关分衣、分马、分地的一部分。

　　周立波坚持社会主义现实主义的文艺观和文学反映论,小说的主旨是要把中国农村冲破几千年封建生产关系束缚的翻天覆地的变化展现在读者的面前,讴歌在共产党领导下的中国农民冲破封建罗网,奔赴光明未来的情景。然而比起同主题的其他作品,这部小说在艺术上的最大特点是富于生活气息和民族特色,尤其是刻画了一群生动的农民形象。分衣服、分牛马、分田地的这几章最能表现这些。

　　节选的一开头,土匪韩老五被捉拿回来了,全村人都像吃了定心丸,欢欢喜喜开始分取果实。最先开始的是分衣服和被褥。赵大嫂是烈士赵玉林的媳妇,为人善良,识大体,是全村人竖大拇指夸的人物。她不挑不拣,老想着让别人,最终还是由老初帮她挑了被子。老初是受尽压迫的贫农,革命立场最坚决,性子果断,嗓门最大。小猪倌挑被子挑花了眼,最后还是靠老初做了决断。小猪倌这个在解放前吃尽苦头、寒冬腊月只能钻在草包里瑟瑟发抖的贫苦农民的典型,此刻毕竟显露出了孩子本色——面对五光十色的被子就像面对一堆礼物不知道该挑哪一个。其实在场的所有农民都仿佛幸福的孩子在分好吃的东西,既向往又害羞。只有心里怀着美好理想和坚定信念的作者才会写出这样的篇章吧,那个时代,刚刚翻身解放的人们真切地相信美好生活就在眼前。

分马是这部小说中的精彩场面,人物也最鲜活。第一次分马,四户才分到一匹,一户分一条腿。这一回却每家都能分到一个囫囵个儿顶用的牲口。分马的人堆里,最惹人注目的是那个到处钻来钻去、嘴巴一刻没闲着的老孙头。他是赶车的,走南闯北,知道的东西多。他扯起黑瞎子的故事,谈论农村里结婚的趣闻,架势就像个说书人。但他也爱吹牛,不懂装懂,管耶稣教叫"野猪叫"。他的农民式幽默给人带来了快乐。老孙头做了一辈子车把式,最大的梦想就是有自己的马车。所以分马的时候是他最幸福光彩的时候。你看他对马的特点了如指掌,扯着小猪倌讲起马口子的学问来,被小猪倌嘲笑了也不生气。老孙头也是个热心鬼,只不过热心里总是藏着一点鬼心思。人家老初急着帮别人挑东西,老孙头也急着帮别人挑东西,却免不了心里为自己打算。"要是赵家分了马,他插车插锒,不用找别家,别家嘎咕,赵大嫂子好说话。"他的小算计不少,可都是有劳动经验支撑的,无论相马还是相地,他都是行家。这些算计或许会被今天的读者看作爱占小便宜,但是对当时的农民来说,土地和生产资料那是梦寐以求的宝贵东西,绝不是小便宜。看看李毛驴,别的都不要,就要被地主抢去的两头毛驴。他失去了老婆和孩子,只剩下这两头活物算是亲人了。以歌颂正面人物为主的作者此时也不禁起了同情,写道:"他想起了夭折的孩子,走道的媳妇,心里涌出了悲楚。"李毛驴其实是一个悲剧式的穷苦农民典型。相比之下,老孙头则是个喜剧式的穷苦农民典型。老孙头是个热心肠,但却绝不是大公无私的伟人。作者故意安排了大伙给老王太太换马的一幕,把各种人物的心思摆在一起对比。老王太太分了个热毛子马,很不满意。大家要给她换,郭全海和老初是斩钉截铁地愿意换,白大嫂子和张景瑞继母想着不能落后,也愿意换。可老孙头呢,说是愿意换,可当老王太太向他的宝贝小马走过来,他的心收紧了,连忙嚷嚷:"别摸它呀,这家伙不太老实,小心它踢你。"那是真舍不得,老孙头就像看着心爱宝贝爱不释手的大孩子。老孙头并不是只有自己的小算计,也是个有干劲的人,看见老婆分了口棺材,二话没说就给劈了,一边嚷嚷着为了革命要活一百岁。但他也爱逞能,愣叫玻璃眼小马摔了一跤。骑马这一段不如说是老孙头自己的一次撒欢。老孙头有许多小缺点,但恰恰是这些缺点才显得他可爱。少了这个人,生活似乎就少了笑声,少了真实。相比之下,那些过于模式化的人物反而令人觉得乏味。在对老孙头这个人物的塑造上,作者似乎受到肖洛霍夫《被开垦的处女地》的影响。老孙头与舒卡尔老爹在气质、脾气、性格上都非常相似!老孙头的胆小和自我解嘲会让我们想起阿Q,然而在这里我们看到的不再是精神胜利法,而是一种宝贵的中国农民式的乐观精神。这个苦难的农民养成了自己的一套忍受苦难保护自己的乐天派生活方式。

这部小说的一开场,就是老孙头驾车拉着工作队从大路上赶来。在今天,读完这部小说之后,仿佛看见老孙头赶着他的玻璃眼小马,一手扬起鞭子,突然回头嘿嘿一笑。一笑之间,一群人离我们远去了。

周立波是湖南人,到东北参加土改时间并不长,但却写出了鲜明的东北地方特色。尤其在语言上,他熟练地掌握了东北松花江流域的方言土语。人物对话的东北味很足,听起来仿佛身临其境。老孙头说话的腔调是否让你想到赵本山?阅读时注意体会。

(余　亮)

暴风骤雨(节选)

周立波

二三

载着郭全海他们的爬犁才到元茂屯的西门外,消息早传遍全屯。人们都迎了出来,堵塞着公路,围住韩老五。治安委员张景瑞忙道:

"闪开道,叫他走,往后看他的日子有的是。"

小猪倌钻到前头,仔细瞅瞅韩老五脸庞,说道:

"跟韩老六一样,也是豆豆眼,秃鬓角。"

老孙头笑眯左眼,挤到韩老五跟前,故意吃惊地问道:

"这不是咱们五爷吗?大驾怎么回来的?搭的太君的汽车呢,还是骑的大洋马?"

韩老五张眼一望,黑鸦鸦的一堆人,望不到边。他的心房蹦跳着,脸象窗

户纸一样地灰白。但他还是强装笑脸,假装轻巧地回答老孙头的话:

"他们没撵上雪貂,抓个跳猫回来了。"

韩老五关进了农会近旁一个空屋里,人们还不散,都站在当院,围住白玉山和郭全海,问长问短,打听事件的经过。听到人家农会套爬犁相送,老孙头说:

"看人家多好!"

张景瑞接口说道:

"要不,咋叫天下工农是一家呀?"

郭全海插进来说道:

"往后咱们也得学学样,帮助外屯。"

闲唠一会,人们才散去。张景瑞和小猪倌合计,在韩老五住的房子周围,白日儿童团加派哨岗,下晚归民兵负责。郭全海和白玉山回到农会,萧队长正在和积极分子们计算这回查出来的地富的黑马和买回的新马,捎带合计分劈的办法,他叫郭、白二人先歇歇,分浮分马,不用他们管。郭全海留在农会,找个机会小声问萧祥:

"县委胥秘书说:你去电话,叫我'别在县里耽误,赶紧回来,家有好事等着我,'倒是什么事呀?"

萧队长笑着说道:

"大喜事,你先睡睡吧,回头告诉你。"

"要不告诉我,就睡不着。"

"要是告诉你了,怕你连睡也不想睡了。你先歪歪吧。老初,咱们来干咱们的,你说,先补窟窿好,就这么的吧。先调查一下,哪些人家,算是窟窿。"

老初说:

"你比方说:小猪倌还没有被子,就是个窟窿。"

郭全海躺在炕上,听了一会,就睡着了,他有两宿没有合上眼。这回抓差,操心大了,他黑瘦了一些。他歪在炕头,没有盖被子,就发出了微小的鼾息。刘桂兰走来,瞅他那样地躺着,怕他着凉,在人们都围着桌子,合计分劈果实的时候,她把炕沿上谁的一条红被子摊开,轻轻盖在他身上。

白玉山回到家里,白大嫂子欢欢喜喜接着他。舀水他洗脸。她坐在炕桌边上,一面纳鞋底,一面唠家常,先不问他出外的情形,忙着告诉他:"刘桂兰相中了郭全海,捎信给区长,跟小老杜家那尿炕掌柜的,打八刀了。"

白玉山脱掉棉袄和布衫,露出铜色的结实肥厚的胸脯,趁着洗脸的水还热,擦一擦身子。听到他屋里的说到尿炕掌柜的,他笑起来说道:

"咋叫尿炕掌柜的?"

"才十一岁,见天下晚都尿炕,可不是尿炕掌柜的?"

白玉山又问:

"区长批准吗?"

"那还不批准?她跟郭主任倒是一对。工作都积极。人品呢,也都能配上。刘桂兰是称心如意的,如今就等郭主任,看他怎么样。你说吧,他能看上她不能?"

白玉山没有回答她这话,他擦完胸背,又洗脖子和胳膊,穿好衣裳,完了又从他的旧皮挎包里,掏出公安局发给他的牙刷和牙膏,一面刷牙,一面问道:

"谁保媒呀?"

"萧队长叫老孙头保媒,老孙头说:'红媒①得俩媒人。'"

白玉山在漱口盂子里洗着牙刷,一面问道:

"刘桂兰也算红媒?算白媒吧?"

白大嫂子说:

"她到老杜家还没上头呀,咋算白媒?"

白玉山点点头说:

"另一个媒人是谁?"

"老初。可咱们得合计合计,送啥礼好?"

"你说吧?"

"依我说,咱们去买点啥,不要送钱。也别用果实,果实都从地主家来的,送礼不新鲜。"

"好呀,我去买张画送他,《分果实》那张画不错,《人民军队大反攻》那张也好。"

白大嫂子笑起来说道:

"哎哟,把人腰都笑折了。人家办事②,你送《人民军队大反攻》。"

"不反攻,事也办不成。一切为前线,不为前线,'二满洲'整不垮台,还有

---

① 姑娘嫁人,叫作红媒。结过一次婚的女人再次结婚,叫作白媒。

② 办喜事。

你穷棒子娶媳妇的份?"

白大嫂子笑着说:

"对,你说的有理,就这么的,也得再买点啥送他呀。"

"到时候瞧吧,饭好没有?"

"我给你留了一些冻饺子,我去煮去。你先歪一歪。"

白玉山歪在炕头,一会睡着了,发出匀称的鼾息。白大嫂子正在外屋里点火,听见鼾声,忙走进来,从炕琴上搬下一床三镶被,轻轻盖在他身上。

农会里屋,人越来越多。大伙围着萧队长,吵吵嚷嚷,合计着分果实的事。老初的嗓门最大,老孙头的声音最高。郭全海才睡不一会,给吵醒来了。他坐起来,用手指背揉揉眼窝。跳下地来,站在人背后,老是留心着他的刘桂兰瞅着他醒来,也不避人,忙跑过来,用手指一指西屋,低声说道:

"上那屋去睡吧,那屋静点。"

郭全海晃晃脑瓜,说他不想再睡了。他挤到八仙桌子边,参加他们的讨论,听到老初的大嗓门说道:

"就这样办,先消灭赤贫:先补窟窿。不论谁,缺啥补啥。"

刘德山媳妇打断他的话问道:

"中农也一样?"

老初说道:

"贫雇农跟底儿薄的中农都一样补,缺粮补粮,缺衣裳补衣裳。今年分果实,不比往年,今年果实多,手放宽些,也不当啥,先填平,再拉齐套①,有反对的没有?"

没有人吱声,老孙头反问一句:

"你说缺啥补啥,咱缺的玩艺,可老鼻子呐。往年光分一腿马,连车带绳套,还有笼头、铜圈、嚼子、套包②,啥啥都没有,都能补上吗?"

老初回答道:

"车可补不起,通起只有十来挂大车,你一人分一挂,那还能行?别的都能补。"

张景瑞问老孙头道:

---

① 拉齐套:几匹马齐头拉车的意思。
② 套包:用苞米包皮编制,外边裹布的,套在马脖子上,以便拉车的椭圆套圈。

"套包你自己还不能整？亏你赶这么些年车。"

"谁说不能整？有现存的,就不必整呗。"

老初又说：

"都别吵吵,昨儿下晚咱们小组合计的,烈属军属,不管缺不缺,都上升一等,比方,赵大嫂子原是一等,如今上升一等,算作特等。正派的赤贫小户,都算一等。"

老孙头忙问：

"李毛驴能算几等？"

老初说：

"他赤贫是不假,能算正派吗？叫他自己说说。李毛驴来了没有？"

站在角落里的李毛驴说道：

"咱论份量,较比大伙都轻,听大家伙,排到几等算几等。"

老孙头说：

"李毛驴干的事儿都坦白了,排他三等吧。"

老田头也应和着说：

"嗯哪,排他三等。"

这时候,老初又问道：

"老王太太算几等？"

老田头说：

"老王太太立下大功了,该排一等。"

老初说道：

"平常她会也到不到,啥也不积极。"

老田头说：

"这回功劳可不小,要不是她,放着韩老五在外,抓不回来,都不省心。"

后沿几个声音同时回答道：

"算她一等吧。"

老初又问：

"家口多的怎么办？"

大伙不吱声。家口多的雇农是没有的,雇农还是跑腿子的多。家口多的贫农,也还能有。有人提出,家口多的上升一等,比如一等户,家口有四个人到六个人,是本等,七人以上的,上升一等。这事有一番争执,到后来,还是依照萧队长的意见,家口多的上升一等。跑腿子的都按本等分两份,准备他们娶媳妇。

老初又说:

"咱们那一组还合计过,赤贫户缺吃短穿,多分粮食和衣裳,还得分劈硬实的牲口,底儿厚的户,多分漂亮一点的衣裳,不太结实也不要紧。"

老孙头说:

"咱们那一组也赞成这个意见,还补充一点,缺马的老板子,得先挑牲口。"

大伙都笑着,张景瑞笑道:

"多咱也漏不下老孙头你的。"

老初说道:

"别吵了,咱们就动手分吧,果实都摆在小学校的操场里,咱们就走,上那儿去。"

大家往外走。院子里的干雪上,一片脚步声,小嘎们早跑到前头去了,老太太们还在院子里慢腾腾地一跛一跛地走着。萧队长坐在八仙桌子边的炕沿上,叫郭全海别走。郭全海取出别在腰上的烟袋,装一锅子烟,跑到外屋灶坑里对着了火,返回盘腿坐在炕头上,问萧队长道:

"有啥好事等着我呀?"

萧队长笑着,一种温和的,希望人家走运的好心的微笑,挂在瘦削的脸上,这是郭全海在早没有留心的。一年多来,他们算是混熟了。可是一向在斗争中,工作中,一向都忙着,没有工夫唠家常,谈心事。郭全海把萧队长当做一个圣贤,当做一个一切都为工农大伙,不顾个人利害的好汉,不论对自己,对别人,他都不会有私心,他个人的要求和希望,从来不说。这回萧队长的笑,就有些不同,象是有些体己话要唠唠似的。他又惊奇,又欢喜,抽一口烟,瞅着萧队长,等他的回答。萧队长心里,早就留意郭全海,认为他是这个区里的好干部。他想培养他做区委书记,他寻思他是一个成分好,年纪轻,精明强干,胆大心细的干部,又是最早一批发展的党员,党内锻炼也有一些了,再加一点文化知识,和更多的斗争经验,他能成为一个好区委书记。

现在,他想叫郭全海安家立业,娶个好媳妇,让他日子过得好一点,工作更安心。他没有回答郭全海的话,先笑着问道:

"想不想安家,比方说,娶个媳妇?"

郭全海脸庞绯红,没有吱声,烟袋抽得吧哒吧哒响。萧队长凑近他一点,声音也压低一点说：

"人品能配上,也是熟人,干活做工作,都是头把手。"

郭全海早猜着了,还是不吱声,吧哒吧哒抽着烟。萧队长问道：

"没有意见吧？老孙头跟老初保媒。"

郭全海脸上发烧,心房蹦跳。移开噙着的烟袋,声音里有一点颤动地说：

"就是怕人家说话。"

"怕人说啥？娶媳妇又不是不正当的事。"

"人家说,看他农会办的,给自己办事去了。"

"别多心吧,谁也不会说话的。好吧,就这么的,咱们瞧瞧他们分东西去吧。"

他们走进小学校的操场里,看见屯子里的人围一个大圆圈,当中一堆一堆地摆着各宗各样的衣裳、被子、布匹、鞋帽,都堆起人一般高,比往年果实,丰富十倍。栽花先生手里拿着石板和名单,叫头一名,烈士家属赵玉林媳妇。赵大嫂子从人们身后挤出来。大伙闪开道,她慢慢腾腾地走了出来。场子上几千只眼睛落到她身上。她穿一件青布棉袍,外罩一件蓝布大褂,脚上还穿着白鞋。人们小声地发出各种各样的议论：

"瞅她,还挂孝呢。"

"瘦了一些。"

"这种媳妇,才算媳妇,要照如今的妇女呀,哼,别说守一年,男人眼没闭,她早瞧上旁人了。"

"这也是赵大哥积福修来的。正锅配好灶,歪锅配趰灶。"

"要不,月下老人干啥的？玉皇大帝不早撤他的差了？"

"都别吱声,瞅她挑啥。"

赵大嫂子走到无数小山似的衣堆的当间,寻思自己缺一条被子,锁住缺衣裳鞋帽,先挑一条半新不旧的麻花被。老初从旁边叫道：

"那条不好,你再挑。"

赵大嫂子回答道：

"行,尽挑好的,刨了瓢子,剩下皮给人,不是心眼不好使了吗？"

小猪倌也为她着急,老远叫道：

"大婶婶,挑好点的呗！人家都让你先挑,你不挑好的,太不领情了。"

赵大嫂子说：

"行,有盖的就行。"

说着,她又去挑一顶狗皮帽子,一双棉鞋,一套七成新的小孩穿的棉裤袄。老初在旁边又叫起来:

"大嫂子,那帽子不好,瞅你脚边那一顶好,我来替你挑。"

他跳进去,替她挑选,旁边一个人叫道:

"让她自己挑,不准别人挑。"

老初冲他瞪着眼珠子,说道:

"她是烈属,帮她挑挑还不行?"

老初走进衣裳鞋帽堆,给赵玉林媳妇挑了一件小嘎穿的獴绒皮大氅,一顶火狐皮帽子,一双结实青布小棉鞋,都是九成新。他又走到被子堆边,翻来掏去,挑出一条全新的温软的哔叽被子,给她抱出来,到小学校的课堂里去登记。半道有人笑着说:

"老初眼真尖,尽挑好玩艺。"

老初瞪着大眼说:

"我尖,是为我自己?"

这时候,栽花先生叫郭主任挑衣。郭全海站在萧队长旁边,不肯去挑,腼腆地说道:

"配啥算啥。"

老孙头说:

"你抹不开,我给你挑。"

他走进衣堆,给他挑一件羊皮袍子,一条三镶被,外加一个枣红团花缎子大幔子①。张景瑞指指幔子问:

"挑这干啥?"

老孙头笑眯左眼说:

"这玩艺就用得上了。他用完,还能给你用。"

第三名是小猪倌。他钻出娘胎以来,从来没有置被子。早先在韩家放猪,十冬腊月天,雪堵着窗户,冰溜子象透亮的水晶小柱子,一排排地挂在房檐上,望着心底也凉了。下晚,老北风刮着,屋里寒气透骨髓,他没有被子,钻在草包里,冻得浑身直哆嗦,牙齿打战,泪珠扑扑往下掉,掉在谷草秆子上,破炕席子

---

① 幔子:挂在炕前的幕布似的东西,常用于新婚和喜庆时节。

上,不敢哭出声,要是哭醒东家来,事闹大了,连草包也钻不成了。他走到被子的小山的旁边,想起早先那些苦日子,眼泪又想滚下来,但不是冷,而是一阵想起旧的生活的酸楚,加上一阵对于新的生活的感激。这么许许多多的被子,都是穷人的了,几百条被子都随他挑选,这不是小事。五光十色的被子,把他两眼晃花了。红绸子,绿缎子的被子,他决计不要,"那玩艺光好看,不抗盖,一个冬天就坏了。"他在结实的被子中挑着,拿起这一条,觉得那条好,挑着那一条,眼睛又瞅着另外的一条。挑来选去,没有完全中意的,觉得这条好,那条也不错。三条照第二条,又强一色。待要拿起第三条,第四条闪闪地发亮,在招引着他。他走来走去,两手还是空空的,旁边的人说道:

"挑花眼了。"

"老初,替他挑吧。"

"尽包办还行?"

"由他挑吧,大伙别催他。"

"天不早了,帮他挑挑吧,叫他挑,得挑到杏树开花,毛谷子开花。"

老初跑进去,替他挑一条又大又结实的麻花大被子,小猪倌笑笑,也觉得这条是最好的了。

天不早了,有人提议,一回多叫几个人,分头挑选。刘桂兰挑了出嫁用的一件大红撒花的棉袄,又挑两个大红描花玻璃柜,老孙头过来,笑着对刘桂兰说道:

"嫁奁挑好了。"

刘桂兰羞红着脸,假装不懂说:

"你说啥呀?"

老孙头笑笑:

"你还装聋卖傻哩,谁给你们保媒?还不谢媒呢?"这时候,围拢许多人,老孙头的嘴又多起来:"还是翻身好,要在旧社会,你们这号大姑娘,门也不能出,还挑嫁奁,相姑爷呢,啥也凭爹妈,凭媒婆。媒婆真是包办代替的老祖宗,可真是把人坑害死了,小喇叭一吹,说是媳妇进门了,天哪,谁知道是个什么,是不是哑巴,聋子?罗锅,鸡胸?是不是跛子,瞎子呢?胸口揣个小兔子,蹦蹦地跳着,脑瓜子尽胡思乱想,两眼迷迷瞪瞪的。小喇叭又吹起来,拜天地了。咱到天地桌①边,偷眼瞅瞅,哈

---

① 旧式结婚时,新婚夫妇拜天地时摆香烛的桌子。

哈,运气还不坏,端端正正,有红似白的,象朵洋粉莲。"

周围的人都大笑起来,老孙太太挤在人堆里,皱起抬头纹骂道:

"看你疯了,这老不死的。"

赶到下晚,老孙头欢天喜地回到家里来,发现房檐下,搁副红漆大棺材,顶端还雕个斗大的"寿"字。他寻思:"这算啥呀?"三步迈进门,冲老婆子嚷道:

"领那玩艺干啥呀?"

老孙太太说:

"土埋半截了,要不趁早准备好,指望你呀,一领破炕席一卷,扔野地里喂狼。"

当夜,老孙头没话。第二天,天才麻花亮,老孙头起来,提溜着斧子,到院子里,房檐下,砰砰啪啪的,使劲劈棺材。老孙太太慌忙赶出来,棺材头早已劈开了。这一场吵呀,可真是非同小可,惊动左右邻居,都来劝解,也劝不开,农会干部也来劝半天。结论还是老孙头作的,他说:

"叫她挑个大氅,她领个这玩艺回来,老孙头我今年才五十一岁,过年长一岁,也不过五十二岁,眼瞅革命成功了,农会根基也稳了,人活一百岁,不能算老,要这干啥呀?也好罢,桦子也挺贵,劈开作桦子,拣那成材的,做两条凳子,农会工作队来串门子,也有坐的了。"

二 四

第二天一早,白玉山到农会来起了路条,回双城去了。

屯子里事,分两头进行。萧队长带领张景瑞在一间小屋里审讯韩老五。郭全海和老初带领积极分子们,忙着分牲口。他们把那在早一腿一腿地分给小户的马匹,都收回来,加上金子元宝换的马,再加抄出的黑马,整个场子里,有二百七八十匹骡马,还有二三十头牛,外加五条小毛驴。牲口都标出等次,人都按着排号的次序,重新分配,他们计算了,全屯没马的小户,都能摊上一个囫囵个儿顶用的牲口。

是个数九天里的好天气,没有刮风,也不太冷。人们三三五五,都往小学校的操场走。他们穿着新领的棉袍、大氅、新的棉裤袄。新的靰鞡在雪地上咔嚓咔嚓地响着。小学校的操场里,太阳光照得黄闪闪的,可院的牛马欢蹦乱跳,嘶鸣、吼叫,闹成一片。人们看着牲口的牙齿、毛色和腿脚,议论着,品评着,逗着乐子。

"分了地,不分马,也是干瞪眼。"

"没有马,累死一只虎,也翻不来一块地呀。"

"挖的金子买成马,这主意谁出的?"

"还不是大伙。"

"这主意真好。"

"今年一户劈一个牲口,不比往年,四家分一个,要是四家不对心眼儿,你管他不管,你喂高粱,他喂稗草,你要拉车,他要磨磨,可别扭呐。"

老孙头走到一个青骟马的跟前说:

"这马岁数也不太小了,跟我差不一点儿。"说着,他扳开马嘴说:

"你看,口都没有了。"

小猪倌仰脸问道:

"咋叫口都没有了?"

老孙头一看是小猪倌问,先问他道:

"放猪的,你今年多大?"

小猪倌说:

"十四岁,问那干啥?"

老孙头摆谱说:

"我十四岁那年,早放马了。你还是放猪。你来,我教你,马老了,牙齿一抹平,没有窟窿,这叫没有口。口小的马,你来瞅瞅,"他带着小猪倌走到一个兔灰儿马子跟前,用手扳开它的嘴说道:

"看到吧,大牙齿上一个一个大窟窿,岁数大,草料吃多了,牙上窟窿磨没了,这叫没有口,听懂没有?"

小猪倌站在人少的地方,一面准备跑,一面调皮地说:

"你吃的草料也不少了,看看你牙齿还有没有口?"

老孙头扑过来抓他,他早溜走了。老孙头也不追他,叹一口气,对人说道:

"咱十四岁放马,哪象这猴儿崽子,口大口小也不懂? 骂人倒会,不懂牲口,还算什么庄稼人?"

院子当间摆一张长方桌子,郭全海用小烟袋锅子敲着桌子说:

"别吵吵,分马了。小户一家能摊一个顶用的牲口,领马领牛,听各人的便。人分等,排号,牛马分等,不排号。记住自己的等级、号数,听到叫号就去挑。一等牛马拴在院子西头老榆树底下。"

人们涌上来,围住桌子,好几个人叫道:

"不用你说,都知道了。动手分吧,眼瞅晌午了。"

郭全海爬到桌子上,踩得桌子嘎拉拉地响。他高声叫道:

"别着忙,还得说两句。咱们分了衣裳,又分牛马,倒是谁整的呀?"

无数声音说:

"共产党领导的。"

郭全海添着说:

"牲口牵回去,见天拉车,拉磨,种地,打柴火,要想想牲口是从哪来的;分了东西就忘本,那可不行。"

许多声音回答道:

"那哪能呢? 咱们可不是花炮。"

郭全海说:

"现在分吧。"说罢,跳下地来,栽花先生提着石板,叫第一号。第一号是赵大嫂子。她站在人身后,摆手说不要。老初忙走过来问她:

"大嫂子,你咋不要?"

赵大嫂子右手拉着锁住,左手摇摇说:

"咱家没有男劳力,白搭牲口,省下给人力足的人家好。"

老初说:

"我说你真傻,要一个好呀,拉磨,打柴,不用求人了。"

赵大嫂子说:

"小猪倌要另立灶火门,咱娘俩能烧多少柴,拉多少磨? 还是不要好。"

老孙头站在旁边寻思着:要是赵家分了马,他插车插犋①,不用找别家,别家嘎咕②,赵大嫂子好说话。他怂恿她道:

"还是要一个好呀,你要没人喂,寄放我家,咱两家伙喂,你们烈属还不要,谁还配要?"

赵大嫂子说啥也不要。栽花先生叫第二名,这是郭全海。老孙头慌忙跑去,附在他耳边说道:

"拴在老榆树左边的那个青骡马,口小,肚子里还有个崽子,开春就下崽,

---

① 两家或三家的牲口伙拉一辆车,叫作插车,两家或三家的牲口伙拉一具犁或耙,叫作插犋。

② 难对付,不好说话。

一个变两个。快去牵了。"

郭全海笑道：

"开春马下崽子了，地怎么种？"

"一个月就歇过来了，耽误不了。"

郭全海对自己的事从来总是随随便便的，常常觉得这个好，那个也不赖。老孙头要他牵上青骒马，他就牵出来，拴在小学校的窗台旁的一根柱子上，回来再看别人分。

叫到老初的名字的时候，他早站在牛群的旁边，他底根想要个牤子，寻思着牤子劲大，下晚省喂，不喂料也行，不象骒马，不喂豆饼和高粱，就得掉膘。他今年粮食不够，又寻思着，使牛翻地，就是不快当，过年再说吧。他牵着一个毛色象黑缎子似的黑牤牛，往回走了。一个小伙子叫道：

"老初，要牛不要马，是不是怕出官车呀？"

老初回过头来说：

"去你的吧，谁怕出官车？推到我的官车，不能牛工还马工，换人家马去？"

老田头走到老孙头跟前，问道：

"你要哪个马？"

老孙头说：

"还没定弦①。"

其实，他早打定了主意，相中了拴在老榆树底下的右眼象玻璃似的栗色小儿马。听到叫他名，他大步流星地迈过去，把它牵上。张景瑞叫道：

"瞅老孙头挑个瞎马。"

老孙头翻身骑在儿马的光背上。小马从来没有骑过人，在场子里乱蹦乱跑，老孙头揪着它的剪得齐齐整整的鬃毛，一面回答道：

"这马眼瞎？我看你才眼瞎呢。这叫玉石眼，是最好的马，屯子里的头号货色，多嗑也不能瞎呀。"

小猪倌叫道：

"老爷子加小心，别光顾说话，看掉下来屁股摔两瓣。"

老孙头说：

"没啥，老孙头我赶二十九年大车，还怕这小马崽子，哪一号烈马我没有骑

---

① 定弦：打定主意。

过?多喒看见我老孙头摔过跤呀?"

刚说到这儿,小儿马子狂蹦乱跳,越跳越高,越蹦越有劲。两个后腿一股劲地往后踢,把地上的雪,踢得老高。老孙头不再说话,两只手豁劲揪着鬃毛,吓得脸象窗户纸似地煞白,马绕着场子奔跑,几十个人也堵它不住,到底把老孙头扔下地来。它冲出人群,跑出学校,往屯子的公路一溜烟似地跑走了。郭全海慌忙从柱子上解下青骒马,翻身骑上,撵玉石眼去了。这儿,老孙头摔倒在地上,半晌起不来,周围的人笑声不绝。趁着老孙头躺在地上叫哎哟,不能回嘴的机会,调皮的人们围上来,七嘴八舌打趣道:

"怎么下来了?地上比马上舒坦?"

"没啥,这不算摔跤,多喒看见咱们老孙头摔过跤呀?"

"这屯子还是数老孙头能干,又会赶车,又会骑马,摔跤也摔得漂亮。拍塌一响,掉下地来,又响亮,又干脆。"

老孙头手脚朝天,屁股摔痛了。他哼着,没有工夫回答人们的玩话。几个人跑去,扶起他来,替他拍掉沾在衣上的干雪,问他哪块摔痛了?老孙头站立起来,嘴里嘀咕着:

"这小家伙,回头非揍它不解。哎哟,这儿,给我揉揉。这小家伙……哎哟,你再揉揉。"

郭全海把老孙头的玉石眼追了回来,人马都气喘吁吁。老孙头起来,跑到柴火垛子边,抽根棒子,撵上儿马,一手牵着它的嚼子,一手狠狠抡起木棒子,棒子抡到半空,却扔在地上,他舍不得打。

继续着分马。各家都分了可心牲口。白大嫂子,张景瑞的后娘,都分着相中的硬实马。老田头夫妇,牵一个膘肥腿壮的沙栗儿马,十分满意。李大个子不在家,刘德山媳妇代他挑了一个灰不溜的白骟马,拴到她的马圈里。

李毛驴转变以后,勤勤恳恳,大伙把他名也排上了。叫号叫到他的时候,他不要马,也不要牛,栽花先生问他道:

"倒是要啥哩?"

李毛驴说:

"我要我原来的那两个毛驴。"

"那你牵上吧。"

李毛驴牵着自己的毛驴,慢慢地走回家去,后面一群人跟着,议论着:

"这真是物还原主。"

"早先李毛驴光剩个名,如今又真有毛驴了。"

李毛驴没有吱声。他又悲又喜,杜善人牵去的他的毛驴又回来了,这使他欢喜,但因这毛驴,他想起了夭折的孩子,走道的媳妇,心里涌出了悲楚。后尾一个人好象知道他心事似的,跟他说道:

"李毛驴,牲口牵回来,这下可有盼头呐,好好干一年,续一房媳妇,不又安上家了吗?"

三百来户,都欢天喜地。只有老王太太不乐意。她跟她俩小子,没有挑到好牲口。牵了一个热毛子马。这号马,十冬腊月天,一身毛退得溜干二净,冷得直哆嗦,出不去门。夏天倒长毛,踹地热乎乎地直流汗。老王太太牵着热毛子马,脑瓜搭拉着,见人就叹命不好。老孙头说:

"那怕啥?你破上半斗小米,入在井里泡上,包喂好了。"

老田头也说:

"过年杀猪,灌上两碗热血就行。"

老王太太说:

"还要等到过年啦。"

郭全海看着老王太太灰溜溜的样子,走拢来问道:

"怎么的呐,这马不好?"

"热毛子马。"

郭全海随即对她说:

"我跟你换换,瞅瞅拴在窗台边的那个青骡马,中意不中意?"

老王太太瞅那马一眼,摇摇头说:

"肚子里有崽子,这样大冷天,下下来也难侍候,开春还不能干活。"

郭全海招呼着一些积极分子,到草垛子跟前,阳光底下,合计老王太太的事。郭全海蹲在地上,用烟袋锅子划着地上的松雪,对大伙说道:

"萧队长说过:先进的要带动落后的,咱们算先迈一步,老王太太拉后一点点,咱们得带着她走。新近她又立了功,要不是她,韩老五还抓不回来呢。要不抠出这个大祸根,咱们分了牲口,也别想过安稳日子。"

老孙头点头说道:

"嗯哪,怕他报仇。"

郭全海又说:

"如今她分个热毛子马不高兴,我那青骡马跟她串换,她又不中意,大伙说咋办?"

老孙头跟着说道:

"大伙说咋办?"

老初说:

"她要牛,我把黑牤子给她。"

白大嫂子想起白玉山叮咛她的话,凡事都要做模范,就说:

"咱领一个青骡子,她要是想要,咱也乐意换。"

张景瑞继母想起张景祥参军了,张景瑞是治安委员,自私落后,就叫他们瞧不起,这回也说:

"咱们领的兔灰儿马换给她。"

老田头跑到场子的西头,在人堆里找着他老伴,老两口子合计了一会,他走回来说:

"我那沙栗儿马换给她。"

老孙头看老田头也愿意调换,也慷慨地说:

"我那玻璃眼倒也乐意换给她。"但是实在舍不得他的小儿马,又慌忙添说:"就怕儿马性子烈,她管不住。"

老初顶他一句说:

"那倒不用你操心,她两个儿子还管不住一个儿马子?"

郭全海站起来说道:

"好吧,咱们都把马牵到这儿来,听凭她挑选。"

郭全海说罢,邀老王太太到草垛子跟前,答应跟她调换的各家的牲口也都牵来了。老王太太嘴上说着:"就这么的吧,不用换了,把坏的换给你们,不好。"眼睛却骨骨碌碌地瞅这个,望那个。郭全海把自己的青骡马牵到她跟前,大大方方地说道:

"这马硬实,口又青,肚子里还带个崽子,开春就是一变俩,你牵上吧。"

老王太太看看青骡马的搭拉着的耳丫子,摇一摇头走开了。老孙头的心砰砰地跳着,脸上却笑着说道:

"老初的大黑牤子好,下晚不用喂草料,黑更半夜不用爬起来。黑骡子也好。就是马淘气,还费草料,一个马一天得五斤豆饼,五斤高粱,十五斤谷草,马喂不起呀,老王太太。"

老王太太看了看老初的牤牛,又掉转头来瞅了瞅白大嫂子的骡子,都摇一

摇头,转身往老孙头的玉石眼儿马走来了,老孙头神色慌张,却又笑着说:

"看上了我这破马?我这真是个破马,性子又烈。"

老初笑着又顶他道:

"他才刚还说:他这马'是玉石眼,是最好的马,屯子里的头号货色'。这会子说是破马了。"

老王太太走近去,用手摸摸那油光闪闪的栗色的脊梁,老孙头在一旁嚷道:

"别摸它呀,这家伙不太老实,小心它踢你。我才挑上它,叫它摔一跤。样子也不好看,玻璃眼睛,乍一看去,象瞎了似的。"老孙头不说"玉石眼",说是"玻璃眼"。跟着还说了这马好多的坏处,好处一句也不提。临了他还说:"这马到哪里都是个扔货,要不是不用掏钱,我才不要呢。"

不知道是听信了他的话呢,还是自己看不上眼,老王太太从玉石眼走开,老孙头翻身骑上他这"玻璃眼",双手紧紧揪着它鬃毛,一面赶它跑,一面说道:"你不要吧,我骑走了。"说罢,头也不回地跑了。老王太太朝着老田头的沙栗儿马走去。这个马膘肥腿壮,口不大不小,老王太太就说要这个。老田头笑着说道:

"你牵上吧。"

大伙都散了。老田头牵着热毛子马回到家里。拴好马,进到屋里,老田太太心里不痛快,一声不吱。老田头知道她心事,走到她跟前说道:

"不用发愁,翻地拉车,还不一样使?"

老田太太说:

"咱们的沙栗马膘多厚,劲多大。这马算啥呀?真是到哪里也是个扔货。"

"能治好的,破上半斗小米子,搁巴斗①里,人在井里泡上,咱们粮食有多的,破上点粮给它吃就行。"

老田太太坐在炕沿说:

"到手的肥肉跟人换骨头,我总是心里不甘。再说,咱们光景还不如人呢。"

老田头说:

"你是牺牲不起呀,还是咋的?你忘了咱们的裙子?她宁死也不说出姑爷

---

① 藤或柳条制的筐子,播种时盛籽种的。

的事？亏你是她的亲娘，也不学学样，连个儿马也牺牲不起，这马又不是不能治好的。"

"是呀，能治好的。"这是窗户外头一个男子声音说的话，老两口子吃了一惊。老田太太忙问道：

"谁呀？"

"我，听不出吗？"

"是郭主任吗？还不快进来，外头多冷。"

郭全海进屋，一面笑着，一面说道：

"我的青骒马牵来了。你们不乐意要热毛子马，换给我吧。"老田太太的心转过弯来了。笑着说道：

"不用换了。咱们也能治，还是把你的马牵回去吧。各人都有马，这就好了，不象往年，没有马，可憋屈呀，连地也租种不上。"

彼此又推让一会，田家到底也不要郭全海的马，临了，郭全海说道：

"这么的吧，青骒马开春下了崽，马驹子归你。"

二　五

分完牲口，郭全海上萧队长那儿，报告经过，完了就呆在那儿，看着萧队长、张景瑞，和县里来的两个公安局的人员审问韩老五。

审讯三宿，没有结果。萧队长严格遵照省委的通知，和政府的法令，不打不骂，不用刑法。会耍死狗是韩老五这一号人的天生的本领，他要么嬉皮笑脸，要么哭天抹泪，目的只有一个：不说真话。旁人常捏住拳头，心里冒火，但萧队长总是从容地说：

"慢慢地来，叫他慢慢地想。他一个月不说，整他一个月，一年不说，问他一年。他迟说一天，对他自己不好，坦白也得赶时候，太迟就不行。"他又对郭全海说道："你们先去开重分土地的会，再迟就不赶趟了，省里通知，赶送粪以前，得把土地调整好。"

郭全海走了。这边，连日连夜讯问韩老五。老王太太虽说告了他，但她不敢来当面对质，抹不开情面。萧队长正在寻思晓以利害的方法，警卫员老万来说：

"担架队回来了。"

正说着，院子里一个汉子的粗重的声音问道：

"萧队长在这儿吗?"

这是铁匠李大个子李常有的声音,屋里的人才回答说:"在呀,"高大的李大个子早迈进来了。他的左肩倒挂着缴获的崭新的美式冲锋枪,走到门口,他习惯地低一低头,怕上门框碰着他的脑瓜。跟他进来的中农刘德山笑道:

"上门框老高,碰不着的,弯腰干啥?"

萧队长起身迎接着他们,握着他们的手,瞅着他们两人的脸面和脖子都是漆黑漆黑的。俩人都穿着美制军衣,挂着个军用水壶,乍一看去,都不象庄稼汉子。萧队长招呼他们到另外一个屋里,请他们上炕,笑着说道:

"你们辛苦了。"

刘德山皱起抬头纹,笑着说道:

"没啥,你们在后方还不是一样辛苦。"

老万找到一个长烟袋,装上黄烟,到灶坑里对着火,进来递给李大个子。他正在把冲锋枪从肩膀上取下,小心地轻轻地安放在炕上,说道:

"不用,不用,这儿有烟袋。"说着,他从军装的左边衣兜里取出一个短短的、锅子很大的洋烟袋,一面往烟袋锅子里装烟,一面说道:

"这是李司令员送给我做念相的,也是胜利品。"

萧队长带笑说道:

"我看你浑身都是胜利品。怎么样?都回来了吧?"

李大个子叼着洋烟袋问道:

"你说谁?担架队员?咱们屯子五副担架,四十个人都回来了。在前方,咱们还节省两回菜金,买鸡子慰劳彩号。"

萧队长转脸瞅着刘德山,含笑问他道:

"怎么样?老刘?"

刘德山还来不及回答,李大个子说:

"刘德山这下可立了功呐,敌人还没有打退,炮火还没有停,他就上火线去抢运彩号,胆子可大。"

刘德山说:

"也不算啥。前方八路军弟兄,不都是庄稼底子?他们也不怕。"

萧队长寻思,这人原先胆子小,干啥也是脚踩两边船,斗争韩老六,畏首畏尾,不敢往前探。这回从前方回来,才一进来,就看到气色不同,乐得不停地笑着,萧队长说:

"看见'中央军'了吗?"

刘德山笑着说:

"看见了,一个个象落汤鸡似的。"

萧队长笑着逗乐子:

"还怕不怕他们过来拉你脖子呀?"

刘德山没有吱声。他寻思着,这是不必回答的问题。他笑着说:

"不抗打呀,家伙什儿好,也不顶事,抵不住咱们战士的天下无双的勇猛,一打,就哗啦了。"

接着,刘德山滔滔地谈起前方战士的英勇的故事,谈起轻伤不肯下火线的那些彩号,听的人都感动了。萧队长说:

"你们这回可是受到教育了。"

刘德山点头答道:

"嗯哪,我算是受了锻炼了。"

李大个子插嘴说:

"听听他自己使一个木棒子缴两棵枪的事吧。"

这时候,屯子里的人都来看李大个子来了。他们站在地下,听刘德山说在四平附近,一个下晚,光有星星,没有月亮,五步以外,人也看不准。敌人败了,败兵往四外逃跑,他手执一根木棒子,站在一个屯子的道口,对面两个黑影子漂游过来,刘德山端起木棒子,象举枪瞄准似的,学着咱们战士的口气,高声喝叫道:

"干什么的,站住。"

黑影子都停住了,冷丁往地下缩短了半截似的,一人一根棒子高高横在头顶上。原来是蒋匪两个兵,两棵美国冲锋式,双手高举在头上,远远望去,影子好象缩短半截似的,是因为他们猛听一声喝,吓破胆了,跪在地上。刘德山三步并两步跑上,收了两棵枪,叫他们起来往前走。

李大个子补充说:

"咱们还背回一棵。"

大伙围拢来看枪,欢笑着,有的还摆弄着枪栓。萧队长说道:

"你们回去歇歇吧。下晚开个会,欢迎你们,叫屯子里人都听听你们的故事。"

他们辞出来。刘德山回到家里,他女人正在舀泔水,煮猪食,看见他回来,

慌忙放下瓢,在一个瓦盆子里洗着手。她还没有跟他唠嗑,先叫她的在西屋闹着要吃饺子的小子:

"狗剩子,你瞅,谁回来了?"

刘德山才迈进东屋,七岁的狗剩子跑了过来,抱住他的右腿叫道:

"爹,"还没有说别的话,刘德山抱起他来,放在南炕,自己也坐在炕头,抽着烟袋。狗剩子骑在他腿上,用手去摸抚他的缴获的美国军装的扣子。絮絮叨叨告诉他,家里过年,吃半拉月饺子,他妈说他不听话,打过他一回。刘德山女人乐得头懵了,里屋外屋,到处走着,不知先干什么好。一会叫他歪歪,一会问他吃了没有。刘德山移开噙着的烟袋说道:

"在县里吃了,刘县长摆酒接风,还讲了话。"

狗剩子岔进来说:

"刘县长头年到咱们屯子里来过。"

刘大娘唤道:

"狗剩子你别打岔,听爹说话。县长说啥呀?"

"县长说:你们这回立了功,前方的军队,后方的老百姓都忘不了你们,回去要好好儿带头生产。"

"见过萧队长了吗?"

"才从那儿来,今儿下晚开大会,他叫我讲前方的故事,你也去听听。"

刘大娘忙了一阵,终于用一块布擦干了手,坐在炕沿上,两口子唠着家常。她告诉他:"农会纠偏了,划错的中农,都划了回来。斗出的果实也退回来了。咱们献出的两个马都牵回来了。萧队长还说:贫雇中农是一家,贫雇农是骨头,中农是肉,贫雇中农是骨肉至亲。"刘德山噙着烟袋,听他屋里的唠着。听到这儿,他说:"前方也闹这问题,李司令员说:贫雇农和中农成份的战士,一样打仗,一样勇敢,贫雇中农,要团结一心,才能打垮反动派。"

刘德山屋里的又告诉他,萧队长、郭主任和赵大嫂子,都来看过她,叫她不用惦记。他们都想得圆全,怕家里人惦念出门人。她又告诉他,郭主任叫他们都别信谣言,不会掐尖①的。谁收得多,归谁家,不会归大堆②。刘大娘说到这儿,称心如意地说道:"咱们打的粮,交了大租子③,都拉回自己仓里了。土豆子

---

① 斗争冒出尖来的,即富裕一些的中农。
② 把各家收获的谷物,及其他生活资料,归拢一起。
③ 农民称公粮为大租。

下了地窖,归啥大堆呀?还不都是反动分子胡造谣。"她又凑到刘德山耳边,低声地说:"你看见韩老五么?"刘德山点一点头,衔着烟袋,没有吱声。刘大娘嗓门越发压低地说:"他该不会乱咬吧?光复那年,他到过咱们家,还想邀你磕头拜把呢。就怕他咬咱们一口。"

刘德山一面在炕沿砸烟袋锅子,一面岔断她的话:"怕啥?立得正,不怕影儿歪。没做亏心事,不怕鬼叫门。萧队长他们也都知道我老刘家就是个胆小怕事,往年斗争韩老六,我躲进茅楼,这事不体面,是个臭根子。除开这事,我姓刘的啥黑心事也没有干过,萧队长心里亮堂堂,还能不调查,听信韩老五的话?"

刘大娘乐得眼睛眯细了,笑着说道:"你这一说,咱心尖都亮了。瞅你困了,快歪一歪,才晌午打歪,开会还早呢。过年的冻饺子还留着一些,狗剩子见天吵闹着要吃,我寻思你快回来了,得给你留点。这两天麻尾雀①老叫,我寻思快了,倒也没存想有这么快。狗剩子,快下来吧,叫爹躺一躺,快去搂柴火。"

刘德山从炕琴上取下个枕头,和衣歪在炕头上。刘大娘在外屋烧火,烟灌进里屋,呛着眼睛。刘德山没有睡着,翻身起来,拿着烟袋往外走。刘大娘问他:

"不歇一歇,又往哪去呀?"

刘德山一面推开门,一面回答:

"去瞧瞧牲口。"

但他没有先去看牲口,先看看大门边的苞米楼子,里头满满装着黄闪闪的苞米。完了他又走到屋后菜园的地头,看着他在家里码的柴火垛子,五个月当中,三垛烧去两垛半。他抽一口烟想:"过几天还得打几车柴火。"跑回院子里,看见谷草垛子,三股吃去一股了。他抬眼瞅瞅马圈,惊叫起来:

"怎么多出个马来了?"

刘大娘在屋里说道:

"那灰不溜的白骗马是李大个子的。咱寻思他跟你一块出门,家没有人,帮他领回,代他养着。"

刘德山点一点头,回到屋里,在摆着水缸的角落里找出块豆饼,用切豆饼的刀子切下一小半,再切成细块,泡在桶里,准备下晚喂牲口。泡好豆饼,他又

---

① 喜鹊。

到屋后看地窖,回来的时候,手里拿个烂土豆,对刘大娘说:"土豆子坏了一半,下窖不小心,烂的没捡掉。秋天雨水多,土豆子好烂,回头得起出晒晒。"

刘德山屋前屋后地转着,把家当都拾掇得妥妥贴贴的。他是一个种地的能手,庄稼活样样都行,人又勤恳,又精明,屯子里人都说:"老刘真算一把手。"他就是有点私心。他种的苞米,粒儿鼓鼓的,棒子有一尺多长,人们问他:"一样的地,一样的工夫,出的庄稼总赶不上你的,是啥道理?"他不回答,总是支支吾吾走开了。头年他听到坏根传播的风声,说要斗中农,李振江娘们来说:"可了不得,谁冒尖,就得斗谁呀,三个马的匀两个,两个马的匀一个。收了庄稼归大堆。"完了还说:"别说你那两个破马,人还不知道怎样呢?"把他吓坏了。碰巧屯里出担架,他慌忙报名。他到前方去,不是真积极,而是去躲躲屯里风浪的。到了前方,看到国民党反动派的败局已定,自己心里先去了一层顾虑,前方的指战员们都对他亲热,凡事又信得着他,李大个子也对他很好。在战场上抢救彩号时,他受了很好的锻炼。后来,他自己使根木棒抓着了两个俘虏,人们越发敬重他,几桩事凑在一块,脚踩两边船的刘德山这一回来,跟先前完全两样了。他女人受赵大嫂子的影响,也变了一些,两个人完全站在农会一条船上了。

刘德山回到里屋,歇了一袋烟工夫,刘大娘摆好炕桌,酸菜粉条煮猪肉,炒豆腐皮子,还有饺子,都搬上来了。按照他们家里的光景,这个接风的席面,赶上过年吃浇裹①。饺子是过年时节剩下来的冻饺子,这两样菜是她这两天来老是听见麻尾雀在叫,猜着他准要回来,替他准备的。

下晚开大会,担架队员都说了话。萧队长吩咐把韩老五带来,叫他听听。听到刘德山讲话的时候,张景瑞瞅着韩老五的脸上红一阵白一阵,一会低头,一会叹气。刘德山说到蒋匪不抗打,兵败如山倒的时候,韩老五站了起来,往外屋走。张景瑞要叫住他,萧队长使个眼色小声说:"由他去吧。"张景瑞还不放心,跟他出去了。韩老五在院子里走来走去,走了一会,又停下来,用皮鞋尖掏着雪块和土块,低头沉思着。只听他低声说道:"垮了,塌了,完了。"刘德山是他要在这屯子里拉拢的对象,如今也说:"蒋匪不抗打。"他走到下屋跟前,坐在门坎上,胳膊肘顶着波罗盖,支着头在想。张景瑞装着要小便,跑到大门外,看见小猪倌在门外放哨,他走过去低声地说:

"你知道谁在院子里吗?"

---

① 很好的食物,如饺子之类,总称为浇裹。

小猪倌提着扎枪回答说：

"知道，跑不了，你放心吧。"

韩老五坐了一会，又走一会，临了进屋，找着萧队长说道：

"我有事找你谈谈。"

萧队长说：

"好吧。"

就立起身来，跟他挤出了人堆，走到农会的西屋。大会散了，人都回去了，他们还在谈。灯油点尽了，老万添到第三回，他们还在谈。小鸡子叫了，天头由灰暗转成灰白，又变得通红，老万醒来，听到韩老五的收尾的话："插枪的地点也说了，人也都说出来了，再没有了，我所知道的，就是这些人。'八一五'光复那年，我受'先遣军'的指令，到这屯来过，下晚在我兄弟家里呆一宿，暗中联络好些家，都写上了。也到过刘德山家里。这人两面都怕。第二回叫人去找他，他不敢见面，上外屯去了。这都是实情，一句虚话也没有。我是作下对不起乡亲的事了，能宽大我，一定洗心革面，报答恩典，要有二心，天打五雷轰。"

萧队长打发韩老五走了，但还不睡。他叫张景瑞立即带人去逮捕韩老五供出来的本屯的特务，又叫两个公安员带了韩老五的供词，和他供出的暗胡子的名单，连夜上县，交给公安局办理，外县特务的名单，和他供出的插枪的地点，由县委写成"绝密"件，派专人送往省里，转达公安处。

二 六

第二天，萧队长又讯问了一天。下晚，农会正在举行丈地会议。大吊灯下，萧队长出现了。他开怀地笑着，大伙看得出，他是从心里往外涌出了欢喜。他跳到炕上说道：

"同志们，乡亲们，咱们斗垮了地主，封建威风算是扫地了。可是地主是明的，美蒋反动派还派了些特务，这玩艺是暗的。暗胡子不追干净，终久是害。前不几天，咱们抓回一个人，大伙都知道：就是韩老六的亲哥韩老五。审讯三宿，他没有说啥。这回担架队回来，他听到带回的前方胜利的消息，感到蒋匪是垮了，塌了，完了。他坦白了。"

一阵雷声似的鼓掌，有一袋烟工夫，还没有停止。待到掌声停息后，萧队长又说：

"他坦白他原先是日本特务，'八一五'后又变成了国民党特务。他说他听到李常有、刘德山讲前方的情形,讲国民党军队不抗打,注定很快要垮台,觉到没有指望了,这才决心坦白的。'八一五'以后,他到这个屯子里来过,利用亲友邻居,三老四少,磕头兄弟,和耶稣教门,进行活动,建立点线。"

老孙头插嘴:

"我早说过:'野猪叫'不是好玩艺。"他管"耶稣教"叫"野猪叫"。

张景瑞顶他:

"你多嗒说过?人家整出了特务,你来吹牛了。"

郭全海起来叫道:

"都别打岔,听萧队长报告。"

萧队长又说下去:

"他坦白了本屯的坏根,他说,头楂农会主任张富英是……"说到这儿,他停顿一下,咳嗽一声,屋里起了骚扰了,有的快意,有的着忙,和张富英打过交道的,在他煎饼铺里有过交易的,和他相好的小糜子有过来往的,都吃惊着急。一个妇女问:

"他是啥呀?"

萧队长笑着说道:

"他是煎饼铺的老板子。"

听到这话,会场爆发一阵轻松的笑声,紧张的气氛,缓和得多了。但性急的人还是问道:

"倒是啥呀?"

"是不是坏根?"

萧队长说:

"他是半拉国民党,国民党特务的外围,国特的腿子,他身后还站着一个人。"

几个声音同时问:

"谁呀?"

萧队长说道:

"李振江的侄儿李桂荣,是真正的特务,他的上级就是韩老五。"

没等萧队长说完,老孙头慌忙从炕上跳下地来,一面往外挤,一面说道:

"快去把他抓起来,狗日的原来是个卧底的胡子,谁敢跟我去?"

张景瑞笑着说道:

"还等你说呢。"

郭全海也带笑说道：

"等你这会子去抓，李桂荣早蹽大青顶子了。"

一阵叫好声和鼓掌声以后，萧队长满脸笑容地说道：

"毛主席在《目前形势和我们的任务》里说：'现在……人民解放军的后方也巩固得多了。'这正是咱们这儿的情况。毛主席的军队在前方打了大胜仗，李常有、刘德山他们亲眼看到了。"

坐在炕沿的刘德山移开噙着的烟袋，点点头说道：

"嗯哪，胜仗不小，俘虏兵铺天盖地，搁火车拉呀。"

萧队长接着说道：

"'中央军'插翅也飞不过来了，除非起义，投降，或是做俘虏，他们别想过来了。"

刘德山抽一口烟，点一点头说：

"嗯哪，做俘虏，还能过来，咱们还能收容他。"

萧队长又说：

"在后方，卧底胡子也抠出来了。明敌人，暗胡子，都收拾得不大离了。往后咱们干啥呢？"全会场男女齐声答应道：

"生产。"

萧队长应道：

"嗯哪，生产。"

妇女里头，有人笑了，坐在她们旁边的老孙头问道：

"笑啥？"

一个妇女说：

"笑萧队长也学会咱们口音了。"

老孙头说：

"那有啥稀罕？吃这边的水，口音就变。"

萧队长接着说道：

"你们正开调整土地的会，这回要好好地分。这回分了不重分。地分好了，政府就要发地照。咱们庄稼院，地是根本。这回谁也不让谁，男女大小，都要劈到可心地。韩老五、李桂荣和半拉国民党不用你们操心了。咱们打发他们到县里去。现在分地吧。我提议咱们成立一个评议委员会。土地可不比衣裳，地分不好，是要影响生产的。"说完，萧队长走到外边，打发张景瑞带着介绍信,带五个民兵,押送韩老五、李桂荣和张富英上县。

萧队长打发他们走后,他又回来,坐在角落里,听大伙评地。人们三五成堆地议论。郭全海叫道:

"大伙别吵吵,先推评议。"

老头队里一个人说道:

"我推老孙头。"

刘德山媳妇说:

"我推白大嫂子。"

老初从板凳上跳起来说道:

"分地大事,尽推些老头妇女当评议还行?"

刘德山媳妇说:

"别看白大嫂子是个妇女,可比你爷们能干。早先她年年给地主薅草,哪一块地,她不熟悉?"

老孙头站起身来,用手指掸掸衣上的尘土说道:

"白大嫂子行,咱可不行。"

众人说道:

"别客气。"

老孙头不睬他们的话,光顾说道:

"咱推一个人,这人大伙都认识,咱们屯子里的头把手,是咱们的头行人,要不是他,韩老五还抓不住呢。"

小猪倌在炕上叫道:

"不用你说了,郭主任,咱们都拥护。"

往后,又有人提到李大个子和老初。李大个子又提到刘德山,引起大伙的议论。

老初说:

"他是中农,怎么能行呢?"

李大个子说:

"他可是跟咱们一个心眼。这回上前方,看到咱们军队,他心就变了。咱们这屯子里的地,数他顶熟悉,哪块是涝地①;哪块地旱涝保收;哪块地好年成

---

① 容易被雨水淹没的土地。

打多少粮;哪块地在哪一年涨过大水,钓过大鱼;他都清楚。"

大家又碰到个难题,到底能不能请中农来做评议?许多眼睛瞅着萧队长。萧队长起来说道:

"要问中农愿不愿意把自己的地打烂重分?"

刘德山说:

"可以。"

老初问道:

"光说'可以',倒是乐不乐意呢?"

刘德山半晌不吱声。萧队长知道他不大乐意,就说:

"这事慢慢再说吧。"

会议进行着,讨论往年分地的情形。萧队长随便挑个地主问大伙:

"你们说,唐抓子的地都献出来了吗?"

刘德山对地主的地最熟悉,他反问一句:

"唐抓子献了多少地?"

郭全海回答:

"九十六垧。"

刘德山摇头:

"他不只这些。"刘德山说着,又在心里默算一下子,说道:"他有一百二十来垧地。"

萧队长听到这儿,插进来说:

"照你说,他隐瞒地了?"

刘德山说:

"嗯哪,准有黑地。"

萧队长跟大伙提出了黑地的问题,给大伙讨论。妇女组里,刘桂兰站起来说:

"怨不得头年我给唐抓子薅草,一根垄老半天也薅不完。"

萧队长吃惊地问道:

"头年他还叫工夫薅草?"

刘桂兰说:

"可不是咋的?一根垄那么老长,一垧地那么老大,三天薅不完,要是没有隐瞒不报的黑地,我就不信。"

白大嫂子也说，她给杜善人薅草，也是一样。给地主们打过短工，薅过草的妇女们都起来证明地主除开留的地，还有黑地，自己种不完，还是叫工夫，还是剥削人。检讨起来，往年因为地情不明，干部没经验，分地真是二五眼①。

往年没收韩家的地以后，各家地主，都献地了，但都献远地，献坏地，少献地。给自己留的是好地、近地，而且留得多。加上隐瞒不报的黑地，地主依然是地主，还是暗暗把地租出去，吃租子，或是零碎叫工夫，剥削着劳金。

贫雇农里头，除了自己不敢要地的人家，其他各户分到的地，又坏、又远、又少、又分散。老田头分一垧地，劈做两块。一块是黄土包子地，在西门外；一块是好地，在北门外的黄泥河子的北边，送粪拉庄稼，得蹚水过河。老孙头往年不说不敢要地，实际不敢要，随便人家分块地，又不好好地侍弄，打的粮食不够吃。这时候，萧队长问他：

"你地好不好？"

老孙头回答：

"咋不好呢？种啥长啥。"

老初也起来说道：

"我家的地顶近的一块，也在五里外，铲趟不上，不长庄稼，净长苣荬菜②。"

听到这些话，萧队长和郭全海合计，叫大伙多开几次会，多提意见。今年形势好，家家想要地，分地比分浮还要热闹。个个说话，家家争地。分地的办法，大伙一致公议，两头打乱重分，依照《中国土地法大纲》，地主的地全部没收，不留地，再按照他应得的数，分他一份。中农原则上不动。在这点上，起了争论，有的说中农地不动，就不好分。顶好中农也打乱，再分给他地，不叫他吃亏，他原来是百年不用粪的地，还是给他这样的地，只是地方变动，好叫大伙打乱重分，分得匀匀的。萧队长瞅瞅刘德山，瞅他搭拉着脑袋，一声不吱，老初扯起大嗓门问道：

"老刘你怎么样？打乱行不行？"

萧队长却补充着说：

"老刘你有困难，不愿意，也只管说。"

刘德山慢条斯理地说道：

---

① 马虎，差劲，不行。
② 一种易长的野草，嫩的还能吃。

"萧队长要不叫说,我也不说。我家那块月芽地①,是我老人成年溜辈摔汗珠子,苦挣下来的,侍弄多年,地性摸熟了。地南头还连着一块坟茔地,我大爷、爹、妈,都埋在那儿,跟自己地连着在一块,清明扫个墓,上个坟唔的,也较比方便。"

还没有听他说完,老初气得满脸通红地叫道:

"你是什么封建脑瓜子?地换地,有进无出,你还不换,滚你的蛋!"

刘德山瞅着萧队长、郭全海都在,胆子大些,不怕老初,反驳道:

"我也是农会会员,你能叫我滚?"

老初气得红脸粗脖地跳了起来:

"你是什么农?才刚划回来,就抖起来了。才出一回担架,就摆谱了:'我也是农会会员',往年躲在茅楼里的是谁呀?"

刘德山听到老初揭他的底,慌忙笑着说道:

"往年斗争韩老六,我躲在茅楼里头是不假,那是我的大臭根。如今我算往前迈步了。萧队长又说,贫雇中农是骨肉至亲,我才敢说话。大伙要不叫说,我就不说,要不让我参加这个会,我就走。"

老初拦住他说道:

"不用你走,我走。"

大伙叽叽嘈嘈议论着,有的同情老刘,有的支持老初。吵吵嚷嚷,谁说的话也听不准。郭全海连忙站起来说道:

"都不能走,大伙别吵了,听萧队长说话。"

老孙头也站起来说道:

"谁要再吱声,谁就是坏蛋的亲戚,忘八的本家,韩老六的小舅子。"

人们冷丁不吱声。但不是听了老孙头的话,而是看到人堆里冒出个头来,那是萧队长。他站在板凳上说道:

"同志们,朋友们,听我说一句,咱们共产党的政策,毛主席的方针,是坚决地团结中农。中农和贫雇农是骨肉至亲。咱们一起打江山,一块坐江山,一道走上新民主主义社会。老刘的地,不乐意打乱,咱们就不动他的。这屯子的地,刘德山没有一块不熟。他又会归除,咱们欢迎他参加打地。"说到这儿,萧队长自己首先鼓掌,屋子里四方八面都鼓起掌来。萧队长又说:"今儿会开到

---

① 形似新月的土地。

这疙疸。"关于老初,萧队长一句没有说,但老初还是不乐意,噘着嘴巴子。会后,萧队长留着他不走,跟他谈政策,直谈到三星晌午。

第二天,天气还是冷,下着桃花雪。打地的人分成四组,每一个组,有两个抻绳子的,一个约尺杆的,一个找边界的,一个记帐的,还有一个是会归除,打算盘的人。寒风呼呼地刮着。人们脚踩着湿雪,脚片子都冻木了,手冷得伸不出袖筒。人们不怕冷,还是跟着看丈地。每一个组后尾,都跟一大帮子人。老田头和老孙头的劲头比年轻人还足。老田头说:

"丈地是大事,一点不能错。大伙瞧着,谁也不能行私弊。这回平分地,不比往年,这回是给咱们安家业,扎富根的。往年由人家丈地,杨老疙疸、张富英,不跟咱们一个心,分地都是二五眼,也怨咱们自己,分到哪算哪。这回可得好好地瞧着。"

人们用铁绳子约地的时候,大风把铁绳刮歪,老孙头在一旁叫道:

"加小心呀,别叫绳抻歪歪了,一歪就差两根垅。"

五天工夫,地打完了。再五天工夫,地分好了。比往年慎重。人分等,地不分等。个人要,互相比,大伙评。个人要,就重,比方南门外韩老六家那块百年不用粪的平川地,要的有三家,三家争不清,就比一比:比生活,比历史,比根底,比功劳。这么一比,就分出上下,解决问题。但也有弊病。疲毛①的家伙,叽叽嘈嘈,争个不休。问题难解决。大伙正比得热热烘烘,郭全海低着头,在抽烟。老孙头一向认定他是郭全海的心腹朋友,怕他吃亏,替他着忙,走到他身边,低声地说:

"郭主任你要哪块地,得说呀,张口三分利,你要不说,分上坏地,怎么娶媳妇,养小子?"

郭全海没有吱声。他的念头,和老孙头的想法是不相同的。他寻思他负责这屯子工作,把这屯子工作搞好了,人人分了可心地,个人还愁啥?大伙都好,他也会好。他是共产党员,萧队长对他说过,共产党员就得多想人家的事,少打自己的算盘,他觉得有理。他一向就是这样:自己的事,他马马虎虎,全屯的事,他就想着是他个人的事一样。老孙头却想的不同,他想着:南门外的那块抹斜地,百年不用粪,他寻思他自己是要不到手的,老初这汉子和张景瑞那小子,都不会让他。他寻思着这一块地,与其落在不知谁的

---

① 调皮。

手,宁可叫郭全海领着。郭全海是他对心眼的朋友,又随和,又大方,他帮他争到这块好地,往后上他地里劈穗青苞米,还能不让?寻思到这,他跳上炕沿,大声叫道:

"别吵了,听郭主任要地。"

大伙听到郭主任要地,一下都不吱声了。老头队的人说:

"先尽他要,咱们比苦、比功劳,谁家也比不过他。"

郭全海嗜着小蓝玉嘴烟袋,没有吱声,老孙头忙代他说:

"他要南门外韩老六家那块抹斜地。"

郭全海坐着不动弹,说道:

"别听他瞎说,你们先分。"

人们说啥也要把这块抹斜地分一垧给郭全海。郭全海回想起来,他在韩家吃劳金,在这块地上摔的汗珠也不少,这一垧地,侍弄得好,黄闪闪的苞米,能打十石,交完大租子,两个人吃穿不完,他知道这是大伙的好意,平常人一人半垧,他是跑腿子,分一垧是准备他娶媳妇的,他接受了大伙的好意,要了这块地。为了报答大伙的好意,他要尽心竭力给大伙干活,努力把工作作好。

大伙分了可心地。老田头笑嘻嘻地说:"这下可有盼头呐。"老孙头宣布,他家分的一垧地,要种三亩稗子,稗子出草,供牲口吃,牲口养得肥肥壮壮的,冬季进山拉套子,不能误事。李大个子的铁匠炉子连日连夜生着通红的烈火,他正忙着给人修犁杖,打锄头,准备来年大生产。

屯子里的人都下地里插橛子去了。桃花雪瓣静静地飘落在地面上、屋顶上和窗户上。农会院子里,没一点声音,萧队长一个人在家,轻松快乐,因为他觉得办完了一件大事。他坐在八仙桌子边,习惯地掏出金星笔和小本子,快乐地但是庄严地写道:

"彻底消灭封建势力,就是彻底消除几千年来阻碍我国生产发展的地主经济。地主打垮了,农民家家分了可心地。土地问题初步解决了,扎下了我们经济发展的根子。翻身农民在共产党的领导之下,会向前迈进,不会再落后。记得斯大林同志说过:'**落后者便要挨打。**'一百年来的我们的历史,是一部挨打的历史。一百年来,我们的先驱者流血牺牲渴望达到的目的,就是使我们不再挨打的目的,如今在以毛主席为首的中共中央的英明领导下,快要达到了。"

写到这儿,萧队长的两眼潮润了,眼角吊着两颗眼泪瓣。萧祥是个硬汉子。他出门在外,听到妈病重,因为没有钱抓药而死去的信息,也没有掉泪。这回却淌眼泪了。但这眼泪,不是悲伤,而是我们这一代的有着为人民服务的大志的群众政治家的欢喜和感激的标记。

人民文学出版社 1952 年版